Izabelle Jardin

Bernsteintränen

Christine

Das Buch

»Halt dich nicht mit Gefühlsduseleien auf. Geh deinen Weg, schau weder rechts noch links, nutz deine Bildung zum Erfolg!« Mit diesem Leitspruch ist Nicola bisher ausgezeichnet durchs Leben gekommen. Als Justiziarin eines international agierenden Unternehmens steht ihr eine glänzende Karriere bevor. Eine große Liebe, die sie von ihrem Weg abbringen konnte, hat sie noch nie erlebt. Bis ausgerechnet eine Geschäftsreise in das Land des Bernsteins alles auf den Kopf stellt.

Eine Geschichte, die das Heute und das Damals für die Zukunft zusammenfügt.

Die Autorin

Izabelle Jardin studierte Sozial- und Politikwissenschaften in Oldenburg und Braunschweig. Sie lebt mit ihrem Mann und zwei Söhnen in einem verschlafenen norddeutschen Dorf. Ihre romantischen Liebesromane erobern regelmäßig die E-Book-Bestsellerlisten. Mit dem romantischen SM-Roman »Unter die Haut« gelang ihr ein erster Top-30-Titel. Der Mix aus Liebesgeschichte und Krimi »Snow Angel« erreichte nur wenige Monate später auf Anhieb die Top 20 und wird zum Winter 2015 neu verlegt im Buchhandel erscheinen.

Mit »Remember« startete Izabelle Jardin in den Bücherherbst 2014, gelangte mit dem Roman auf Rang 2 der Kindle-Charts und konnte sich im »Deutschen Leserpreis 2014« den 5. Platz in der Kategorie »Bestes E-Book Only« sichern. 2015 wurde der Titel bei Amazon Publishing neu verlegt, eroberte ein zweites Mal die Top 10 der Kindle-Bestsellerliste und wird im Frühjahr 2016 in der englischen Übersetzung erscheinen. Für ihre Leser ist Izabelle Jardin immer erreichbar über https://www.facebook.com/pages/Izabelle-Jardin/220229238147201 oder unter der E-Mail-Adresse: izabelle.jardin@gmx.de

IZABELLE JARDIN

BERNSTEIN-TRÄNEN

ROMAN

TINTE & FEDER

Erstveröffentlicht bei
Tinte & Feder, Amazon Media EU Sárl
5 Rue Plaetis, L-2338 Luxembourg
November 2015

Umschlaggestaltung: semper smile, München, www.sempersmile.de
Umschlagmotiv: ©DarkBird/Shutterstock; ©autsawin uttisin/Shutterstock;
©LiliGraphie/Shutterstock; ©Julia Sudnitskaya/Shutterstock;
©1stGallery/Shutterstock
Lektorat: Stefan Wendel
Satz: Dr. Rainer Schöttle Verlagsservice, www.schoettle-lektorat.de
Printed in Germany
by Amazon Distribution GmbH
Amazonstraße 1
04347 Leipzig, Deutschland

ISBN: 978-1-50395-389-5

www.amazon.de/tinteundfeder

Dezember 2005 – zwischen den Jahren

Nicola stand am Fenster ihres Büros. Versonnen sah sie dem Wintervogel zu, der sich an den Hagebutten der Wildrosenhecke im Garten gütlich tat.

Hätte der Eisregen gestern Nachmittag die Zweige nicht mit dieser glasigen Schicht überzogen, würde er sich an den spitzen Dornen die Füße zerstechen.

Der Vogel, aufgeplustert zur Federkugel, hielt kurz im Picken inne und schaute zu ihr herüber, als hätte er ihre Gedanken gehört. Dunkle Knopfaugen sahen sie für einen Moment an, den Kopf legte er schief, ehe er sich flatternd davonmachte.

Er wird es nicht leicht haben bei diesem plötzlichen Wintereinbruch. Aber er ist vogelfrei! Ganz ähnlich wie ich …

Nicola fröstelte. Die Knie an den Heizkörper gestützt, spürte sie, dass die Firma Kosten sparte. Lauwarm. Bestenfalls! Sie versuchte, sich die Arme unter dem dünnen Wollpullover warm zu rubbeln, und merkte, wie mager sie geworden war. Ihre Gedanken schweiften in die letzten Wochen zurück. Die waren ihr im wahrsten Sinne des Wortes auf den Magen geschlagen. Viel hatte sie nicht herunterbekommen. Stress, zumal Beziehungsstress, hatte schon immer diese Auswirkungen auf sie gehabt. Lange hatte sie gehadert, ob sie die Beziehung zu Morris, dem amerikanischen Kollegen, abbrechen sollte. Es war noch nichts

Festes gewesen, eher etwas, was sie ohne Hast und vorsichtig anlaufen lassen wollte. Aber er war ihr mehr und mehr auf die Pelle gerückt, hatte Forderungen gestellt, begonnen, sich in alles und jedes einzumischen, höchst private Dinge über ihren Kopf hinweg entschieden, ihre Feierabende verplant, wie es ihm gefiel, und ihre deutlichen Warnungen geflissentlich überhört. Als er sie vor die Wahl stellte, nach dem bald absehbaren Ende seiner Zeit in der deutschen Niederlassung mit ihm in die Staaten zu gehen oder die Beziehung abzubrechen, war es passiert.

Sie war sprachlos über diese Chuzpe gewesen, zum völlig falschen Zeitpunkt eine derart weitreichende Entscheidung von ihr zu fordern. Nachdem sie den Mund wieder zubekommen hatte, hatte sie es kurzerhand getan: seine Habseligkeiten in ihrer Wohnung eingesammelt und ihm die Taschen vor die Tür gestellt. Zwei Tage vor Heiligabend. Und es war ihr erstes vollkommen einsames Weihnachtsfest geworden.

Sie hatte weder auf sein Läuten noch auf seine Anrufe reagiert. Morris' Sprüche auf ihrem Anrufbeantworter klangen in allen Tonvarianten. Mal schmeichelnd, mal stocksauer, mal schniefend in Tränen aufgelöst. Und zum Schluss ziemlich beleidigend. Er hatte nichts begriffen. Nichts! Er hatte nie zugehört, war mit seiner Californian-Sunnyboy-Mentalität, die sie anfangs als erfrischend und anziehend empfunden hatte, über ihre Befindlichkeiten hinweggebügelt, bis sie ihr bald nur noch oberflächlich und nervtötend vorkam.

Abgesehen von Morris' Versuchen, sie umzustimmen, war es tagelang totenstill um sie herum gewesen. Wie die drei Affen hatte sie sich gefühlt: nichts sehen, nichts hören, nicht sprechen! Die gemeinsamen Pläne zum Weihnachtsfest hatten sich in einem knallvollen Kühlschrank und einer bereits auf dem Balkon bereitgestellten kleinen Nordmanntanne erschöpft. Nicola hatte eine Kerze angezündet, dem Bäumchen beim Schaukeln im ruppigen Wind zugesehen und die Kühlschranktür fünf Tage lang nur geöffnet, um sich Milch für ihren Tee herauszuholen. All die noch gemeinsam eingekauften Köstlichkeiten ließ sie unbeachtet und brachte keinen Bissen herunter. Ihre Freunde wollte sie nicht stören. Man platzt nicht einfach frisch entliebt in fröhliche Familienfeste! Lust, ihre Eltern oder die Großmutter zu informieren, sich den zu erwartenden endlosen Fragestunden zu stellen, hatte sie schon gar nicht verspürt. Und alle glaubten sie sicher und glücklich aufgehoben in trauter Zweisamkeit mit dem allseits beliebten Morris. Der gab seine Attacken auf ihr Fest- und Handynetz erst am Nachmittag des zweiten Feiertages auf.

Und dann kam der Regen. Drei Grad unter null, dazu stetiger, scharfer Wind. Innerhalb weniger Minuten brachte der Wetterumschwung Straßen-, Bahn- und Flugverkehr zum Erliegen. Die Welt erstarrte unter dem Blitzeispanzer.

Ungefähr so, wie Nicolas Herz erstarrt war.

* * *

»Gut, dass ich Sie antreffe, Frau Dr. Berger! Was treibt Sie denn zwischen den Jahren in die Firma?«

Nicola fuhr herum. In der offenen Bürotür stand ihr Chef, Dr. Joachim Festner, in der Hand eine dicke Klarsichtmappe. Normalerweise kannte sie ihn nur im Anzug. Jetzt trug er eine schwarz-rot karierte Fleecejacke, dicke Winterstiefel und eine Thermohose. Ungewohnter Freizeitlook.

»Ich habe etwas Zeit gewonnen«, sagte sie in einem Ton, von dem sie eigentlich annahm, er würde ihn zu Nachfragen animieren, denn das kollegiale Verhältnis, das sie pflegten, ließ durchaus ab und zu Raum für private Gespräche. »Ich wollte mir ein paar Akten zum Aufarbeiten während der freien Tagen holen.«

»Wunderbar, liebe Kollegin!«

Was will er mir wirklich mitteilen? Da stimmt doch was nicht! Nicola schwante nichts Gutes. Sie kannte ihn lange genug, um gewisse Feinheiten in seinem Verhalten einordnen zu können. Fahrig strich sie sich eine Strähne ihres dunkelbraunen Haares hinters Ohr, rieb sich nervös die Hände und sah ihn gespannt an.

»Ich muss Sie um einen Gefallen bitten. Ich bin auf dem Sprung in den Skiurlaub mit der ganzen Familie. Aber wir haben ein Problem mit dem neuen Fertigungsstandort. Die Kaufverträge für das Gewerbegrundstück sollen möglichst früh im neuen Jahr ausgehandelt werden. Und uns fehlen in diesem Exposé jegliche Angaben zur Infrastruktur der Region. Können Sie das für mich übernehmen?«

»Von welchem Projekt sprechen wir? Marokko?«

Eigentlich nicht schlecht! Ein bisschen Sonne, Wärme, weg aus dem grauen Winter …

Sie spürte, dass sie falschlag. Nicola hatte den Eindruck, er wand sich unter nahezu körperlichen Schmerzen, ihr sein Anliegen vorzutragen. Ihre Antennen empfingen beunruhigende Signale.

»Äh … nein, Nicola!«

Er nannte sie höchst selten beim Vornamen. Ein schrilles Pfeifen mischte sich in ihre Empfangseinheiten. Sie zog die Schultern ein und verschränkte die Arme in präventiver Abwehrhaltung.

Nicht das! Bitte nicht!

Er schien ihr anzusehen, wie sehr sie sich gegen das sträubte, womit er sie jetzt beauftragen wollte. Sein Gesichtsausdruck wurde bittend.

»Sie sind die Einzige, die ich schicken kann. Meine Familie würde mich in der Luft zerreißen, wenn ich sie jetzt allein in diesen lange geplanten Urlaub fahren ließe. Sie wissen, wie selten meine Frau und die Kinder mich zu sehen bekommen!«

»Schon gut!«, ersparte sie ihm weitere Kniefälle. »Wann muss ich fliegen?«

Festner räusperte sich. Er räusperte sich auffallend intensiv und das Pfeifen in Nicolas Ohren schwoll zum unmelodischen Crescendo.

»Sie werden nicht fliegen, Dr. Berger. Die Sache ist die: Wir brauchen genauere Angaben zum Zustand der Straßen dorthin, reelle Einschätzungen zu Zeitfenstern für die Transportwege unserer Just-in-time-Produkte, einen Überblick über die zur Verfügung stehenden Arbeitskräfte et cetera. Sie kennen das ja. Ich möchte einen Bericht von Ihnen, der über das hinausgeht, was die Immobilienfirma uns in ihrer makellosen Anpreisung verspricht. Ihre Erfahrung und Ihr gesunder Menschenverstand sind gefragt. Ich erwarte Ihren Bericht in der KW vier.«

Nicola nickte. Die geplante Silvesterfeier mit Morris bei der deutsch-amerikanischen Gesellschaft fiel sowieso ins Wasser. Sie hatte keine Pläne. Niemand würde sie vermissen. Und warum nicht mal ...?

Die Erleichterung stand Dr. Festner ins Gesicht geschrieben. Er drückte ihr die Mappe in die Hand, bedankte sich überschwänglich und wünschte ihr eine gute Fahrt. In der Tür drehte er sich noch einmal um, griff in seine Jackentasche und warf ihr die Schlüssel für seinen Dienstwagen zu.

»Nehmen Sie meinen Phaeton! Der ist erheblich komfortabler als Ihr Wagen! Aber lassen Sie ihn sich nicht klauen. Sie kennen doch den nicht ganz vorurteilsfreien Spruch: ›Besuchen Sie das schöne Polen, Ihr Auto ist schon da.‹«

Mit einem Zwinkern ließ er sie stehen. Nicola hatte den Eindruck, er flüchtete geradezu, ehe sie es sich noch anders überlegen konnte.

»Wer ist dort mein Ansprechpartner?«, rief sie ihm hinterher.

»Ich kündige Ihr Kommen telefonisch an. Adam Zebrowski heißt er. Seine Kontaktdaten finden Sie in den Unterlagen.«

Nicola sah ihm nach, bis die gläserne Eingangstür leise hinter ihm ins Schloss fiel. Sie stand mit dem Ordner in der Hand an der offenen Bürotür und fühlte sich einsam und überrumpelt. Draußen dämmerte es bereits und leichter Schneegriesel hatte eingesetzt. Ehe sie das Licht auf dem Schreibtisch anknipste, um sich näher mit den Akten zu beschäftigen, fiel ihr Blick noch einmal auf die dornigen Wildrosen. Er saß wieder da. Den Kopf unter das Gefieder gesteckt. Und er war nicht allein. Dicht neben ihn gedrängt konnte sie eine zweite Federkugel ausmachen.

* * *

Nach dem ersten Überfliegen beschloss sie, sich die Papiere zu Hause genauer anzusehen. Da war es wenigstens gemütlich. Auf den leeren Fluren des erst vor einem Jahr eingeweihten hochmodernen Bürokomplexes – Glas, mattsilbriger Stahl, strahlend weiß verputzter Beton, nüchterne Sachlichkeit im Millenniumstil – hallten ihre Schritte. Sie nahm den Fahrstuhl in die Tiefgarage und fand Festners Phaeton mithilfe der Fernbedienung in einer Reihe anderer Firmenfahrzeuge. Der große schwarze Wagen blinzelte ihr freundlich zu. Sie stieg in die einladende Helligkeit, stellte sich den Sitz und die Außenspiegel ein und legte mit einem zufriedenen Lächeln die Hände aufs Lenkrad.

Prima, jetzt brauche ich wenigstens kein Taxi für den Heimweg!

Der leichte Druck auf den Startknopf ließ den Motor dezent und doch kraftvoll schnurrend anspringen. Nicola hatte das Auto schon einige Male gefahren und war damit vertraut. Mit all seinem Komfort und der beachtlichen Größe erschien es ihr jetzt wie eine Festung, die sie bewahren würde vor allem Unbill der Witterung und den Gefahren, von denen sie sich in geradezu unvernünftiger Weise bedroht fühlte.

Meine Güte! Polen! Polen ist ein Mitgliedsland der EU. Es hat eine jahrhundertealte Kultur, Teile davon gehörten einmal zu Deutschland. Es ist nicht das Ende der Welt, keine Bananenrepublik, kein rechtsfreier Schurkenstaat. Stell dich nicht so an!

Es half nicht, sich gut zuzureden. Immer wieder, wenn ihr Blick auf die rot-weiße Flagge mit dem Adler im Emblem des

Immobilienmaklers fiel, das durch die Plastikhülle des Ordners schimmerte, wurde ihr ein wenig mulmig. Es gab kaum eine Weltmetropole, die sie nicht schon bereist hatte. New York, London, Hongkong, Peking, Delhi. Alles kein Problem! Aber aus unerfindlichen Gründen fühlte sie eine Spur von Furcht in sich aufsteigen vor diesem eigentlich doch so nahe liegenden Reiseziel.

Nach einem kurzen Halt am Bankautomaten, wo sie sich mit genügend Bargeld für die Reise versorgte, hatte sie Glück und fand direkt vor der Haustür eine breite Parklücke, in die das dicke Schiff hineinpasste. Perfekt zum Packen. Nicola freute sich auf eine Kanne guten Tee. Und sie spürte, dass sie hungrig war.

Man zieht nicht mit leerem Magen in ein fremdes Land! Ich werde den Kühlschrank plündern.

Während ihr Rechner hochfuhr, kochte Nicola. Das Roastbeef, das eigentlich für den zweiten Weihnachtstag vorgesehen gewesen war, duftete mit den frischen Zwiebeln in der Pfanne um die Wette. Die Ofenkartoffeln garten im Umluftherd und der Tee dampfte schon im Becher. So viel Respekt sie auch vor der Mission hatte, die sie erfüllen sollte, so sehr hatte der Auftrag doch ihre Lebensgeister wieder geweckt.

Sie war es gewohnt, sehr akribisch zu planen. Nach dem Essen, von dem sie kaum etwas übrig ließ, studierte sie Karten, programmierte das fest installierte Navigationsgerät im Wagen und druckte sich vorsichtshalber die Wegstrecke aus. Man konnte ja nie wissen, wie weit es mit den Netzen dort her sein würde. Das Navi errechnete eine Entfernung von knapp sechshundertfünfzig Kilometern. Keine acht Stunden Fahrt also. Ein Klacks. Nur der Wetterbericht machte ihr Sorgen. Schon jetzt war dort reichlich Schnee gefallen. Es würde noch einiges dazukommen in den nächsten Tagen, aber die großen Straßen sollten geräumt und gestreut sein. Die bundesdeutschen Autobahnen bis zur Grenze sowieso.

Der Versuch, ein Hotelzimmer zu buchen, misslang vorläufig. Die ganze Gegend schien im Winterschlaf zu liegen. Aber Nicola hatte beschlossen, sehr früh zu starten, und keine Bedenken, vor Ort eine Bleibe zu finden. Schließlich würde sie ja nicht in die Walachei reisen!

Ihre Freundin Silvia war da anderer Meinung. Sie wirkte gestresst, als sie den Hörer abhob. Die Feiertage im Kreise ihrer Lieben schienen keine Erholung gewesen zu sein.

»Wo schickt er dich hin? Mitten im tiefsten Winter? Das darf doch nicht wahr sein. Konntest du nicht ablehnen? Was sagt Morris dazu? Kann der dich nicht wenigstens begleiten?«

Nicola überlegte einen Moment, ob sie ihre Freundin aufklären sollte. Und hatte dann doch nicht die Nerven für ausgiebige Erläuterungen und Rechtfertigungen. Sie wusste genau, es würden stundenlange Diskussionen folgen. Sie müsste viel Kraft aufwenden zu erklären, warum sie Morris, der in den Augen ihrer Freunde als »Traummann« galt, den Laufpass gegeben hatte. Und diese Energie wollte sie jetzt für andere Dinge sparen. Also zog sie sich mit einem lapidaren »Es geht nicht anders, ich muss!« aus der Affäre, wünschte Silvia einen guten Rutsch ins neue Jahr, legte mit einem Seufzer auf und begann zu packen.

Januar 1945 – zwischen den Fronten

Der eisige Wind trieb Elisabeth Tränen in die Augen.

Sofort froren sie dort fest, bildeten eine salzige Kruste um die Lider, behinderten die Sicht auf das weite, schneebedeckte Land. Das Tempo war hoch, aber sie wusste, sie konnte ihrem Hengst Sandor voll und ganz vertrauen. Er kannte den Weg zurück zum Gut, und die scharfen, frischen Stollen, die sie ihm heute früh in die Hufeisen geschraubt hatte, gruben sich fest in den vereisten Boden. Nur noch die Allee entlang, keine zwei Kilometer mehr, dann würde auch sie sich endgültig auf den Weg gen Westen machen können. Alles war bereit. Sie wusste, Aleksander würde sie erwarten.

Scharf peitschte ihr Sandors lange Mähne ins Gesicht. Den Hals so hoch aufgewölbt vor sich, die spürbare Energie seiner gestählten Muskeln zwischen ihren Knien. Er war ein zuverlässiges Bollwerk der Sicherheit, das nichts würde erschüttern können! Elisabeths Erinnerungen flatterten nebenher, mischten sich mit dem schnaubenden Atem des Pferdes gleich einer wehenden Fahne im Wind und ließen einen Hauch von Vergangenheit in der blauen Winterluft zurück.

Abgeschwatzt hatte der Vater den dreijährigen Hengst dem Georgenburger Landstallmeister Martin Helwig. Damals, vor nun schon gut zehn Jahren. Und ein Vermögen für ihn hingeblättert. Außerdem hatte er sich darauf einlassen müssen, ihn jedes Jahr während der Decksaison für zwei Monate in sein Heimatgestüt zurückzugeben, damit er dort als Beschäler für Nachwuchs sorgen konnte. Wenn er danach heimkam, voll im jugendlichen Saft stehend, war sein heftiges Temperament kaum zu bändigen gewesen. Nur der kleinen Elisabeth gelang es dann, Zugang zu ihm zu finden. Mit kindlich leichter Hand verwandelte sie den ungestümen Hengst jedes Jahr aufs Neue in ein friedliches Lamm. Kopfschüttelnd und mit unverhohlenem Stolz stand der Vater jedes Mal wieder vor diesem erstaunlichen Ereignis. Und fällte zu Elisabeths sechzehntem Geburtstag eine Entscheidung: Sandor sollte ihr gehören. Ihr allein. Das Strahlen in den Augen seiner Tochter musste ihm der wertvollste Lohn gewesen sein. Beinahe täglich begleitete sie ihn von nun an mit ihrem Hengst bei seinen Ritten über Land. Und immer wenn das Frühjahr kam, musste er sie trösten, denn es waren bittere zwei Monate, in denen sie alljährlich gezwungen war, auf ihn zu verzichten. Nur im letzten Frühling musste er nicht fort. Elisabeths geliebter Sandor, Sohn des berühmten Tempelhüter, durfte zu Hause bleiben, denn die Auswirkungen des Krieges ließen auch die Zucht der Trakehnerpferde stocken.

Ihre Familie wusste, was kommen würde. So bedeckt man sich auch hielt, sosehr auch der schweinsgesichtige Gauleiter Erich Koch vom Endsieg schwadronierte, Planungen zur Offensive gen Osten propagierte, jedwede als Defätismus bezeichnete Vorbereitung auf Flucht unter schwerste Strafe stellte: Klammheimlich hatten sie sich längst gerüstet. Und es hatte dazugehört, Sandor auf alle Eventualitäten hin zu trainieren. Er stand im Lack, strotzte nur so vor Temperament. Die Ernte des letzten Sommers war gut gewesen, sie hatte mit der Fütterung nicht sparen müssen. Und heute würde der Hengst sie zu ihm bringen!

Elisabeth war nicht bange und fast stellte sich ein Glücksgefühl ein. Das Kraftpaket unter ihr galoppierte gleichmäßig wie ein Uhrwerk. Jeder kannte die Bewegungen des anderen, sie waren zusammengeschweißt, beinahe wie eine Kreatur.

Die kräftige Wintersonne unter dem blassblauen hohen Himmel ließ die Luft flirren, reflektierte blendend den Schnee, zeichnete bizarre Abbilder der kahlen Eichen auf den Boden. Warm eingepackt im pelzgefütterten Reitmantel, den Kragen hochgeschlagen, die Fellmütze mit den Ohrenklappen auf dem Kopf, den lebendig pulsierenden Pferdeleib unter sich, fühlte sie sich, als könne keine Macht der Welt sie besiegen. Auch nicht das russische Millionenheer, das wütend und kampfbereit im Osten darauf wartete, ihre Welt zu überrennen. Elisabeth war sich sicher: Sie würden nur zurückweichen und wiederkehren. Bald! Wenn dieser wahnsinnige Krieg ein Ende haben würde.

Geradewegs ritt sie auf das Portal des Gutshauses zu. Verlassen stand es jetzt in seiner würdevollen Beständigkeit. Zwei weiße Säulen, jede gekrönt von einem stolzen Adler, behüteten wie steinerne Wächter schon seit Generationen den Frieden ihres Vaterhauses. Der stürmische Nordostwind hatte die Brücke vor dem Tor schneefrei gefegt. Elisabeth wusste um das blanke Eis, hatte beim Losreiten schon bemerkt, wie spiegelglatt der Boden hier war. Sanft zügelte sie Sandor. Doch er ließ sich nicht beirren, nahm das Tempo kaum zurück.

Er scheint zu wissen, wie groß die Eile jetzt ist. Ich lasse ihn. Sonst kommt er mir nur aus dem Tritt, womöglich aus dem Gleichgewicht!

Elisabeth hatte die Klugheit ihres Trakehners überschätzt. Scharf klang das Geräusch der trommelnden Hufe in ihren Ohren. Der Hengst versuchte, Halt zu gewinnen. Tausend Hufe, die verzweifelt um Balance rangen. Sie bemühte sich, mit fester Zügelhand seinen Kopf auf der Kandarenstange zu stützen, nahm instinktiv die Füße aus den Steigbügeln und sah die Steinmauer der Brücke gefährlich schnell auf sich zukommen. Der Hengst landete auf der Seite, begrub sie halb unter sich und schlitterte, die Beine voran, krachend hinein. Ein Aufstöhnen kam aus seiner breiten Brust, mischte sich misstönig mit dem Geräusch berstender Steine. Elisabeth gelang es, sich unter ihm herauszuwinden. Er machte keinen Versuch aufzustehen. Blieb einfach liegen, alle viere dicht ans Mauerwerk gepresst. Mühsam stand sie auf, die Zügel noch immer in der Hand. Sie fühlte keinen Schmerz. Nichts als die Angst um ihr Pferd beherrschte jeden Gedanken.

Ich muss ihm aufhelfen! Hoffentlich hat er sich nichts getan! Ohne ihn komme ich doch nirgendwohin!

Mit zitternden Knien stand sie an seinem Kopf, hörte das nicht nachlassende Stöhnen des Pferdes. Und dann begriff sie. Sie sah, wie das Blut in hellen Strömen aus den Vorderbeinen rann, sah die blanken Knochen der zersplitterten Röhrbeine.

Elisabeth sank neben dem Hengst auf die Knie. Sie nahm seinen Kopf in beide Arme, blickte ihm in die Augen und entdeckte die Tränen ihres Pferdes, die sich langsam den Weg über sein dunkles Fell bahnten und schon gefroren waren, ehe sie den eisigen Boden überhaupt erreicht hatten. Sie zog die Handschuhe aus, nestelte mit der einen Hand in der Brusttasche ihres Mantels, strich mit der anderen unablässig über sein Gesicht, murmelte: »Gleich, gleich, warte, mein Freund! Gleich!«

Elisabeth fand den Knauf der kleinen, silbernen Pistole, die der Vater ihr in die Hand gedrückt hatte, bevor er das Gespann bestieg. Sie suchte die richtige Stelle am Kopf des Hengstes.

»Verzeih mir, mein Lieber. Mein Bester! Bitte verzeih mir!«

Der Knall scheuchte ein paar Krähen hoch. Nur einmal bäumte sich der Körper noch auf. Dann war alles still.

* * *

Wie lange hatte sie hier gekniet? Die Arme um den noch warmen Leib des toten Pferdes geschlungen, das Gesicht in sein seidiges Fell vergraben. Sie hatte sich nicht geregt, konnte sich nicht trennen. Wie betäubt fühlte sie keinen Schmerz als den in ihrer Brust. Nur das Herz, das sich zusammenzog. Die Krähen waren näher gekommen. Hungrig. Mit ihren klugen Augen sahen sie sie an. Gierig, dass sie endlich gehen sollte, überließ, was ihnen nun gehörte.

Irgendwann, als die Sonne sich hinter neuen Schneewolken verbarg, eisige Flocken ergiebig rieselten, machte sie den Versuch, die schwarzen Vögel zu verscheuchen. Sie gingen. Gemächlich, geduldig, nur ein paar wenige Schritte weiter. Wartend. Beobachtend. Einmal wurde sie wütend. Sie griff in ihre Manteltasche, nahm die Pistole heraus, schoss in die Luft. Einmal. Zweimal. Sie flogen auf, setzten sich auf einen kahlen, dürren Baum, der tief unten am Bachbett wurzelte.

»Krah, krah!«

Nur minutenlang saßen sie da. Dann flog die erste auf, die zweite, dann die ganze Schar und versammelte sich wieder um sie. Elisabeth sprang auf. *Versuchte* aufzuspringen, fühlte, wie ihre eiskalten Knie ihr nicht gehorchen wollten, den Dienst versagten. Sie taumelte auf die Vögel zu. Hämisch waren deren Blicke.

»Bleib doch, dann wird der Festschmaus größer!«, schienen sie zu sagen. »Krah!«

Und entfernten sich in völliger Gelassenheit ein Stückchen. Wissend, dass nicht sie es sein würden, die am Ende aufgeben mussten.

Sie wandte sich zurück zu ihrem Pferd. Eine dünne Schneeschicht färbte ihm das braune Fell schon weiß. Und ein Fleck hinter seinem Hals, dort, wo sie gekauert hatte, hob sich leuchtend rot vom Boden ab. Ein Schreck fuhr ihr in die steifgefrorenen Glieder. Da war er doch gar nicht verletzt. Nicht an dieser Stelle!

Elisabeth begriff.

Gen Osten!

Es war noch stockdunkel, als Nicolas Wecker schrillte. Dennoch war die Stadt längst wach. Irgendwo in der Ferne raste ein Rettungswagen zu seinem Einsatz, Sirenen heulten. Flugzeuge landeten. Starteten dröhnend. Die Geräusche des vorbeifließenden Straßenverkehrs brandeten in das wunderschön ausgebaute Gründerzeitdachgeschoss herauf. Sie hatte sich an den stetigen Lärm gewöhnt, den Berlins Zentrum zu jeder Tages- und Nachtzeit seinen Bürgern in die Ohren träufelte. Die Millionenstadt schien eigentlich nie zu schlafen. Nur sehr gelegentlich fiel ihr noch auf, wie still Stille sein konnte. So wie letztens, es war kaum einen Monat her, als sie die Stadt für eine Geschäftsreise verließ, mit dem Wagen über Land musste und der immerwährende Zeitdruck einen seltenen Moment des Innehaltens zuließ. Da hatte sie plötzlich das Fehlen der Geräuschkulisse wahrgenommen. Und es hatte sie erschreckt, ihr ein Gefühl von Einsamkeit vermittelt.

Wie einsam kann man eigentlich sein, wenn man nie ganz allein mit sich ist? Oder wie sehr täuscht das Gefühl, hier nie allein zu sein?

Nicola verbot sich trübe Gedanken. Sie wollte jetzt keine genaueren Einblicke in ihr Innerstes. Sie stand unter der Dusche, schäumte die aufdringliche Selbstmitleidsattacke mit einer Handvoll Shampoo ein und ließ sie im gurgelnden Abfluss verschwinden. Sie trocknete sich ab und wickelte das lange Haar in einen

Frotteeturban. Mit einem Handtuch wischte sie den großen, milchweiß beschlagenen Spiegel über dem Waschbecken ab. Er offenbarte zweierlei. Erstens stellte sie schnatternd fest, dass es wohl doch kein übereilter Schluss gewesen wäre, zur Abwechslung weniger geizig zu sein und die Heizung höher zu drehen, zweitens musste sie zugeben, dass es einfach nicht mehr schön aussah, wenn selbst nach dem Ausatmen jede einzelne Rippe zu erkennen war.

So geht das nicht weiter! Ich muss die letzten Wochen abschütteln und endlich wieder regelmäßig essen!

Was sie sah, beleidigte ihr Gespür für gefällige Formen. Und noch mehr: Die verlorenen Pfunde, die ihr auf den nun spitzen Schulterblättern, den herausstakenden Hüftknochen, den deutlich sichtbaren Rippenbögen fehlten, die dunklen Schatten unter den müden blauen Augen, das Gesamtbild, das ihr anklagend aus dem Spiegel entgegenblickte, empfand sie als treffliches Symbol innerer Unzulänglichkeit. Allzu sehr hatte sie sich von dieser Trennung mitnehmen lassen. Viel zu nah war ihr das Ende der Beziehung zu Morris gegangen, als dass sie ihn mit ihrem Credo hätte vereinbaren können: »Halt dich nicht mit Gefühlsduseleien auf. Geh deinen Weg, schau weder rechts noch links, nutz deine Bildung zum Erfolg!«

Wie großartig war sie doch vorangekommen, wie glatt hatte sich die berufliche Karriere entwickelt! Immer wieder war ihr bewusst geworden, wie wertvoll der elterliche Ratschlag gewesen war, wie sicher das Fundament, auf dem sie stand. Und jetzt das – eine persönliche Niederlage!

Sie ärgerte sich. *Etwas Derartiges passiert mir nicht so schnell wieder!* Und während sie sich anzog, ging sie im Geist den Inhalt ihres Kühlschrankes durch. *Frühstücken! Und ordentlich Proviant mitnehmen. Man weiß ja nie, wann es unterwegs wieder etwas gibt!*

* * *

Als sie mit ihrem Gepäck aus der Haustür trat, schneite es. Der Räumdienst hatte grauen Matsch auf der Fahrbahn produziert. Halbgefrorenes vermischt mit schwarzen Splittsteinchen. Der mehrere Zentimeter dicken Haube nach zu schließen, die den Phaeton einhüllte, musste es die ganze Nacht geschneit haben. Sie fand einen langstieligen Eiskratzer im Kofferraum und schob vorsichtig den Schnee vom Wagen. Es ging ganz leicht. Offenbar war es sehr kalt. Wie kalt, zeigte die Außentemperaturanzeige im Armaturenbrett an.

Minus acht. Und das mitten in der Stadt! Wie kalt wird es erst draußen auf dem platten Land sein? Wie kalt, wenn ich weiter gen Osten komme?

Nicola fädelte sich in den fließenden Morgenverkehr ein. Die Sitzheizung war sofort angesprungen, die Klimaanlage heizte den Innenraum schnell auf angenehme Temperaturen hoch. Kein Problem! Egal, wie kalt es draußen auch sein mochte. Sie fühlte sich wohl und bestens aufgehoben. Zuverlässig leitete die monotone Stimme des Navigationsgerätes sie aus der Stadt hinaus auf die Autobahn Richtung Frankfurt/Oder. Das Schneetreiben wurde dichter, je weiter sie vorankam, aber das Auto fuhr sicher, wie auf Schienen.

An der Grenze war nichts los, und als Nicola ihren Personalausweis hochhielt, wurde sie einfach durchgewinkt. Die nächste Gelegenheit, Euro in polnische Zloty zu tauschen, nahm sie wahr. Alle paar Kilometer standen Hinweisschilder für »Kantors«, Wechselstuben, am Straßenrand. Mit dem guten Gefühl, nun für alle Eventualitäten bestens gerüstet zu sein, stellte sie auf den nächsten Kilometern erleichtert fest, wie wenig es sich am Zustand der Straßen bemerkbar machte, dass sie Deutschland verlassen hatte. Auch hier, auf der gut ausgebauten Landstraße, war die Fahrbahn geräumt, und in der dünnen Schneedecke, die sich unablässig erneuerte, waren die Spuren des Streusalzes erkennbar. Nicola war weiß Gott nicht langsam unterwegs.

Erheblich langsamer allerdings als die Mehrzahl der einheimischen Verkehrsteilnehmer.

»Die fahren wie die gesengten Säue! Und das bei dem Wetter!«, schimpfte sie laut, als schon wieder ein Sattelschlepper überholte, der so knapp vor der Nase des Phaeton wieder einscherte, dass sie scharf bremsen musste, um für den entgegenkommenden Pkw keine Katastrophe heraufzubeschwören.

Die Fahrt war anstrengend, und sie wagte nicht, nach dem Müsliriegel auf dem Beifahrersitz zu greifen, der sie spätestens seit dem Grenzübergang auffordernd angegrinst hatte. Beide Hände behielt sie am Lenkrad und stellte ob der weiß schimmernden Knöchel fest, dass sie weit davon entfernt war, entspannt zu reisen.

Minus vierzehn Grad zeigte das Thermometer, als das Navi sich wieder zu Wort meldete und ausdruckslos das baldige Erreichen der Autobahn Richtung Poznan ankündigte, das einmal Posen geheißen hatte. Früher. Zu einer Zeit, die Nicola nicht interessierte. Nie interessiert hatte.

Posen? Poznan! Warum muss das dämliche Ding das übersetzen? Wen interessiert das?

Nicola war mittlerweile ausgesprochen schlecht gelaunt. Vor fast drei Stunden war sie aufgebrochen und musste jetzt schon einsehen, dass sie ihren Zeitplan kaum würde einhalten können. Eigentlich hätte sie dringend eine Toilette gebraucht und nahm sich vor, spätestens auf der Etappe zwischen Posen und Bromberg Rast zu machen.

Sie bekam ihre Pause. Nur etwas anders, als sie es sich gewünscht hätte, denn nicht weit hinter Poznan entschied der Phaeton sich zum Totalstreik. Aus heiterem Himmel! Aus heiterem Himmel, der alles, aber nicht heiter war, sondern jetzt tonnenweise Schnee aus weit geöffneten Schleusen warf. Sämtliche Kontrollleuchten blinkten grell und alarmierend hektisch. Die Klimaanlage schickte einen sehr seltsamen Geruch ins Wageninnere. Es roch nach verkohlter Elektrik. Im ersten Moment wurde Nicola überhaupt nicht bewusst, dass der Motor gar nicht mehr lief. Das Schlachtschiff von einem Auto blieb einfach mitten auf der Fahrbahn stehen. Wo sonst? Einen Seitenstreifen gab es hier nicht. Sollte es überhaupt einen geben, war er meterhoch von zusammengeschobenem Schnee bedeckt.

»Nein! Verfluchte Scheiße!«

Panik kroch ihr in den Nacken. Sie drückte den Warnblinkschalter und bemühte sich, den Wagen wieder zu starten. Vergeblich! Er gab keinen Ton mehr von sich. Hupend zog der Verkehr an ihr vorbei. Sie griff nach hinten und streifte sich ihre Jacke über. Nach mehreren Anläufen gelang es endlich, einen Moment abzupassen, um blitzschnell auszusteigen und an den Kofferraum zu gelangen. Sie konnte in dem heftigen Schneegestöber kaum die Hand vor Augen sehen, als sie mit dem Warndreieck loslief. Dicht an den Straßenrand gequetscht, erreichte sie eine Stelle, die sie für geeignet hielt, das Ding aufzustellen. Ein vorbeirauschender Lkw schleuderte ihr eine hellgraue Schneelawine entgegen. Dick eingepudert rettete sie sich wieder in den noch warmen Wagen und fand im Handschuhfach die Serviceunterlagen. Die Liste enthielt eine Auslands-Notrufnummer, die sofort zur Stelle war. Nicola atmete auf, denn die freundliche Stimme am anderen Ende der Leitung sprach Deutsch und sicherte ihr zu, dass sich umgehend ein Abschleppdienst bei ihr melden würde.

»Umgehend« dauerte eine gute halbe Stunde. Nicolas Blase begehrte inzwischen mit schmerzhaften Krämpfen gegen die Quälerei auf. Wohin sollte sie? Durch anderthalb Meter Schnee zum Straßengraben stapfen? Ihr wurde abwechselnd heiß und kalt. Vorwiegend kalt, denn die Temperatur im Wagen fiel zusehends. Sie war heilfroh, als der ersehnte Anruf endlich kam und Rettung aus Bydgoszcz ankündigte. Auf Englisch. Wenn man dieses Kauderwelsch so bezeichnen konnte. Sie griff nach dem

Shell-Atlas und überschlug, wie lange es dauern würde, bis der Abschlepper vor Ort sein konnte. Sie kam auf mindestens eine Dreiviertelstunde. Plus Aufladen, plus Transport zur Werkstatt.

Nein! So lange halte ich das nicht mehr aus! Also ab in den Graben!

Hinter ihr war die Fahrbahn ruhig. Das Warndreieck tat seinen Dienst. Trotzdem kam sie sich reichlich dämlich vor, wie sie da versuchte, eine geeignete Stelle zum Überklettern der festgefügten Schneewand zu finden. Ein Leitpfosten, der schief und eisbetoniert herausragte, diente ihr letztlich als Leiter, und als sie mehr krabbelnd denn elegant die Barriere überwunden hatte, fand sie endlich ein vor fremden Blicken geschütztes Plätzchen im gleich dahinterliegenden Kiefernwäldchen. Nicolas Erleichterung war grenzenlos.

Der Rückweg hatte es ebenso in sich. Bis weit über die Hüften steckte sie im weichen Schnee und hatte Mühe, über den aufgeschütteten Wall wieder auf die Fahrbahn zu gelangen. Im letzten Moment rutschte sie zu allem Übel aus und schlug der Länge nach hin. Dieser Sturz veranlasste einen vorbeikommenden Autofahrer anzuhalten. Er bog direkt vor ihr ein, hielt und stieg aus, um Nicola aufzuhelfen. Sie fluchte wie ein Rohrspatz, und der Mann hatte offenkundig keine Schwierigkeiten, sie als Deutsche zu identifizieren. Besorgt sah er sie an und radebrechte deutsch-polnisch-englische Hilfsangebote. Sie reagierte unwirsch. Die Knie taten ihr weh. Hilfsbedürftigkeit hasste sie und sah ihre Hoffnung darauf, sich nicht lange einlassen und erklären zu müssen, im nächsten Augenblick erfüllt. Halbwegs höflich bedankte sie sich und verabschiedete sich mit knappen Worten von dem freundlichen Mann, der jetzt eine säuerliche Miene aufsetzte, kopfschüttelnd wieder in sein Auto stieg und davonbrauste. Der Abschleppwagen fuhr an ihr vorbei. *Klar. Er muss wenden!* Und kehrte nur wenige Minuten später auf ihrer Fahrbahnseite zurück, platzierte sich vor dem Phaeton.

Ein misslungener Startversuch. Ein fachmännischer Blick unter die Motorhaube. Der Mann war nicht mehr ganz jung. Er wirkte erfahren. Gebannt und hoffnungsvoll sah Nicola den Mechaniker an. Er zuckte die breiten Schultern und ließ die Haube leise zufallen. Bedauernd zeichnete er mit bedeutungsvoller Geste ein Kreuz in die Luft und sagte nur ein Wort: »Martwy!«

Er musste es nicht übersetzen.

Mobilitätsgarantie

Mit bemerkenswerter Rasanz steuerte der Fahrer den Lkw Richtung Bromberg. Das Gefährt hatte zweifellos schon bessere Zeiten gesehen. Nicolas schicke helle Winterstiefel steckten in einem Haufen öliger Lappen, die achtlos in den Fußraum geworfen waren. Einen Sicherheitsgurt gab es nicht. Jedes Bremsmanöver, das der Monteur mit kräftigen polnischen Schimpftiraden würzte, veranlasste sie, die Beine fest in den schmierigen Haufen zu stemmen und sich krampfhaft am Haltegriff überm Fenster festzukrallen. Das ohrenbetäubende Rattern der alten Maschine machte eine Unterhaltung im ungedämmten Fahrerhaus unmöglich. *Vielleicht ganz gut so, worüber sollte ich auch mit ihm reden?*, überlegte sie und sah dem gewaltigen, gezwirbelten Schnauzbart ihres Retters aus dem Augenwinkel beim Zittern zu. Ein Mal trafen sich ihre Blicke und er murmelte etwas, das mitleidig klang. Dann ging ein kurzes Leuchten über sein Gesicht, er griff in die Brusttasche seiner Jacke und zog einen Flachmann heraus.

»Trink. Gutt!«

Auffordernd hielt er ihr das Ding hin und grinste breit. Nicola wollte nicht unhöflich sein, griff zu und schraubte das Fläschchen auf. Wodka! Sie bemerkte den erwartungsvollen Blick und setzte an, um wenigstens zu nippen. Es brannte scheußlich. Sengend heiß schossen die paar Tropfen durch die Kehle in den leeren Magen und heizten ihr umgehend den ganzen Bauch an.

»Gutt?«

»Gut!«, bestätigte sie mit etwas gequältem Lächeln.

Es vertrieb zumindest den Hunger, die Kälte und bewirkte, dass sie für ein paar Minuten von ihren Sorgen abgelenkt war.

Die Werkstatt lag in einem Industriegebiet am Rande der Stadt. Keine leuchtenden, beruhigenden VW-Reklameschilder, sondern ein unbefestigter, vollgestellter Hof. Unter dicken Schneehauben Blechkarossen, die offenbar schon lange niemand mehr angerührt hatte. Es war das, was man zu Hause eine Fricklerbude nennen würde. Immerhin wurde der Phaeton sanft von der Ladefläche gerollt und mit drei hinzuspringenden Männern umgehend ins Gebäude geschoben.

Nicola folgte ihrem waidwunden Gefährt, bemüht, nicht in die zahlreichen ölschillernden Flecken zu treten. Vor Kälte zitternd (*Wodka hält nicht lange vor,* stellte sie fest), stand sie etwas abseits in der ungeheizten Halle und sah den Mechanikern dabei zu, wie sie »Diagnose betrieben«. Diese Diagnostik beschränkte sich im Wesentlichen darauf, dass sie sich reihum abwechselnd die durchwegs vorhandenen Bärte strichen – Bart schien gerade en vogue zu sein –, die runden Köpfe unter ihren Kappen kratzten oder alternativ mit herausgestreckten Bäuchen dastanden, die Daumen vor der Brust in den Latz der Arbeitshose geklemmt, und einander ratlos ansahen. Nicolas Zutrauen in die Fähigkeiten dieser Werkstattbesatzung sank weit unter null.

Inzwischen war es Mittag geworden und der Magen knurrte. Auf dem Beifahrersitz des Phaeton stand immerhin der gut bestückte Picknickkorb. Um den zu erreichen, hätte sie sich zwischen Werkstattwagen und Hebebühne hindurchschlängeln und die Männer stören müssen. Das aber wollte sie um jeden Preis vermeiden, denn sie hoffte darauf, ihre Reise schleunigst fortsetzen zu können. Also hielt sie sich eine ganze Weile zurück.

Ob es hier nicht irgendwo ein Restaurant gibt, wenigstens einen Imbiss?

Mit Händen und Füßen versuchte sie dann irgendwann doch, sich verständlich zu machen. Die Männer schüttelten die Köpfe, aber einer, anscheinend der Chef des automobilen Unternehmens, bedeutete ihr, ihm zu folgen.

In einem reichlich verwanzten Aufenthaltsraum bollerte ein Holzofen, darauf ein monströser Blechsuppentopf. Auf dem Tisch standen ein paar Teller, Bierflaschen und der unvermeidliche Wodka. Sanft drückte der Mann Nicola auf einen der Schemel, wischte die Hände mit pflichtschuldigem Gesichtsausdruck am Kittel ab und stellte ihr einen gut gefüllten, dampfenden Teller auf den Tisch. Graupen! Darin schwamm eine fette Räucherwurst. Nicolas Gesichtszüge drohten zu entgleisen, doch sie bewahrte die Beherrschung und bedankte sich überschwänglich. Mit ein paar Worten, die sie nicht verstand, aber unbedingt als freundlich einstufte, ließ er sie allein.

Nicola war ganz andere Kost gewohnt. Italienisch, ja. Ab und zu japanisch. Aber immer mager, möglichst kalorienarm, gern biologisch angebaut, »übersichtlich«! Übersichtlich insofern, als man klar erkennen konnte, *welche* Zutaten eine Mahlzeit enthielt. Das war hier unmöglich. Abgesehen von den (leider) deutlich zu identifizierenden Graupen und dem Würstchen offenbarte die Suppe nichts von ihren Ingredienzien.

Immerhin: Es roch gut. Würzig! Vorsichtig, noch viel vorsichtiger als vorhin beim Wodka, probierte sie. Und war erstaunt, wie gut es schmeckte. Und wie gut es tat! Sie leerte den Teller bis auf den Grund.

Die Tür ging auf und ihr Gastgeber kam zurück. Seine Miene verhieß nichts Gutes. Ebenso wenig sein »Martwy!«, ein Ausdruck, der ihr mittlerweile schmerzhaft geläufig war. Neu war ihr das zweite hingeworfene Wort: »elektryczność«. Aber gut, zumindest bekam sie damit eine Ahnung davon, worin das Gebrechen ihres Wagens bestand. Die Elektrik hatte offenbar einen weg. Nicola sackte in sich zusammen. Das Wort

»Mobilitätsgarantie« kam leise über ihre Lippen. Das zumindest schien dem Werkstattleiter als Vertragspartner des Herstellers ein selbstverständlicher Begriff zu sein. Er nickte, nahm einen schlichten Schlüsselbund von einem Bord und wedelte auffordernd damit. »Kommen Sie, kommen Sie!«

Nicola folgte ihm in ein gläsernes Kabäuschen, das so etwas wie ein Büro zu sein schien. An einem roh zusammengezimmerten Tresen unterschrieb sie einen vorbereiteten Reparaturauftrag, einen Leihvertrag für ein Ersatzfahrzeug und hinterließ ihre Handynummer.

»Mobilitätsgarantie«, strahlte der Chef.

Schwimmbadblau, schon leicht rostig um die Radkästen und mit beinahe neuen Sommerreifen stand der Lupo hinter einer Schuppentür, die mit harschem Knarzen aufschwang. Nicola entfuhr ein Stöhnen.

»Alles gut! Sprit voll«, beruhigte er.

Mit verzweifelter Geste wies sie auf die Reifen.

»Ganz neu, ganz prima!«

»Heilige Maria!«

Der Meister nickte, bekreuzigte sich und sah sie wohlwollend an. »Gute Fahrt, gute Frau!«

Die Polen sind kreuzkatholisch. Wenn mir jetzt noch jemand helfen kann, bei dem Wetter, dann wahrscheinlich wirklich nur die Gottesmutter …

Diensteifrig trug er ihr noch das Gepäck in den Wagen und winkte Nicola hinterher.

* * *

Vorsichtig, wie auf rohen Eiern, nahm sie die Ausfallstraße unter die Räder. Von zahlreichen Plakatwänden strahlten sie schöne junge Menschen an. Offenbar bevorzugte die Werbeindustrie sowohl beim weiblichen als auch beim männlichen

Geschlecht einen ganz bestimmten Modeltyp. *Schicke Kerle! Wo mögen die wohl versteckt sein?*, fragte sie sich. Diese Figuren hatten so gar nichts gemein mit den ersten Vertretern des Landes, die ihr bereits leibhaftig begegnet waren. Alle fünf Mechaniker konnten ohne Weiteres dem pyknischen, untersetzten Typ mit runden Gesichtern und eine Idee zu weit auseinanderstehenden Augen zugeordnet werden. Kein Vergleich zu den ausgesprochen nordeuropäisch wirkenden Beautys, die dort oben für Joghurt, Shampoo und, ja, was für eine Ironie: für Winterreifen warben.

Hier ging es noch mit den Straßenverhältnissen. Aber wie würde es außerhalb der Stadt sein? Kein Navi mehr, nur noch die wohlweislich ausgedruckten Routenpläne. *Saukalt!* Die Heizung war bisher nicht angesprungen. Nicola stellte den Regler auf die höchste Stufe.

Ich werde wohl etwas Geduld haben müssen.

Sie hatte Geduld. Auch nachdem sie vierzig Kilometer mit vor Angst zusammengekniffenen Pobacken gefahren und langsam total verkrampft und durchgefroren war, hatte sie noch Geduld. Aber die heilige Maria hatte genauso wenig ein Einsehen wie die Technik.

Irgendwo im Nirgendwo

Endlich hatte es aufgehört zu schneien. Die Räumdienste waren auch hier noch fleißig gewesen und langsam bekam Nicola etwas Zutrauen zur Straßenlage ihres unzulänglich bereiften Fahrzeuges. Wenn sie ganz vorsichtig fuhr, nur sehr sparsame Lenkausschläge machte, betrug sich der Lupo ziemlich spurtreu. Ab und zu fühlte sie an der Frontscheibe nach, ob nicht doch endlich ein heißer Luftstrom austrat. Enttäuscht musste sie jedoch immer wieder feststellen, dass die Heizung offenbar nicht mehr als ein laues Lüftchen zustande brachte. Was sie anfänglich mit den Wischerblättern von der Scheibe zu entfernen versuchte, entpuppte sich zu Nicolas Entsetzen als feiner Eisfilm im Inneren. Keine Chance, ihn mit einem Papiertaschentuch wegzurubbeln. Mehr als ein winziges Guckloch bekam sie nicht frei. Ihre Hände hatten inzwischen eine ungesund bläuliche Farbe angenommen, und sie beschloss, den nächsten freigeschobenen Parkplatz anzusteuern, um irgendein geeignetes Werkzeug zum Eiskratzen zu suchen und sich wärmer anzuziehen.

Am Ausgang eines lang gezogenen Waldgebietes bot sich die Möglichkeit und sie stieg aus, um sich Jacke und Handschuhe aus dem Kofferraum zu holen. Die Sonne begann gerade unterzugehen und tauchte die unberührte weite Schneefläche vor ihr in rosenroten Schein. Selbst ihre schnatternd kalte, unglückliche Situation konnte sie nicht davon abhalten, einen Moment in der eisigen Luft durchzuatmen und sich von dem Anblick verzaubern zu lassen. Von der Spitze einer schneebeladenen Kiefer stieg ein Milan auf, stieß seinen unverkennbaren Schrei aus und flog mit kräftigem Flügelschlag der Sonne entgegen.

Schön ist es hier! Wenn mir bloß nicht so arschkalt wäre ...

Nicola zog den superdicken Daunenanorak über, holte ein Paar mit Lammfell gefütterte Handschuhe und einen Kaschmirpullover aus dem Koffer und setzte sich wieder in den Wagen. Den Pullover legte sie sich über die Knie. Obwohl er ganz leicht und fein gestrickt war, wärmte er sofort und strömte denselben zarten Duft aus wie die Lammfellhandschuhe. Beides hatte sie zuvor noch nie benutzt, denn es passte so gar nicht zu dem androgynen Wolford-Chic, den Nicola bei ihrer Kleidung sonst bevorzugte. Diese Sachen hatte sie vor zwei, drei Jahren in einem liebevoll eingewickelten Päckchen zusammen mit einer sehr altmodischen Schachtel voll kostbarer Teerosenseifen zu Weihnachten geschenkt bekommen. Sie hatte sich zwar artig bedankt, das Geschenk aber nicht wirklich zu würdigen gewusst und in eine Ecke ganz hinten im Schrank gestopft. Sie hätte es beinahe vergessen, wenn nicht dieser typische Duft ihr jedes Mal beim Öffnen unaufdringlich, aber doch wahrnehmbar entgegengekommen wäre. Beim Packen hatte sie sich erinnert und beschlossen: Wenn sie denn schon auf eine »Polarexpedition« geschickt wurde, könnte sie so etwas vielleicht doch mal gebrauchen. Sehen würde sie sowieso niemand Wichtiges mit diesen seltsam unpassenden Kleidungsstücken. Jetzt war sie froh, beides zu haben, und scherte sich nicht um ihre sonst recht ausgeprägte Eitelkeit.

Das mühsam freigehaltene Guckloch auf der Frontscheibe war bei ausgeschaltetem Motor schon wieder vollständig dicht. Hübsch glitzerten die Eiskristalle in der Abendsonne. Für diese Art von Naturschönheit hatte sie jetzt allerdings so gar keinen Sinn. Jeder Atemhauch machte die Sache schlimmer.

Womit die Scheiben enteisen?

Nicola suchte in ihrer Handtasche nach irgendeinem geeigneten Gegenstand.

Ha, ich habe eine Idee!

Sie hegte zwar leise Zweifel, ob das Ding später noch seinen vorgesehenen Zweck erfüllen würde, aber um freie Sicht zu schaffen, eignete sich die Kreditkarte perfekt.

Der Tee aus der Thermoskanne war gerade noch lauwarm. Sie trank ihn schnell, denn in der kalten Luft dampfte er immer noch genug, um neues Eis auf den Scheiben zu produzieren. Das Baguette mit Tomaten, Mozzarella und Basilikum, das morgens noch so lecker ausgesehen hatte, war mittlerweile eine pappige Angelegenheit geworden. Sie aß es trotzdem, denn noch lagen mindestens drei Stunden Fahrt in der hereinbrechenden Dunkelheit vor ihr. Nicola rubbelte sich kurz die Hände, startete entschlossen den kleinen Wagen und nahm das letzte Stück Weg unter die Räder.

Zwei, drei Mal musste sie noch anhalten, um sich im funzeligen Schein eines Feuerzeuges den Routenausdruck anzusehen. Klar: Die Fahrzeuginnenbeleuchtung funktionierte auch nicht! Aber dann, endlich, fand sie sich auf dem dunklen Marktplatz des kleinen Ortes Smolajny.

»Sie haben Ihr Ziel erreicht«, würde das Navi jetzt sagen.

Nicola war höchst zufrieden mit sich, denn sie stand direkt vor einem Haus, das zweifellos ein Gasthof sein musste. Ein bisschen spärlich erhellt fand sie das Gebäude. Nur über der Eingangstür schaukelte ein glimmendes Laternchen im sachten Wind.

Aber gut, warum sollte man hier in dieser Gegend, wo es im Winter sicher nicht gerade von Touris wimmelt, Festbeleuchtung anschalten?

Die schwere Holztür widersetzte sich ihrem Schwung entschieden. Sie war abgeschlossen. Direkt vor Nicolas Nase hing ein Zettel, festgepinnt mit zwei Reißzwecken. So wenig, wie sie des Polnischen mächtig war, halfen lediglich die Datumsangaben. Die ließen nur einen Schluss zu: Die Herberge war offenkundig von Weihnachten bis Dreikönig geschlossen. Nicolas Mut sank auf tiefsten Pegelstand. Mit hängenden Schultern kehrte sie zu dem Lupo zurück und ließ sich seufzend in den Sitz plumpsen.

Und jetzt? Auf gut Glück irgendwohin fahren und hoffen, dass es in dieser Einöde ein Hotel, einen Gasthof gibt? Vielleicht weiß der Makler Rat, überlegte sie und suchte in dem Exposé nach der Telefonnummer. Sie hatte Glück! Adam Zebrowskis freundliche Stimme klang in ihren Ohren wie Engelsgesang. Offenbar hatte Dr. Festner ihn wirklich informiert. Die Kommunikation funktionierte sogar auf Deutsch ganz leidlich. Zebrowski hatte eine Idee, bat um einige Minuten Geduld und rief nach kurzer Zeit tatsächlich mit guten Neuigkeiten zurück. Sie werde erwartet und sei herzlich willkommen, teilte er mit. Morgen früh würde er sie dort treffen und eine Besichtigung des angebotenen Grundstückes mit ihr machen. Sie sei ja dann gleich vor Ort.

Der Weg, den er ihr beschrieb, war ganz gewiss in keinem Routenplaner verzeichnet. Aber seine Erläuterungen waren so präzise gewesen, dass Nicola problemlos ihr endgültiges Ziel erreichte. Ab einem bestimmten Punkt, querab von der Landstraße, gab es sowieso keine Alternativen mehr, und dass sie offenbar richtig war, bewies ein kleines gelbes Ortsschild, das wohl noch aus der Vorkriegszeit stammen musste. »Schmolainen« bekundete es im grellen Xenonlicht zerknautscht und halb hinter einer Hecke versteckt.

Neben einem seltsamerweise glattgeschobenen Fußweg leiteten den Lupo wie auf Schienen nur noch die Spuren eines Fahrzeuges im Schnee durch ein Wäldchen. Bis vor ein hell erleuchtetes, stattliches altes Haus. Rauch kräuselte sich aus dem Schornstein und versprach Wärme. Endlich Wärme! Die Zehen in den zwar großstadtwintertauglichen, aber ganz gewiss nicht für stundenlange Bewegungslosigkeit bei einer Temperatur knapp unter null geeigneten Stiefeln spürte sie schon lange nicht mehr. Der ganze Körper fühlte sich an wie tiefgefroren.

Es konnte nicht das im Exposé erwähnte Gutshaus sein. Das stellte sich Nicola doch noch ein bisschen imposanter vor. Aber immerhin lebte hier im Nirgendwo wenigstens ein Mensch. Einer mit Ofen! Der Eingangsbereich war sorgfältig freigeschippt und ein blank poliertes Messingschild, mit einem fein ziselierten Äskulapstab verziert, zeugte vom Beruf des Bewohners: »Dr. Marcin Jablonski – Chirurg i Internista«.

Die polnische Sprache kann so einfach sein! Ein Arzt. Vertrauenerweckend, hier in der Fremde!

Noch ehe Nicola den Klingelknopf neben dem Praxisschild drücken konnte, wurde ihr aufgemacht. Im Grunde hätte sie sich in ihrem vollkommen durchgefrorenen Zustand notfalls auch an Jack the Rippers Kamin gesetzt. Hauptsache, warm! Aber der Mann, der ihr die Tür einladend weit öffnete, hatte so gar nichts Bedrohliches an sich. Aus der Tiefe des Hauses strahlte helles Licht und umgab die hochgewachsene Gestalt im Türrahmen mit einer Aura, die ihr wie ein Heiligenschein vorkam.

So weit bin ich schon, dass ich mir rettende Engel einbilde ... Tragen Engel eigentlich Jeans, grau melierte Grobstrickjacken und dicke Wollsocken?

Seine ersten Worte waren so herzlich wie irdisch. »Seien Sie mir willkommen, Frau Dr. Berger! Adam Zebrowski hat Sie angekündigt.« Er winkte sie in das weitläufige Entree, von dem zahlreiche Türen abgingen, und streckte ihr die Hand zur Begrüßung entgegen. Das erste wirklich menschlich Warme an diesem verflixten Tag.

»Und Sie sind ... Dr. Jablonski?«, fragte sie, während er die Haustür hinter ihr schloss.

»Oh, ja, bitte verzeihen Sie! Ich habe so selten Gäste von weit her und hier kennt mich jeder«, erwiderte er etwas verlegen.

Wenn er auch wenig weltgewandt wirkt: Immerhin spricht er meine Sprache! Eigentlich ziemlich erstaunlich. Selbst die Männer in der Werkstatt hatten vorhin ein paar Brocken Deutsch parat. Was bin ich selbst doch schlecht vorbereitet! Wenigstens »guten Tag« und »danke« sollte ich eigentlich können, bei so viel Freundlichkeit, die mir hier entgegengebracht wird.

»Und dennoch sprechen Sie so gut Deutsch!«, entgegnete Nicola. »Ich hatte eine Autopanne bei Bromberg, und sogar die Mechaniker, die mich mit diesem Muster an deutscher Wertarbeit da draußen ausgestattet haben, weil sie meinen Wagen nicht mehr flottmachen konnten, sprachen ein paar Worte Deutsch. Es ist mir sehr unangenehm, dass ich nicht einmal die nötigsten Höflichkeiten im Polnischen beherrsche.«

Marcin Jablonski lächelte. »Nichts leichter als das! Wir können ein wenig üben«, und nahm ihr die Jacke ab. »Aber kommen Sie doch erst mal richtig herein. Sie sehen so verfroren aus. Hat Ihr ›Muster an deutscher Wertarbeit‹ keine Heizung?«

Nicola verzog das Gesicht. »Seit Bromberg bin ich ohne Heizung und auf Sommerreifen unterwegs. Kein Spaß bei dem Wetter. Aber ich war froh, überhaupt einen fahrbaren Untersatz bekommen zu haben, nachdem der Phaeton seinen letzten Atemzug getan hatte. Es muss wohl ein Elektronikproblem gewesen sein.«

Amüsiert zog er die Augenbrauen hoch. »Man sollte auch nicht ausgerechnet mit einem Phaeton in diese Gegend kommen. Das ist der griechischen Sage nach schon einmal schiefgegangen.«

»Bitte? Was hat das mit einer griechischen Sage zu tun?«, fragte Nicola verständnislos.

»Das erzähle ich Ihnen gern bei einer heißen Tasse Tee, ja?«

Er hielt ihr die Tür zu einem gemütlichen Wohnzimmer auf und bat sie mit einer Geste herein, die Nicola genauso galant wie altertümlich höflich erschien. Die Wände des Raumes waren bis oben hin mit Bücherregalen bedeckt. Teils standen die Bücher in mehreren Reihen hintereinander. Die recht hohe Decke zierte ein Kranz schlichter Stuckleisten. Schwere moosgrüne Vorhänge waren zugezogen und versperrten den Blick in die dunkle Landschaft. In einem großen Jugendstil-Kachelofen brannte offenbar das reinste Höllenfeuer. Obwohl Jablonski ihr Platz in einem ausladenden Ohrensessel anbot, stürzte sie sich geradezu auf die breite Ofenbank und wärmte ihre eisigen Hände an den hübschen floralen Reliefs der glasierten Fliesen, deren Farbe an Malachit erinnerte. Er ließ sie gewähren, goss Tee ein, reichte ihn ihr und nahm gegenüber Platz.

Nicola fühlte überhaupt keine Scheu. »Darf ich ...?«, fragte sie, und auf sein Nicken hin zog sie ihre Stiefel aus und legte die vor Kälte tauben Füße auf das Bänkchen. »Ich bin entsetzlich durchgefroren. Aber bitte erzählen Sie mir, was es mit der Phaetonsage auf sich hat.«

Waren es nur der heiße Tee und die mollige Wärme, die der Ofen spendete? Oder hatte es auch etwas mit seiner Anwesenheit, mit dieser angenehm unaufgeregten, melodischen Stimme, gefärbt mit dem gutturalen Klang des Ostens, zu tun, dass sich Nicola so schnell geborgen fühlte? Ihre Sinne erwachten aus der Winterstarre und sie begann nach und nach, ihn richtig wahrzunehmen. Er saß ihr nun im Sessel gegenüber, lässig zurückgelehnt, die langen Beine übereinandergeschlagen. Ganz souveräner Hausherr. Der helle und dennoch milde Schein einer Leselampe überzog sein tiefbraunes Haar mit einem bronzenen Schimmer.

Hier also findet man dieses Idealbild! Nicht auf Werbeplakate gedruckt, sondern aus Fleisch und Blut. Was für ein attraktiver Mann!, urteilte ihr Kopf und sie grinste in sich hinein. *Sogar ohne den anscheinend obligatorischen Bart, stattdessen glatt rasiert!* Nicola hatte sich perfekt im Griff. Er konnte nicht ahnen, wie genau sie sein Äußeres scannte.

»Sie sind«, begann er und machte eine kleine Kunstpause, während sie die Füße von der Bank nahm, die Ellenbogen auf die Knie stützte und das Kinn in gespannter Erwartung in die Handflächen legte, »Sie sind hier im Land des Bernsteins, lange Zeit als Ostpreußen bekannt, wie Sie sicherlich wissen. Allerdings hat dieser Name wenig mit dem Preußen Friedrichs des Großen zu tun, sondern mit einem baltischen Volksstamm, dessen Name schon Ptolemäus und Tacitus bekannt war, nämlich den Prußen. Der Bernstein wurde hier im Tagebau gefördert und war als ›ostpreußisches Gold‹ bis in den Mittelmeerraum hinein bekannt und beliebt. Die Sage, welche Ovid aufschrieb, hatte natürlich eine weitaus romantischere Erklärung.«

Er unterbrach sich kurz, sah Nicola an, als wolle er sich ihrer Aufmerksamkeit versichern, und beugte sich ein wenig vor. Sie konnte geradewegs in seine Augen sehen.

Bernstein! Ein bisschen zu dunkel für Bernstein, aber wunderschön samtbraun und zumindest bernsteinfarben gesprenkelt, dazu mit einem so dichten Wimpernkranz umgeben, dass jede Frau neidisch werden müsste, befand sie und musste bei dieser Erkenntnis lächeln. Dieses Lächeln schien ihm die erwartete Aufforderung zum Weitererzählen zu sein.

»Phaeton war der Sohn des Sonnengottes Helios …«

»Ach!«, entfuhr es Nicola.

»Ja, und dieser Phaeton hatte eines Tages die Idee, sich Vaters Fahrzeug ausleihen zu wollen. Das ist nichts Besonderes, das tun ja alle Halbstarken gern mal. Einem Mädchen imponieren, die Freunde beeindrucken … so etwas in der Art.«

»Ich schätze mal, Helios fuhr vermutlich keinen ›Kleinwagen‹ und der Nachwuchsgott hatte seine Schwierigkeiten beim Protzen?«

»Genau!«, bestätigte er mit einem Lachen. »Er lieh sich nämlich, nachdem er seinen widerstrebenden Vater ausgiebig bekniet hatte, den Sonnenwagen aus, der mit etlichen verdammt feurigen Rossen bespannt war, und donnerte damit los.«

»Er kriegte die PS nicht gebändigt und die Sache ging schief, stimmt's?«

»Und wie! Der Bengel hatte nicht die Kräfte seines Vaters, die Pferde gingen ihm durch und er steckte dabei Himmel und Erde in Brand.«

»Herrje! Und dann?«

»Dann griff Göttervater Zeus ein. Der war extrem sauer und schickte einen seiner tödlichen Blitze.«

»Phaeton war tot?«

»Ja, ungefähr genauso tot wie Ihr Phaeton«, grinste Marcin Jablonski und Nicola fiel der schöne Schwung seines Mundes auf. Über dem Kinn, das die Natur wohl ausgesprochen »männlich markant« geplant hatte, gab er dem Gesicht zum gefälligen Ausgleich einen Hauch beinahe femininer Weichheit. Sie antwortete einen Wimpernschlag zu langsam und fühlte sich ertappt in ihrer Inspektion. Der Doktor zog ein wenig die Nase kraus. Das Einzige in seinem Gesicht, das offenbar schon einmal ernsthaften Schaden genommen hatte, denn eine kleine Wölbung auf dem Nasenrücken sprach von einem alten, nicht ideal verheilten Bruch. Nicola räusperte sich verlegen.

»Ähm … und was hat das jetzt mit dem Bernstein zu tun?«

Umgehend nahm er den Faden der Erzählung wieder auf. »Die Schwestern des Phaeton, die Heliaden, trauerten ausgiebig um den Bruder und weinten bittere Tränen. Die Götter hatten Mitleid mit den Mädchen und verwandelten sie in Bäume an den Ufern der Flüsse unseres Landes. Genau hier, in diesem Eckchen der Welt. Aber selbst als Bäume weinten sie noch. Diese Tränen, die ja nun nichts anderes als Baumharz waren, verhärteten sich und fielen auf die Erde. Die Griechen nannten es ›elektron‹, was zu Deutsch Bernstein heißt. Dieser Name wurde vermutlich deshalb gewählt, weil sich Bernstein beim Reiben elektrostatisch auflädt.«

Nicola lachte. »Mein Phaeton verreckte an einem Elektroproblem. ›Martwy‹! Übrigens das erste polnische Wort, das ich gelernt habe. Eigentlich beunruhigend, finden Sie nicht?«

Der Doktor fiel in ihr Lachen ein. »Dann bringe ich Ihnen jetzt das zweite Wort bei. Zum Ausgleich das Gegenstück: ›żywy‹. Lebendig!«

»Danke!«

»Dziękuję!«

»Das heißt ›danke‹?«

Er nickte und Nicola versuchte sich ein paarmal an der richtigen Aussprache, die ihr nur mühsam gelang. Geduldig korrigierte er sie.

»Würden Sie mir vielleicht verraten, warum Sie so ausgezeichnet Deutsch sprechen?«, fragte sie, nachdem sie ihre Zunge entknotet hatte.

»Aber gern! Ich habe in Toruń Medizin studiert. Eine Stadt im ehemaligen Pommern. Damals hieß sie Thorn, das sagt Ihnen als Deutsche sicher eher etwas. Übrigens mit einer wunderschönen, im Krieg kaum zerstörten gotischen Altstadt. Sie sollten sie besichtigen, es lohnt sich. Die Partnerstadt Thorns ist Göttingen. Dort habe ich im Rahmen der Städtefreundschaft zwei Semester als Austauschstudent verbracht.«

»Sie haben in Göttingen studiert? Ich fasse es nicht! Wann?« Nicola war elektrisiert.

»Ab dem Wintersemester 97/98. Warum?«

»Dann hätten wir uns theoretisch begegnen können! Ich habe dort zur selben Zeit Jura studiert. Meine Güte, wie klein die Welt ist!«

Stundenlang sprachen sie über Erinnerungen aus der Studienzeit, entdeckten gemeinsame AStA-Bekannte, stellten fest, dass sie dieselben Kneipen besucht, sogar die gleiche Ecke in der Mensa bevorzugt hatten.

Lachend und mit einem urkomisch verzogenen Gesicht erinnerte Marcin sie an »PNP«.

»Paniermehl. Nichts. Paniermehl. Jeden Mittwoch das Stammessen auf der Speisekarte. Schick garniertes, sogenanntes

›Wiener Schnitzel‹ mit Vitaminbombe in Form einer Spalte Zitrone und eines lappigen Salatblattes sowie Sättigungsbeilage ›Pommes extra dry‹«, feixte Nicola und gab noch den allbekannten »Gummiadler« dazu.

Das Eis war gebrochen. Wenn es denn zwischen ihnen überhaupt welches gegeben hatte. Eine alte Anekdote jagte die nächste, sie hatten einen Mordsspaß daran, sich gegenseitig mit albernen kleinen Vorkommnissen zum Lachen zu bringen. Irgendwann, als es zwischendurch gelang, die Lachtränen zu trocknen, wurde Nicola nachdenklich.

»Und ich muss erst mit dem ›elektrondefekten‹ Phaeton nach Polen reisen, damit wir uns tatsächlich begegnen ... komische Zufälle gibt es.«

Marcin Jablonski runzelte die hohe Stirn unter dem kurz geschnittenen Haar und schüttelte den Kopf. »Ich glaube nicht an Zufälle! Ich glaube an Bestimmung.«

* * *

Mitten im Gespräch war er plötzlich aufgesprungen und hatte sich entschuldigt, dass er sie ja verhungern ließe. Nicola war ihm auf Socken in die blitzblank aufgeräumte Küche gefolgt und hatte geholfen, Brot, Butter und allerhand verschiedenen Brotbelag ins Wohnzimmer zu schaffen. Marcin hatte frisches Holz in den Ofen gelegt und (Nicola war ihm dankbar, dass er nicht mit Wodka ankam) eine gute Flasche Rotwein entkorkt. Es war weit nach Mitternacht, als sie den unwiderstehlichen Drang zu gähnen kaum noch unterdrücken konnte.

Der Tag war lang gewesen, aber die letzten Stunden hatten sie für alle Anstrengungen entschädigt. So wohl hatte sie sich schon ewig nicht gefühlt, und es war völlig natürlich, wirkte schlicht selbstverständlich, dass Frau Doktor, in bereits leicht angeschickertem Zustand, Herrn Doktor gegen elf Uhr das Du angeboten hatte. Schließlich hatten sie beide, wenn auch nicht gemeinsam, Studienjahre in Göttingen verbracht. Da wäre das einfach angemessen, hatte Nicola gemeint und war auf genauso selbstverständliche Zustimmung gestoßen. Nicola war bereits beim ziemlich albernen Giggeln angekommen, einem stets unvermeidbaren Effekt des Alkoholgenusses, der, wie sie immer wieder peinlich berührt feststellen musste, ihrer Würde höchst abträglich war, als Marcin ihr bestens gelaunt ein Gästezimmer im oberen Stockwerk zeigte. Sie war dankbar für den soliden Handlauf und die griffigen breiten Stufen, die mit einem weinroten Läufer belegt waren. Beides erwies sich als sehr hilfreich gegen das Schwanken. In einer leichten Windung führte die Treppe nach oben und mündete auf eine Empore, von wo aus sich dunkle Korridore in zwei Richtungen erstreckten.

Marcin schaltete Licht an und erklärte: »Das Haus wurde früher als Gästehaus für Besucher des Gutes genutzt. Als ich es vor etlichen Jahren mietete, war alles noch beinahe so, wie es bei Kriegsende mal verlassen worden ist. Man muss wohl einfach vergessen haben, es auszuplündern und niederzubrennen, wie es mit vielen der großen Gutshäuser in der Gegend passiert ist. Es war voll möbliert, und weil ich nicht sehr viel Platz für mich brauche, habe ich hier oben nur den Südflügel mit drei Räumen ein bisschen renoviert und teils neu möbliert. Du wirst sehen, die Einrichtung ist zwar alt, aber wirklich sehr schön.«

Nicola folgte ihm den Gang entlang und bewunderte die etwas verblichene, lindgrüne Wandbespannung und die schön gerahmten Stillleben und Landschaftsgemälde, die zwischen den weiß lackierten Kassettentüren hingen.

»Ich dachte, eine Frau würde sich im ›Damenzimmer‹ ganz wohlfühlen«, sagte Marcin und öffnete eine Tür.

Der Raum war ganz in Altrosa gehalten. Schwere, bodenlange Samtportieren, zweifellos Vorkriegsware, sperrten die Nacht aus. Vor dem schmalen Bett mit seinen gedrechselten Pfosten tat ein fein geknüpfter Teppich in derselben Grundfarbe offenbar schon seit langen Jahren seinen Dienst als Vorleger auf dem Parkett. Man sah ihm die vielen Füße an, die er schon hatte ertragen müssen. Eine Nussbaumkommode mit zierlich geschwungener Front und feinen Wurzelholzintarsien hatte sicher wer weiß wie vielen Gästen zum Verwahren ihrer Kleidungsstücke gedient. Darüber hing ein goldgerahmter Spiegel, der von den Rändern her ein wenig blind angelaufen war. Das Tischchen aus demselben Holz, davor zwei grazile, samtbezogene Stühle, mochte zum Ausruhen, vielleicht zum Verfassen vergnügter Ferienbotschaften eingeladen haben. In einer Ecke stand ein Öfchen, eine Miniaturausgabe des gewaltigen Gegenstückes im Erdgeschoss, das Marcin, offenbar in weiser Voraussicht oder schlicht aus Erfahrung mit der Verfrorenheit des weiblichen Geschlechts, kräftig angefeuert hatte.

Nicola war begeistert. »Es ist entzückend!«

»Ich hoffe, du wirst dich wohlfühlen! Es ist nicht gerade Grand-Hotel-Standard, aber für ein paar Nächte wird es gehen, denke ich.«

»Ganz bestimmt. Ich finde es toll. Aber sag bitte, gibt es hier vielleicht auch …«

Er begriff sofort. »Natürlich, komm, ich zeige dir das Bad. Leider musst du über den Flur.«

Badezimmerluxus sah anders aus, zumal der Raum ungeheizt war. Aber immerhin gab es eine altertümliche frei stehende Wanne, die auf verschnörkelten Löwenfüßen ruhte, einen riesigen Holzbadeofen, von dem Marcin schwärmte, er sei in null Komma nichts einsatzbereit, ein riesiges Emaille-Waschbecken und eine Toilette. Na ja, eine von der Sorte mit hölzernem, nicht ganz festgeschraubtem Sitz, wie Nicola ein paar Minuten später erschreckt feststellte, als sie beinahe damit abgeschmiert wäre und sich auf dem klein karierten Fliesenboden wiedergefunden hätte. Was zweifellos der Mürbheit des Materials und *nicht* ihrem leicht beduselten Kopf zuzurechnen war!

Er hatte sie sofort höflich allein gelassen, sie um die Autoschlüssel gebeten, um ihren Koffer heraufzuholen, und Nicola war nicht ganz sicher, ob er ihr Fluchen noch gehört hatte. Gurgelnd tat die Spülung aus dem alten Wasserkasten knapp unter der Decke ihre Arbeit. Nicola hatte ein wenig zu fest gezogen und hielt ein Stück von der dünnen Kette in der Hand. *Verdammt, muss ich gleich die Antiquitäten kaputt machen? Peinlich!*

Sie hörte ihn heraufkommen und beichtete, das Endchen Klokette in der Hand. Er entschuldigte sich wortreich, das nie repariert zu haben.

»Ich bitte dich! Ich platze hier mitten in der Nacht herein, du nimmst mich so freundlich auf und ich ramponiere gleich alles«, jammerte Nicola in purer Selbstanklage.

Marcin lachte. »Pack du mal deinen Koffer aus, ich bringe das schnell in Ordnung. Es muss ja nicht sein, dass ich gleich noch Dienst schiebe, weil du dich in meiner altmodischen Behausung verletzt.«

Nicola ging in »ihr« Zimmer. Es hatte so etwas Heimeliges, dass es ihr nicht schwerfiel, es jetzt schon so zu nennen. An was er alles gedacht hatte, nachdem Zebrowski ihn mit dieser Einquartierung überfallen hatte! Sogar das Bett war offenbar ganz frisch bezogen, duftete nach Waschmittel. Darüber hing ein Aquarell, das eine karge und doch eigentümlich liebliche Seenlandschaft im ersten Frühlingsgrün zeigte. Das Bild berührte Nicola. *Wo mag das sein? Vielleicht weiß er es ja. Ich werde ihn morgen fragen.* Sie sah auf ihre Uhr. *Halb zwei! Nun aber zackig ab in die Falle. Morgen … nein … heute früh um zehn kommt doch schon dieser Makler.*

Die wenigen mitgebrachten Klamotten waren schnell in der Kommode verstaut. Sie steckte schon im Schlafanzug, saß auf dem Bett und stellte acht Uhr als Weckzeit in ihrem Handy ein, als es leise klopfte.

»Ja?«, rief sie.

Marcin öffnete die Tür nur einen Spaltbreit. »Das Malheur ist repariert. Dem Toilettensitz kannst du jetzt auch trauen. Ich wünsche eine gute Nacht.«

»Dziękuję«, sagte sie laut und sehr deutlich.

»Dobranoc, gute Nacht!«, erwiderte er, und sie konnte hören, wie er lächelte. Nicola wiederholte es.

»Bardzo dobrze, sehr gut! Du lernst schnell, Nicola«, sagte er hinter der halb geschlossenen Tür.

»Ich bemüh mich, aber ich bin nicht sicher, wie viel ich mir merken kann, wenn ich etwas nachts um halb zwei mit besoffenem Kopf lerne. Frag mich morgen noch mal und jetzt schlaf schön!« Sie hörte sein leises Lachen. Dann war die Tür zu, Nicola allein. Todmüde sank sie aufs Bett.

Eigentlich noch Zähne putzen, wenigstens abschminken …

Sie schaffte es gerade noch, die kleine Wandlampe über dem Bett auszuknipsen, *ohne* ihr das dünne Zugschnürchen auszureißen, zog das dicke Federbett über sich und war auch schon weggedämmert.

Nicola schlief wie ein Murmeltier, wurde nur ein Mal wach, als sie vor dem Haus Motorengeräusche hörte, die sich schnell über eisig knirschenden Schnee entfernten, sah einen dünnen Lichtstreifen zwischen den Vorhängen aufblitzen, rasch über die altrosa Tapete streifen. Danach war alles still und sie schlummerte sofort wieder ein.

Bestimmung?

Auf den Triumphmarsch musste sie nicht warten. Aida blieb an diesem frühen Morgen als Weckruf ungehört. Verschlafen blinzelte Nicola, griff nach ihrem Handy, schaltete den Wecker ab und stellte fest, dass es gerade mal sieben Uhr war. Stimmen hatten sie geweckt. Viele Stimmen vor dem Haus, im Haus.

Liebe Güte, hier ist man aber im Frühtau zu Berge!, dachte sie und gähnte herzhaft. Fünf Stunden Schlaf waren ihr einfach zu wenig und sie versuchte, noch einmal einzunicken. Vergebens. Unten schien es zuzugehen wie auf einem Bahnhof. Seufzend setzte sie sich auf, reckte und streckte sich. Nachdem der schlappe Kreislauf wenigstens halbwegs in Schwung gekommen war, stieg sie aus dem Bett und zog die Vorhänge zurück. Vor dem Haus: ein gutes Dutzend Autos. *Wahrscheinlich Patienten,* überlegte sie und ließ den Blick über die schneebedeckte, weite Landschaft schweifen.

Der Himmel war klar, die Sterne schon verloschen, der verblassende Mond wollte sich gerade im Westen zur Ruhe begeben. Er legte einen letzten silbrigen Schimmer auf das Dach eines großen Hauses, das Nicola gar nicht weit entfernt erkennen konnte. Der Morgen hatte gerade begonnen, mit erstem vorsichtigem Licht aus dem Wäldchen jenseits des Hauses zu klettern. Nicola sah ihm dabei zu. Sah, wie die Sonne sehr langsam über die kahlen Eichengipfel kroch, sich noch einen Moment auf der Spitze einer Tanne ausruhte und dann, scheinbar endgültig entschlossen, jetzt das Tagwerk zu beginnen, schnell als gleißende Scheibe den Himmel eroberte. Als hätte jemand einen Schleier von einem Bild in kräftigen Farben gezogen, bot sich plötzlich ein Anblick in geradezu unwirklichem Technicolor. Kein Dunst, kein Smog, keine Abgase, wie sie es von zu Hause gewohnt war, brachen hier das Licht. Nicola war geblendet und konnte sich dennoch nicht abwenden, so intensiv und schön war dieser Eindruck.

Ein Stückchen seitlich des Hauses entdeckte sie ein Vogelhaus, gefertigt aus Birkenstämmchen, mit einem Wetterschutz aus Dachpappe. Vögel aller möglichen Arten, groß und klein, hatten sich zum Frühstück eingefunden, pickten, dass die Schlauben flogen, stritten sich, flatterten auf oder saßen einträchtig nebeneinander und ließen es sich schmecken.

Was muss Marcin schon alles erledigt haben, so früh am Morgen?

Nicola riss sich los, obwohl sie noch ewig so hätte stehen können, schnappte ihren Kulturbeutel, spähte vorsichtig den Gang entlang, fand sich allein und huschte ins Bad hinüber. *Was* Marcin so früh schon alles bewerkstelligt hatte, merkte sie, als kuschelige Wärme sie empfing, wo es in der Nacht noch unangenehm klamm gewesen war. Im Badeofen bollerte ein vergnügtes Feuerchen. Herrlich! Sie ließ heißes Wasser in die blank gescheuerte Wanne und nahm ein ausgiebiges Bad. Danach fühlte sie sich frisch für den Tag.

Sie wählte eine elegante, aber warme schwarze Merinohose zu einem eng anliegenden cremefarbenen Rolli, schminkte sich dezent und steckte das Haar zu einem straffen Knoten hoch. Offizieller Termin! Heute war sie nicht die verfrorene, verloren gegangene, hilfsbedürftige Nicola, heute war sie Frau Dr. Berger, Justiziarin und Repräsentantin eines weltweit tätigen Konzerns der allerobersten Liga.

Gerade als sie die Treppe herunterkam, in der Hoffnung, er möge ihr Frühstück genauso wenig vergessen haben wie das der Vögel, öffnete sich eine Tür im Entree, die anscheinend ins Wartezimmer der Arztpraxis führte. Ein sehr alter Mann kam heraus, gestützt auf der einen Seite von einer jüngeren Frau, die beruhigend auf ihn einredete, am anderen Arm von einem sehr professionell und freundlich wirkenden Marcin in schneeweißem, gestärktem Arztkittel und nicht minder schneeweißen Hosen. Mit akkurater Bügelfalte!

Man bemerkte sie nicht, half dem gebrechlichen, geradezu in sich zusammengerutschten Herrchen hinaus. Sie sah, wie sorgsam die beiden ihn im Fond eines Wagens verstauten, der sofort abfuhr. Marcin kam zurück und entdeckte Nicola.

»Guten Morgen, Nicola!«

»Guten Morgen, Herr Doktor! Beinahe hätte ich dich nicht wiedererkannt. Du wirkst so … so hochoffiziell«, sagte sie lächelnd.

»Du nicht minder«, erwiderte er und ließ seinen Blick reichlich wohlgefällig über ihre Gestalt gleiten. »In der Küche ist der Frühstückstisch gedeckt. Auf mich musst du leider verzichten, ich habe viel zu tun heute früh. Meine Nacht war um vier vorbei. Ich hoffe, ich habe dich nicht geweckt. Ich bin zu einem Notfall gerufen worden.«

»Ich habe mitbekommen, dass ein Auto weggefahren ist. Hoffentlich nichts Schlimmes?«

»Nein, etwas sehr Erfreuliches. Das dritte Kind einer Patientin, die sich nie lange mit Geburtsvorbereitungen aufhält und es auch schon beim zweiten nicht mehr rechtzeitig in die Klinik geschafft hat. Ich hatte ihr geraten, es gar nicht erst zu versuchen und lieber mich zu alarmieren, wenn es losgehen würde. Eine Geburt ist immer eine schöne Erfahrung, aber ich muss gestehen, ganz taufrisch bin ich jetzt nicht.«

»Das glaube ich dir! Ich habe allerdings ausgezeichnet geschlafen. Ah, und ganz herzlich ›dziękuję‹ für die warme Badestube!«

»Sehr gerne! Aber du musst mich jetzt entschuldigen. Fühl dich wie zu Hause, wir sehen uns sicher später ...«

Mit einem Zwinkern verschwand Marcin wieder in seiner Praxis und ließ sie stehen. Heute keine Zeit für Sprachunterricht! *Eigentlich schade. Und wirklich erstaunlich, wie seriös, beinahe steif er wirken kann. Ganz anders als gestern Abend ...*

Nicola fand alles vor, was sie sich zum Frühstück wünschte, und griff tüchtig zu. Ein Schälchen voll Milch fiel ihr auf, das auf dem Fußboden vor dem Herd stand. Bisher hatte Nicola noch nirgends eine Katze gesehen, aber offenbar gab es wenigstens einen ständigen Hausgenossen und Marcin lebte nicht vollkommen allein hier. Sie stellte mit Erstaunen fest, dass der Gedanke sie beruhigte. Der Kaffee aus der Maschine war heiß und weckte die letzten widerspenstigen Lebensgeister, das helle Brot schmeckte mit Marmelade genauso gut wie mit Salami. Mit einem zufriedenen Gefühl im Magen war sie gerüstet für die vor ihr liegenden Aufgaben.

* * *

Adam Zebrowski war pünktlich. Nachdem Nicola ein Mal kurz vor die Tür getreten war, um sich einen Moment die verführerische Sonne auf die Nase scheinen zu lassen, hatte sie schnell schlotternd beschlossen, statt des eleganten schwarzen Kaschmirmantels doch lieber die lange Daunenjacke zu holen. Es war so kalt, dass selbst das Atmen schwerfiel. Sie wand sich gerade noch ihren Schal um den Hals, griff nach der bereitgelegten Exposé-Mappe, als der Wagen des Maklers vorfuhr. Angesichts des großen Kombis, schwarz wie die Nacht, mit abgedunkelten Scheiben im Heck, assoziierte Nicola irgendwas zwischen Gangsterboss und Bestattungsunternehmer. Ganz falsch lag sie nicht, wie sie feststellen konnte, als Zebrowski ausstieg. Er hatte beängstigend viel Ähnlichkeit mit Ebenezer Scrooge, dem grantelnden Protagonisten aus Charles Dickens' »Christmas Carol«. In seinem schwarzen Wollmantel wirkte er wie ein überdimensionaler Rabe. Hoch aufgeschossen und hager, wie er war, schien alles an ihm zu hängen. Die um die Knie schlackernde dunkle Hose, die fleischigen Ohrläppchen, die ausgeprägten Tränensäcke, jede tief ins Gesicht gegrabene Falte, die Mundwinkel, die in einem gewaltigen steingrauen Backenbart endeten, und selbst die Spitze seiner ausgeprägten Hakennase hatte eine eindeutige Tendenz nach unten.

Nicola schüttelte sich innerlich. Der Mann, dessen Stimme sie noch am vergangenen Abend als so sympathisch empfunden hatte, war ihr nachgerade unheimlich. Diesen ersten Eindruck vermochte er auch nicht wettzumachen, indem er sie höflich und mit einer geradezu überschäumenden Freundlichkeit begrüßte. Ein Blick in seine wässrig blauen Augen bestätigte Nicolas Unbehagen noch einmal. Was sie sah, wirkte nicht aufrichtig, nur aufgesetzt freundlich, ja, beinahe ein wenig unseriös.

Die intuitive Abneigung ging sogar so weit, dass sie einen Moment zögerte, in den von ihm einladend aufgehaltenen Wagenschlag einzusteigen. Fast hätte sie abgelehnt und suchte schon nach einem guten Grund, den Lupo zu nehmen, um hinter ihm herzufahren. Nicola mahnte sich zu Professionalität.

Ich muss diesen Menschen nicht mögen, ich muss lediglich ein Geschäft mit ihm abwickeln. Aber ich werde achtgeben.

Einmal neben ihm Platz genommen, fühlte sie sich wie in den Fängen eines Raubvogels. Ihr Magen rebellierte. Zebrowski lenkte den Wagen durch das Wäldchen und bog links auf die Landstraße ein. Währenddessen versuchte er sich mit höflicher Konversation in sehr gebrochenem Deutsch, erkundigte sich, ob sie eine angenehme Nacht gehabt habe, wie lange sie gestern unterwegs gewesen sei, und so fort. Sie gab nur knappe Erwiderungen und nutzte die Fahrt lieber, um einen Eindruck von der Gegend bei Tag zu gewinnen.

Nur ein kleines Stück Wegs weiter machte der Makler sie auf eine Abzweigung aufmerksam. »Dort geht zum Gutshaus. Ich werde Sie nachher zeigen. Erst Besonderheit von Grundstück für Gewerbe besichtigen!«

Diese Besonderheit hatte für Nicola tatsächlich erhebliche Relevanz. Das Flurstück grenzte nämlich direkt an den örtlichen Güterbahnhof. Der Zeichnung, die in schlechter Kopie dem Exposé beigelegen hatte, konnte das bei genauem Besehen schon entnommen werden, aber wie ideal die Gegebenheiten für einen Industriestandort tatsächlich waren, konnte Nicola nur begeistern.

Zebrowski machte ein beinahe triumphierendes Gesicht, als er ihre Reaktion bemerkte. »Gutt?«

»Ausgezeichnet!«

Die Karte über die Motorhaube seines Wagens gebreitet, bezeichnete der Makler anhand markanter Punkte die Positionen der Grenzsteine, soweit sie in der leicht hügeligen Landschaft noch im Sichtbereich waren, gab Auskunft über die Bodenbeschaffenheiten und hatte auch positive Antworten auf Nicolas sehr spezielle Fragen bezüglich der Möglichkeiten zur Personalbeschaffung parat. Die Arbeitslosenzahlen in diesem dünn besiedelten »Powiat Elbląski«, wie er den Landkreis benannte, waren offenbar immens hoch. Zebrowskis spinnendünne Finger hielten ihr sogar eine Liste mit potenziellen Arbeitskräften entgegen, die er nach Befähigung und Berufsprofil geordnet hatte. Er bekundete, die Aufstellung ließe sich nach Belieben verlängern. Gut vorbereitet war der Mann. Gar keine Frage! Und er schien ein sehr persönliches Interesse daran zu haben, dieses Stück Staatseigentum möglichst schnell an den Investor zu bringen.

Dass er natürlich auch noch eine Mappe mit Hoch- und Tiefbauunternehmern aus der Region zur Hand hatte, verwunderte schon gar nicht mehr. Wie viele Vettern, Onkel und

Schwäger wohl hinter den wohlklingenden Firmennamen stecken mochten? In den wässrig blauen Augen meinte Nicola jedenfalls schon die Dollarzeichen blinken zu sehen und seine fahlgelbe Haut hatte während des Gesprächs eine durchaus rosige Farbe angenommen. Was er tat, tat er mit Verve!

Mit derselben Verve tippte er auf das in der Karte eingezeichnete Gästehaus. »Logisch übergeben Grundstück mietfrei!«

Nicola fühlte sich, als hätte sie einen Schlag in den Bauch bekommen. *Marcin rausschmeißen? Die Praxis schließen? Ich wusste doch, dass dieser schwarze Vogel irgendeinen Hinterhalt eingebaut hat! Das stand nicht zur Debatte, das wüsste ich.*

Nicola räusperte sich missbilligend. »Das Gästehaus gehört auch dazu? Weiß Dr. Jablonski das?«

»Nie!«, sagte er und wedelte abwehrend mit den Händen vor Nicolas Nase. Es klang wie »nijäh« und bedeutete zweifellos »nein«.

Zebrowski sah sie schleimig-verschmitzt an. Nicola war empört. *Moment ... das Gästehaus war nicht eingezeichnet, das werde ich ihm beweisen!* Sie schüttelte den Kopf, holte die Exposé-Mappe aus dem Wagen, schlug sie auf und hielt ihm die beiliegende Karte entgegen. »Hier ist lediglich das Gutshaus eingetragen! Die Grenze für das angebotene Land liegt eindeutig vor dem Gästehaus. Ich denke nicht, dass wir ein zweites altes Gebäude gebrauchen können. Was wollen Sie uns denn hier unterjubeln?«

Zebrowski wirkte wie jemand, dem, gerade noch siegesgewiss, soeben alle Felle davonzuschwimmen drohten. Seine Hautfarbe wechselte wieder zu fahlem Gelb, bläulich kontrastierten die dicken Adern an seinen Schläfen. Er kniff die schmalen Lippen zusammen. Eine dicke Wolke schob sich vor die Sonne, nahm dem Schnee für einen Augenblick das Glitzern.

»Muss Grundstucke komplett verkaufen! Regierung will so. Nicht Sinn, wenn Stucke rausgebissen, bloß wegen kleine Haus an Rand! Kein Diskussion!«

»Herr Zebrowski!«, sagte sie und gab ihrer Stimme diesen ganz bestimmten Klang, von dem sie wusste, dass er die Wirkung einer wohlplatzierten Ohrfeige hatte. »Herr Zebrowski, das Gästehaus ist meines Wissens ganz gewiss nicht Gegenstand des Angebotes! Ich werde aber mit meiner Firma Rücksprache halten, sobald ich wieder in Deutschland bin. Zeigen Sie mir jetzt bitte nur noch das Gutshaus.«

Der Makler zuckte zusammen und zog ruckartig den Kopf ein wie ein Vogel, der unerwartet in einen schweren Hagelschauer geraten war. Seinen Gesichtsausdruck konnte Nicola nicht anders als »gequält« bezeichnen. Mit diesem Effekt war sie vorläufig ausgesprochen zufrieden. *Wenn er jemandem etwas unterschummeln will, hätte er sich nicht ausgerechnet mich aussuchen sollen!*

Nicola war bekannt für ihre zwar stets sensible, diplomatische, aber notfalls auch beinharte Verhandlungsstrategie. Sie blieb grundsätzlich nett, persönlich und freundlich, solange sie den Eindruck hatte, ihr Gegenüber habe es verdient. Aber sie roch jeden Braten, der auch nur annähernd unsauber oder unkorrekt wirkte, meilenweit gegen den Wind. Und dieser Zebrowski war genau der Typ, der sie veranlasste, ihre arrogante, ausschließlich professionelle Seite herauszukehren. Seit sie einmal nach einer komplizierten Verhandlung vor dem Spiegel im Waschraum der Firma entdeckt hatte, wie sie aussah, wenn es jemand geschafft hatte, sie in diese spezielle gnatzig-überhebliche Stimmung zu bringen, wusste sie, wie ihr Gesicht wirken konnte. Vorbei war es dann mit dem, was sie insgeheim »niedlich« zu nennen pflegte, vorbei mit dem mädchenhaften Schmollmund und dem arglosen Ausdruck ihrer strahlend blauen Augen. Richtig düster und verdammt ernst zu nehmend konnte sie aussehen. Und es funktionierte! Nicola hatte es kultiviert und setzte es selten, aber gezielt ein.

Zebrowski machte einen ebenso geschlagenen wie stocksauren Eindruck. Dann sagte er etwas, wovon Nicola kein einziges Wort verstand: »Głupia krowa, arogancka suka!«

Sowenig sie die Worte auch übersetzen konnte, so sicher war sie, dass es gehässig und gemein klang. Sie versuchte, die Worte im Gedächtnis abzuspeichern, um nachher Marcin zu fragen, was er da gerade von sich gegeben hatte, und stieg wortlos ins Auto.

* * *

Über eine lang gezogene, leicht gewundene Eichenallee pflügte der Wagen durch den Tiefschnee. Der Lupo wäre hier ohne Frage stecken geblieben. Das Gutshaus lag auf einer kleinen Anhöhe, von wo aus in greifbarer Nähe das Gästehaus zu erkennen war. Zebrowski änderte schlagartig seine Strategie und redete wie ein Wasserfall. Offenbar bemüht, die Missstimmung zu überspielen. Nicola reagierte kaum und ließ ihn in dem offenkundig beängstigenden Gefühl schmoren, dass er einen unverzeihlichen Fehler gemacht hatte und sich seiner Sache bezüglich des Verkaufes überhaupt nicht mehr sicher sein konnte. Neben allerhand Lobpreisungen über die herausragende Eignung des gesamten Grundstücks entnahm sie seinem Redeschwall zumindest eine relevante Information: Das Haus, selbstverständlich voll erschlossen, sei lange Zeit Sitz der Gemeindeverwaltung gewesen, bis man sie zentralisiert und nach Pasłęk verlegt habe. Seit einigen Jahren stünde es nun leer.

Die Front des zweieinhalbgeschossigen Gebäudes wirkte heruntergekommen. Die Reliefs, die wohl einmal den Mittelgiebel geziert hatten, waren größtenteils längst ein Opfer der Zeit geworden und herausgebrochen. Nur kleine steinerne Reste zeugten noch vom Glanz längst vergangener Tage. Ein Wappenschild wirkte, als habe irgendjemand kräftig dabei nachgeholfen, es unkenntlich zu machen. Der Makler bemerkte Nicolas skeptischen Blick. »Bissl Farbe, sonst gutt, Dach ist dicht!«, wiegelte er ab.

»Na ja, schau'n wir mal«, gab sie wenig überzeugt zurück.

Zebrowski fummelte den Schlüssel aus einem geradezu genialen Versteck: Als zweiter Klöppel hing er gut verborgen im Kelch der kupfernen Türglocke. Knarzend drehte er sich im Schloss der schweren zweiflügeligen Eingangstür, die im oberen Drittel eine schöne Jugendstilverglasung hinter geschmiedeten Gittern besaß. Die Tür klemmte und gab erst auf ein kräftiges Ruckeln nach. Zwei farbige Scheibchen lösten sich aus den Bleifassungen und fielen klirrend zu Boden. Staubig dumpfe Luft schlug ihnen entgegen. Nicola ließ Adam Zebrowski zuerst eintreten, behielt den Mann argwöhnisch im Auge. Er machte jetzt einen servilen Eindruck und sammelte schuldbewusst die Scherben auf.

Sie fand ihn zunehmend unerträglich und beschloss, ihn jetzt sofort loszuwerden. »Herr Zebrowski, ich möchte Ihre Zeit nicht über Gebühr beanspruchen. Ich werde mir das Haus in Ruhe allein ansehen. Die paar Meter zurück zum Gästehaus schaffe ich spielend. Machen Sie sich keine Sorgen, den Schlüssel hänge ich zurück, wenn ich fertig bin. Ich bedanke mich für Ihre Mühe. Sie hören von mir!«

Mit hängenden Flügeln stand er da, begriff aber offenkundig, dass er nicht mehr länger erwünscht war. »Darf ich Unterlagen hierlassen?«, fragte er und hatte mittlerweile, obwohl erheblich größer als Nicola, eine so gebückte Position eingenommen, dass er sie von unten herauf ansah.

»Sehr gerne! Geben Sie her!« ... *und sehen Sie zu, dass Sie wegkommen,* dachte sie und verkniff es sich gerade noch, das auch auszusprechen.

Die kunstvoll gegossene bronzene Türklinke schon in der Hand, drehte er sich noch einmal um. »Bitte achtgeben! Kellertreppe nicht betreten, besteht Einsturzgefahr!«

Warum nur hatte Nicola das sichere Gefühl, er würde schon wieder versuchen, sie an der Nase herumzuführen und

Mängel des Objekts nicht wahrheitsgemäß von vornherein aufzeigen? Selten war ihr ein Mensch so herzlich zuwider gewesen. Wie bemüht er sich auch gab, sie traute ihm jeden miesen Trick, jeden Winkelzug, jede absichtliche Fehlinformation zu. Eingedenk seines Fluchens vorhin, als er sich zweifellos ganz sicher war, dass sie kein Wort verstanden hatte, und mit der vollen Absicht, dem Herrn Zebrowski eins auszuwischen, antwortete sie: »Bardzo dobrze! Ich werde mich vorsehen. Dziękuję!«

Zebrowskis Kinn klappte in etwa bis auf Brusthöhe hinunter. Aus dem fahlen Gelb wurde Feuermelderrot und er hatte es plötzlich unerhört eilig, wegzukommen. Die Tür fiel hinter ihm ins Schloss und sie hörte, wie sich sein Wagen eilends entfernte.

Nicola grinste. Dann legte sie den Stapel Unterlagen auf einen Fenstersims und sah sich in der Eingangshalle um. Durch verstaubte Fenster fiel die Wintersonne auf den farbigen Mosaiksteinboden, fing sich in den Kristallen eines spinnwebumgarnten Lüsters unter der hohen Decke und ließ sie zitternde Lichtpunkte an die Wände klecksen. Zwei breite Holztreppen mit kunstvoll gedrechselten Geländern führten in kühnem Schwung auf eine Galerie. In der Mitte der Balustrade entdeckte sie eine freie Stelle, die der Form nach wahrscheinlich einmal ein Wappen enthalten hatte. Den langen Tragbalken darunter zierte ein Haussegen, dessen ehemals vergoldete Lettern sie nur noch teilweise entziffern konnte. Ganz sicher aber erkannte sie, dass er in deutscher Sprache geschnitzt war. Die Worte »Treu' und Ehr'« waren eindeutig lesbar.

Unter der Galerie stand eine Tür offen. Gleich einem Wegweiser zog sie ein einladender Silberschein der Sonne in einen leeren Raum, der die Ausmaße eines Ballsaales hatte. Nicola folgte geblendet dem Strahl aus Licht und Staub.

Ein mächtiger Kamin nahm beinahe die gesamte holzvertäfelte Schmalseite ein. So hoch, dass ein Kind von vielleicht zehn Jahren darin aufrecht hätte stehen können. Kunstvoll verziert war der breite Marmorsims, den an jeder Seite eine Figur stützte. Amor und Psyche! Nicola bewunderte, wie gut der Künstler den verzweifelten Ausdruck im Gesicht der weiblichen Figur getroffen hatte, wie menschlich ihre sehnsuchtsvoll ausgestreckten Arme nach ihm zu greifen schienen. Die Züge Amors hingegen sprachen von Empörung und tiefer Enttäuschung. Es wirkte, als wäre er just auf der Flucht, den Bogen geschultert, die Füße schon nicht mehr erdgebunden. Der Bildhauer musste versucht haben, jenen Moment in der griechischen Sage einzufangen, als Neid und Verrat den jungen Gott und die schöne Königstochter beinahe getrennt hätten. Nicola wusste: Die Geschichte war gut ausgegangen. Letztlich hatte die Liebe gesiegt, und die sterbliche Psyche bekam nicht nur ihren Amor, sondern wurde auch als Göttin im Olymp aufgenommen.

Sie riss sich von dem zauberhaften Kunstwerk los, wandte den Blick der Gartenfront zu. Die Rundbogenfenster reichten fast bis zum Boden und in der Mitte befand sich eine zweiflügelige Tür, die auf die Terrasse hinausführte. Es musste einmal ein wunderschöner Park gewesen sein, da draußen am Rand des Teiches, der vom Bach gespeist unter mächtigen Trauerweiden im Sonnenlicht glänzte. Ihre Vorstellungskraft ließ mühelos Bilder entstehen. Bilder einer vergnügten, elegant gekleideten Teegesellschaft auf zierlich-schnörkeligen Gartenstühlchen vor der Kulisse blühender Azaleenbüsche, Schatten spendender alter Bäume. Bilder spielender Kinder, die über einen gepflegten Frühlingsrasen toben. Beinahe meinte sie, ihr Juchzen zu hören.

Und was für rauschende Feste mochte dieser Saal erlebt haben? *Wie viele Füße sind wohl in Ballschuhen tanzend über dieses herrliche Intarsienparkett geflogen?* Nicola schloss die Augen und meinte, Walzermusik zu hören. Sacht begann sie sich im Takt zu drehen, gab sich dem Rhythmus der eingebildeten Musik hin, summte die Melodie mit, hielt die Arme so, als ließe sie sich von einem Tänzer führen, genoss diese Vorstellung. Lächelnd, entrückt, bis das Stück zu Ende war und sie sich mit einer kleinen Verbeugung bedankte. Dann öffnete sie die Augen wieder.

Spinnst du? Du bist nicht hier, um alleine in einem verlassenen Gutshaus Walzer zu tanzen, du bist hier, um ein ganz simples Geschäft abzuwickeln, verdammt noch mal!

Sie konnte sich nicht erinnern, sich jemals so benommen zu haben. Und obwohl sie wusste, dass niemand sie gesehen hatte, war es ihr peinlich. Das Haus hatte eine seltsame Ausstrahlung, fand sie. Es »machte« etwas mit ihr. Sie nahm sich vor, das nicht wieder zuzulassen, straffte sich und begann, das ganze Gebäude nach bestem Wissen auf seinen baulichen Zustand zu untersuchen.

Anscheinend hatte Zebrowski tatsächlich recht gehabt. Sie entdeckte weder im Erdgeschoss noch im ersten Stock wesentliche Mängel. Von den Fenstern auf der Westseite hatte man einen großartigen Blick über den Besitz. Es war ihr vorhin in ihrem Ärger gar nicht aufgefallen, dass eine stattliche Brücke über einen wilden, nur an den Rändern zugefrorenen Bach auf den Innenhof führte. Auch die beiden steinernen Adler, die mit ausgebreiteten Schwingen die Torpfosten krönten, waren ihr entgangen. Von Weitem erkannte sie den rauchenden Schornstein des Gästehauses. Dann wechselte sie über den breiten Korridor auf die Ostseite und entdeckte hinter einem Obstgarten mit uralten Bäumen eine ganze Reihe verschiedener Wirtschaftsgebäude in geringer Entfernung zum Haus. Sie nahm sich vor, sie später noch genauer zu inspizieren, wenn sie hier drinnen fertig war.

Ein Raum auf dieser Seite des ersten Stockes war annähernd so groß wie der genau darunterliegende Saal. Während die anderen Zimmer nur mit Kachelöfen ausgestattet waren, existierte auch hier ein offener Kamin in der vertäfelten Wand. Nicht ganz so prächtig, aber auch für sich genommen noch ein besonders schönes Stück. Die ochsenblutroten uralten Tapeten hatten sich bereits an vielen Stellen von der Wand gelöst und hingen wie kläglich geknickte Eselsohren herab. Dennoch war an regelmäßigen Ausbleichungen erkennbar, dass hier vor sehr langer Zeit hohe Schränke oder Regale gestanden hatten. Nicola schloss daraus, dass es sich um die Bibliothek gehandelt haben könnte.

Noch eine Etage höher waren die Decken wesentlich niedriger. Es gab etwa ein Dutzend kleine Kammern mit runden Fensterluken in Kniehöhe. Das mussten die Unterkünfte der Hausangestellten gewesen sein. Ein paar schmale eiserne Bettgestelle zeugten noch von der zweifelhaften Bequemlichkeit. Öfen hatte es hier oben offenkundig nicht gegeben.

Der Dachboden beherbergte ein buntes Sammelsurium teils sehr schöner alter Möbel, mit dicken Schlössern versehener Kisten und Truhen, für die sich offenbar nach dem Krieg niemand mehr interessiert hatte.

Erstaunlich! Warum hat die noch keiner geöffnet?

In einer Ecke stand die Büste eines überlebensgroßen Tutanchamun. Eine naive Darstellung in knalligen Farben mit reichlich Trompetengold.

Wer weiß, vielleicht trifft den, der sich hier zu schaffen macht, der »Fluch des Pharao«?

Nicola prüfte das Gebälk und die offen liegenden Dachsparren. Keine Feuchtigkeit, kein Holzwurmbefall. »Tatsächlich: alles gutt …«, murmelte sie, zog die Tür hinter sich zu und stieg vorsichtig die schmale Dachbodentreppe hinunter.

Nun nur noch das Fundament begutachten, dann wird es Zeit, an den warmen Ofen im Gästehaus zurückzukehren. Gut, dass ich die dicke Jacke angezogen habe!

Auf dem Weg ins Erdgeschoss überkam sie das komische Gefühl, nicht allein zu sein. Leise klirrten die Kristalle im Lüster. Nicola blickte sich forschend um. Keine Menschenseele zu sehen.

Einbildung! Hier ist garantiert niemand!

Sie riss sich zusammen. Nicola glaubte nicht an Geister. Dafür war sie viel zu bodenständig, viel zu praktisch veranlagt.

Aber wenn man schon anfängt, nach imaginärer Walzermusik zu tanzen …? Ihr wäre wohler gewesen, wenn sie jetzt fertig gewesen wäre, um im strahlenden Sonnenschein noch einen Blick auf die Wirtschaftsgebäude zu werfen. Und dann durch den frischen Schnee hinüberzustapfen zum nahen Gästehaus, um sich an einer Tasse Kaffee die klammen Hände zu wärmen. Dem momentanen Stand ihrer Inspektion nach konnte sie sich das Haus wunderbar als Verwaltungsgebäude vorstellen. Aber sie war akribisch und wollte alles begutachten! Die Warnung des Maklers im Ohr, hätte sie es sich nie verziehen, wenn für die Firma irgendwelche Unwägbarkeiten aufgrund ihrer Nachlässigkeit entstünden.

Sie betrat einen großen gekachelten Raum, der einmal die Küche gewesen sein musste. Es gab drei Türen. Mit traumwandlerischer Sicherheit öffnete Nicola zunächst die beiden falschen. Speisekammer und Kühlraum verbargen sich dort. Hinter der dritten Tür warnte ein schwarz-gelbes Absperrband schlapp hängend und missmutig vor dem Abstieg. Sie hielt sich mit einer Hand am Geländer, mit der anderen an der Küchentür fest. Auf Zehenspitzen stand sie vor dem düsteren Schlund und beugte sich vor, so weit es ging. Nur langsam gewöhnten sich die Augen an das Halbdunkel. Muffig feuchte Gerüche schlugen ihr entgegen. *Da muss es irgendwo einen Wassereinbruch gegeben haben. Vielleicht besser, wenn ich mir die Sache von außen ansehe …*, überlegte sie und wollte sich gerade abwenden, als es passierte:

Ein Fauchen!

Erschreckt drehte sie sich um, die Türklinke entglitt ihr, sie versuchte, mit einem Ausweichschritt auf die Treppenstufen das Gleichgewicht wiederzufinden. Ihr Fuß hatte das Holz kaum berührt, da gab es auch schon nach und verschwand polternd in der Tiefe. Sie steckte bis zum Oberschenkel in dem Loch, das sich aufgetan hatte. Mit beiden Händen krallte sie sich am Geländer fest, probierte, sicheren Grund mit den Knien zu ertasten. Vergeblich! Die Treppe war so morsch, dass sie mit jedem neuen Versuch, irgendwo Halt zu finden, nur noch mehr Schaden anrichtete. Kalter Schweiß trat ihr auf die Stirn.

Vielleicht mit einem Aufschwung? Nicolas Sportnote war über eine Drei nie hinausgekommen. Und sie hätte die Beine bis über Kopfhöhe bringen müssen, um den Rand des Küchenbodens wieder zu erreichen. Schlapp und verzweifelt – »Mehlsack!«, hörte sie ihren drahtigen Sportlehrer Müller missbilligend sagen – hing sie ganz still am Handlauf und spürte, wie die Finger immer feuchter und rutschiger wurden.

Versuch's! Los, versuch's noch ein Mal, Nicola!, trat sie sich Müller-like in den Hintern und nahm alle Kräfte zusammen. Sie stieß sich mit den Füßen von der Wand ab, spannte den Körper an und schwang die Beine fast bis an den rettenden Punkt.

Fast!

Dann sah sie etwas Scheußliches. Es war *nicht* die fette schwarze Spinne, die direkt vor ihrer Nase am Faden herabbaumelte. Spinnen konnte sie nicht besonders gut leiden, aber hier und jetzt war sie ohne Weiteres geneigt, das Viech zu übersehen, denn etwas ganz anderes entsetzte sie: Wie in Zeitlupe lösten sich die schweren Schrauben, die den Handlauf sicher jahrhundertelang in der Wand gehalten hatten. Mit einem bedrohlichen Knarzen bog sich das alte Holz. Unter ihr klaffte das Loch, das sie mit ihrer wilden Strampelei aufgerissen hatte. Immer weiter öffneten sich die Hände, der Angstschweiß rann ihr die Schläfen hinunter, Kräfte ließen nach. Noch ein Mal versuchte sie nachzufassen, hing sekundenlang mit gekrümmten Fingerspitzen da.

»Heilige Maria, hilf mir, ich bin nicht Lara Croft!«, stöhnte sie. Aber sie wurde wieder einmal nicht erhört.

Es ging nicht nur einfach die mürbe hölzerne Treppe hinab! Die Treppe gab in ihrer Gesamtheit nach und beförderte sie sozusagen durch sich hindurch auf den Grund des Kellers. Sie rollte sich reflexartig zusammen, hielt die Arme schützend über den Kopf. In Sekundenbruchteilen schossen Jahre umspannende

Bilder vor ihrem inneren Auge vorbei. Herabfallendes Holz prasselte auf Nicola nieder. Dann war alles still. Ein Geschmack von Moder und Staub auf der Zunge, geschlossene Augen, ein Rauschen in den Ohren, das Gefühl, nicht richtig durchatmen zu können. Eigentlich erwartete sie jetzt eine gnädige Ohnmacht. Aber die gab es offenbar bei solchen Unfällen nur in Büchern oder Filmen.

Langsam öffnete sie die Augen. Angst, schon das Bewegen der Lider könnte neue Katastrophen heraufbeschwören. Den Kopf eingezogen, schob sie einen Arm aus dem Chaos. Befreite das rechte Bein. Das linke schmerzte höllisch, wollte nicht recht mitspielen.

Was ist damit los? Ich muss hier weg. Muss nachsehen. Raus aus diesem Trümmerhaufen, schnell ... raus!

Panik schickte einen feinen eiskalten Schweißfilm über den ganzen Körper. Sie konnte ihre eigene Furcht riechen. Hastig schob sie zerbrochene Bretter, Latten, Metallteile fort, hatte sich beinahe ganz befreit. Bereit, aufzustehen.

Dann neues Entsetzen! Der Boden unter ihr gab nach!

Ein beherzter Sprung zur Seite.

Fest! Sie lag bäuchlings auf feuchten, gebrannten Tonziegeln, tastete mit der flachen Hand den Untergrund ab, robbte weg von dem neuen Loch, das sich aufgetan hatte. Sie setzte sich auf, kauerte, die Arme um das gesunde Bein geschlungen, das andere, wie nicht mehr zum Körper gehörig, matt fortgestreckt, und versuchte sich zu orientieren. Finster war es hier unten. Nur durch einige winzige, vergitterte Kellerfenster drang schwaches Licht, die halb geschlossene Küchentür ließ lediglich einen matten Schein herein.

Alles tat weh. Noch hatte offenbar kein Adrenalinschub eingesetzt, der die schlimmsten Schmerzen lindern würde. Sie befühlte ihre Stirn, hinter der das Krachen des Treppeneinsturzes noch immer nachdröhnte. Feucht. Und warm. Das musste Blut sein! Zitternd saß sie auf dem schmierigen Boden, spürte, wie Tränen über ihre schmutzigen Wangen liefen, wischte mit dem Handrücken machtlos gegen den nicht enden wollenden Strom und rollte mit fahrigen Händen die Reste des zerfetzten Hosenbeins hoch.

Im nächsten Moment bot sich ein Anblick, der so grässlich war, dass ihr übel wurde. Nicola hatte das Gefühl, gleich, nein, sofort müsste ihr schwarz vor Augen werden.

Einen Wodka! Warum ist hier kein Wodka? Ich kotz gleich! Um Gottes willen bloß nicht hingucken! Ich kann einfach kein Blut sehen. Schon gar nicht mein eigenes und schon überhaupt nicht, wenn es dazu noch so scheißweh tut.

Sie atmete tief durch. Handeln! Dann nahm sie entschlossen den Schal vom Hals und wickelte ihn um das Bein. Es war nicht das, was man einen Verband nennen konnte. Aber erstens war er sauber, was man von ihrer Umgebung ganz gewiss nicht behaupten konnte, und zweitens verdeckte er immerhin die große Wunde, die sie nicht sehen wollte. Nicht noch einmal! Sie musste jetzt bei klarem Verstand bleiben. Nicola tastete nach ihrer Jackentasche. Da, wo normalerweise ihr Handy steckte, war gähnende Leere.

O bitte! Nein! Verflucht, das Handy liegt drüben neben meinem Bett. Wie nützlich!

Ein plötzliches Geräusch über ihr ließ sie zusammenzucken. »Miau.« Durch den schmalen Spalt zur Küche sahen sie die gelben Augen einer getigerten Katze an.

»Du warst das also! Musstest du mich zu Tode erschrecken?«, jammerte Nicola. »Und kannst du mir mal sagen, wie ich hier wieder rauskommen soll?«

Die Katze antwortete nicht. Natürlich! Lag nur regungslos, die Vorderbeine untergeschlagen, ganz nah am Abgrund und starrte sie unverwandt an. Neben ihr ringelte sich vorwurfsvoll der letzte Fetzen Absperrband.

»Wenn du Lassie wärst, würdest du nicht so dämlich glotzen, sondern Hilfe holen«, fluchte sie gequält, »blödes Vieh!«

Die Katze rümpfte die Nase und Nicola hatte das Gefühl, einen miesen Hauch von Häme in ihrem Gesicht zu entdecken. Sie war nicht Lassie. Und rührte sich nicht weg.

Soll ich probieren, die Bretter so aufzuschichten, dass ich hochklettern kann? Sollte ich nicht nachschauen, ob die Kellerluken sich öffnen lassen?

Letzteres versuchte sie. Stöhnend schleppte sie sich über den glitschigen Boden, richtete sich mühsam vor einem der Fenster auf. Der Griff drehte sich und eisige Luft strömte herein. Hastig schloss sie es wieder. Die Gitter waren an eisernen Mauerankern festgeschweißt. Keine Chance!

Frustriert humpelte sie zurück unter den fahlen Lichtstreifen, der durch die Küchentür fiel, klaubte ein paar Bretter zusammen und hockte sich hin. Ihre Uhr, die keinen Kratzer abbekommen hatte, zeigte halb zwei. Der Magen rebellierte irgendwo zwischen Übelkeit und Hunger. Saukalt war es hier unten. Hoffnungslosigkeit kroch ihr in den Nacken.

Das war schon immer der Traum meiner schlaflosen Nächte: in einem uralten polnischen Keller zu verschimmeln! Ich kann nur hoffen, dass Marcin sich irgendwann wundert, warum ich nicht zurückkomme, und den ekligen Zebrowski anruft. Aber wann wird das sein? Wie lange hat er in der Praxis zu tun?

Quälend langsam verging die Zeit. Nicola kühlte mehr und mehr aus, presste die Lippen aufeinander, um das Klappern der Zähne zu unterdrücken.

Es schienen Stunden vergangen zu sein, die sie auf dem chaotischen Bretterhaufen sitzend verbracht hatte. Als sie wieder nachsah, stand der kleine Zeiger ihrer Omega gerade mal knapp vor der Drei. Diese Uhr war ein Geschenk der Eltern zum zweiten Staatsexamen gewesen. Nicola liebte sie.

Noch immer lag die Getigerte bewegungslos da oben und starrte zu ihr hinunter. Möglicherweise starrte sie auch gar nicht zu *ihr* hinunter, sondern hatte mehr Interesse an dem, was

Nicola in allen Ecken schemenhaft wuseln sah? Offenbar hatten die Mäuse jedoch Angst vor ihr, denn sie kamen Gott sei Dank nicht näher.

Wenn ich mich nicht ein bisschen bewege, werde ich erfrieren.

Ein Blick auf den Schal offenbarte jedoch, dass sie es besser nicht übertreiben sollte. Die cremeweiße Wolle hatte sich längst dunkelrot gefärbt. So versuchte sie zunächst im Sitzen, den steifgefrorenen Gliedern etwas Wärme zu verschaffen, spannte einen Muskel nach dem anderen an, ließ wieder locker. Und fror bitterlich weiter. Nicola hatte es schon immer gehasst, warten zu müssen. Doch jetzt blieb ihr nichts anderes übrig.

Das Licht des fortschreitenden Nachmittages wurde zusehends blasser. Sie beschloss, solange überhaupt noch etwas zu erkennen war, wenigstens nachzuschauen, was es mit dieser Grube auf sich hatte, in die sie gestürzt wäre, wenn sie den rettenden Hechtsprung nicht gewagt hätte. Sie stand auf und näherte sich vorsichtig dem Rand. Auch hier waren dieselben Tonziegel verlegt, die den gesamten Kellerboden bedeckten. Allerdings hatte sich auf einer Fläche von etwa einem Quadratmeter eine ungefähr dreißig Zentimeter tiefe Mulde gebildet. Etliche Steine waren zerbrochen, manche ineinander verkeilt.

Nicola war neugierig und froh, etwas gefunden zu haben, womit sie sich die Zeit vertreiben konnte, wagte jedoch nicht, noch näher heranzutreten. Suchend sah sie sich nach einem Werkzeug um. Eine halbwegs solide Latte schien ihr geeignet. Aus sicherer Entfernung schob sie mit der Spitze des verlängerten Armes den Schutt beiseite, löste Stein um Stein und fühlte mürben Widerstand unter der Schicht. Ihr Entdeckergeist war geweckt. Sie spürte die Kälte nicht mehr, vergaß in diesem Moment den scharfen Schmerz im linken Bein.

Als kleines Mädchen hatte sie Abenteuergeschichten geliebt und ungefähr mit sechs die fixe Idee entwickelt, im winzigen Vorgarten des elterlichen Siedlungshäuschens müsse sich ein verborgener Schatz befinden. Es war nicht sonderlich gut angekommen, dass sie mit der Sandschippe Mutters Rosen, Begonien und Tagetes ausgegraben hatte. Und zu allem Überfluss, kraft ihrer überschwänglichen Leidenschaft, auch noch dem Gartenzwerg namens Fred das stets tapfer festgehaltene Laternchen entriss und die Figur exakt in der Mitte, knapp unterhalb des grünen Wamses, zerbrach. Genau genommen war die Sache so wenig gut angekommen, dass sie die erste und einzige Tracht Prügel ihres Lebens bezogen hatte.

Hier musste sie kein Beet umgraben! Es dauerte kaum eine halbe Stunde, bis sie keuchend und schnaufend neben ihrem Werk stand. Die letzte Hürde zeigte sich in Form einer mürben Holzklappe. Jene Klappe, die, wahrscheinlich bedingt durch jahrzehntelange Kellerfeuchte, unter Nicolas Gewicht eingebrochen war. Ein eiserner Ring ließ sich mithilfe der Latte fassen und unter todmüdem Knarren gab das Versteck sein Geheimnis preis. In einem gemauerten Schacht befand sich eine solide Überseekiste!

Ein Schauer der Erwartung lief über Nicolas Rücken. Was mochte darin sein? Wer hatte hier vor wem etwas derart geschickt versteckt? War es okay, nachzusehen? Übermächtig war Nicolas Neugier. Und stritt sich mit dem aufdringlichen Gedanken, etwas Falsches zu tun. Sie überlegte. Niemand würde sie beobachten, niemand für ihre Neugier strafen. Sie ließ sich auf dem gesunden Knie nieder, langte schon nach dem Griff, der seitlich am Deckel angebracht war.

Die Getigerte fauchte über ihr. Beinahe hätte Nicola sie vergessen.

»Misch du dich gefälligst nicht ein!«, zischte sie zurück. Erschreckt. Ertappt. »Irgendwann wird mich irgendwer hier rausholen, wenn ich nicht bis dahin erfroren, verhungert oder verblutet bin. Aber so lange werde ich mich ja wohl mal ein bisschen in meinem Kellerverlies umsehen dürfen, oder?«

Die Katze sah zu ihr hinunter. Nicola fand, dass sie vorwurfsvoll guckte. Trotz des unangenehmen Gefühls, das diese gelben Augen verursachten, die sie unausgesetzt in ihrem schmerzenden Nacken spürte, stemmte sie den Deckel hoch. Im letzten vergehenden Lichtschein des Tages fand sie den Schatz. Einen Schatz, dessen pekuniären Wert sie nicht sehr hoch taxierte. Sorgfältig eingewickeltes Familiensilber, schönes altes Porzellan. Aber, und das war viel interessanter, eingeschlagen in brüchigem Wachspapier, ein Bündel eng beschriebener Seiten! Vorsichtig löste sie die steife Umhüllung und entzifferte mühsam die ersten Worte.

* * *

Marcin atmete auf, als er kurz vor sieben Uhr die Haustür hinter dem letzten Patienten abschließen konnte. Den ganzen Tag hatte er keine Pause bekommen und die schlaflose Nacht steckte ihm in den Knochen. Er wollte jetzt nur noch eins: endlich etwas Vernünftiges essen und dann zeitig ins Bett gehen. Der 24-Stunden-Bereitschaftsdienst, der allen Familienärzten auf dem Land abverlangt wurde, konnte ein ziemlicher Schlauch sein. Er stand als Unverheirateter, Kinderloser sowieso immer ganz oben auf der Liste. »Marcin, kannst du mal?« Und immer ließ er sich breitschlagen. Nun endlich standen ihm mal ein paar freie Tage bevor. Manchmal hatte er sich schon vor Augen geführt, wie viel leichter das Leben als Mediziner in einer der städtischen Polikliniken wäre. Halbwegs geregelte Arbeitszeiten, definitiv bessere Bezahlung! Landärzte wurden gebraucht, wurden allerdings sukzessive weniger. Letztlich war er aber nie zu dem Schluss gekommen, mit den Kollegen tauschen zu wollen. Er liebte seinen Beruf hier draußen und er hätte es sich nie verzeihen können, seine Patienten im Stich zu lassen.

Marcin hatte eine Idee, die ihm gut gefiel: Vielleicht hatte ja Nicola Lust auf gemeinsames Kochen und einen netten Plausch vor dem Zubettgehen? Er stieg die Treppe hinauf und klopfte an ihre Zimmertür. Kein Laut! Ob sie schon schlief? Leise und mit dem unsicheren Gefühl, womöglich unhöflich zu sein, öffnete er die Tür. Nicolas Bett war leer. Daneben lag ihr Handy auf dem Fußboden.

Sie ist noch immer nicht zurück? Ob sie mit dem Makler in irgendeinem Café in der Stadt sitzt und den Kaufvertrag fertig macht? Eigentlich eher unwahrscheinlich …

Er war ein wenig genervt. Sie war ein erwachsener Mensch, konnte im Grunde kommen und gehen, wann sie wollte, aber sie hatte keinen Schlüssel. Tagsüber, während der Sprechzeiten, stand die Tür immer offen. Nachts aber schloss er ab. Wann immer sie also erscheinen würde, müsste sie ihn herausklingeln. Wäre es nicht ausgerechnet die Zeit zwischen den Jahren gewesen, in der er gehofft hatte, wenigstens ein kleines bisschen Ruhe und Entspannung zu finden, und wäre er heute nicht so todmüde gewesen, hätte es ihm wahrscheinlich weniger ausgemacht, völlig unvermutet diesen wildfremden Gast aufs Auge gedrückt zu bekommen.

Natürlich, es gehört nun einmal zur landesüblichen Gastfreundschaft, einen Reisenden ohne Dach über dem Kopf nicht einfach auf der Straße stehen zu lassen. Aber ausgerechnet heute könnte sie ein wenig höflicher sein und beizeiten zurückkommen. Sie weiß doch, wie kurz meine Nacht war.

Marcin seufzte und entschied sich für ein schnelles, einfaches Abendessen. Mit Hackfleisch und Kräuterquark gefüllte Piroggen zogen schon bald im heißen Wasser. Während der Ofen vorheizte, in dem die leckeren Teigtaschen in Kürze noch braun gebacken werden sollten, schnitt er Zwiebeln, setzte die Pfanne auf den Herd, deckte den Tisch für zwei, stellte ein Töpfchen mit saurer Sahne dazu und kochte Teewasser.

Die Piroggen kann sie sich auch später noch warm machen, wenn sie erst mitten in der Nacht zurückkommt, überlegte er.

Es war ein komisches Gefühl, das er für seinen Gast entwickelte. Er wusste von dem Makler, warum sie hier war. Eine Industrieanlage! Hier in seiner idyllischen Einöde! Das schmeckte ihm nicht. Obwohl er durchaus einsah, dass die Region dringend einen wirtschaftlichen Aufschwung gebrauchen konnte, mochte er sich mit dem Gedanken nicht recht anfreunden, in absehbarer Zeit einen wie auch immer gearteten geschäftigen Betrieb vor die Nase gesetzt zu bekommen. Ein gewisses Unbehagen machte sich insbesondere deshalb breit, weil es ausgerechnet eine deutsche Firma war, die da die Hände nach dem Land ausstreckte. Viel zu gegenwärtig war ihm die Geschichte der vertriebenen deutschen Landsleute, viel zu genau kannte er die Historie des vielfach verteilten, überrumpelten, zeitweise sogar ganz von der Landkarte verschwundenen Polen, als dass ihn nicht das Gefühl beschleichen musste, sehr direkt und höchstpersönlich vor einer neuen »deutschen Landnahme« zu stehen. Er war überlegt genug, sich nicht von denselben Vorbehalten Nicola gegenüber leiten zu lassen, die ihm selbst ab und zu während seines einjährigen Deutschlandaufenthaltes begegnet waren. Aber er spürte, dass es mit dem gegenseitigen Vertrauen zwischen den beiden Völkern noch nicht sehr weit her war.

Marcin mahnte sich zu Vernunft und europäischem Denken. Zumal der Vorabend sie einander hatte näherkommen lassen wie alte Freunde. Und überdies fühlte er sich in gewisser Weise für sie verantwortlich. Wenn er ganz ehrlich zu sich selbst war, und das war er eigentlich meistens, musste er sich eingestehen, dass es nicht allein Verantwortungsgefühl war. Sie brachte in ihm eine Saite zum Klingen, die er lange nicht gehört hatte. Seit Marina damals das Haus verlassen hatte, ganz konkret: nicht nur das Haus, sondern auch ihn für immer verlassen hatte, gab es keine Frau mehr in seinem Leben. Zu tief war die Verletzung gewesen, zu sehr hatte sie seinen Stolz, sein ganzes Selbstbewusstsein zu einem Häufchen Brösel geschrotet. Mühsam war es gewesen, sich selbst wieder halbwegs zusammenzusetzen, aufzustehen und im Leben weiterzumachen. Seine Angst, diesen Kraftakt so schnell kein zweites Mal leisten zu können, saß seither tief.

Nicola wirkte zwar einerseits absolut autark. Immerhin hatte sie promoviert und bekleidete offenbar eine sehr gehobene Position in ihrer Firma. Aber andererseits hatte es ihn gerührt und seinen Beschützerinstinkt geweckt, wie sie da gestern total verfroren und irgendwie verloren bei ihm untergeschlüpft war. Sie war so völlig vorbehaltlos gewesen, hatte so viel fröhliche Wärme ins Haus gebracht mit ihren eiskalten Füßen und diesem arglosen, zutraulichen Ausdruck in den veilchenblauen Augen. Trotz ihres ebenmäßigen Gesichtsschnittes und der zierlichen Figur fand er sie nicht eigentlich »schön«. Dafür war sie ihm viel zu dünn … fast ein bisschen mickerig. Aber er fand sie … »niedlich«, wie man einen Welpen oder ein Kätzchen niedlich findet. Und er stellte zum ersten Mal nach Marinas Auszug fest, dass es offenbar auf die Dauer keinen Sinn hätte, sich mit dem Alleinsein zufriedenzugeben. Nicola hatte ihn an eine Tatsache erinnert, die er fieberhaft und sehr absichtlich in Arbeit ersäuft und an den Rand des Bewusstseins gedrängt hatte: Er war ein Mann!

Etwas trommelte ans Küchenfenster. Er öffnete und ließ die Katze herein.

»Meine Güte, wie siehst du denn aus, Sowka? Lauter Eisklumpen unterm Bauch. Musstest du bei der Kälte den ganzen Tag durch den Schnee streifen?«

»Miau.«

Es klang kläglich. Sowka, das »Eulchen«, wie er sie ob ihrer bisweilen weise wirkenden Art und der eulenähnlichen Gesichtszeichnung im Tigergrau nannte, machte sich sofort über das

Schälchen Milch her, das vor dem Herd stand. Dann strich sie Marcin um die Beine, um sich kraulen zu lassen. Die Katze war das einzige weibliche Wesen, das sein Leben teilte. Sie war irgendwann einfach da gewesen, wie es gelegentlich bei Katzen eben so passiert. Sie hatte sich Marcin ausgesucht und mit entschiedener Selbstverständlichkeit beschlossen, bei ihm zu bleiben. Niemand vermisste sie, niemand meldete Rechte an. Sie kam und ging, wie sie wollte, ließ sich füttern, bot von sich aus Schmusestunden an oder zog sich mürrisch auf die Ofenbank zurück und ließ sich nicht zu nahe kommen. Je nach Laune. Er hatte es so akzeptiert, fragte sie nicht, wohin sie ging, ließ ihr ihren Willen, freute sich und war immer da, wenn sie Ansprüche stellte. Heute war sie geneigt, freundlich zu sein, und gestattete sogar, dass er ihr den Bauch frottierte und den Schnee aus dem Fell pulte.

Die Katze fraß noch eine Schüssel Futter und trollte sich dann an den Kachelofen. Marcin aß seine Piroggen, trank den Tee und wartete. Die Standuhr im Flur schlug achtmal. Er gähnte. Und beschloss, bei Zebrowski nachzufragen, wann denn Frau Doktor endlich kommen würde, damit er ins Bett gehen könne.

Was der Makler ihm, heute in recht abweisendem, leicht beleidigt klingendem Ton mitteilte, den Marcin absolut nicht nachvollziehen konnte, ließ seine Alarmglocken schrillen. Zebrowski war weit weg, längst daheim in Elbing und schien sich für Nicolas Verbleib absolut nicht zuständig zu fühlen. Marcin aber war nur Sekunden später angezogen und verließ in großer Eile das Haus.

* * *

Es war stockdunkel und die Katze war weg. Die Leuchtzeiger auf Nicolas Omega zeigten zehn nach acht und sie war langsam der Verzweiflung nah. Wie groß waren die Chancen wirklich, bald gefunden zu werden? Würde Marcin sie tatsächlich irgendwann vermissen, wie sie den ganzen Tag über völlig selbstverständlich angenommen hatte? Oder bildete sie sich nur ein, dass er in ihr ein winziges bisschen mehr als einen zufällig hereingeschneiten Übernachtungsgast sah? War das alles pure, ganz normale, landesübliche Gastfreundschaft?

Er war gestern Abend so locker, so aufmerksam und witzig gewesen; die ganze Atmosphäre so vertraut. Sie hatte sich bei ihm gefühlt wie in Abrahams Schoß. Das kannte sie nicht. Noch nie hatte sie so ein Gefühl gehabt. Noch bei keinem Mann. Entweder war sie ein intelligentes, attraktives Anhängsel gewesen, zwar hoch geschätzt, aber irgendwie »steril«, oder die Männer hatten sie komplett vereinnahmt und ihr die Luft zum Atmen genommen, wie kürzlich Morris. Beides konnte sie nicht leiden und so hatte sie jede Beziehung recht schnell beendet.

Marcin war anders. Er war höflich, ohne uninteressiert zu sein, zollte ihr Respekt, ohne dass sie dieses übliche Gefühl bekam, unantastbar auf einem Sockel zu stehen, und sie müsste sich schon sehr getäuscht haben, wenn dieser spezielle Ausdruck in seinen schönen bernsteingesprenkelten Augen nicht auch ein gewisses Interesse an ihr als Frau bekundet hätte. Nicola war nie eine Flirtkünstlerin gewesen, aber mit ihm konnte man so herrlich unbefangen flachsen und lachen, einfach man selbst sein. Sie genoss es, nicht ständig darauf achten zu müssen, ob sie eine Rolle perfekt spielte, von der sie annahm, dass ihr Gegenüber es genau *so* erwartete. Es machte Spaß, in seiner Nähe zu sein. Und es vermittelte eine unbekannte Wärme.

Wärme! Die hätte sie jetzt gebraucht. Klar, es war in diesen alten Mauern nicht ganz so eisig wie draußen, aber die Temperatur lag sicher nah am Gefrierpunkt. Zusätzlich war es unerträglich klamm. Das verletzte Schienbein pochte und der Kopf dröhnte immer noch. Wenigstens blutete die Schramme schon eine Weile nicht mehr. Niemand außer ihm würde sie vermissen, so viel war ihr vollkommen klar, und es fiel ihr ganz leicht, seine Bedeutung aufs Äußerste zu überhöhen. Sie wünschte ihn herbei wie einen rettenden Engel.

Nicola musste kurz eingenickt sein auf dem Haufen modriger Bohlen und zerborstenen Holzes, die eng beschriebenen Blätter noch immer in der Hand. Sie schreckte hoch, als jemand wieder und wieder ihren Namen rief. Schnell näherte sich die Stimme. Marcins alarmierte, so heiß ersehnte Stimme!

»Ich bin hier, hier unten!«, brüllte sie, dass ihre Stimmbänder zu zerspringen drohten. Über sich sah sie Taschenlampenschein. Im nächsten Augenblick erkannte sie sein entsetztes Gesicht.

»Um Himmels willen, Nicola! Wie lange sitzt du schon da unten? Bist du verletzt?«

»Seit halb zwei und ja! Hol mich hier raus, bitte! Es ist so kalt und es tut so weh ...«

Das war eine Wortwahl, die absolut nicht typisch für sie war. Und es war eine Tonlage, über die sie sich selbst wunderte. Sie klang überhaupt nicht tough! Sie klang mitleiderregend, hochgradig verletzlich und ausgesprochen mädchenhaft.

Nicola ahnte nicht, was eben diese Tonlage bei Marcin anrichtete.

Er handelte schnell. Nur eine Viertelstunde lang musste sie sich noch gedulden. Einfach beim Schein der Taschenlampe, die er daließ, sitzen bleiben und darauf warten, dass er sie barg. Nicola nutzte die Minuten, um die Briefbögen zusammenzufalten und in der linken Innentasche ihrer Jacke zu verstauen. Direkt über dem Herzen, dort fand sie ihren Schatz richtig aufgehoben.

Ihr Blick fiel auf die geöffnete Kiste. Sollte Marcin mitbekommen, dass sie sich etwas angeeignet hatte, das sie absolut nichts anging? Nein! Nicola warf hastig ein paar Bretter über die Grube. Vollkommen unauffällig! Gut!

Marcin kehrte mit einer Leiter zurück und stieg zu ihr herab. Sie war so erleichtert, so glücklich, dass sie sich mühsam aufrichtete und ihm um den Hals fiel. Er war warm, stark, er roch gut und hielt sie fest, bis die Tränen der Erleichterung versiegten. Dann schob er sie ein Stückchen von sich weg, sah sie an mit einem Blick zwischen Mediziner und besorgtem …, ja, was eigentlich? Nicolas Beine wurden weicher, als sie es den ganzen Nachmittag über gewesen waren, und sie sank erschöpft in seine Arme.

»Danke …!«, murmelte sie leise.

»Schöne Scheiße!«, fluchte er.

Es war nicht genau das, was sie hören wollte, aber es traf's.

ZERSCHLAGEN

Wie schlecht sie auf den Beinen war, merkte sie jetzt, als sie Sprosse für Sprosse, von Marcin gestützt und geschoben, die Leiter hinaufkletterte. In der Küche angekommen, war sie nicht mehr in der Lage, sich aufrecht zu halten, und hatte keine Widerworte, als er sie zum Wagen trug. Sie schlang ihm die Arme um die Schultern und lehnte den Kopf an sein kratziges Kinn. *Vor lauter Lebenretten kommt er nicht zum Rasieren,* lächelte sie still an seiner Brust. Nicola wunderte sich, wie mühelos er sie trug. Sein Atem ging völlig ruhig. Er setzte sie vorsichtig auf den Beifahrersitz und Nicolas Pflichtbewusstsein meldete sich. Sie zog den Schlüssel aus der Jackentasche und hielt ihn Marcin entgegen. »Schließt du bitte das Haus ab? Den Schlüssel musst du ...«

»Ich weiß!«, sagte er.

Die folgende Stunde auf der Liege in seiner Praxis war kein Zuckerschlecken. Er hatte sie schnell untersucht und selbstverständlich erkannt, welche Maßnahmen die dringendsten waren.

»Gebrochen ist nichts, aber du hast ganz schön was angerichtet«, stellte er kopfschüttelnd fest und begann, einen ganzen Haufen notwendiger Utensilien auf dem Rolltischchen neben Nicolas Lager bereitzustellen.

»In eine Klinik muss ich aber nicht, hoffe ich?!«

»Müsstest du, wenn du nicht das verdammte Glück hättest, dir für diesen Unfall den richtigen Ort ausgesucht zu haben.

Ich habe jetzt nämlich nicht nur Wochenende, sondern bin ausnahmsweise sogar mal um den Bereitschaftsdienst über Neujahr herumgekommen. Sofern du also eine artige Patientin bist und nicht renitent wirst, bist du bei mir bestens aufgehoben.«

Nicola legte die rechte Hand aufs Herz. »Ich schwöre, brav und tapfer zu sein! Bekomme ich ein Beißholz und eine Flasche Whisky?«

»Wir sind hier nicht im Wilden Westen!«, grinste er, schob ihr eine Braunüle in den Handrücken und fixierte sie mit Klebeband.

»Aua!«, jammerte sie und erntete eine spöttisch hochgezogene Augenbraue und ein »Das fängt ja gut an«.

Marcin verstand sein Handwerk und fügte ihr beim Anästhesieren, Reinigen, Anfrischen und Nähen der langen Wunde am Schienbein keine unnötigen Schmerzen zu. Aber Nicolas Maß war einfach voll. Sie konnte nicht verhindern, dass die Tränen erneut in hellen Strömen über die schmutzigen Wangen liefen.

Er riss ein Stück Zellstoff von einer großen Rolle im Wandhalter ab und reichte es ihr. Mitleidig und gar nicht mehr spöttisch sah er sie an. »Armes Mädchen! Nicht mehr weinen, das wird schon wieder. Pass mal auf, morgen sieht die Welt schon wieder anders aus!« Mit einer flüchtigen Handbewegung strich er ihr über die tränennasse Wange. Nicola wünschte sich einen kleinen Moment lang, es wäre nicht ganz so flüchtig gewesen.

Der Raum war gut geheizt und nach und nach taute sie auf. Der angehängte Tropf mit einer Mischung aus Elektrolytlösung und Schmerzmittel lief langsam in ihre Vene. Sie spürte schnell die wohltuende Wirkung und begann sich zu entspannen.

»Wie steht's mit deinem Tetanusschutz?«, fragte Marcin, nachdem er das letzte Fadenende abgeschnitten hatte.

»Liebe Güte …«, überlegte Nicola, »die letzte Impfung muss hundert Jahre her sein.«

»Dann roll dich mal ein bisschen auf die Seite und mach den Po frei. Keine Angst, schlimmer als die Lokalanästhesie eben wird es nicht.«

»Muss es ausgerechnet *da* sein?«, jaulte sie.

»Muss nicht, aber wenn ich dich in den Oberarm pike, kann es sein, dass du da zu allem Übel auch noch ein, zwei Tage lang so etwas wie einen ordentlichen Muskelkater bekommst. Das gehört zu den normalen Nebenwirkungen. Dein Bein ist sowieso schon so lädiert, dass du eine Weile nicht laufen können wirst. Ich wollte nur freundlich sein und deine Bewegungsmöglichkeiten nicht noch mehr einschränken.«

»Freundlichkeit weiß ich sehr zu schätzen«, lächelte sie ergeben, legte sich auf die Seite und schob den Slip ein wenig runter, »los, mach!«

Es tat nicht weh, drückte nur ein bisschen. Aber sie war doch froh, dass nun alles vorbei war und sie sich aufsetzen durfte.

»Hast du irgendetwas Bequemes zum Anziehen dabei? Einen Jogginganzug oder so was?«, fragte er mit Blick auf den dicken schneeweißen Verband.

Nicola schüttelte den Kopf.

»Dann bekommst du was von mir. In eine enge Hose kriegen wir den Verband nicht rein.«

Es war ihr recht. Eigentlich war ihr alles recht, solange es nur nicht mehr kalt, feucht oder muffig war. In seinem Trainingsanzug hätte sie zwar theoretisch spazieren gehen können, aber sie sah ein, dass es wohl noch eine Weile dauern würde, bis sie mit diesem Bein wieder in normale Klamotten passte.

Mit verpflasterter Stirnschramme, gewaschenem Gesicht und sauberen Händen, die erste Dosis des Antibiotikums schon im Magen, saß sie endlich im Ohrensessel vor dem Kachelofen. Über ihr an der Leselampe baumelte der Infusionsbeutel. Auf dem Platz, den sie am vergangenen Abend gewählt hatte, lag eine graue Katze. Sie hob den Kopf, als Marcin Nicola absetzte, und Erkennen lag in den gelben Augen der Getigerten.

»Marcin, das ist *deine* Katze?«

»Wie man's nimmt! Sie hat vor einiger Zeit beschlossen, dass sie bei mir wohnen will. ›Meine‹ Katze würde ich sie eher nicht nennen. Sie gehört, glaube ich, nur sich allein. Sie heißt übrigens Sowka. Manchmal reagiert sie auf ihren Namen, vorzugsweise dann, wenn es was zu fressen gibt, aber meistens bin ich ihr ziemlich egal.«

»Es war Sowka, die mich vorhin an der Küchentür so fürchterlich erschreckt hat. Ich habe gedacht, ich bin völlig allein im Haus, und als ich mich gerade ein bisschen vorgebeugt habe, um in den Keller zu lugen, hörte ich ein Fauchen.«

»Und dann hast du den Halt verloren?«

Nicola nickte. »Nachdem ich noch eine Weile am Geländer gebaumelt habe. Eine fette Spinne am Faden direkt vor mir.«

»Und die hat dich dann veranlasst, dich lieber fallen zu lassen? Hast du Angst vor Spinnen?«

»Nee, Mensch!«, fuhr sie auf und schüttelte heftig den Kopf. »Ich mag die Viecher nicht besonders, aber der Handlauf riss aus der Wand, jede Treppenstufe, von der ich dachte, sie wäre das rettende Ufer, krachte einfach unter meinen Füßen zusammen. Irgendwann konnte ich mich nicht mehr festhalten.«

Marcin wandte sich an Sowka, die völlig unbeteiligt tat und nur ab und zu ein Auge öffnete. »Wie bist du da bloß reingekommen?«

Nicola machte eine wegwerfende Handbewegung. »Die brauchst du gar nicht zu fragen. Die sagt sowieso nix. Bestenfalls guckt sie mal vorwurfsvoll. Hat sie nämlich stundenlang gemacht, nachdem ich abgeschmiert war. Aber ich kann's mir schon denken. Der widerliche Zebrowski hat die Tür nicht aufgekriegt und derart dran rumgeruckelt, dass zwei Buntglasscheiben rausgebrochen sind. Da hat sie mit Sicherheit durchgepasst.«

»Wieso findest du Zebrowski widerlich?«, fragte Marcin erstaunt. »Immerhin hat er eine nette Unterkunft für dich besorgt und ist doch wohl ein geschätzter Geschäftspartner deiner Firma.«

Nicola senkte den Kopf. Sollte sie ihn jetzt, heute Abend aufklären? Nach all dem, was er gerade für sie getan hatte, mit der Aussicht schockieren, dass Zebrowski, nein, konkret sein Auftraggeber, die Regierung, plante, Marcins Leben komplett aus den Angeln zu heben? Nein! Das musste Zeit haben bis morgen. Sie entschloss sich, mit ihrer Antwort auf die puren Äußerlichkeiten des Maklers abzuheben.

»Er erinnert mich an Ebenezer Scrooge und der war auch kein angenehmer Zeitgenosse.«

Marcin überlegte. »Ich habe ihn noch nie gesehen, aber am Telefon klang er freundlich. Gestern zumindest. Heute fand ich ihn merkwürdig reserviert, als ich mich erkundigt habe, wo du abgeblieben bist. Ist irgendetwas vorgefallen zwischen euch?«

Sie wagte nicht, ihn anzusehen. *Nicht jetzt, nicht heute! Verflixt, er lässt nicht locker. Ich brauche eine plausible Ausrede!*

Marcin kam ihr zu Hilfe: »Er will bestimmt mehr Geld rausschlagen, stimmt's?«

Puh, natürlich! Kurve gekriegt!

»Genau!«, bestätigte sie erleichtert. »Er hat gemerkt, wie begeistert ich war, weil das Grundstück direkten Zugang zum Güterbahnhof hat. Ich muss aber vor meinem Chef vertreten, was ich tue. Und wurde das unbestimmte Gefühl nicht los, er will mich übers Ohr zu hauen. Jedenfalls hat er mich, als er merkte, dass er das mit mir nicht machen kann, mit ein paar Worten bedacht, die ziemlich unflätig klangen. Übersetzt du mir das mal? Es klang ungefähr so: głupia krowa, arogancka suka.«

»Nicht im Ernst! Das hat er gesagt? Dann muss er aber ziemlich stinkig gewesen sein! Er hat dich ›blöde Kuh‹ und ›arrogantes Miststück‹ genannt.«

Nicola musste zu Marcins Erstaunen fürchterlich lachen. Sie konnte sich kaum noch einkriegen und fing ob seines verständnislosen Gesichts immer wieder an loszuprusten.

»Lässt du mich mitlachen? Ich finde das ganz schön heftig und keineswegs lustig!«

»Doch, ist es!«, prustete Nicola. »Zebrowski war nämlich bestimmt der Meinung, ich würde kein Wort verstehen. Und obwohl ich zunehmend das dringende Bedürfnis hatte, den Vogel loszuwerden, und ziemlich autoritär geworden bin, das kann ich nämlich, wenn mich jemand richtig reizt, guck mal ...«

Sie setzte ihr höchst spezielles Gesicht auf und Marcin reagierte mit einem »Uh, beeindruckend!«

»... na ja, trotzdem fühlte er sich wohl sicher versteckt hinter seiner Sprache. Ich habe mir allerdings die paar Worte gemerkt, die du mir gestern beigebracht hast. Und ihn damit ›verabschiedet‹. Nachdem ich jetzt weiß, was er gesagt hat, kann ich nachvollziehen, warum ihm die Kinnlade so runtergefallen ist!«

»Das erklärt alles!«, lachte Marcin nun mit.

»Na, vielleicht glaubt er ja auch, mit einer Frau kann man's machen?«

Er nickte und wurde wieder ernst. »Viele ältere Polen haben sich immer noch nicht von den traditionellen patriarchalischen Denkschemata gelöst. Frauen in verantwortungsvollen Positionen scheinen sie beinahe als Feinde wahrzunehmen. Sie sind ihnen unheimlich.«

»Dir auch?« Es war ihr ganz spontan und arglos rausgerutscht. Aber er reagierte nicht so, wie sie es jetzt eigentlich erwartet hatte, nämlich mit einem klaren »Nein«. Stattdessen schien er sehr genau zu überlegen, was er antworten wollte, machte mehrere Ansätze, brach wieder ab, rieb sich die Stirn. Nicola wartete gespannt. Die Unbefangenheit war plötzlich verschwunden. Schließlich formulierte er langsam und ganz offenbar bemüht, nicht den falschen Ton zu treffen.

»Ich sehe das sehr differenziert. Ich versuche, die berufliche und private oder konkreter: emotionale und intellektuelle Ebene zu trennen …«

»Das heißt was? Du könntest die Qualifikation einer Frau im Berufsleben durchaus anerkennen, hättest auch kein Problem damit, einer Frau eine Position über dir zuzugestehen, möchtest aber zu Hause ein Heimchen am Herd?«

»Njein!«, erwiderte er und Nicola fand, dass es ein wenig gequält klang.

»Hach, ich liebe so konkrete Aussagen«, murrte sie und merkte, als er nicht antwortete, dass sie ihm entschieden zu nah gekommen war. *Ich habe kein Recht, ihm solche Fragen zu stellen. Ganz schnell runter von dieser Schiene!*

Die Katze mischte sich ein und unterbrach die beklemmende Stille. Sie stand von der Ofenbank auf, machte einen Buckel, streckte sich, sprang herunter und geradewegs auf Nicolas Schoß. Die war platt, als die Getigerte sich jetzt bei ihr zusammenrollte, zu schnurren begann und gleich darauf wieder in zufriedenen Schlaf fiel.

»Das macht sie sonst nie bei Fremden!« Marcin war offensichtlich ebenso erleichtert über die Ablenkung. »Verschieben wir dieses Thema auf später, okay? Es könnte abendfüllend werden, und ich meine, du brauchst jetzt erst mal was zu essen.«

Nicola fand, dass er sehr hurtig in Richtung Küche verschwand, und kraulte dankbar das weiche Nackenfell der Situationsretterin. Es war ihr peinlich, so indiskret geworden zu sein.

Die Standuhr im Entree schlug elfmal, als Marcin einen Teller voll Piroggen hereintrug und auf der breiten Lehne des Sessels abstellte. »Essen kannst du alleine, oder muss ich dich füttern?«, frotzelte er.

Nicola sah ihn lächelnd von unten herauf an. Waren es die langen dunklen Wimpern, deren Schatten sich unter den

Augen abzeichneten, oder war er einfach völlig übernächtigt? Sie hatte ein furchtbar schlechtes Gewissen.

»Es tut mir so leid, dass ich dir solche Umstände mache! Du hattest eine kurze Nacht, einen verdammt langen Tag und dann noch die Aktion mit mir ...«, sagte sie schuldbewusst und kaute genussvoll. Sie merkte jetzt erst, wie ausgehungert sie war.

»Stimmt, ich bin stehend k. o., aber das ist jetzt eben so, und wenn ich ein paar Stunden Schlaf bekomme und mich keiner mehr rausklingelt, bin ich morgen früh wieder fit. Iss mal, dann zieh ich dir noch die Braunüle, schaff dich in dein Schlafzimmer und leg mich aufs Ohr.«

Sie war froh, das lästige Ding auf dem Handrücken nach dem Essen loszuwerden. Eine Weile hielt er noch ihre Hand und drückte den Tupfer fest. Vielleicht eine Minute lang fühlte sie seine Wärme und es ging ihr gut. Ein wenig verlegen streichelte sie Sowka, die sich keinen Millimeter mehr gerührt hatte. *Völlig unbeteiligte Mediziner lassen ihre Patienten das selbst machen! Vielleicht ...*

Auf dem Weg nach oben brauchte sie seine Hilfe. Sie musste weder ihm noch sich etwas vormachen: Es ging wirklich nicht allein. Geduldig wartete er ab, bis sie im Bad fertig war, und half ihr dann ins Bett.

»Dein Handyakku ist leer«, stellte er fest, »hast du ein Ladekabel? Dann häng ich es an und tipp dir meine Nummer ein. Sollte irgendetwas sein, ruf mich an.«

»O Mann, du bist so gut zu mir ...«, seufzte Nicola und wies auf die Seitentasche ihres Koffers. »Gib mal bitte her, das Handy. Ich schicke dir eine SMS, dann hast du meine Nummer auch.«

»Ich kann nicht anders, ich hab einen Eid geschworen«, gähnte Marcin mit einem Zwinkern und legte ihr das Handy neben die Decke. »Jetzt schlaf schön und gute Besserung!«

Und weg war er. So gerne hätte sie noch eine kleine Berührung gehabt! *Ob ich mich getäuscht habe? Verhält er sich doch nur so, weil er Arzt ist? Ich werd's rausfinden! Und ich brauche dringend eine Idee, um die drohende Kündigung seines Mietvertrags abzuwenden, ehe er mitkriegt, was gespielt wird.*

* * *

Nicola schlief nicht gut. Die Medikamente hatten zwar dem Schmerz die Schärfe genommen, aber das, was übrig blieb, war kein Sonntagsspaziergang. Ihre Gedanken schlugen Purzelbäume. Die Gefühle führten ein ziemlich albernes Kasperletheater auf. Sie fand es zumindest albern. Nein! Sie wusste, dass es adäquat gewesen wäre, es albern zu finden, denn ihr immer auf Rationalität bedachter Kopf drohte beängstigend mit dem Zeigefinger. Nicola hörte ihn. Allzu deutlich. Aber sie wollte ihm zum ersten Mal in ihrem Leben nicht die Alleinherrschaft überlassen.

Lass mich doch auch mal träumen! Musst du dich so penetrant einmischen? Natürlich ist es Blödsinn, sich in einen Mann zu verlieben, der siebenhundert Kilometer entfernt lebt, der offenbar noch antiquiertem patriarchalischem Gedankengut anhängt und den ich außerdem kaum kenne! Aber darf sich nicht auch mal für mich etwas einfach gut anfühlen? Muss ich immer nur funktionieren? Selbst wenn es albern ist: Bin ich schon so jenseits von Gut und Böse, *dass ich nicht auch mal albern sein darf?*

Der Kopf protestierte. Er hatte ausgezeichnete Argumente. Aber Nicola ließ ihn nicht ausreden, verbot ihm in dieser Nacht einfach den Mund und gestattete dem ungewohnten, warmen Gefühl, das immer ganz zuverlässig heraufzubeschwören war, wenn sie sich Marcins Bild vorstellte, sie in den Schlaf zu wiegen.

Sie schlief unruhig, wurde immer wieder, von Schmerzen geplagt, wach. Aber sie wollte es aushalten und ganz bestimmt nicht seine Nachtruhe stören.

Als das erste Tageslicht sich durch die Vorhänge stahl, hörte sie endlich Geräusche im Haus. Das Gluckern von Wasser in alten Rohren, klappende Türen, dann Schritte, die näher kamen. Ganz leise klopfte es an der Tür und Nicolas »Herein!« folgte sehr prompt. Offenbar kam er frisch aus der Dusche. Ein Duft nach Seife und Shampoo stieg ihr angenehm in die Nase. Sein Haar war noch feucht, ein winziger Rasierschaumrest klebte an seinem kantigen Kinn. Heute keine weißen Hosen, kein steifer Arztkittel, stattdessen Jeans und Rollkragenpullover.

»Guten Morgen! Ich hoffe, du hast genauso gut geschlafen wie ich!«, fragte er gut gelaunt.

Nicola setzte sich vorsichtig auf und ließ die Beine aus dem Bett hängen. »Es war ziemlich gruselig, muss ich gestehen, aber ich wollte dich nicht wecken. Lange hat das Schmerzmittel, ehrlich gesagt, nicht gewirkt.«

Marcin verzog mitleidig das Gesicht. »Dann muss ich wohl doch etwas tiefer in die Giftkiste greifen. Möchtest du ins Bad? Du könntest in die Wanne, das Wasser ist heiß, nur dein Bein müsstest du auf den Rand legen. Aber ich denke, das wird gehen. Dann gibt's Frühstück, denn auf nüchternen Magen würden dir die Medikamente schlecht bekommen. Hältst du's so lange noch aus?«

»Na klar!«, nickte sie tapfer und war froh, dass er ihr bei den ersten Schritten half.

Sie biss die Zähne zusammen und ließ sich an der Badezimmertür absetzen. »Danke, ich glaube, ich komme jetzt alleine klar ...«

Er sah sie etwas zweifelnd an. Aber sie brachte ein ziemlich überzeugendes Lächeln zustande. Während das Wasser aus einem altertümlichen Hahn in die Badewanne prasselte, pellte Nicola sich aus dem Jogginganzug. Die vielen blauen Flecken waren gestern noch nicht zu sehen gewesen. Sie kannte das von sich. Von jetzt auf gleich verfärbten sich Hämatome bei ihr nie. Jede Falte im Laken hatte einen Streifen auf dem linken Oberschenkel hinterlassen und ein hübsch hässliches Muster gezeichnet. Nicola zog die Nase kraus. »Schön ist was anderes ...«

Das bandagierte linke Bein fand unter einigen Verrenkungen ein halbwegs bequemes Plätzchen auf dem Wannenrand und es tat gut, die letzten Reste des Kellerdrecks abzuwaschen. Was an Staub aus ihren Haaren kam, setzte sich als dunkelgrauer Strich knapp oberhalb der schwappenden Wasserlinie auf der weißen Emaille ab. Igitt!

Ganz einfach war es nicht, allein zurechtzukommen, aber trotz der anstrengenden Turnerei fühlte sie sich nach dem Baden erheblich wohler. Eigentlich so wohl, dass sie fit genug gewesen wäre, zum Frühstück nach unten zu hinken. Das aber hatte Marcin offenbar nicht erwartet und ein Tablett mit Kaffee, Brötchen, Butter, Wurst, Eiern und Käse für zwei heraufgeschleppt, alles auf dem kleinen Tisch in ihrem Zimmer abgestellt und es sich auf einem Stuhl bequem gemacht. Ein Häufchen Pillen lag auf ihrem Teller.

»Soll ich die wirklich alle schlucken?«

»Ja, aber erst essen!«, befahl er mit aufgesetzt strenger Medizinmannmiene, schob ihr den Stuhl zurecht und positionierte das verletzte Bein auf einem Höckerchen.

»Alle? Und wozu dann noch Frühstück? Damit ist der Magen doch schon voll!«, maulte Nicola skeptisch.

»Dein Magen bestimmt! So dünn, wie du bist, ist der wahrscheinlich nicht viel gewohnt«, konterte Marcin mit kritischem Blick auf ihre zarten Handgelenke, die unter den hochgekrempelten Ärmeln seines Joggingoberteils herausguckten.

»Du hast ja recht«, gab sie seufzend zu, »ich habe eine ziemlich unschöne Zeit hinter mir. Und so was löst bei mir immer Appetitlosigkeit aus.«

Er sah sie direkt an, sagte aber nichts. Eigentlich hatte sie gehofft, er würde nachfragen. Eigentlich hätte sie ihm gern vom verpatzten Weihnachtsfest erzählt, von Morris, von der gescheiterten Beziehung. Eigentlich hätte sie sich allzu gern von der Seele geredet, was ihr im Kopf herumging, was die Gefühle gerade mit ihr anstellten. Aber der Kopf gebot ihr zu schweigen. Was ging ihn das an? Wie kam sie nur, und sei es auch nur für den Bruchteil einer Sekunde, darauf, es könnte ihn interessieren? Woher nahm sie diesen Eindruck, er würde sich genauso viel Gedanken über sie machen wie sie über ihn?

Halt, stopp!

Marcin sah sie immer noch fragend an. Aber nur so fragend – zumindest interpretierte sie seinen Gesichtsausdruck so –, wie es die Höflichkeit, von der er anscheinend zentnerweise gefressen hatte, zuließ. Und Nicolas Inneres rollte sich vorsichtshalber wieder zusammen, verkrümelte sich Schutz suchend und verunsichert hinter dem allmächtigen Kopf und schämte sich für die blöde Idee, ihn beinahe als eine Art »Beichtvater« missbraucht zu haben. Sie senkte den Blick und biss in ihr Salamibrötchen. Noch immer spürte sie seine Augen auf sich ruhen.

»Als dein Arzt kann ich dir nur raten, dich ausreichend zu ernähren«, begann er.

Aha, alles klar!

»Als dein Gastgeber kann ich nur versuchen, dich zu ermuntern, ordentlich zuzugreifen«, fuhr er fort.

Ja, fein, »dein Gastgeber«!

Nicola kaute und hielt den Blick gesenkt.

»Aber als Mann, wenn du denn meine unmaßgebliche Meinung hören möchtest ...«

Sacht kräuselte sich ein kleiner Schauer ihren Rücken entlang. Sie sah auf. »Ja, möchte ich!«

»... finde ich dich schlicht zu dünn! Such dir aus, wessen Meinung dir die wichtigste ist.«

Dieses Lächeln war nicht auszuhalten. Und es steckte an.

»Herr Doktor ... lieber Gastgeber ...«, sagte Nicola gedehnt und schluckte grinsend den letzten Bissen runter, »Mann! Gib mir noch ein Brötchen!«

Der Kopf nörgelte. Das Herz schlug ein paar Takte schneller und beschäftigte den Spaßverderber damit, ein bisschen Röte auf ihre Wangen zu malen.

Marcin grinste nur und reichte ihr den Brotkorb.

Ob es nun an den Medikamenten oder an der vergnügten Stimmung lag: In diesem Moment waren die Schmerzen wie weggeblasen. Nicola fühlte sich wohl. Längst hatte die Sonne das Zimmer ganz erobert, vor den Fenstern flirrte die eisige Luft wie Diamantstaub, das Öfchen gab bollernd gemütliche Wärme ab und sie quatschten und lachten bis zur Mittagszeit.

Marcin hatte nicht insistiert, Nicola hatte keine großen Reden über ihre verflossene Beziehung gehalten. Aber nach und nach ließ sie immer wieder eine kleine Information einfließen, die ihn letztlich doch auf einen recht genauen Kenntnisstand brachte. Irgendwann fiel ihr auf, dass sie wenig über seine Vergangenheit zu hören bekam. Viel über seinen beruflichen Werdegang, aber ganz wenig wirklich Privates. Sie beschloss zum zweiten Mal, nicht nachzufragen. Er hatte die graue Katze als einzige Gefährtin erwähnt. Und wenn er mehr offenbaren wollte, würde er es schon irgendwann tun.

Die Uhr schlug zwölf und Marcin räumte das Geschirr aufs Tablett. »Ich muss noch einmal nach der jungen Mutter und dem Baby sehen. Kann ich dich eine Stunde allein lassen?«

»Natürlich!«

»Soll ich dir was zum Lesen raufbringen?«

Zum Lesen! Und ob!

Beinahe hätte sie es vergessen, aber die Gelegenheit war günstig, sich jetzt in aller Ruhe mit dem geborgenen Schatz zu beschäftigen. »Ich habe was zu lesen in meiner Daunenjacke. Die liegt, glaube ich, noch unten in der Praxis. Kannst du sie mir bitte holen?«

Er brachte einen Korb voll Holz mit, legte ein paar Scheite nach. »Leg das Bein hoch, ich seh es mir später an. Schon dich! Bis nachher«, sagte er noch, als er die Zimmertür zuzog.

Nicolas Handy piepste ein SMS-Signal, und sie beschloss, erst die alltäglichen Dinge zu erledigen, ehe sie sich dem widmen wollte, was sie wirklich brennend interessierte.

Es waren durchweg belanglose Nachrichten. Silvias Wünsche für einen »guten Rutsch« beantwortete sie schnell und nett. Zu der Botschaft der Freundin, sie hätte vier Karten für den Juristenball nächste Woche ergattert und Nicola möge ihren »sexy Lover Morris« grüßen, bezog sie aus gutem Grund keine Stellung. Die Mitteilung ihrer Mutter klang pflichtschuldig und denkbar einfallslos. »Guten Rutsch und viel Erfolg im neuen Jahr!« War ja klar. Etwas anderes konnte man nicht erwarten.

Über Morris' SMS ärgerte sie sich ein wenig.

»Hast Du ausgemault? Wieder alles in Ordnung? Kann ich Dich wie geplant um sieben Uhr abholen? Kuss, Morris.«

Die Nachricht hatte er bereits morgens gesendet. Nicola löschte sie einfach. Ihre Freunde bekamen alle dieselbe ziemlich alberne Silvester-Gif. Dann schaltete sie das Handy aus und machte es sich mit ihrem Päckchen auf dem Bett gemütlich. Irgendwie war dieses normale Leben so weit weg, hatte gerade so verdammt wenig mit ihr zu tun …

Sie wickelte das Wachspapier ab, nahm den dumpfen Kellergeruch wieder wahr, der sich intensiv im Papier verfangen hatte, und begann zu lesen.

Brief I

Schmolainen im Januar 1945

»Liebe Mutter,

ich weiß nicht, was sein wird, wenn Du diese Zeilen findest. Ich bete, dass Du wohlauf sein wirst, wenn Du mit Vater und den Kleinen zurückkehrst!

Ich hätte gestern den Versuch nicht machen sollen, die Friedrichsteiner davon zu überzeugen, endlich zu fliehen. Sie haben nichts verstanden. Immer wieder bissen sie sich daran fest, keine Treckerlaubnis zu haben. Sie glauben noch immer an den Endsieg, fühlen sich sicher, ganz geborgen, wollen die Heimat unter keinen Umständen verlassen. Ich habe geredet wie mit Engelszungen. Keinen Beweis wollten sie gelten lassen, trauten mir nicht, als ich ihnen berichtete, dass unser Gauleiter mit all seinen Schergen längst gen Westen geflohen ist, halten fest am Glauben an den ›Führer‹ (ich kann dieses Wort nur noch in Gänsefüßchen setzen, Du verstehst das!). Ich habe sie nicht überzeugen können. Also muss es denn so sein.

Als ich von dort zurückkehrte, ist mir ein furchtbares Unglück widerfahren. Sandor liegt tot auf der Brücke, Mutter! Das Eis dort hat ihn zum Stürzen gebracht. Beide Vorderbeine sind gebrochen. Ich musste ihn erschießen. Du weißt, er war mir mehr als nur ein Pferd!

Und dann kamen sie, ließen mich nicht einmal in Ruhe Abschied nehmen: die Krähen! Sie werden die heimlichen und doch wahren Sieger dieses Krieges sein. Seine Augen! Seine wunderschönen, sanften Augen waren das Erste, was sie sich geholt haben. Diese Aasfresser! Ich sitze hier am Fenster meines Zimmers und kann sie sehen. Sie sind klug. Und gehen mit einer ungeheuren Akribie vor. Woran mich das erinnert? Du kennst die Antwort! Wir alle kennen jetzt die Antwort. Und es graust mich, diese entsetzlichen Erkenntnisse an mein Herz zu lassen.

Was gestern noch meine ganz sichere Fahrkarte in den Westen war, sind nun nur noch blank gefressene Knochen. Die Krähen werden die Landschaft säubern von all diesen Toten. Viel haben sie zu tun, werden fett und zufrieden die großen Kriegsgewinnler sein. Und nichts und niemand wird sich ihnen in den Weg stellen. Sie sind unauffällig, haben beinahe keine Feinde, denn bald wird dieses Land hier menschenleer sein und kein Bauer wird mehr auf sie schießen, wenn sie die frische Saat umgraben und alles fressen, was fleißige Hände noch im Herbst in die Äcker gegeben haben. Wenn es nicht Hitler ist, der die Weltherrschaft an sich reißt, und das kann ich keinen Augenblick mehr glauben, werden es die Krähen sein!

Ich will Dir nicht das Herz schwer machen, aber es ist mir etwas noch viel Entsetzlicheres widerfahren. Niemand kann wissen, ob ich Euch jemals lebend wiedersehen werde. Es geht mir schlecht, denn ich habe bei unserem Sturz gestern etwas erlitten, das mich vielleicht hindern wird, dieses Ziel im Westen, dort irgendwo in weiter, fremder Ferne, zu erreichen. So viel zwischen uns blieb ungesagt, weil die Umstände es uns geboten, weil der Krieg uns zu wenig Zeit ließ, miteinander zu reden und einander das Herz auszuschütten. Du sollst alles wissen, Mutter! Ich werde Dir alles aufschreiben, was Du bestimmt manchmal geahnt hast, damit Du mich ganz richtig kennst und verstehst.

Gestern, als Du Vater auf den Wagen geholfen hast, während Du mich zum letzten Mal drücktest, sah ich in Deinen lieben Augen, dass Du mehr weißt, als ich gedacht habe.

(Übrigens, ich muss es sagen: Vaters Beinstumpf gefällt mir immer noch nicht. Gib gut auf ihn acht! Die Strapazen könnten womöglich noch einen Wundbrand begünstigen. Ich hoffe, dass er sich auskuriert. Er schont sich nie genug. Ich wünsche mir, dass er wieder ganz der Alte ist, wenn Ihr eines Tages zurückkehrt, und stelle mir schon vor, dass er sich nicht einmal vom fehlenden Unterschenkel davon abbringen lassen wird, wieder auf ein Pferd zu steigen.)«

* * *

Nicola ließ die Blätter sinken. Was sie in der Hand hatte, war ein Zeitzeugnis. Sie bemerkte die Gänsehaut, die diese ersten Zeilen ihr verursachten. Es war ihr sehr bewusst, dass sie einen intimen Brief las, der nicht für ihre Augen bestimmt war. Sie wusste: Mit dem, was sie tat, brach sie das Briefgeheimnis. Das ging eigentlich in ihrem Rechtsbewusstsein gar nicht. Dennoch konnte sie sich der Faszination nicht entziehen. Es blieb jedoch das mulmige Gefühl, die Gedanken eines fremden Menschen jetzt einfach so zu »nehmen«.

Sie blätterte den Stapel durch bis zur letzten Seite. Dort fand sie eine Unterschrift: »E.« Wer auch immer »E.« sein mochte – er oder sie war sehr fleißig gewesen. Es waren viele eng beschriebene Briefbögen. Die Handschrift war gleichmäßig, ausdrucksstark und schön.

Nicola überlegte: War dieser Brief von einem Mann oder einer Frau geschrieben worden? Die Informationen, die sie bisher gelesen hatte, konnten von beiderlei Geschlecht stammen. Die Handschrift wirkte weiblich. Dass eine Frau ein Pferd erschossen hatte, ließ sie kurz unsicher werden. Aber dass ein offenbar gesunder Mann, der zumindest zum Reiten in der Lage war, daheim und nicht an irgendeiner Front gewesen sein sollte, erschien ihr unwahrscheinlich. Sie entschloss sich, eine weibliche Schreiberin vorauszusetzen, solange der weitere Inhalt sie nicht vom Gegenteil überzeugen würde.

Dort oben, genau dort, wo diese Zeilen geschrieben worden waren, hatte Nicola gestern an einem der Fenster im ersten Stock des Gutshauses gestanden und die Brücke entdeckt. Da unten, an genau dieser Stelle, musste die Schreiberin mit ihrem Pferd verunglückt sein. Und es schien so, als wäre sie schwer verletzt gewesen. Warum schrieb sie nicht, um was für eine Verletzung es sich handelte? Hätte sie sich einen Arm oder das Schlüsselbein gebrochen, irgendeine dieser für Reitunfälle typischen Verletzungen, wäre es doch ganz normal gewesen, das mitzuteilen. Seltsam! Was mochte der wirkliche Grund sein, dass sie sich ihrer Mutter offenbaren wollte?

Anscheinend war sie ganz allein im Haus. Sicher war es ihr Vaterhaus. Und offensichtlich saß sie jetzt fest, unfähig, die Flucht anzutreten. Wie entsetzlich falsch hatte sie doch gelegen, wenn sie glaubte, dass die Familie zurückkehren würde! Nicolas Magen zog sich zusammen. Was für ein unbeschreiblich schmerzhaftes Gefühl, heute zu wissen, dass sich die Wünsche der Schreiberin nicht erfüllt hatten.

Sie rechnete nach. Seit dem letzten Kriegswinter, als sich allein zweieinhalb Millionen Ostpreußen auf den Weg nach Westen gemacht hatten, waren fast genau sechzig Jahre vergangen. Und sie war es gewesen, die diese Zeilen jetzt ganz zufällig gefunden hatte. Ganz zufällig? Sie lächelte, als sie daran dachte, was Marcin am ersten Abend gesagt hatte: »Ich glaube nicht an Zufälle, ich glaube an Bestimmung!« Welche Art Bestimmung sollte das denn sein? Wäre Nicola nicht zufällig im Büro gewesen, als Festner in die Firma kam, hätte er sie im Urlaub gewähnt und ganz sicher nicht zu Hause rausgeklingelt und nach Polen geschickt, denn die freie Zeit zwischen den Jahren galt in der Firma als »heilig« und unantastbar. Er hätte den Auftrag einfach verschieben müssen. Und wäre die Sache mit Morris nicht in die Hose gegangen, hätte er sie dort gar nicht erst angetroffen, denn sie wäre normalerweise nie auf die Idee gekommen, sich in den Ferien eine Beschäftigungstherapie aus dem Büro zu holen. Hätte die Katze nicht plötzlich gefaucht, hätte sie sich nicht erschreckt, hätte sich stattdessen hübsch auf dem Absatz umgedreht und wäre niemals mitsamt der maroden Treppe im Keller gelandet. Wenn das keine Zufälle waren!

Allerdings war sie gerade nur allzu bereit, den Begriff »Bestimmung« als Rechtfertigung für ihr Tun sehr charmant zu finden. Wenn etwas aus Bestimmung geschah, konnte sie schließlich nichts dafür! Nicola entschloss sich, diese Überlegungen jetzt vorläufig unter den Teppich zu kehren, denn ein neuer Gedanke schoss ihr durch den Kopf. Einer, der ihr wehtat: Es musste nicht unbedingt Krieg herrschen, um sich mit seiner Mutter nicht auszutauschen. Nicola hatte ein Verhältnis zu ihrer eigenen Mutter, das sie bisweilen als »abständig« bezeichnete. Mutter-Tochter-Gespräche, die unter die Oberfläche gingen, hatte sie mit ihrer Mutter nie geführt. Emotional war die Beziehung immer kühl geblieben und über den Austausch sachlicher Fakten nie hinausgegangen.

Sie wusste nicht viel von ihrer Mutter. Nicht mehr, als jedermann beim bloßen Draufschauen von außen auch sehen konnte. Den Vater hatte sie wenig zu Gesicht bekommen. Als Vertreter eines großen Kaffeefabrikanten war er selten zu Hause gewesen. Und die Mutter ging in ihrem strapaziösen Beruf als Chefsekretärin in demselben Unternehmen völlig auf. Geschwister hatte sie keine. Oft war sie allein gewesen. Ein Schlüsselkind ohne warmes Mittagessen. Niemand hatte auf sie gewartet, niemand sich gefreut, wenn sie aus der Schule heimkam.

Ihr Leben war immer schon leistungsorientiert verlaufen. Nur ihre guten Schulnoten, das Einser-Abitur, der Summa-cum-laude-Abschluss waren Stationen ihres jungen Lebens gewesen, die bei den Eltern offensichtliche Freude auslösten. Sie hatte ein für alle Mal begriffen: Um positiv aufzufallen, musste sie Erfolge vorweisen. Dann gab es anerkennende Worte, gab es Geschenke, gab es Umarmungen. Nicola definierte sich schon immer über ihre nachweisbaren Leistungen. So hatte sie es gelernt und so kam man immerhin lauwarm durchs Leben. Gewünscht … ganz klammheimlich gewünscht hatte sie sich oft etwas anderes.

Die Schreiberin dieses Briefes hatte wahrscheinlich mit ihrer Mutter reden können. Wie sonst hätte sie solche Zeilen schreiben können wie die Anmerkung zum »Führer«: »Ich kann dieses Wort nur noch in Gänsefüßchen setzen, Du verstehst das!«?

»Du verstehst das!« Wenn ich das doch jemals zu meiner Mutter hätte sagen können! Einig müssen sie sich gewesen sein in ihrer Beurteilung. Und E. war anscheinend ausgesprochen gut informiert. Offenbar hatten diese beiden erkannt, welche Führungsqualitäten sie ihm tatsächlich zutrauen durften. Sie müssen gewusst haben, in welcher Gefahr sie schwebten, haben das Märchen vom »Endsieg« nicht mehr geglaubt.

Nicola konnte sich sehr gut erinnern. Das »Dritte Reich« hatte natürlich auf dem Lehrplan der zehnten Klasse gestanden. Sie hatte noch genau die gezeigten Zeitdokumente vor Augen.

Vorhänge zu, Tafel herunterziehen! Ruhe!

Dann begann über die leere weiße Fläche zu flimmern, was der Lehrkörper meinte, den Fünfzehnjährigen zumuten zu können: die Filme, die direkt nach der Entdeckung der Konzentrationslager von den Siegermächten gedreht worden waren. Die Fotos der zerbombten Städte, die Bilder der endlosen Trecks aus den östlichen Gebieten des Reiches. Wagen, Pferde, Menschen. Alte, Kleinkinder, Säuglinge, schwangere Frauen, verwundete Soldaten in zerlumpten Uniformen. Hoffnungslose, leere Kriegsgesichter.

Mit quasi nichts waren sie geflohen, wurden bombardiert, froren in dem eisigen Winter, starben an den Straßenrändern und konnten nicht einmal begraben werden. Nicola wusste noch: Man hätte sie viel früher evakuieren müssen. Aber sie sollten einen Wall aus Menschenleibern als »Bollwerk gegen den Bolschewismus« bilden, der von Russland herüberzuschwappen drohte. Was für eine Idee! Menschenleiber gegen russische Panzer! Panzer, in denen Soldaten gesessen hatten, unter denen kaum einer gewesen sein dürfte, der nicht bei Hitlers Überfall auf Russland Angehörige auf die grausigste Weise verloren hatte. Vielleicht sogar kaum einer, dessen Vater, Bruder, bester Freund in den deutschen Gefangenenlagern verhungerte. Die Wut, der Rachegedanke musste übermächtig gewesen sein.

Das Entsetzen hatte die ganze Klasse überschwemmt, hatte nicht nur Betroffenheit, sondern körperliche Übelkeit ausgelöst. Sie erinnerte sich noch genau, wie groß die Sprachlosigkeit gewesen war. Sie waren stumm in die Pause gegangen, jeder in sich gekehrt und allein mit seinen Emotionen. Keiner hatte reden mögen. Zu Hause hatte Nicola versucht, das Thema am Abendbrottisch anzusprechen. Und war auf dieselbe Sprachlosigkeit getroffen, die sich erschöpfte in den wenigen abweisenden Worten: »Wir waren nicht dabei. Uns trifft keine Schuld. Lass uns nicht darüber reden, es ist vorbei. Iss!«

Sie hatte keinen Bissen herunterbekommen. Es hätte jemand da sein müssen, um das Unfassbare besprechen zu können. Vielleicht hatte sie Pech gehabt mit ihrem Lehrer, der emotionslos Fakten servierte. Nichts als Fakten. Der allein darauf Wert gelegt hatte, Daten und Zahlen zu präsentieren, Daten und Zahlen abzufragen. Sie hätte damals jemanden gebraucht, der sie in den Arm nahm in den Nächten, als sie versucht hatte, mit dem Gehörten und insbesondere mit dem Gesehenen fertigzuwerden.

In einer Klausur, die Nicolas einzige Sechs der gesamten Schulzeit wurde, passierte etwas für ihre übliche Arbeitseinstellung Ungeheuerliches. Sie hatte vor den leeren Blättern gesessen und zum ersten Mal in ihrem Leben die Leistung verweigert.

Abgegeben hatte sie am Ende der Stunde nur eine einzige Seite. Darauf hatte sie trotzig ein »Peace«-Symbol gemalt und darunter nur ein Wort geschrieben: »Why?«

Niemals hätte sie es für möglich gehalten, dass sie jetzt auf diese Weise, so nah, so direkt, mit der Vergangenheit konfrontiert werden würde. Denn sie hatte das unverdaute Thema stets sorgsam umgangen, wann immer es ihr wieder begegnete. So erschreckend die Bilder auch gewesen waren, Schicksale und Schauplätze hatten doch immer in gewisser Distanz gelegen. Nun war es da. Wieder da. Richtig da! Vielleicht, so überlegte sie, würde sie Antworten auf die Fragen finden, die sie vor Jahren zuerst im Kopf gewälzt, dann nie gestellt und schließlich ganz an den Rand ihres Bewusstseins geschoben hatte? Allein: Die Emotionalität, die aus den wenigen schon gelesenen Zeilen sprach, erschreckte sie. Je tiefer sie sich in ihre eigenen Gedanken und Erinnerungen verstrickte, desto mehr haderte sie mit sich, ob sie all das an sich heranlassen oder besser doch lieber ungelesen weglegen sollte.

Besonders die Anmerkungen zu den Krähen ließen Nicola schaudern. Allerdings schien E., überlegte sie, nicht ganz recht gehabt zu haben mit ihrer Theorie, sie würden sich die Herrschaft über das Land sichern. Bisher hatte Nicola nur Raubvögel gesehen, reichlich Spatzen und kleine, harmlose Singvögel an Marcins Futterstelle.

Marcins Futterstelle! Körner und ein bisschen Fett, damit sie über den Winter kommen! Friedlich. Umsorgt! Keine einzige Krähe, die toten Pferden die Augen auspickt und die Knochen blank frisst.

Ihr Verhältnis zu diesen Vögeln war kein gutes. Obwohl sie eigentlich stets um Rationalität bemüht war und sich als Erwachsene nie von Aberglauben irremachen ließ, gab es ein Erlebnis, das diese Antipathie ausgelöst hatte und das sie nie vergessen konnte. Sie war noch ein kleines Mädchen, als der Großvater starb. Die fünfjährige, ahnungslose Nicola im Schlepptau, waren die Eltern ans Totenbett geeilt. Dünn gesät waren die Kontakte zu den Großeltern immer gewesen. Nicola bekam sie selten zu Gesicht. Aber anlässlich des bevorstehenden Ereignisses meinte sie damals, doch ungewohnt deutliche Gefühlsregungen bei ihrer Mutter entdeckt zu haben. Gefühlsregungen ungefähr der Art, dass Mutter sich schon während der Autofahrt lautstark über die Ausrichtung der Beerdigung und die offenbar als scheußlich lästig empfundene Verteilung des zu erwartenden kleinen Erbes ausließ. Sie hatte geweint. Laut sogar. Aber diese Tränen waren Nicola unecht vorgekommen, denn sie passten nicht zu den Worten, die nicht etwa mit Trauer über den bevorstehenden Verlust, sondern mit Selbstmitleid in Erwartung unbequemer Pflichten zu tun zu haben schienen. Nicola hatte das sehr verwirrend und beinahe beängstigend gefunden.

Als Mutter sie dann im Sturmschritt hinterherzog, stracks auf die Eingangstür der Klinik zu, sah Nicola etwas, das sich viel deutlicher in ihre Erinnerungen brannte als wenige Minuten später das stille, wächserne Gesicht des gestorbenen Opas. Direkt neben der Glastür lag eine tote Krähe. Den Hals seltsam verdreht, das schwarzblaue Gefieder blutverklebt, die Augen gebrochen. Nicola war stehen geblieben, vor Schreck, vor Mitleid ganz starr. Die Mutter hatte ungeduldig an ihrem Arm gezerrt. Und dann lediglich gesagt, der blöde Vogel habe sich wohl an einer Scheibe das Genick gebrochen. Dann war sie weitergeeilt, dass sie kaum Schritt halten konnte. Oben im Krankenzimmer des Großvaters hatte Nicola den großen Blutfleck auf der Fensterscheibe gesehen. Seither waren Krähen für sie, und das änderte sich nie mehr, Todesvögel.

Jahreswechsel

Das Zuschlagen der Haustür ließ sie auffahren. Marcin war nach Hause gekommen. Nicola versuchte, schnellstens aus ihrer Gedankenwelt aufzutauchen. Doch die Rückkehr in die Gegenwart fiel ihr schwer. Nur einen Moment später hörte sie seine Schritte auf der Treppe und ließ die Papiere schnell unter der Bettdecke verschwinden. Er musste nicht mitbekommen, was sie da las! Und schon gar nicht, in welchen Zustand sie das Gelesene versetzt hatte. Einen Schwall frischer Luft, gepaart mit einer ordentlichen Portion guter Laune, brachte er mit herein. Es tat ihrem grübelnden Kopf gut und riss sie mit einem Schlag aus der Melancholie der vergangenen Stunde. Ihre Stimme klang fast normal, als sie ihn fragte: »Wie geht es der jungen Mutter und dem Baby? Alles in Ordnung?«

»Sie weiß sehr gut, was sie tut, ja! Wahrscheinlich könnte ich bei ihr einen Lehrgang in Sachen Neugeborenenversorgung machen. Aber die engmaschigen medizinischen Kontrollen in den ersten postnatalen Tagen sind nun mal nötig«, erwiderte er und ließ sich auf eines der Stühlchen fallen. »Aber wie geht es dir? Hast du noch heftige Schmerzen?« Forschend sah er sie an.

Nicola hatte die ganze Zeit keine Schmerzen wahrgenommen. Viel zu aufgewühlt und abgelenkt war sie gewesen. Sie hielt die flache Hand hinters Ohr, als würde sie in sich hineinhorchen, und machte ein gespanntes Gesicht.

»Das Pochen und Sägen im Unterschenkel ist weg. Alles ruhig! Muss ein Teufelszeug sein, das du mir da gegeben hast.«

»Na prima«, sagte er, »dann würde ich dich jetzt gern nach unten bringen und mir die Sache ansehen. Komm, husch aus dem Bett, wir haben nämlich noch was zu tun heute Nachmittag.«

»Was zu tun? Was denn?«, wollte sie überrascht wissen, während sie vorsichtig, um ja nicht die Briefe zum Vorschein kommen zu lassen, die Decke zurückschlug.

»Es scheint dir entgangen zu sein, dass heute Silvester ist. Wir bekommen Besuch, ich muss kochen, und ich dachte, wenn du schon mal da bist, kannst du eigentlich in der Küche helfen und das Gemüse schnippeln.«

»Aha! So weit sind wir also. Du schickst mich ›Heimchen‹ an den Herd, ja?«, grinste sie und sah in provokant an.

Marcin stand in Hilfsbereitschaftsposition vorm Bett und sah auf sie hinunter. Mit dem Spruch, der jetzt kam, hätte sie nie gerechnet. »Ganz ehrlich: So, wie du aussiehst, in diesem unkleidsamen Jogginganzug, bist du in der Küche hinter den Kulissen genau richtig!«

Mein lieber Schwan! Ganz schön frech, Herr Doktor! Jetzt pass mal auf …

Nicola sah ihn herausfordernd an und boxte ihm dahin, wo sie seinen Magen vermutete. Nicht sehr heftig. Wirklich nicht! Aber er ging dramatisch aufjaulend vor ihr in die Knie. Sie bekam einen Schreck. Das hatte sie nicht gewollt. Vorsichtig strich sie ihm über den gesenkten Kopf. »Oje, das tut mir leid, entschuldige!«

Er war ein Schauspieler! Mit einem ziemlich unverschämten Grinsen hob er den Kopf. »Na warte, Heimchen!«

Ehe sie sich's versah, hatte er sie geschnappt und trug sie die Treppen hinunter. Strampeln ging mit dem maladen Bein nicht. Eigentlich war sie ihm sowieso nicht böse, und obwohl sie es sich ungern eingestand, fühlte sie sich wieder mal verdammt wohl, so ganz nah bei ihm. Also schlang sie ihm die

Arme um die komfortabel breiten Schultern, konnte sich ein leises Giggeln nicht verkneifen, das er mit aufgesetzt indigniertem Kopfschütteln quittierte, und blieb ganz still, bis er sie auf der Untersuchungsliege absetzte.

»Frau Doktor, du bist ein richtiges Weibchen!«, schimpfte er im Brustton der Überzeugung und begann den Verband abzunehmen. Sie bemerkte, dass er sich anstrengen musste, nicht zu lachen.

»Iiich? Kann nicht sein, so wie ich aussehe! Ich bin ein Heimchen. Los, wickle mir das Heimchenbeinchen neu und setz mich an den Herd, wo ich hingehöre!«

Er schaute kurz hoch und murmelte leise: »Wie schnell sie doch begreift. Sie muss sehr intelligent sein.«

»Hey! Geht's dir zu gut heute? Du bist ganz schön unmöglich!«

Marcin lächelte. »Das Jahr ist weitgehend katastrophenfrei zu Ende gegangen, ich bin gesund, freu mich auf einen lustigen Abend mit Freunden und wickle gerade einer sehr netten, intelligenten Patientin das dürre Heimchenbeinchen. Da darf ich doch wohl vergnügt sein, oder?«

Nicola fiel keine schlagfertige Antwort ein. Das passierte ihr häufig. Spätestens zehn Minuten später würde sie genau wissen, was sie jetzt gern gesagt hätte, und sich ärgern. Eigentlich war sie nicht auf den Mund gefallen. Aber immer wieder kam es vor, dass sie bei Männern, die ihr ausgesprochen gut gefielen, zumindest vorübergehend ihre Unbefangenheit verlor. Ihr Witz machte dann einfach Pause.

Witzig war das eigentlich sowieso nicht, was Marcin da freilegte. Im Umfeld der sauberen Naht changierte das Schienbein zwischen dunkelblau, grün und violett. Sie verzog das Gesicht. »Tolle Farbpalette!«

»Ja, aber das war zu erwarten. Davon hast du noch ein paar Wochen was«, nickte er und strich eine dicke Schicht Heparin-Salbe darauf.

Frisch verbunden testete Nicola, ob es mit dem Laufen schon wieder ging. Richtig belasten konnte sie das Bein noch nicht, aber die paar Meter in die Küche schaffte sie problemlos allein.

Der gewaltige Küchentisch stand voller Einkaufstüten. Nicola setzte sich und sah ihm beim Wegräumen zu. Kartoffeln und Bohnen ließ er gleich für sie liegen und reichte ihr ein Messerchen. Sie begann sofort mit der Arbeit, während er den Ofen anheizte und sich um ein enormes Stück Rindfleisch kümmerte.

»Wie viele Gäste erwartest du?«, wollte sie wissen.

»Mein Studienkollege Mikolaj kommt mit seiner Frau Milena. Außerdem Tomasz, nicht nur mein ältester Freund, sondern auch unser Bürgermeister. Und Elena.«

»Seine Frau?«

»Nein, Elena ist eine alte Freundin.«

So, wie er das sagte, klang es für Nicola alarmierend.

»Deine Freundin?«

Langsam drehte er sich zu ihr um und schüttelte lächelnd den Kopf. »Vor gefühlten hundert Jahren mal ... aber jetzt wirklich einfach nur noch eine ›alte Freundin‹.«

Warum beruhigt mich das jetzt gerade nicht? Und warum habe ich so ein vollkommen überzogenes Gefühl von Eifersucht? Das kann ja wohl nicht wahr sein!

Zu allem Übel stellte sie fest, dass Marcin ihre Reaktion sehr genau beobachtete. Er sagte nichts, aber sie senkte ganz schnell den Kopf, um sich wieder akribisch dem Fädenziehen an den Böhnchen zu widmen.

Elena erschien als Erste. Der Braten steckte schon im Ofen, Nicola sammelte gerade noch die Kartoffelschalen auf dem Tisch zusammen. Schon die Art der Begrüßung an der Haustür, die sie nur hören und nicht sehen konnte, reichte, um festzustellen, dass sich da zwei sehr vertraut waren. Es gefiel ihr gar nicht, wie hocherfreut und fröhlich die Stimmen klangen. Und als Marcin dann Elena in die Küche schob, blieb Nicola für einen

Moment die Luft weg. So also musste man sich eine Exfreundin vorstellen! Sie war einfach nur … »wow«! Dabei war sie nicht einmal besonders aufgetakelt. Elena trug eine knackig sitzende Jeans, eine weiße, langärmelige Bluse, die allerdings ziemlich weit aufgeknöpft war und ein wunderschönes Dekolleté offenbarte, und dazu reichlich hochhackige Stiefeletten. Die üppigen dunklen Locken fielen ihr bis zur Taille. Und das Gesicht mit den hohen Wangenknochen, den strahlenden Augen und den vollen Lippen war, das musste man wirklich zugeben: schön!

Nicola fühlte sich in Marcins Jogginganzug, die Hände noch voller Kartoffelstaub, ungeschminkt, das Haar zum Pferdeschwanz gebunden: grau und mickrig!

Elena verhielt sich völlig ungezwungen und verbreitete eine quirlige Fröhlichkeit. Sie setzte sich zu ihr an den Tisch und begann sofort ein Gespräch, wollte genau wissen, woher Nicola kam, was sie hier machte, wie es zu der Verletzung gekommen war. So ganz richtig hinzuhören schien sie allerdings nicht, was Nicola antwortete. Stattdessen überschüttete sie sie freigiebig mit Informationen über sich. Außerdem, was Nicola gerade so überhaupt nicht ins knatschige Bild passte: mit reiner Freundlichkeit!

Binnen einer Viertelstunde kannte sie beinahe ihre ganze Lebensgeschichte, wusste unter vielem anderen, dass Elena Lehrerin war, zwei Deutschkurse absolviert hatte, sich freute, endlich mal wieder üben zu können. Überdies, dass sie dreißig war, Single und auf der Suche nach dem richtigen Mann. Bei diesem Thema ließ sie einen unverhohlen entzückten Seitenblick über Marcin streifen. Der wandte sich urplötzlich ab, um den Braten zu begießen. Offenbar war ihm dieser sprudelnde Quell der Vergnügtheit ein bisschen peinlich.

Nicola spürte: Sie musste hier erst mal raus. Umziehen. Und zwar pronto! Obwohl sie ihn mit dieser Bombe eigentlich ungern allein lassen wollte, erklärte sie, nun mal nach oben zu wollen.

»Soll ich dir helfen?«, fragte Marcin sofort.

»Die Treppe rauf wäre prima, ja«, erwiderte Nicola. »Den Rest schaffe ich alleine.«

Elena sprang sofort dazu, legte sich Nicolas Arm um die rechte Schulter, hätte beinahe noch Marcin verscheucht, der sie eigentlich tragen wollte.

»Lass mal, Elena, ich mach das schon. Setz dich, ich bin sofort zurück«, schaffte er es mühsam, ihre Hilfsbereitschaft zu bremsen, und hob Nicola hoch.

»Junge, Junge«, flüsterte sie an seinem Ohr, »das ist ja pures Quecksilber!«

»Wem sagst du das«, seufzte er leise, »so ist sie immer. Umwerfend. Aber unvorstellbar anstrengend. Wir haben uns immer alle gefragt, wie sie es schafft, ihren Schülern mündliche Noten zu geben. Sie redet ja ständig alleine. Aber sie soll bei den Kindern sehr beliebt sein. Und ihre Klassen gehören dem Hörensagen nach zu den ruhigsten. Kein Wunder. Sie quatscht die alle tot.«

* * *

Er schien also wenigstens halbwegs immun gegen Elena zu sein. Obwohl: *Nach einer halben Flasche Wodka darf man die beiden bestimmt auch heute noch nicht zusammen in einen Raum sperren,* überlegte Nicola.

Sie zog aus der Kommode eine sehr schicke Hose mit relativ weitem Schlag und probierte, ob sie die über den dicken Verband bekam. Fehlanzeige! Kurz entschlossen suchte sie ihre kleine Nagelschere heraus und trennte die Naht bis zum Knie auf.

Hochhackige Stiefelchen? Kann ich auch! Na warte, Bella Barbarella!

Es dauerte keine zwanzig Minuten, bis Nicola sich umgezogen und geschminkt hatte. Während sie noch dabei war, trafen unten neue Gäste ein. Großes Hallo, vergnügte Stimmen. Sie beeilte sich, und als es kurz darauf erneut an der Haustür klingelte, humpelte sie rasch an die Treppe. Marcin empfing den nächsten Gast und bekam gerade die unvermeidliche Flasche Wodka als Mitbringsel in die Hand gedrückt. Der Mann war allein gekommen, musste also Tomasz, der erwähnte Bürgermeister, sein. Jung war er für einen solchen Posten. Bürgermeister, so fand Nicola, müssten eigentlich mindestens sechzig sein und eine Honoratiorenwampe vor sich hertragen. Dieser war vielleicht Mitte dreißig und von Wampe keine Spur.

»Marcin, kannst du mir bitte wieder runterhelfen?«, rief sie und die Köpfe der beiden Männer wandten sich ihr zu.

»Marcin, wenn man schöne Frauen sehen möchte, muss man offenbar dich besuchen! Was für einen entzückenden Gast hast du denn da? Stell mich vor, bitte!«

Dieser Bürgermeister war Nicola umgehend höchst sympathisch. Immerhin stellte er im Nu ihr leicht kippeliges Selbstbewusstsein wieder sicher auf die Füße. Außerdem gefiel er ihr ausgesprochen gut. Als Mann gefiel er ihr. Seine tiefe, warme Stimme überzog die langsam, aber korrekt gesprochenen deutschen Worte mit einem feinen Zuckerguss. Und ganz besonders gefiel er ihr in seiner Funktion als Bürgermeister. Denn selbstverständlich wollte sie versuchen, möglichst viel über seine Gemeinde herauszubekommen, das sie noch brennend interessierte. Schließlich war sie ja nicht zum puren Vergnügen angereist, sondern hatte einen Auftrag zu erfüllen. Da kam er ihr gerade recht.

Als Marcin sie vor ihm absetzte, begrüßte er sie mit einem Handkuss. Das, zumal bei einem Mann, der nicht gerade antiquiert wirkte, hatte sie noch nie erlebt. Marcin reagierte darauf allerdings gar nicht, sodass sie überlegte, ob diese Geste in Polen vielleicht durchaus nicht unüblich war.

In der Zwischenzeit war Elena nicht ganz untätig gewesen. Sie hatte den langen Esstisch im Wohnzimmer für sechs gedeckt. Schön hatte sie das gemacht! Klar, sie kannte sich hier aus. Allerdings versetzte es Nicola einen kleinen Stich, dass sie sich benahm wie die Frau des Hauses. Als Elena sie entdeckte, klatschte sie in die Hände und rief: »Meine Güte, Nicola, du bist ja kaum wiederzuerkennen! Toll siehst du aus. Aber nein, die schöne Hose! Du hast sie kaputt gemacht.«

»Die Naht kann man wieder flicken«, erklärte Nicola.

»Natürlich, natürlich. Komm, setz dich doch hin, wir können gleich essen.«

Es war freundschaftlich gemeint. Keine Frage. Aber Nicolas aufkeimende und so vollkommen ungewohnte Eifersucht wollte einfach nicht akzeptieren, dass es so war. Sie schaffte es nicht, diesem aufgeschlossenen, freundlichen Wesen mit der gleichen Liebenswürdigkeit zu begegnen, und blieb reserviert.

* * *

Die intensive Unterhaltung mit Tomasz, dessen Nachnamen sie vorläufig gar nicht erst erfuhr, war in mehrerlei Hinsicht sehr ergiebig. Natürlich hatte der Bürgermeister größtes Interesse daran, zu erfahren, was genau Nicolas Firma hier aufzubauen plante. Seine Begeisterung über die Aussicht, tausendfünfhundert Arbeitsplätze in seiner Gemeinde dazuzugewinnen, war erwartungsgemäß überschwänglich. Die Arbeitslosenquote in dieser Region, insbesondere im Bereich niedrig qualifizierter Arbeitnehmer, sei mit achtzehn Prozent gewaltig, berichtete er. Da Nicola diesen Aspekt ganz zu Beginn des Gespräches ins Spiel gebracht hatte, konnte sie sich nun seiner ungeteilten Aufmerksamkeit völlig sicher sein. Er war zu jeder Auskunft bereit. Dass das Unternehmen keine qualmenden Schornsteine in die Landschaft stellen würde, sondern lediglich moderne Hallen zur Fertigung von Kabelsätzen errichten wollte, schien nicht nur ihn ausgesprochen zu beruhigen. Auch in Marcins Gesicht zeichnete sich Erleichterung ab, und offensichtlich übertrug sich dieses Gefühl auf alle Gäste am Tisch. Weder Milena noch Mikolaj sprachen Deutsch. Dennoch hatten sie beide Nicolas Ausführungen gespannt gelauscht. Ab und zu hatte Marcin einige wesentliche Punkte ins Polnische übersetzt, um sie ins Bild zu setzen. Nun wich die anfängliche vorsichtige Zurückhaltung der beiden, und für Nicola entstand der Eindruck, dass aus skeptischer Abwehrhaltung bezüglich des Bauvorhabens nach und nach Akzeptanz wurde. Es lag ihr viel daran, mithilfe transparenter Informationen die positiven Entwicklungsmöglichkeiten des Bezirkes herauszustellen, denn nichts wäre ihr unangenehmer gewesen, als auf feindschaftliche Ablehnung zu stoßen.

Ganz nebenbei konnte sie auch noch sowohl ihre drängenden Fragen zur Stromversorgung auf dem Grundstück zufriedenstellend klären als auch gleich das Speditionsthema anschneiden.

»Die Materialien können per Bahn angeliefert werden, die fertigen Teile müssen dann aber ›just in time‹ mit einer oder mehreren hundertprozentig zuverlässigen Speditionen abtransportiert werden«, erläuterte Nicola.

»Ich werde Ihnen schon am Montag eine entsprechende Liste an die Hand geben«, versprach Bürgermeister Tomasz strahlend.

Es war unübersehbar: Er hatte einen Narren an Nicola gefressen. Das Gefühl drängte sich allerdings auf, dass sein Interesse nicht nur auf ihre Funktion als Überbringerin erfreulicher Nachrichten für seine Gemeinde beschränkt war, sondern er Nicola durchaus auch als Frau sehr attraktiv fand. Jene Frage, die ihr persönlich am meisten auf den Nägeln brannte, musste sie jedoch zurückstellen, denn Marcin saß direkt neben ihr. Sie würde schon noch eine Gelegenheit finden, Einsicht in die Grundbuchauszüge und Lagepläne zu bekommen! Tomasz ließ sich jedenfalls ganz leicht um den Finger wickeln.

Ab und zu bemerkte sie zufrieden, dass Marcin sie nicht aus den Augen ließ. Elena, zu seiner Linken, bemühte sich zwar, nach allen Regeln der Kunst mit ihm zu flirten, und das konnte sie! Aber er ging auffallend wenig auf ihre Versuche ein.

Ob es ihm wohl genauso geht wie mir?, überlegte sie zwischendurch ein paarmal. Jedes Lächeln, das sie ihm schenkte, gab er sofort zurück. Er war aufmerksam. Leider auch so aufmerksam, dass er Nicola direkt nach dem ausgezeichneten Essen wieder ein Häufchen Tabletten gab und ihr mit Bedauern mitteilte, dass sie heute die Einzige sein würde, die ohne Alkohol auskommen müsste.

»Kein Problem!«, erwiderte sie mit einem Lächeln und leichten Nicken in Richtung Elena. »Dann behalte ich wenigstens einen klaren Kopf!«

Die schöne Elena sprach nämlich erst dem Rotwein und dann dem Wodka derart begeistert zu, dass sie schon gegen elf Uhr nur noch als stockbesoffen zu bezeichnen war. Folglich wurde sie außerordentlich anhänglich und klebte nun ständig an Marcins Hals. Dessen gequältes Gesicht amüsierte Nicola und sie konnte es sich nicht verkneifen, Tomasz zu immer heftigerem Balzgehabe zu ermuntern. Marcin schien zu kochen. Gerettet wurde er von Milena, der Frau seines Freundes Mikolaj. Die scheuchte Elena irgendwann hoch, als sie merkte, wie peinlich die Situation wurde, nahm sie bei der Hand und zog sie mit sich in die Küche. Nur einen Moment später hörte Nicola Geschirr klappern. Offenbar kümmerten sich die beiden um den Abwasch.

Nicola wandte sich Marcin zu und flüsterte: »Du bist sehr beliebt!«

»Du nicht minder«, gab er leise und mit einem mürrischen Blick auf Tomasz zurück.

* * *

Es war bereits kurz vor Mitternacht, als die beiden Frauen aus der Küche zurückkamen. Ganz nüchtern hatte das Geschirrspülen Elena offenbar nicht gemacht, denn sie rauschte, zwei Champagnerflaschen schwenkend, herein und brüllte ausgelassen: »Szampan! Reißt Türen und Fenster auf!«

»Warum sollen wir bei der Eiseskälte alles aufmachen?«, fragte Nicola Marcin verständnislos.

»Um die guten Geister fürs neue Jahr hereinzulassen. Das ist eine alte Tradition«, erklärte er und schob die schweren grünen Vorhänge zur Seite.

Tomasz füllte derweil die Sektkelche. Genau genommen *versuchte* er sie zu füllen, denn dank Elenas Schüttelei quoll das edle Nass in hellen Strömen auf die Tischdecke.

»Einen kleinen Schluck zum Anstoßen darf Nicola aber auch bekommen, oder, Freund Doktor?«, wandte Tomasz sich an Marcin. Der kniff die Augen zusammen, wiegte nachdenklich den Kopf und entschied: »Na schön, aber nur einen winzigen Schluck!«

Die kalte Nachtluft flutete das Haus und Nicola fand die guten Geister zum Schlottern. Fürsorglich legte Marcin ihr eine Decke um die Schultern und half ihr vor die Haustür. Alle standen, ein Glas in der Hand, im Schnee und lauschten, bis die Standuhr zwölfmal schlug, während Mikolaj schon mit einer brennenden Zigarre bereitstand, um die aufgestellte Batterie von Raketen zu zünden. Beim letzten Glockenschlag zischte das Feuerwerk in die Luft, explodierte unter großem »Ah« und »Oh« bunt schillernd am sternenklaren Nachthimmel. Man stieß an, überschüttete sich gegenseitig mit guten Wünschen und lag sich in den Armen.

Nicola hatte unter ihrer Decke etwas Mühe, die Hände freizubekommen, um Tomasz' Ansturm Herr zu werden. Küsschen rechts, Küsschen links, Küsschen in die Mitte! Aus den Augenwinkeln beobachtete sie Elenas Auftritt kaum zwei Meter neben ihr. Die nutzte natürlich diese willkommene Gelegenheit, ihrem

Exfreund ganz unverfänglich sehr, wirklich sehr nah zu kommen. Die Art und Weise, mit der sie sich ihm schlängelnd an den Hals warf, konnte man nur als lasziv bezeichnen. In einer Mischung aus Faszination und peinlich berührter Betroffenheit konnte Nicola den Blick nicht abwenden. Und sah geradewegs in seine bernsteingesprenkelten Augen. Er hob etwas genervt eine Augenbraue und schickte Nicola ein leises Kopfschütteln.

Dann gelang es ihm, sich aus Elenas Griff zu befreien. Er schob sie dem begeistert zufassenden Tomasz hin und stand nun direkt vor Nicola.

»Ich wünsche dir ein frohes, gesundes neues Jahr! Mögen all deine Wünsche in Erfüllung gehen«, sagte er leise und nahm sie in die Arme.

»Ich dir auch, Marcin«, hauchte sie.

Nicola wartete. Die Lider ein bisschen gesenkt, die Stirn ganz nah an seiner Brust, wartete sie auf einen Neujahrskuss. Es passierte: nichts! Er hielt sie einfach nur fest und sah auf sie hinunter. Die Decke rutschte ihr von den Schultern, fiel in den Schnee. Sie bemerkte es kaum. Um sie herum johlten die Gäste zu jeder neuen Rakete. Sie hörte es nur am Rande. Dann spürte sie plötzlich, dass sich seine Umarmung zu lockern begann.

Das kann er nicht machen! Wenigstens ein ganz winziges Neujahrsküsschen! Das hat sich doch sogar der völlig fremde Tomasz erlaubt!

So gefühllos konnte er gar nicht sein, nicht zu merken, wie sie ihn festhalten wollte, wie sie beinahe schüchtern ihren Griff um seine Schultern verstärkte. Es drohte auseinanderzugleiten! Da fasste sie sich ein Herz.

»Bekomme ich keinen?« Sie sah zu ihm auf.

»Keinen was?«, fragte er und sie meinte, einen ganz winzigen spöttischen Zug um seinen Mund zu entdecken.

Nicola schluckte. »Keinen Neujahrskuss?«

Marcin lächelte. »Möchtest du einen?«

»Ja, verdammt!«

Es war ihr unendlich peinlich. Noch nie hatte sie um einen Kuss gebeten. Sie konnte ihm nicht mehr in die Augen schauen, hatte den Blick wieder gesenkt. Seine Umarmung wurde wieder fester. Dann legte er ihr zärtlich die Hand unters Kinn und hob ihren Kopf.

»Sicher?«, raunte er.

Sie nickte, wagte nicht, ihn richtig anzusehen, fühlte sich unfähig zu sprechen.

Langsam, sehr langsam näherte sich sein Mund ihren Lippen. Mikolaj hatte sein Feuerwerk verschossen, Qualm hing in der kalten Luft, die anderen hatten sich wieder ins Haus zurückgezogen. Sie standen allein da. Und dann entzündete Marcin ein Feuerwerk der ganz anderen Art. Eines, das brannte und brannte, sich erst in den Bauch und dann mitten ins Herz hineinbrannte. Das Funken in allen Regenbogenfarben sprühen ließ. Das lautlos taub machte für alles um sie herum. Das atemlose Stürme in ihr entfachte. Das nie mehr enden sollte!

Minutenlang dauerte dieser Kuss. Und endete doch. Sie japste nach Luft, die Wange an seine Brust gelehnt.

»Wow!«, flüsterte sie. »Was war das?«

»Ein Neujahrsküsschen! Du wolltest eins.«

Himmel! Jetzt tut er unschuldig. Wie kann es sein, dass so was noch frei rumläuft?

»Gibt's das in der Qualität nur am ersten Januar?«

»Nö, das ist zertifizierte Marcin-Standardqualität.«

»Dann ist mir vollkommen unklar, warum du mit einer *Katze* zusammenwohnst!«

Er kam nicht mehr zum Antworten, denn Elena erschien in der offenen Haustür. »Seid ihr bald fertig? Langsam wird es kalt im Haus«, maulte sie.

Ganz offenkundig hatte sie begriffen, was das Bild bedeutete, das sich ihr bot, und war entsprechend misslaunig. Der

Zauber war verflogen. Nicola hoffte, er würde sich vielleicht in den kahlen Zweigen der alten Eichen verfangen und bei nächster Gelegenheit zurückkehren. Bald. Möglichst sehr bald!

Es war, als hätte Elenas Erscheinen ein Licht ausgeknipst. Marcin benahm sich plötzlich wieder nur noch unverfänglich höflich und hilfsbereit. Als wäre nichts gewesen, half er der hinkenden Nicola ins Haus zurück.

Eine Stunde später brachen die Gäste auf. Elena ging als Erste. Sie war enttäuscht. Das sah man ihr deutlich an. Tomasz gab Nicola zum Abschied nicht nur einen fetten Kuss auf die Wange, sondern versicherte auch, jederzeit für all ihre Fragen erreichbar zu sein.

Wieder allein, mit einem Tisch voll benutzter Gläser und leerer Flaschen, hatte sie das Gefühl, dass eine ungewohnte Befangenheit zwischen ihnen stand.

Tut es ihm leid? Bereut er diesen einen Kuss? Wollte er bei mir gar nicht auslösen, was er ausgelöst hat?

Nicola war völlig verunsichert. Sein Benehmen wollte so gar nicht zu ihren aufgewühlten Gefühlen passen. Er brachte sie nach oben. Er wünschte ihr eine gute Nacht. Und er machte so unmissverständlich deutlich, dass er nicht reden und schon gar nicht an diesen Moment anknüpfen wollte, den sie so gern festgehalten hätte. Ein enger Reif legte sich um ihr Herz, der sich schmerzhaft immer fester zuzog, als er mit freundlichem Gesichtsausdruck die Tür hinter sich schloss. Freundlich! Aber ganz weit weg.

Nicola weinte. Das Schienbein meldete sich und rührte gemeinsam mit dem verletzten Herzen einen scheußlich bitteren Trank aus tiefem Berührtsein und hilflos überwältigtem Schmerz an. Diese Art Schmerz hatte sie noch nie gespürt und weinte sich in den Schlaf wie ein unglückliches Kind.

Marcin

Sein Wecker klingelte um acht Uhr. Gähnend wälzte er sich aus dem Bett und ging ins Bad. Aus dem Gästezimmer drang kein Laut. Sicher schlief sie noch tief und fest. Die Nacht war kurz gewesen, denn er hatte Mühe gehabt einzuschlafen, sich lange von einer Seite auf die andere gewälzt. Nicola war ihm nicht aus dem Kopf gegangen. Und kaum hatte er die Augen aufgeschlagen, waren die Gedanken an sie auch schon wieder da. Eifersüchtig war er gewesen. Auf seinen alten Freund Tomasz, der sie so mit Beschlag belegt hatte. Ein Gefühl, das ihm lange nicht mehr untergekommen war.

Und dann war es passiert. Unausweichlich und im Grunde genommen ein ganz normales, unverfängliches Ritual, wie es unter Freunden üblich war. Diesen Moment hatte er den ganzen Silvestertag über gefürchtet. Den Moment, an dem sich alle beim Zwölfuhrschlag in den Armen lagen und sich gegenseitig mit Neujahrswünschen überhäuften.

Sie zu tragen, weil sie nicht laufen konnte, sie zu verbinden, ihr zu helfen, wo immer es nötig schien, war etwas, das ihm sein Berufsethos selbstverständlich vorgab. Aber dieser Kuss, den sie ihm abgefordert hatte, erlangte eine ganz andere Bedeutung. Er hätte es kurz machen können. Ja! Aber ihm waren die Pferde durchgegangen, die er so lange Zeit schon mit fester Hand gezügelt hatte. Ein einziger sehnsüchtiger Blick aus ihren veilchenblauen Augen hatte genügt, ihn schwach werden zu lassen. Die Weichheit ihrer Lippen, diese zerbrechliche Gestalt, die so schutzbedürftig wirkte, der leichte Duft ihres Parfums, der sich zu einer so einzigartigen Melange mit dem Geruch ihrer Haut mischte! Und ihre so offenkundige Bereitschaft, sich mehr auf ihn einzulassen, als es einem unverbindlichen Verhältnis zwischen ihnen zukam, hatte ihn einen Augenblick lang völlig überwältigt. Wie schwer es doch gewesen war, sich loszureißen! Zum Tagesgeschehen zurückzukehren und so zu tun, als wäre nichts geschehen. Sie hatte es bedauert. Das war ihm nicht entgangen. Und nun machte er sich Vorwürfe. Er wusste: Sein Kuss musste sich wie ein Versprechen angefühlt haben. Eines, das er nur allzu gern eingelöst hätte …

Aber zwischen ihnen stand so viel! Welche Zukunft sollten sie denn haben? Sie schien eine echte Großstadtpflanze zu sein, er liebte die Ruhe auf dem Land. Hunderte von Kilometern lagen zwischen ihren Lebensmittelpunkten. Er war kein ganz armer Mann, aber vollkommen sicher, dass sich ihre Gehaltsabrechnung erheblich erquicklicher lesen würde als seine Monatsabschlüsse. Bei diesem Gedanken war Marcin am Punkt! Marina hatte eine Facette des Zusammenlebens auf so brutale Weise zum grellen Leuchten gebracht, dass das Thema »Geld« für ihn eine nie gekannte Bedeutung gewonnen hatte. Sie war nicht gegangen, weil er ihr ein schlechter Ehemann gewesen war. Sie war gegangen, weil sie ganz einfach jemandem begegnet war, der ihr erheblich mehr bieten konnte. Und sie hatte ihn ausgenommen wie eine Weihnachtsgans. Bis zur Scheidung, als sie schon zwei Jahre in Saus und Braus lebte, hatte sie noch Unterhaltszahlungen gefordert. Und bekommen! Erst seit ihrer Hochzeit mit diesem teigigen, aber äußerst wohlhabenden Kerl vor wenigen Monaten musste Marcin nicht mehr bluten. Selbst für den dringend notwendigen neuen Wagen, dessen Erwerb unumgänglich wurde, um bei jedem Wetter zuverlässig für seine Patienten da sein zu können, musste er einen Kredit aufnehmen, der seine finanziellen Möglichkeiten auf ein Minimum zusammenschrumpfen ließ. Nur gut, dass der Staat ihm das Haus zu so günstigen Konditionen überlassen hatte! Marcin wusste: Es würde Jahre dauern, bis er es wieder auf einen grünen Zweig geschafft haben würde.

Solange er allein lebte, nur sich selbst verantwortlich, sah er keinerlei Probleme in diesem Umstand. Aber es war ihm vollkommen klar, dass er sich keine Familie leisten konnte. Eine Familie war das, was er mit Marina hatte gründen wollen. Eine Familie, wie seine eigene es war. Voller Verantwortungsgefühl füreinander, voller Vertrautheit und Wärme. Es hätte ein so schönes Nest sein können, hier draußen. Ideal für Kinder! Aber alle Pläne, alle Zukunftsaussichten waren mit einem Schlag zerstört gewesen, als sie ihn vor vollendete Tatsachen gestellt hatte.

Nicola war eine Frau, in die er sich verlieben könnte! Seine Menschenkenntnis reichte weit genug, um die Schale der toughen Karrierefrau – die sie vorgab zu sein und bei Betrachtung ihres Lebensstils ganz sicher tatsächlich auch war – vom sensiblen Kern, den sie offenbar zu verbergen suchte, zu trennen. Marcin wurde das Gefühl nicht los, dass sie sich *wünschte*, er möge genau das tun. Freilegen, was sie so offenkundig vor der Welt zu schützen suchte. Aber was, wenn er es tatsächlich täte? Was würde der Alltag übrig lassen? Für sie? Für ihn?

Sie ist ein Gast aus einer anderen Welt! Schlag sie dir aus dem Kopf!, hatte er sich seit diesem Moment, als er merkte, wie übermächtig die Gefühle für sie über ihm zusammenzuschlagen drohten, wieder und wieder gesagt. Seit diesem Kuss war seine Unbefangenheit weg. Und das hätte nie und nimmer passieren dürfen.

Marcin feuerte die Öfen an. Er richtete ein Frühstück für sich und bereitete ein Tablett für Nicola vor. Die Medikamente legte er dazu und trug alles hinauf. Er klopfte. Keine Reaktion. Leise öffnete er die Tür. Sie schlief. Das dunkelbraune Haar ausgebreitet wie ein Fächer, das Gesicht halb in dem Kopfkissen vergraben, das sie mit beiden Armen umschlungen hielt. *Warum wäre ich gerade gern ein Kopfkissen?*, schoss es ihm durch den Kopf und er musste lächeln. Dann überlegte er einen Wimpernschlag lang. Und entschloss sich, sie nicht zu wecken. Sacht zog er die Tür hinter sich zu, stellte das Tablett vor der Tür ab, holte einen Zettel und schrieb ihr eine kurze Nachricht. Er hätte mehr schreiben wollen. Es klang unpersönlich. Aber er beließ es dabei.

Es schneite. Dicke Flocken, undurchdringliches Grau. Marcin holte den Wagen aus der Garage, lief noch schnell zum Vogelhaus, um Futter zu verteilen, und fuhr los. Dorthin, wo ihn die Liebsten erwarteten. Die Eltern, der Großvater, seine Schwester mit Mann und Kindern. Er freute sich auf seine Familie!

Brief II

Nicola schlief lange. Erschöpft und mit rot verquollenen Augen. Sie war überhaupt nicht ausgeruht, als sie erwachte. Das Schienbein schmerzte, hinter ihrer Stirn wummerte ein dröhnender Bass. Es fühlte sich an wie ein böser Kater. Und es *war* ein böser Kater. Was ist schon ein Alkoholkater gegen einen Gefühlskater? Den einen vertreibt man mit einem Aspirin, der andere macht es sich auf dem Schoß gemütlich, schnurrt hinterhältig, krallt sich schmerzhaft in die Haut und fasst noch einmal kräftig nach, wenn man ihn wegschubsen möchte.

Stöhnend richtete sie sich auf, humpelte zum Fenster und zog die Gardinen zurück. Dichter Flockenwirbel machte den Tag grau. Das Wetter passte perfekt zu ihrer Stimmung. Auf dem Weg ins Bad wäre sie beinahe über ein Frühstückstablett vor der Zimmertür gestolpert. Sie hob es auf und trug es ans Tischchen. Zwischen Thermoskanne und Brotkörbchen steckte ein gefalteter Zettel.

»Guten Morgen, Nicola. Ich bin bei meinen Eltern zum Mittagessen eingeladen und gegen Spätnachmittag zurück. Bitte nimm Deine Medikamente! Marcin«

Der niederträchtige Kater bohrte ihr die spitzen Krallen ins Fleisch. Traurig hinkte Nicola ins Bad. Er musste frühmorgens schon den Badeofen angefeuert haben. Jetzt war das Wasser nur noch handwarm.

Wahrscheinlich hatte er überhaupt keine Lust, mir heute zu begegnen.

Sie beseitigte die Make-up-Reste des vergangenen Abends. Sosehr sie auch rubbelte, die dunklen Ränder unter den Augen hatten leider genauso wenig mit Wimperntusche zu tun, wie die kaninchenroten Bindehäute eine allergische Reaktion auf den Mascara waren.

Verheult, trübe und blass. Pure Attraktivität! Wenn ich da an diese strahlend schöne Elena denke …

Nicola tat, was sie konnte. Den Augenrötungen rückte sie erfolgreich mit den bewährten Euphrasia-Tropfen zu Leibe, und auf Cliniques Notfallprodukte war wieder einmal Verlass. Nach einer halben Stunde befand sie ihr Spiegelbild für ziemlich zufriedenstellend. Nur das Bein ärgerte sie heute sehr. *Klar, der dritte Tag soll ja immer besonders unangenehm sein …*

Das einsame Frühstück war kein Vergnügen. Aber es bildete wenigstens die Grundlage für die Tabletteneinnahme. Nach und nach ebbten die Schmerzen ab und Nicola beschloss, sich die Zeit mit der weiteren Lektüre des Briefes zu vertreiben. Fahles Licht fiel durch die Fenster. Es war so düster, dass sie zum Lesen Licht machen musste. Schon nach den ersten Zeilen steckte sie wieder ganz tief in einer anderen Zeit, einer fremden Welt.

* * *

»Ich will nun ganz von vorne anfangen, sonst wirst Du mich nicht verstehen. Und ich bitte Dich, lass Gnade walten, auch wenn Du vielleicht vor Entsetzen die Hände überm Kopf zusammenschlägst angesichts des Handelns Deiner Tochter, die Du doch immer für so vernünftig hältst.

Ich weiß es noch so genau, als wäre es erst vor ein paar Tagen geschehen. Ganz oben auf der Leiter stand ich mit meinem großen Korb, um die dicken roten Boskop-Äpfel zu pflücken, die unsere Mamsell Martha dann um die Weihnachtszeit immer so köstlich mit Honig, Mandeln und einem winzigen Schlückchen

Rum gefüllt in den Backofen schiebt. Das ganze Haus duftet davon. Ich habe den Geschmack noch genau in Erinnerung und greife in Gedanken nach Deiner großen Kristallkaraffe voll Vanillesoße, um sie über die heißen Äpfel zu gießen.

Einen wunderbaren Ausblick hatte ich von dort, hoch oben in der warmen Herbstluft. Ich konnte erkennen, wie ein Militärfahrzeug vor dem Portal hielt, sah Vater aus dem Haus kommen, sah, wie zwei Uniformierte drei junge Burschen rüde aus dem Wagen zerrten. Sie hatten die Hände auf dem Rücken gefesselt, wurden vorangestoßen, auf Vater zugetrieben, wie Vieh zum Schlachthaus. Der leichte Wind trug ein paar Wortfetzen in die Baumkrone hinauf: ›Polacken … hinterlistiges, rücksichtsloses Pack … ordentlich arbeiten lassen … Untermenschen … ‹

Mir blieb vor Schreck der Mund offen stehen, beinahe hätte ich den Halt verloren und wäre rücklings von der Leiter gefallen. Wie konnten sie so mit Menschen umgehen? Es waren doch offenkundig Offiziere, die diese armseligen Männer brachten. Und Offiziere kenne ich von unseren Abendgesellschaften. Fesch, zackig, aufrecht, gebildet. Allesamt Ehrenmänner! Die meisten aus unserer direkten Nachbarschaft, aus Familien, mit denen wir seit Generationen befreundet sind, teils sogar Verwandtschaft. Mir war, als würde der Wind kälter, als verdunkle sich die Sonne an diesem herrlichen Tag im September '39. Mir wurde ganz schwindelig bei dem, was die großartige Aussicht offenbarte. Alles, was ich bis dahin sicher zu wissen geglaubt hatte, wurde mir durcheinander geschüttelt und ich musste mich ganz fest an den Zweigen halten. Zu uns schickten sie doch die Kinder in den Sommerferien. Hier war die Welt heil, hier ging das Leben seinen gewohnten Gang, verlief gemächlich und ruhig wie unsere großen Flüsse! Ich wollte damit nichts zu tun haben. Und ich wollte auch nicht sehen, wie sich anständige deutsche Wehrmachtsangehörige grob anderen Menschen gegenüber verhielten. So waren sie doch gar nicht!

Natürlich, wir wussten, dass der Krieg begonnen hatte. Wir hatten mitbekommen, was man sich erzählte. Den ›Bromberger Blutsonntag‹, der angeblich Tausende Volksdeutsche, hingemeuchelt von polnischer Hand, das Leben kostete, habe Hitler vor einigen Wochen zum Anlass für den Polenfeldzug genommen. Das haben wir geglaubt, Mutter! Weißt Du noch? Und wie empört sind wir doch gewesen!

Bis wir viel später erfahren haben, dass dieser Einmarsch in Polen schon zwei Tage zuvor begonnen hatte. Dass es keine ›Tausende‹ gewesen sind und es gar nicht geklärt werden konnte, welche Seite denn eigentlich in Bromberg tatsächlich mit den Kampfhandlungen begonnen hatte. Aber es passte ihm gerade so schön in den Kram, dem Herrn ›Führer‹. Prächtig geeignet für die Propaganda. Wie immer: Propaganda statt Informationen. Ich nenne es vorsätzliche Volksverdummung!

Aber das alles konnte ich damals noch nicht wissen. Ich konnte nur fühlen. Und mein Gefühl war kein gutes, denn nun ließ es sich nicht mehr leugnen. In diesem Moment, als ich da oben auf der Leiter im Apfelbaum stand, war für mich der Krieg bei uns angekommen. Hier in unserem friedlichen Ostpreußen!

Vater machte nicht viele Worte am Abendbrottisch, Du erinnerst Dich? Er sagte nur, wir hätten jetzt drei polnische Zwangsarbeiter und wir Kinder sollten uns von ihnen fernhalten. Er schnitt mir empört das Wort ab, als ich nachfragte, ob er sie denn wenigstens ordentlich behandeln würde. Ich sah die Adern an seinen Schläfen hervortreten. Ein Warnsignal für uns, den Mund zu halten und das Thema auf sich beruhen zu lassen. Es fiel mir schwer, denn ich war schließlich siebzehn und durchaus schon in der Lage, mir ganz eigenständige Gedanken zu machen.

Sie blieben für uns dann ja weitgehend unsichtbar, diese drei Männer. Bis zu dem Tag im letzten Frühling, als Dr. Eisenberg, der wunderbar kluge und so witzige Hauslehrer, abgeholt wurde. Ich höre heute noch das Lachen von Sophie und Fritz, das immer wieder während des Unterrichts aus dem Schulzimmer drang. Und dazwischen Eisenbergs stets vergnügte Bassstimme. Niemand hat uns erklärt, warum er verschwand. Und warum es auch bei dieser Gelegenheit wieder so furchtbar rüde zuging. Ich habe es mit eigenen Augen gesehen, Mutter.

Er wurde auf dieselbe Art abgeführt, wie die drei polnischen Männer hergebracht wurden. Wie ein Schwerverbrecher! Er fehlte so sehr mit seinen lustigen Anekdoten, die immer ein bisschen neuen Lehrstoff enthielten. Ganz en passant lehrte er uns Dinge, die wir auf diese Art viel leichter begriffen, als wenn sie uns trocken und humorlos beigebracht worden wären.«

* * *

Nicola hörte ein leises Kratzen an der Tür. Sie lauschte und dachte einen Moment lang, ihre Ohren hätten ihr einen Streich gespielt. Aber nein, da war es wieder. Sie stand auf und öffnete. Völlig selbstverständlich stolzierte Sowka hocherhobenen Schwanzes herein, strich einmal schnurrend um ihr gesundes Bein, sprang aufs Bett und ließ sich gemütlich in der Mitte nieder.

»Hallo, Sowka! Ich finde es ja nett, dass du mir ein bisschen Gesellschaft leisten willst, aber könntest du vielleicht ein Stückchen rutschen?«

Die Katze stand auf, sah sie auffordernd an und Nicola setzte sich wieder, lehnte sich bequem in den Kissen zurück. Sowka stieg ihr auf den Schoß, rollte sich nach ein paar samtpfotigen Milchtritten zusammen und ließ sich genüsslich kraulen.

Nicola dachte nach. Was mochte es mit diesem Hauslehrer auf sich gehabt haben? Warum hatte man ihn weggeholt? Sein Name klang jüdisch. Das würde es wohl gewesen sein. Und die polnischen Zwangsarbeiter? Sie konnte sich gut vorstellen, wie erschreckt das junge Mädchen gewesen war, als sie mitbekam, wie roh die Offiziere mit denen umgegangen waren.

Für Nicola war Gewalt etwas, das sie immer erschreckt hatte. Spätestens seit diesem Abend in einer Diskothek, als sie Zeuge einer Schlägerei zwischen einem türkischen Jungen und einigen ihrer Klassenkameraden geworden war. Sie hatte ganz dicht an eine Wand gedrückt gestanden, keinen Fluchtweg gesehen und musste miterleben, zu welch brutalen Ausbrüchen die Jungs fähig waren, von denen einige doch eigentlich zu ihrem Freundeskreis gehörten. Jungs, die sie als nett und vollkommen harmlos kannte. »So waren sie doch gar nicht«, hatte E. geschrieben. Nein, so waren sie eigentlich wirklich nicht!

Aber sie waren mit Fäusten und Fußtritten auf ihn losgegangen, hatten auch nicht aufgehört, als der Junge längst am Boden lag, die Hände schützend vor den Kopf hielt. Die Musik war plötzlich verstummt gewesen. Ein Kreis von Schaulustigen hatte sich um die Prügelnden gebildet. Manche feuerten sie sogar noch an. Keiner griff ein. Irgendwann hatte sie, starr vor Angst und Entsetzen, ein Messer aufblitzen sehen. Sie hatte schreien wollen, aber kein Ton war aus ihrer trockenen Kehle gekommen. Blut spritzte.

Dann wurde die Menge von Polizisten mit Schlagstöcken auseinandergetrieben. Handschellen klickten, ein Notarzt beugte sich über den Verletzten, Sanitäter erschienen mit einer Trage.

Dabei war es buchstäblich um nichts gegangen. Alkohol war im Spiel gewesen und ein einziges Wort hatte ausgereicht: »Scheißkanake!«

Was Nicola gerade gelesen hatte, ließ eine unbestimmte Wut in ihr aufkommen. So, wie die Schulkameraden damals mit fremdenfeindlichen Parolen in der Kleinstadtdiskothek gewütet hatten, so war es doch im Dritten Reich im großen Stil passiert. Ob nun »Polacken«, Juden oder »Kanaken«, war letztlich völlig egal. Hatten sie nichts gelernt?

Sowka fauchte leise auf ihrem Schoß. Nicola hatte aufgehört, sie zu streicheln, und unbewusst ihre Finger in den Nacken der Katze gekrallt.

»Ist ja schon gut! Entschuldige!«

Mit der rauen Zunge leckte Sowka ihr dankbar über die Hand, schloss die Augen und schnurrte schon wieder. Nicola las weiter.

* * *

»Nun bin ich ganz matt und habe furchtbare Schmerzen. Der Ofen ist erloschen, es wird bitterkalt. Ich muss eine Schreibpause einlegen und mich darum kümmern. Draußen im Stall brüllen die Kühe. Ich hatte nicht die Kraft, nach ihnen zu sehen. Sie sind seit gestern nicht mehr gefüttert und gemolken worden. Die Euter werden zum Bersten gefüllt sein. Warum nur musste Vater unbedingt noch die Kälber absetzen? Hat er geglaubt, dass alles weiter seinen ganz gewohnten Gang gehen würde? Niemand ist hier, das Telefon funktioniert nicht. Ich will ein bisschen ausruhen und später versuchen hinunterzugehen. Die Stute mit dem Saugfohlen muss gefüttert werden, den Kühen werde ich die Tore zum Heuschober öffnen, ganz so, wie wir es besprochen haben. Nur dass ich ihre Not nun hören muss und nicht längst auf dem Weg bin.

Weißt Du, was ich getan habe, liebste Mutter? Ich habe die Gatter geöffnet und die Kälber wieder zu den Müttern gelassen. Alle haben sie wieder angenommen. Nur die vier Milchkühe werde ich nicht retten können. Ich bin zu schwach, um sie zu melken. Die Euter werden sich entzünden und ich fürchte, in ein paar Tagen werden sie tot sein. Es war unendlich anstrengend, die großen Tore zum Heuschober allein aufzubekommen. Aber es ist mir gelungen. Sie können nun gehen, wohin sie wollen, fressen, so viel sie wollen, aber sie sind sich selbst überlassen. Genau so, wie die großen Herden, die im letzten Sommer mit den flüchtenden Menschen aus Litauen kamen. Weißt Du noch, wie sie herrenlos in unsere Weiden eingebrochen sind? Ständig mussten wir wieder Zäune flicken lassen. Aber sie standen dick und fett im guten Gras, bis der Winter kam und die Kälte. Niemand holte sie in den warmen Stall und nach ein paar eisigen Nächten fielen die Tiere eines nach dem anderen um und starben. So wird es auch unserer herrlichen Herde irgendwann gehen, wenn sich kein Mensch mehr um sie kümmert! Alles wird Krähenfutter! Draußen auf dem Hof hört man Kanonendonner weit im Osten! Nicht mehr ganz so weit weg wie noch in den letzten Tagen. Sie kommen näher! Ich habe Angst!

Nur Patria, unsere junge Stute, wird mich hier noch herausbringen können, wenn ich mich genug erholt habe, um aufzubrechen. Sie war ganz munter, nur wahnsinnig hungrig. Das Fohlchen macht mir Sorgen. Wie wird der kleine Kerl den langen Weg durch Eis und Schnee überstehen? Wie viel Hafer kann ich wohl für die Stute in die Packtaschen geben, um sie unterwegs bei Kräften zu halten? Sie muss nun, da Sandor tot ist, nicht nur mich, sondern auch allen Proviant tragen. Und sie ist gar nicht vorbereitet auf solche Strapazen. Ob das gutgehen wird? Ich bin so froh, dass die Wehrmacht sie im Herbst nicht konfiszieren konnte, weil sie eine Stute mit spät im Sommer geborenem Fohlen bei Fuß nicht gebrauchen konnten. Erinnerst Du Dich an den Tag, als sie uns fast alle Pferde bis auf die paar schweren Zugpferde weggeholt haben? Dabei waren sie doch unverzichtbar, um die Landwirtschaft aufrechtzuerhalten, wenn es nun schon kaum noch Treibstoff für die Traktoren gibt, weil Panzer rollen müssen für den Sieg.

Weißt Du noch, wie ich Sandor das dünne Schnürchen von Deinem Seidengarn um die Fessel geschnürt habe, damit er so lahm geht, dass ihn keiner mitnehmen wollte? Ha, was für ein großartiger Trick! Ich sehe heute noch die enttäuschten Gesichter. So einen hätten sie nur allzu gern haben wollen, um ihn dann irgendwo auf einem Schlachtfeld zerschießen zu lassen.

Als ich die Tiere versorgt hatte, fühlte ich mich völlig entkräftet. Es schneit und stürmt. Die schwere Haustür konnte ich gegen den starken Wind gar nicht mehr zubekommen. Ich muss ohnmächtig geworden sein. Wie lange ich da, halb in der offenen Tür, halb in der Halle, gelegen habe, kann ich nicht sagen. Aber das muss eine ganze Weile gewesen sein, denn es hat ordentlich Schnee hereingeweht. Ich bin aufgewacht, als eine raue Zunge mir über die Nase fuhr. Der Kater! Ich sah genau in Adolphes albernes Gesicht.

Jetzt ist er gekommen und hat sich auf meinem Schoß zusammengerollt. Es tut gut, denn er wärmt mich. Das Feuer im Ofen war allzu lange aus, jetzt faucht es wieder. Adolphe! Immer habt Ihr allen Leuten erzählt, er heißt so, weil er Euch an einen guten alten französischen Freund erinnert. Ach wo! Ich sehe doch diesen kleinen schwarzen Bart, den er unter der Nase trägt! Und er schielt. Und wie! Der ›Führer‹ schielt doch nicht. Komischer Widerstand ist das, einen schielenden Kater ›Adolphe‹ zu nennen. Ihr habt schon einen besonders subtilen Humor. Vielleicht ist er ja auch sein Seelenverwandter und hat mich nur deshalb wieder zu mir gebracht, weil er des ›Führers‹ unerbittliches Credo vertritt, dass Ostpreußen als unverbrüchliche Bastion gegen den Bolschewismus bis zum letzten Moment, bis zum letzten Mann gehalten werden muss? Ach nein, ich glaube es nicht, denn er schnurrt jetzt so friedlich. Da kann es doch nicht sein.

Und nun muss ich beichten, Mutter! Ich weiß, dass Du es hasst, wenn jemand an Dein Allerheiligstes geht. An dein Nachtkästchen. Aber ich wusste mir nicht anders zu helfen. Ich bin so schwach, diese Schmerzen machen mich schier wahnsinnig. Und ich wusste doch, dass Du dort noch ein Fläschchen von dem Morphin aufbewahrst, das Dir im letzten Herbst bei der bösen Lungenentzündung so gutgetan hat, als wir alle schon dachten, es würde mit Dir zu Ende gehen. Sehr viel war nicht mehr drin, aber ich habe etwas davon genommen und zwei Stunden ganz gut geschlafen. Jetzt fühle ich mich besser, fast ein bisschen leicht und schwebend. Es muss dem litauischen Flüchtlingsmädchen sehr geholfen haben, dem Du es im Winter gegeben hast. Ihr habt mich fortgeschickt, kurz nachdem sie die Augen ein letztes Mal geöffnet hatte. Ihr wolltet nicht, dass ich mitbekomme, wie sie stirbt, nicht wahr? Aber ich habe gehört, was Ihr geflüstert habt. Vergewaltigt worden war sie, und ich weiß noch ganz genau, wie es mir den Boden unter den Füßen wegzuziehen drohte, als ich unsere Mamsell Martha flüstern hörte: »Mit dem Gewehrkolben!« Diese Russen, Mutter! Was hat Hitler ihnen angetan, dass sie die ganze Menschheit, die westlich ihrer Grenzen lebt, mit so übermächtigem Hass ausrotten möchten? Ich weiß es nicht. Aber ich fürchte mich so, ihnen nicht entrinnen zu können.«

* * *

Nicola lehnte sich zurück, schloss die Augen, ließ ihre Gedanken auf dem breiten Fluss des Gelesenen treiben und merkte gar nicht, dass sie in einen leichten Halbschlaf fiel. Als sie wieder ganz zu sich kam, schnurrte Sowka auf ihrem Schoß. Sie schnurrte so, wie es vor sechzig Jahren der Kater Adolphe getan hatte. Sie hatte keine Erfahrung mit Katzen, wohl aber gehört, dass sie sich gern um Verletzte kümmerten.

Der Nachmittag war schon weit vorangeschritten und es wurde langsam dunkel draußen. Unaufhörlich fiel der Schnee in dicken Flocken. Sofort nahm sie die Gedankenfäden wieder auf. E. hatte niemanden zu erwarten. Niemanden, der ihr helfen würde. Alles, was sie erwarten konnte, war das Vorrücken einer feindlichen Armee. Welche Angst musste sie gehabt haben? Was hatte ihr nicht alles noch bevorgestanden? Wie musste sich die Aussicht angefühlt haben, wenn sie denn überhaupt wieder zu

Kräften kommen würde, einen viele Hundert Kilometer langen Fluchtweg bei diesem Wetter mit einem jungen Pferd, zumal mit einem kleinen Fohlen bei Fuß der Mutter, antreten zu müssen? In Nicola zog sich alles zusammen. Sie fühlte pures Mitleid. Und tiefe Dankbarkeit dafür, sich selbst jetzt in einer so umsorgten Situation zu befinden.

Ihr Blick fiel auf die kleine Glasscheibe des Öfchens. Ein leichtes Frösteln überlief sie. Dahinter glomm nur noch ein Häufchen Asche. Vorsichtig hob sie die Katze hoch, die widerstrebend ihre Krallen im Pullover festhakte, setzte sie neben sich, löste sanft die Pfötchen aus der Wolle und stand auf, um Holz nachzulegen. Rasch flammte das Feuer wieder auf. Kaum saß sie auf dem Bett, machte es sich Sowka auch schon wieder gemütlich und Nicola nahm die Seiten erneut auf. Begierig zu erfahren, wie es weiterging.

* * *

»Nun will ich aber fortfahren, denn ich bin Dir noch eine ganze Menge Erklärungen schuldig. Zurück in den vergangenen Frühling! So lange hatte uns der Winter in seinen eisigen Klauen festgehalten. Still war das Land gewesen, versteckt unter der Schneefläche wie unter einem unberührten Leichentuch. Dann hatte Tauwetter eingesetzt. Uns alle drängte es nach draußen. Wie gern hätten wir schon nach dem ersten Frühlingssturm mit der Arbeit in der Landwirtschaft angefangen. Es kribbelte uns in den Fingern, die winterblassen Nasen wollten raus in die laue Luft. Aber unsere Flüsse und Bäche schwollen zu reißenden Strömen, breiteten sich aus, überschwemmten Wiesen und Äcker, machten viele Wege schier unpassierbar. Der typische ostpreußische Frühjahrsschlamm! Den hatte ja bereits Napoleon Anfang des neunzehnten Jahrhunderts so verflucht. Ich weiß, wie Papa sich immer amüsiert hat, wenn er vom Scheitern des großen Franzosen erzählte, der versucht hatte, gemütlich und komfortabel im Finckensteiner Schloss sitzend, seine Offensive gegen Russland anzustrengen. Der Franzos' hat den modderigen Dreck auf unseren Straßen zur sechsten Großmacht Europas erklärt! Aber es hat ja dann doch noch gedauert, bis die ostpreußischen Städte sich letztlich mit dem Zaren zusammentaten und ihn endgültig dahin scheuchten, wo er hingehörte.

Ach je, Mutter, ich bin schon wieder abgeschweift. Ich wollte doch von dem Tag berichten, als Dr. Eisenberg geholt wurde. Du warst in heller Aufregung darüber, denn, ›Krieg hin, Krieg her‹, Du wolltest den Kleinen keinen einzigen Schultag ersparen. Wie sehr Du darüber gegrübelt hast, wie man ihn ersetzen könnte! Östlich des Dnestr steckte Vater im Schlamm, kämpfte im von Generalfeldmarschall von Kleist angeordneten Rückwärtsgang gegen die vorstoßende russische Armee, und Du sorgtest Dich um die Bildung der Kinder! Mir kam das damals so surreal vor, denn ich konnte vor Sorge um Vater keine Nacht mehr schlafen, und Du tatest so, als würde nichts uns hindern, unseren ganz normalen Gewohnheiten nachzugehen.

Ich muss gestehen, ich war entsetzt über den Ersatz, den Du fandest. So tief war die Propaganda in meinem Kopf verwurzelt, die Polen seien alle dumm, ungepflegt, brutal, unberechenbar und sowieso zu nichts zu gebrauchen, dass ich einen furchtbaren Schreck bekam, wen Du aus den Gesindeunterkünften zu uns ins Haus holtest. Einen Schreck, das will ich gleich vorausschicken, für den ich mich heute zutiefst schäme!

Du hast ihn ausgestattet mit den Kleidern deines gefallenen Bruders Armin. Ja! Aber dennoch wollte es mir nicht in den Kopf, warum Du diesen Fremdling gewählt hast, der doch den Kindern bestimmt nur unrechtes Zeug würde beibringen können. Da spielte es für mich auch keine Rolle, dass Du mir erklärtest, er wäre aus guter Familie, seine Mutter sei aus deutschem Adel gewesen, sein Deutsch muttersprachlich tadellos.

Sosehr mich auch der gewalttätige Umgang unserer deutschen Offiziere bei der Anlieferung der drei Zwangsarbeiter abgestoßen hatte, so verunsichert war ich dann doch, ihn so nah bei uns zu sehen. Ich hatte Vorurteile, Mutter! Es half wenig, dass Du mir erklärtest, er sei Student an der Königsberger Universität gewesen, sei bei seiner Verhaftung nur zu Gast bei seinen Eltern in Bromberg gewesen und um Haaresbreite der akribisch geplanten Ausrottung der polnischen Intelligenz durch den ›Führer‹ entgangen. Wie gebildet er auch sein mochte, wie schwer sein Schicksal auch gewesen war: Ich gab mir alle Mühe, ihn zu ignorieren, und lebte in ständiger Angst, Deine Wahl des neuen Schulmeisters könne die ganze Familie in Gefahr bringen. Außerdem war ich ein ganz klein wenig beleidigt, denn hätte nicht auch ich den Unterricht der Kleinen fortführen können? Sie würden mich nicht ernst nehmen, hast Du argumentiert. Nun gut, das hätten sie vielleicht wirklich nicht, denn als Autoritätsperson taugte ich gewiss wenig.

Wann immer ich ihm im Hause begegnete, machte ich, dass ich fortkam. Dabei konnte man ihm überhaupt keine Vorwürfe machen. Die Kinder waren begeistert, mich behandelte er mit ausgesuchter Höflichkeit, wenn wir unausweichlich aufeinandertrafen. Nie drängte er sich in den Vordergrund, lebte still und zurückgezogen in seiner Kammer unterm Dach. Meist sah ich ihn, wenn es mir nicht gelang, den Blick frühzeitig abzuwenden, in seiner Freizeit mit einem Buch unter dem Arm. Ich glaube, ich sah eher das jeweilige Buch als den jungen Mann. Den wollte ich einfach nicht sehen, denn mein Innerstes sagte mir, ich sollte ihn nicht sehen, diesen Aleksander.«

* * *

Natürlich sollte sie ihn nicht sehen! Nicht auszudenken, was für eine Katastrophe es gegeben hätte, wenn eine junge deutsche Frau sich womöglich auch noch auf eine Liaison mit dem polnischen Zwangsarbeiter eingelassen hätte!, überlegte Nicola, denn sie ahnte, was sie auf den nun kommenden Seiten erwarten würde. Da bahnte sich doch etwas an! Warum sonst sollte E. sich mit dem neuen Hauslehrer so intensiv beschäftigen? Warum sonst sollte sie ihn wohl überhaupt erwähnt haben? Sie hatte etwas in Erinnerung behalten, das sie zu Schulzeiten nicht hatte verstehen können, das ihr aber nun, angesichts der Lektüre, plötzlich für E. und diesen jungen Polen wichtig zu werden schien. Erschreckend wichtig!

Ein Satz aus der unsäglichen Propaganda Hitlers fiel ihr ein: Es muss auch der letzten Kuhmagd in Deutschland klargemacht werden, dass das Polentum gleichwertig ist mit Untermenschentum. Polen, Juden und Zigeuner stehen auf der gleichen unterwertigen Stufe.

Nicola hatte Bilder vor Augen von deutschen Frauen, die sich mit Männern eingelassen hatten, die die »falsche Abstammung« hatten, die dem Idealbild des arischen Menschen nicht entsprachen, womöglich gar der apostrophierten Gruppe der »Untermenschen« zuzuordnen waren.

Geschorene Köpfe und demütigende Schilder, die man ihnen um den Hals hängte, wenn man sie wie Schlachtvieh durch die Straßen trieb, waren da wohl noch das Geringste gewesen. Man hatte sie aufgehängt. Im Wind baumeln lassen, langsam verwesend, zur eindringlichen Warnung für die gesamte Bevölkerung! Bisweilen verschwanden ganze Familien, die der »Rassenschande« keinen Einhalt geboten hatten, in Konzentrationslagern. Nicola empfand eine Mischung aus Ekel, Ohnmacht und Fremdschämen. Und ihr Inneres begehrte auf bei dem Gedanken: *Die Liebe! Welche Chance hatte die Liebe in diesen Zeiten? Sie hatte nur eine Berechtigung, wenn sie sich in den »richtigen« Kreisen abspielte. Wenn die blonde Mutter mit dem hünenhaften blauäugigen Vater möglichst viele neue Volksdeutsche produzierte, wie das Huhn in einer Legebatterie. Mutterkreuzwürdig!*

Sie fühlte diese fassungslose Ohnmacht wieder in sich hochkommen. Es schmeckte bitter. Gallig! Wie damals, als sie die Fäuste geballt und doch den Mund nicht aufbekommen hatte, um zu schreien. Zu schreien, zu toben, diese unfassbaren Grausamkeiten in die Welt zu brüllen, für die sie sich in einer unbestimmten Art schuldig und doch auf der anderen Seite vollkommen unschuldig fühlte.

Wir können nicht mehr ändern, was passiert ist. Wir tragen keine Schuld, wir waren nicht dabei! Und doch: Auch wenn ich an dieser Schuld nicht selbst zu tragen habe, weil ich nicht dabei gewesen bin, und eigentlich kein schlechtes Gewissen haben muss, dann habe ich es eben für die, die sich das schlechte Gewissen damals gespart haben! Und jeder von uns muss dafür sorgen, dass es nicht vergessen wird, damit es nie wieder so weit kommen kann!

Es war nicht die Hitze, die der kleine Ofen da jetzt wieder abstrahlte, die Nicolas Wangen so heiß werden ließ. Es war die innere Erregung, sich hautnah mit dem konfrontiert zu sehen, wovor sie so viele Jahre geflüchtet war. Die hilflose Wut war wieder da. Unvermindert, frisch und unausweichlich. Und sie war jetzt bereit, sich ihr zu stellen. Sie fühlte sich wie im Fieber, wollte weiterlesen, hatte sich so vertieft, dass sie kaum noch etwas um sich herum wahrnahm.

* * *

»Als wir im letzten Sommer die Heuernte einfuhren, geschah etwas. Alle, ob groß, ob klein, ob Familie oder Gesinde, waren auf den Beinen. Es war Frauensache in diesem Sommer, das Heu einzubringen, denn außer dem uralten Gespannführer und den drei Polen war ja kein Mann mehr auf dem Hof. Nach einer strahlend schönen Trockenperiode hatten sich schwere Gewitter angekündigt. Ich sehe Dich noch, wie Du morgens alle auf dem Hof um Dich versammelt hast, Anweisungen gabst wie eine

Feldmarschallin. Ich habe Dich bewundert, denn es klappte dank deiner straffen Führung wie am Schnürchen. Keiner hätte gewagt, Dir zu widersprechen. Aber das war es nicht allein. Es hätte auch keiner widersprechen wollen, denn sie liebten Dich. Alle!

Der Tag war unglaublich heiß. In langen Reihen standen wir unter dem strahlend blauen, weiten Himmel und rechten das Heu zusammen. Mir lief der Schweiß unter dem Strohhut hervor und brannte in den Augen. Das Gras war so trocken, dass es einen feinen, piksenden Staub auf den nackten Armen hinterließ und sich in langen Halmen unangenehm stechend zwischen Schuh und Socken sammelte. Dennoch waren wir vereint in einem einzigen Bestreben: das Futter für den Winter schnell und sicher einzubringen. Wir haben gesungen, erinnerst Du Dich? Gesungen, als gäbe es keinen Krieg, als gäbe es kein Morgen, als gäbe es nur diese eine einzige Last. Vor mir in der Reihe arbeitete dieser Aleksander. Immer wenn ich den Blick hob, konnte ich die Muskeln auf seinem nackten Rücken spielen sehen. Die ganze vornehme Studiosusblässe, die er so leicht kultiviert hat, seit du ihn im Haus einquartiert hattest, war ihm in den vergangenen Tagen abhandengekommen. Der Schweiß rann ihm unter dem kurz geschnittenen dunkel glänzenden Haar genauso in den braun gebrannten Nacken wie mir, er arbeitete schnell und offenbar weit müheloser als ich, der der Atem immer schneller ging. Als das Lieschen von vorne angerannt kam, am Arm den Korb mit Limonadenflaschen eingehängt, bot sie zuerst ihm davon an. Aber er schüttelte den Kopf, entkorkte die Flasche, drehte sich um und reichte sie mir.

Mutter! Das war das erste Mal, dass ich ihm wirklich ins Gesicht sah. Wie fein seine Züge waren, wie schön seine braunen Augen! Ich stand wie vom Donner gerührt und vergaß ganz, die angebotene Erfrischung anzunehmen.

»Trinken Sie, gnädiges Fräulein«, sagte er mit einem Lächeln und sein warmer Bariton machte, dass es mir einen

Augenblick lang noch viel wärmer war. Vielleicht war es die Situation, dieses Einigsein in der einfachen Arbeit unter unserem weiten, liberalen Himmel, der die Grenzen zwischen uns auslöschte. Hier waren wir alle von einer Art, von einem Ziel eingenommen. Hier waren wir nichts als Menschen. Ohne politische Hintergründe, ohne Herkunft, ohne Vorbehalte.

Der Donnerschlag, den ich gefühlt hatte, wurde wirklich. Ganz weit im Osten grummelte es und ich gab ihm dieses einnehmende Lächeln auf meine Weise zurück und trank. Ich sehe Dich auf dem Wagen stehen, wie Du das letzte Heu entgegennahmst, das Dir heraufgesteckt wurde, wie Du kaum eine halbe Stunde später den Zug zum Hof befahlst. Windböen hatten sich aufgemacht, drohten uns die Ernte von den Leiterwagen zu zerren. Alle haben wir getrachtet, sie festzuhalten, vor den ersten Regentropfen heimzubringen, alle lagen wir mit ausgebreiteten Armen bäuchlings im Heu.

Aleksander lag neben mir, fast berührten sich unsere Fingerspitzen. Ich merke es jetzt erst, wo ich es schreibe: Plötzlich war er für mich nicht mehr ›dieser‹ Aleksander. Jetzt war es nur mehr ›Aleksander‹, der mich anstrahlte mit so offenem, herzlichem Blick. Und ich erwiderte diesen Blick! Du triebst die Pferde an, hattest uns den Rücken zugewandt und ich, Deine Tochter, tändelte ganz heimlich mit unserem polnischen Zwangsarbeiter!

Schon zuckten Blitze gefährlich nah über den Himmel. Flott trabten die Pferde die Eichenallee entlang. In dem Moment, als der Himmel die Schleusen öffnete, erst wachteleiergroßen Hagel, dann schweren Regen schickte, hatte das letzte Gespann die rettenden Scheunen erreicht. Während Du schon die Pferde ausspanntest, sprang ich vom Wagen. Direkt in die hilfreich hingestreckten Arme Aleksanders.«

* * *

Hab ich's doch gewusst! Da bedarf es wirklich nicht der Fähigkeiten eines Orakels, um zu ahnen, worauf diese Geschichte hinausläuft.

Nicola lächelte in sich hinein. Sie fühlte einen kleinen Triumph ihrer weiblichen Intuition. Und gleichzeitig machte sich ein Gefühl großer Sorge in ihr breit. Sorge um dieses fremde junge Paar. E. war allein, als sie diese Zeilen schrieb. Ihr Aleksander war nicht bei ihr. Welches Schicksal mochte er erlitten haben? War die Liebesgeschichte weiter gediehen? Das musste wohl so gewesen sein, denn nur ein Blick, ein Lächeln, eine kleine Berührung waren ja wohl kaum einer Beichte wert. Als solche nämlich empfand Nicola das Geschriebene zunehmend. Ob wohl E.s Mutter mitbekommen hatte, was sich da abspielte?

Nicolas eigene Mutter hatte nie gemerkt, wenn sich bei ihr etwas in Liebesdingen entwickelt hatte. Genauso wenig, wie sie Notiz von den vielen Malen genommen hatte, in denen sie unter Liebeskummer litt. Bestenfalls hatte es eine Bemerkung gegeben, sie solle früh zu Bett gehen, sie habe ja Ränder unter den Augen. Und das nur, um sie zu mahnen, ja nicht ihre Leistungsfähigkeit einzubüßen.

Voller Desinteresse war sie damals sogar gewesen, als Nicolas bester Freund, Ratgeber und Seelentröster diesen tödlichen Motorradunfall gehabt hatte. Kein Wort des Bedauerns hatte ihre Mutter für sie übrig gehabt. Noch heute fühlte sie den Schlag in die Magengrube: »Na, dann hast du ja endlich mehr Zeit, um dich den wirklich wichtigen Dingen zu widmen. Nächtelanges Diskutieren fällt ja nun endlich weg.«

Kalt! Eiskalt! Nicola hatte keine Erwiderung gefunden.

Diese Kälte, die selbst bei brütender Sommerhitze in ihrem Elternhaus geherrscht hatte, das völlige Fehlen von Nestwärme, von dem, was gemeinhin das Wort »Sozialkompetenz« beinhaltet, hatte sie früh aus dem Haus getrieben. Sofort nach dem Abitur hatte sie sich um einen Studienplatz beworben. Ganz absichtlich *nicht* in ihrer Heimatstadt. Sie hatte wissen wollen, ob das Leben nicht ein bisschen Wärme für sie bereithielt. Irgendwo. Irgendwann. Und hatte festgestellt, dass sie nirgends wirklich fand, was sie ersehnte. *Vielleicht*, so überlegte sie wieder einmal, *vielleicht deshalb, weil ich selbst nie gelernt habe, welche zu geben?*

Sie sah auf die Uhr. Es war bereits halb fünf und mittlerweile stockdunkel draußen. Die letzte Schmerzmitteleinnahme war Stunden her und das Bein hatte wieder zu pochen begonnen. Sie stand auf und sah auf dem Frühstückstablett nach. Nein! Es hatte wirklich nur die Morgenration Pillen dort gelegen. Ob sie Marcin anrufen sollte, um nachzufragen, wann er denn kommen würde?

Sie schaute angestrengt aus dem Fenster in den schwach erleuchteten Hof. Nur das Licht über der Eingangstür brannte und beschien milchig gelb den frisch gefallenen Schnee. Viel Schnee! Ihr Handy lag noch immer ausgeschaltet da, wo sie es gestern abgelegt hatte.

Vielleicht hat er ja versucht, mich anzurufen? Vielleicht eine Nachricht hinterlassen? Womöglich ist ihm sogar etwas passiert? Bei dem Wetter ... O mein Gott, das könnte ja wirklich sein!

Der Gedanke versetzte ihr einen Stich. Mit zitternden Händen gab sie den PIN-Code ein, entsperrte die Tastatur. Tatsächlich gab es neben einer Reihe Neujahrsbotschaften eine SMS von ihm, die schon gut zwei Stunden alt war: »Hallo, Nicola! Ich bin gegen fünf Uhr zurück. LG Marcin«.

Eine halbe Stunde würde sie es noch aushalten. Keine Frage! Aber das war es gar nicht, was sie in diesem Augenblick bewegte. Er hatte an sie gedacht! Und da war noch etwas: Sie hatte gespürt, dass *sie* sich Sorgen um *ihn* machte. Nicola war es nicht gewohnt, sich um irgendjemanden Sorgen zu machen. Es war ein ganz neues Gefühl für sie. Dort, wo sie sich gemeinhin aufzuhalten pflegte, dort, wo ihr Alltag stattfand, und in all den Metropolen, die sie bereist hatte, *musste* man sich einfach keine

Sorgen um einen Menschen machen. All ihre Bekannten waren fit, gesund, vernetzt – notfalls bis unter die Dusche –, ständig erreichbar, umgeben von einer hoch technisierten Welt, in der es keine Stromausfälle, keine Katastrophen, keine bedrohlichen Wetterunbilden, kein Alleinsein gab. Jedenfalls kein tatsächliches Alleinsein. Es mochte die aussichtslose Situation von E. sein, die sie gerade hochgradig sensibilisierte. Und sie stellte fest, dass es ihr gefiel, sensibilisiert zu sein. Sie schrieb zurück: »Ich freue mich! Nicola«.

Noch zwanzig Minuten …

Nicola betrachtete ihren »Schatz«. Der Stapel der ungelesenen Seiten war kleiner geworden und sie beschloss, ihn sich noch ein wenig aufzusparen. Welche Wirkung die Lektüre auf sie ausübte, hatte sie sehr wohl begriffen. Und sie wusste, jede weitere Zeile würde sie wieder gefangen nehmen. Entführen in eine Welt, in Gedanken und Erinnerungen, wo Entdeckungen ihres Selbst auf sie warteten, die so viel in ihr auslösten, dass sie nicht ermessen konnte, in welchem Zustand Marcin sie dann gleich vorfinden würde. Sie wollte sich jetzt auf ihn konzentrieren können und nahm sich fest vor herauszufinden, was sein vollkommen unverständlicher Rückzug gestern Nacht zu bedeuten hatte.

* * *

Er war pünktlich! Sie stand am Fenster, als sich die Lichter seines Wagens näherten, sah den Subaru Forester auf den Hof kurven, sah ihn aussteigen, den Schnee vor der Garage wegschippen, hineinfahren, das Tor schließen. Unwillkürlich hielt sich Nicola die Hand auf den Bauch. Auf die Stelle, hinter der Schmetterlinge einen Reigen zu tanzen schienen. Was für ein ungewohntes Gefühl! Sie merkte, was sie da tat, und ein kleiner, überraschter Kiekser entfuhr ihr. So also fühlte sich das an, wenn ein Mensch, in den man im Begriff war, sich zu verlieben, nach Hause kam!

Die Haustür fiel ins Schloss. Das kleine Licht am Eingang erlosch und draußen war es ganz still und dunkel. Ausgesperrt! Die ganze Welt einfach ausgesperrt. Wie könnte es sein, wenn er sich auf sie einlassen würde, so wie sie es sich gerade erträumte? Wenn sie die Frau in seinem Leben wäre, zu der er nach Hause kam?

In dem Moment, als er leise klopfte und die Zimmertür öffnete, hatte sie ein Gefühl glücklicher Erwartung, das sich gewiss in ihren Zügen spiegelte.

Und er? Er war feinfühlig. Er zerstörte ihr nicht diesen Augenblick.

»Nicola, du bist ja auf den Beinen! Geht es dir gut?«

Er kam näher, sah sie an. Ein Ausdruck zwischen Überraschung, Freude und Besorgtheit. Keine Zeichen kühler Zurückhaltung, wie sie es befürchtet hatte.

»Ich bin froh, dass du heile zurück bist. Dieser viele Schnee ...«

»Hast du dir Sorgen gemacht?«

Sie nickte. Vielleicht eine Spur zu begeistert. Lächelte. Vielleicht eine Spur zu strahlend, als dass ihm hätte entgehen können, wie sehr sie sich wirklich freute, ihn zu sehen. Dann tat er etwas, das ihren ganzen Körper mit Wärme flutete. Sacht legte er die flache Hand an ihre Wange, strich ihr eine Haarsträhne zurück und hauchte ihr einen kleinen Kuss auf die Wange.

»Schön, dass du dir Sorgen um mich machst«, sagte er leise, »das letzte Mal, dass das jemand getan hat, ist lange her.«

Nicola hielt die Lider gesenkt und murmelte: »Und ich glaube, es hat sich noch *nie* jemand wirklich Sorgen um mich gemacht.«

Marcin nahm sie in die Arme. Anders als gestern Nacht beim eingeforderten Neujahrskuss. Anders als jedes Mal, wenn er sie tragen musste. Er tat es mit dieser Zärtlichkeit, die verstörte Kinder beruhigt. Fast wie ein großer Bruder, der die kleine

Schwester nach einem schrecklichen Albtraum tröstet. Es hatte nichts zu tun mit der Körperlichkeit einer leidenschaftlichen Umarmung zwischen Liebenden. Es hatte etwas Einhüllendes, Meditatives, das alle unglücklichen Gefühle vertrieb.

Sie standen lange so da. Er schien keine Eile zu haben, ließ ihr so viel Zeit, wie sie brauchte, um sich einfach wohlzufühlen. Und sie genoss es.

»Danke!«, sagte sie irgendwann mit einem tiefen Seufzer und sah zu ihm auf.

Er schüttelte den Kopf. »Danke? Wofür? Weißt du was, Nicola? Ich werde das Gefühl nicht los, dass du ein verdammt gebeuteltes Menschenkind bist.«

Sie ließ ihren Kopf an seine Brust sinken und nuschelte: »Kannst du dir vorstellen, dass mir das nie wirklich bewusst geworden ist? Du hast recht. Aber das weiß ich erst seit höchstens zwei Tagen.«

»Wir haben den ganzen Abend und, wenn du willst, die halbe Nacht Zeit. Magst du mir erzählen?«, fragte er, und seine Stimme klang so vertraut, so ernst und dennoch ermunternd, dass ihr schien, es würde sich ein Tor weit öffnen in eine neue, bessere Zeit.

* * *

Marcin hatte ihre Wunde neu verbunden. Er war zufrieden mit dem Heilungsverlauf. Versorgt mit ihren Medikamenten, den Magen angenehm voll mit leckeren Rouladen (»Meine Mutter war kaum zu bremsen, als ich ihr von meinem mageren, verletzten Gast aus Deutschland erzählt habe!«, hatte er grinsend erklärt und eine aufgesetzt beleidigte Miene von Nicola geerntet), saßen sie wenig später bei gemütlichem Licht im Wohnzimmer zusammen. Nicola mit hochgelegten Füßen auf der Ofenbank, Marcin ganz nah in seinem Lesesessel.

Erwartungsvoll sah er sie an. »Erzähl, was dich quält!«

Nicola rieb sich nervös die Hände. So wie sie es immer tat, wenn sie eine besondere Herausforderung auf sich zukommen sah. Sie wusste nicht recht, wo sie anfangen sollte. Er drängte sie nicht, sie fühlte sich überhaupt nicht gehetzt, und schließlich begann sie mit dem Fund ihres »Schatzes«. Da war wieder dieses übermächtige Unrechtsgefühl, das sie die ganze Zeit nicht losgeworden war. Zu nehmen und zu lesen war ja eine Sache. Dadurch teilte nur sie allein das, was für ihre Augen nicht gedacht gewesen war. Aber nun mit einem Dritten darüber zu reden, fiel ihr schwer. Wie aber sonst hätte sie ihm klarmachen sollen, was alles in ihrem Inneren zutage getreten war? Sie holte tief Luft und begann:

»Marcin, ich bin bei meinem Treppensturz auf eine Kiste mit Familiensilber geknallt.«

»Tatsächlich? Ich habe gar nichts gesehen, als ich dich da rausgeholt habe!«

»Konntest du auch nicht, denn ich habe ein paar morsche Bretter draufgeschichtet.«

Er sah sie erstaunt an. »Warum das denn? Eine Kiste zu finden ist doch nichts Verbotenes. Viele Leute, die kurz vor Kriegsende ihre Höfe hier verlassen haben, glaubten, sie müssten ihre Wertgegenstände vergraben oder verstecken, damit sie die nicht an heranrückende Truppen verlieren. Immerhin haben sie gedacht, sie würden binnen kürzester Zeit zurückkommen.«

»Ich weiß! Aber ich habe diese Kiste aufgemacht. Ich hatte ja genug Zeit. Und ich habe mehr als nur Porzellan, Messer und Gabeln gefunden ... Und nun plagt mich ein ziemlich schlechtes Gewissen, etwas an mich genommen zu haben, das mir nicht zusteht.«

»Ich hatte nicht den Eindruck, dass du dir die Taschen mit silbernen Löffeln vollgestopft hattest«, grinste er. »Jetzt rück schon raus! Was genau hast du gefunden, das dich so beschäftigt?«

»Ich habe einen Brief gefunden, den die Tochter des Hauses an ihre Mutter geschrieben hat. Und ich werde das Gefühl nicht los, dass ich unrecht tue, ihn zu lesen. Er ist sehr ... sehr persönlich.«

»Aber deine Neugier hat gesiegt?«

Es hatte nicht den Anschein, dass er schockiert war. »Ja, die hat gesiegt. Ich bin noch lange nicht fertig, es sind noch etliche Seiten. Aber das, was ich bisher schon gelesen habe, plus ... na ja, und noch einiges andere hier hat Dinge in mir hochkommen lassen, die im Begriff sind, meinen Lebensentwurf komplett infrage zu stellen. Verstehst du?«

Er sah sie geradeheraus an. »Noch nicht so ganz. Aber dieses ›einiges andere‹, Nicola, das hat nicht zufällig mit mir zu tun, oder?«

Sie schluckte trocken und sah auf ihre Hände, die sich umeinander drehten, Halt suchend und verloren. So schnell *wollte* sie eine so direkte Frage eigentlich nicht beantworten müssen. Unsicher sah sie ihn an. Er wich ihrem Blick nicht aus, wirkte gespannt.

Nicola seufzte. »Du hast mir vorgestern gesagt, dass du nicht an Zufälle glaubst. Ob es ›zufällig‹ war, überlasse ich dann später ganz deiner Beurteilung. Reicht es dir vorerst, wenn ich diese Frage mit einem schlichten ›doch‹ beantworte?«

Es war keine Einbildung! Das kurze Aufflackern in seinen Augen genügte ihr in diesem Moment, die Gewissheit zu haben, dass ihre Gefühle für ihn nicht ins Leere gingen. Er nickte. Sie sah das winzige Lächeln, das um seine Mundwinkel spielte. Dann fing er ihre Hände ein, legte seine darüber und hielt sie ganz sanft und doch bestimmt fest. Langsam entspannte sie sich und begann zu erzählen. Je weiter sie kam, desto sicherer fühlte sie sich. Er unterbrach sie nicht, aber sie hatte keinen Zweifel daran, dass er sehr genau zuhörte.

Nicola redete sich in einen richtigen Rausch. Sie sparte nicht – wie sie es sonst immer getan hatte – damit, ihre sachlichen

Überlegungen mit eigenen Empfindungen zu verquicken. Alles, worüber sie nachgedacht hatte, alles, was sie ganz persönlich bei dieser Lektüre tief berührt und zum Nachdenken über die Schreiberin *und* sich selbst bewegt hatte, stellte sie in den Raum wie ein dickes Paket voll ungeordneter emotionaler Brocken.

Hin und wieder, insbesondere dann, wenn es um ihre Kindheit, um die Erfahrungen ging, die sie mit ihren Eltern gemacht hatte, fragte sie ihn: »Kennst du das auch?«

»Nein«, antwortete er jedes Mal und erläuterte in kurzen Sätzen, wie anders seine eigene Erziehung verlaufen war. Menschlichkeit hatte immer im Vordergrund gestanden. Das Urvertrauen, das er in seine Familie hatte, war niemals ins Wanken gekommen. Das Geflecht seiner sozialen Strukturen schien sicher verwurzelt und unerschütterlich. Richtig erstaunt war Nicola, als er ihr erklärte, wie wichtig ihm seine Heimat war. »Heimat« war ein Wort, das sie wohl noch nie auch nur gedacht, geschweige denn in den Mund genommen oder tatsächlich mit sich selbst in Verbindung gebracht hatte. Sie behauptete im Brustton der Überzeugung: »Ich bin da ganz anders! Ich bin überall zu Hause, wo es mir gefällt!«

Er sah sie erstaunt an. »Das kann ich mir kaum vorstellen. Ein Baum kann seine Zweige in jede Richtung ausstrecken, aber er ist nicht lebensfähig, wenn er nicht irgendwo seine Wurzeln hat.«

»Das ist ein blödes Beispiel!«, konterte sie. »Ich bin doch kein Baum. Festgepflanzt an einer einzigen Stelle!«

»Du könntest vielleicht mal versuchen zu abstrahieren«, fuhr er ihr in die Parade, »verstehst du nicht, wie ich das meine?«

»Ja, ich versteh schon«, antwortete sie lachend, »aber ich bin wahrscheinlich ein Luftwurzler.«

»Na ja, viel Luft scheinst du nicht zu bekommen, so blass, wie du bist. Und vom ›Leben von Luft und Liebe‹ seh ich auch nichts, dazu fehlt dir ja offenbar der zweite Faktor.«

Da hatte er recht! Und es fiel ihr jetzt schwer, die richtigen Worte zu finden, als sie die sich anbahnende Liebesgeschichte zwischen E. und Aleksander schilderte. Die Nähe zu ihren eigenen Empfindungen, die sie Marcin noch nicht, noch lange nicht in voller Breite darlegen wollte, war so offenkundig! Er merkte, wie sie immer wieder ins Stocken geriet, und streichelte kaum merklich ihre Hände. Dann half er ihr.

»Du glaubst, es ging nicht gut aus mit den beiden? Es wäre kein Wunder, denn mal ganz abgesehen davon, dass der Krieg sowieso eine fast endlose Zahl an Leben und Verbindungen beendet hat, konnte man sich damals wahrscheinlich keine aussichtslosere Beziehung vorstellen.«

Nicola nickte. Und dann machte ihr Herz einen Freudensprung, denn Marcin war noch nicht fertig.

»Findest du nicht auch, dass wir in glücklichen Zeiten leben? Sechzig Jahre Frieden und nun sogar gefallene Grenzen in ganz Europa, gefallene Grenzen zwischen Ländern, Religionen, ethnischen Gruppen, politischen Positionen. Seit mehr als fünfzehn Jahren dürfen auch wir hier endlich denken, offen reden und fühlen, was wir wollen. Wir dürfen da hingehen, wo wir sein wollen, dürfen einfach Mensch sein ... und dürfen ohne Ansehen von Herkunft und Parteizugehörigkeit sogar lieben, wen wir wollen.«

»Wenn wir den Mut haben!«, erwiderte sie, und aus der hintersten Ecke ihres Kopfes drängte sich brutal jener gefürchtete und immer wieder verdrängte Schatten hervor, der die wärmende Wirkung seiner letzten Worte auf ihr Herz kaltstellen wollte.

Da hingehen, wo wir sein wollen! Lieben, wen wir wollen! Offen reden! Ich verschweige ihm etwas. Etwas, das ihn seine Existenz kosten kann. Er glaubt sich sicher, er baut mir gerade eine Brücke zu sich, dabei ahnt er nicht, dass womöglich alles Übel schon wieder direkt aus Berlin kommt. So wie es für Polen immer aus Berlin kam, wenn nicht gerade Moskau es auf dieses Land abgesehen hatte. O Gott, was tue ich? Soll ich diesen wunderschönen Moment verderben, soll ich ihm jetzt, gerade jetzt die ganze Wahrheit sagen? Oder doch besser das, was ihm droht, erst mal auf eigene Faust abzuwenden versuchen?

Es war typisch für ihren Kopf, immer das herauszufiltern, was Konfliktpotenzial barg. Jetzt aber bemerkte sie, dass sie im Begriff war, einen gravierenden Unterschied im Umgang mit dieser Tatsache zu machen. Sie erlaubte zum ersten Mal nicht dem offensichtlichen Problem, sich prominent in ihrem Denken zu platzieren.

Dazu kommen wir später!

Marcin schien überrascht. »Wenn wir den Mut haben? Braucht man Mut, um zu lieben?«

»Meinst du nicht? Glaubst du nicht auch, dass man alle eventuellen Folgen vorher bedenken muss, wenn man im Begriff ist, sich zu verlieben?«

Lachend schüttelte er den Kopf. »Du zäumst den Gaul beim Schweif auf, Nicola! ›Folgen‹, wie du es nennst, kann es natürlich haben. Und ich wäre unehrlich, wenn ich behaupten würde, nicht auch schon viele Kämpfe um Sinn und Unsinn einer beginnenden Liebe mit meinem ach so klugen Kopf ausgetragen zu haben. Aber ich werde ihm doch nicht erlauben, sich über meine Gefühle zu erheben, ehe ich überhaupt welche entwickelt habe! Glaubst du wirklich, Liebe könnte man generalstabsmäßig planen? Nach dem Motto: Der, oder die da taugen bei sachlicher Betrachtung, sich unkompliziert und gefahrlos verlieben zu können. Also los, Herz, sieh zu, mach mal? Nein, ich glaube wirklich nicht …«

»Nicht?« Nicola sah ihn mit großen Augen an. »Ich fürchte, genau *so* habe ich das bisher immer gemacht.«

»Boah! Das ist ja scheußlich. Aber gut, dann ist es ja kein Wunder, dass eine Frau wie du nicht längst unter der Haube ist.«

»Ha«, begehrte sie auf, »und was ist dann mit dir? ... Na, immerhin hast du mir was voraus. Schließlich lebst du ja wenigstens in trauter Zweisamkeit mit einer Katze ...«

Marcin senkte den Kopf, zog die Schultern nach vorn. Seine aufrechte Gestalt sackte im Sessel zusammen, wie von einer Kugel getroffen. Nicola hielt den Atem an. Der seine ging flach. Vollkommene Stille herrschte im Raum. Beklommene Stille! Schon wollte sie beinahe ihre Frage zurückziehen, relativieren, erklären, dass sie das alles selbstverständlich überhaupt nichts anginge, sie kein Recht habe, solch persönliche Dinge von ihm wissen zu wollen. Aber sie *wollte* es wissen! Das Bild der blinden Justitia kam ihr in den Sinn. Was hatte sie selbst nicht alles in die Waagschale geworfen? Hatte sie nicht fast, ja zugegebenermaßen nur fast alles, aber immerhin doch ein Riesenstück ihres Inneren soeben preisgegeben? Vielleicht doch viel mehr, als er wissen wollte? Vielleicht aber auch viel weniger?

Während sie noch immer entsetzlich verunsichert auf Justitias Bild starrte, rührte er sich. Ein heiseres Räuspern. Und dann begann er zu erzählen, was sie wirklich interessierte. Alle Befangenheit fiel von ihr ab. Alle Zweifel, viel zu weit gegangen zu sein, sich womöglich – welche Peinlichkeit! – doch viel zu sehr geöffnet zu haben.

Marcin erzählte von seiner gescheiterten Ehe. Er ersparte Nicola nicht die Information, dass es eine Liebesheirat gewesen war. Ganz kurz zuckte sie unter dieser Erkenntnis zusammen. Aber dann begriff sie, dass es nur gut war, wie er es schilderte. Männern, die ihre Exfrauen verteufelten, dagegen jede neue Beziehung, wie frisch und unerprobt sie auch sein mochte, gegen alle Vernunft auf einen goldglänzenden Sockel stellten, war erfahrungsgemäß eher nicht zu trauen.

Er hatte gute Zeiten erlebt. Schöne Zeiten, die Anlass zu hochgesteckten Erwartungen für die Zukunft gegeben hatten. Und er sprach mit Wehmut vom plötzlichen Ende, von der

Einsamkeit, die ihn seither quälte, und ganz zum Schluss von der Aussichtslosigkeit, die ihn jetzt gefangen hielt.

Nicola fühlte den eiskalten Schwall seines verletzten Stolzes über sich schwappen, schmeckte die Bitterkeit, die seine Worte hinterließen. Und erkannte, was sein größtes Problem war. *Sein Problem? Nein!* Es wurde in diesem Moment, als sie es begriff, auch ihres, denn es relativierte in erschreckender Weise das, was er erst vor Minuten gesagt hatte. Nun begriff sie: *Das* war es, was er gemeint hatte in diesem kleinen, lustigen Geplänkel zwischen ihnen. »Ich versuche, die berufliche und private oder konkreter: emotionale und intellektuelle Ebene zu trennen ...« Und auf ihre Frage, ob er die Qualifikation einer Frau im Berufsleben durchaus anerkennen könne, aber zu Hause ein Heimchen am Herd bevorzuge, hatte er sehr vieldeutig mit »Njein« geantwortet.

Es schien ihr, als ob durchaus nicht nur die von ihm apostrophierten »älteren Polen« Schwierigkeiten mit der althergebrachten patriarchalischen Gesellschaftsordnung hätten, sondern dass auch er sehr tief in diese Normen verstrickt war. Ganz offenbar war seine Lesart der Sache: »Wenn ich nicht in der Lage bin, eine Familie zu ernähren, werde ich den Teufel tun, auch nur einen einzigen Schritt in diese Richtung zu unternehmen.« Damit hatte er einen Felsen vor den Eingang zu seinem Herzen gerollt, von dem Nicola glaubte, dass sie ihn kaum einen Millimeter würde verrücken können. Nach dieser niederschmetternden Erkenntnis war es an ihr, auf dem Ofenbänkchen zusammenzusacken. Vollkommene Hoffnungslosigkeit über die zur Schau getragene »Beziehungsuntauglichkeit«, wie er es genannt hatte, machte sie sprachlos. Und das Schlimmste war: Ihr Kopf grinste mindestens so hämisch, wie Sowka es getan hatte, als sie in den Keller gestürzt war. Sie saß gefangen in einem düsteren, klammen emotionalen Loch.

Marcin hielt den Kopf gesenkt, sah sie nicht an. Längst schon hatte er ihre Hände losgelassen, sich ganz in sich verkrochen. Vielleicht ein halber Meter trennte sie. Aber der Abgrund zwischen ihnen wirkte jetzt unendlich tief. Und im Augenblick schien es, verdammt noch mal, überhaupt nicht so, als würde ausgerechnet Marcin sie aus diesem Verlies befreien können. Eine heiße Wut packte sie. Sie selbst war es doch gewesen, die hier eingefallen war, mit der bestens verinnerlichten Arroganz, nichts auf der Welt sei wichtiger als eine pekuniär gesicherte Existenz. Nur weil *sie* im Verlaufe der letzten Tage zu ganz neuen, gefühlsbetonten Erkenntnissen gekommen war, konnte sie doch nicht erwarten, dass *er* sich ihrem neuen Selbstverständnis sofort vorbehaltlos anpasste. Auch dann nicht, wenn er Wein gepredigt hatte und offenbar selbst nur bereit war, Wasser zu trinken. Er hatte seine Geschichte. Seine unverdaute Geschichte! Er hatte ihr geholfen, sich selbst zu finden. Warum also sollte sie nicht jetzt dasselbe für ihn zu tun versuchen?

Nicola, du bist ein selbstgefälliges Arschloch!, beschimpfte sie sich.

»Sag mal«, begann sie nach einer langen Überlegungszeit, »die Quintessenz aus deiner Selbstbetrachtung weicht aber ganz erheblich von deinen kürzlich so überzeugt und selbstverständlich vorgetragenen Thesen ab. Gilt das nur für andere, muss ich das als philosophisch-empathischen Ansatz sehen, nach dem du selbst aber unter gar keinen Umständen leben und handeln willst?«

Er schaute hoch, schüttelte heftig den Kopf. »Von ›wollen‹ kann da gar keine Rede sein, Nicola! Aber ich muss gezwungenermaßen den Tatsachen ins Auge sehen. Für mich. Für mich ganz allein und nicht für andere.«

Nicolas Hang zur Renitenz war geweckt. Sie konnte Unlogisches nicht leiden. Ihn zu bedauern, das erkannte sie leicht, hätte jetzt keinen Fortschritt gebracht. Sie wollte ihn aus seiner Starre lösen, sich mit ihm streiten, ihn aufrütteln. »Mir gibst du also gute Ratschläge auf dem Boden deiner wunderhübschen, menschenfreundlichen Theorie und willst mir gar kein gutes Vorbild sein, wenn ich wie einer der zwölf Jünger begierig an den weisen Lippen des Meisters hänge? Du enttäuschst mich!«

»Ich bin nicht so wichtig ... Außerdem habe ich gesagt ...«

Sie ließ ihn nicht ausreden, ging an die Decke. »Spinnst du? Wem bist du nicht wichtig? Dir? Das kannst du halten wie ein Dachdecker. Obwohl es nicht mit anzusehen ist! Aber es wäre entzückend, wenn du mir überlassen würdest, ob du *mir* wichtig bist!«

Nicola beobachtete ihn. So ganz verkniffen konnte er jetzt doch nicht bleiben. Sie sah ein winziges Lächeln über seine Augenwinkel huschen. Dann nahm er den Streit auf: »Du bist egoistisch. Du denkst nur an dich. Ich habe aber die ganze Zeit nur an dich gedacht ...«

Nicola grinste in sich hinein. Eine prima Steilvorlage! Ihre Stimme wurde zum Säuseln. »Schön, Marcin, dass du die ganze Zeit an mich gedacht hast! Hör nicht auf damit, mach nur so weiter!«

Er stemmte sich mit beiden Händen auf die Sessellehnen, als wolle er aufspringen, und schaute sie mit leicht schief gelegtem Kopf herausfordernd an. »Weil?«

Farbe bekennen, Nicola, sonst rutscht er dir wieder durch die Finger!

»Weil wir beide gerade etwas erleben, das wir nicht mit Füßen treten dürfen. Merkst du nicht, was mit uns passiert? Und weil uns genau dies, was da passiert, ganz offenbar bestimmt ist. Weil es nämlich keine Zufälle gibt. Sagt mein wunderbarer Freund Marcin!«

»Bestell deinem wunderbaren Freund Marcin mal einen schönen Gruß von mir. Er ist ein Feigling vor dem Herrn. Du solltest dich nicht mit ihm einlassen.«

»Nein!« Nicola schüttelte vehement den Kopf. »Er ist ganz bestimmt kein Feigling. Kann nur sein, dass er das selbst noch nicht verinnerlicht hat. Weißt du, er hat nur ein etwas schräges Bild von sich selbst. Und ich habe Erfahrung mit schrägen Bildern. Das kannst du mir glauben. Hätte mein Freund Marcin die nicht geradegerückt, ginge es mir jetzt nicht dermaßen gut. Insofern, wenn ich ihm schon die Haare vom Kopf fresse, ihn als Hotelier, Futtermeister, Lebensretter, Seelentröster und Medizinmann missbraucht habe, könnte ich wenigstens versuchen, ein klein wenig zurückzugeben.«

Marcin machte eine wegwerfende Handbewegung. »Pfff, von dem Medizinmann bekommst du eine schicke Rechnung für deine Krankenkasse. Das bisschen, was du isst, klauen mir auch in drei Tagen die Mäuse in der Küche, fällt also nicht ins Gewicht. Die Bettwäsche wird sich kaum verschleißen bei den paar Pfunden, die du da reinlegst. Zum Lebenretten bin ich von Berufs wegen verpflichtet, und den Seelentröster geb ich dir sowieso gratis, der hat kein Zertifikat und lebt nur von seiner Küchenpsychologie. Du hast gar nichts zurückzugeben!«

Nicola seufzte. »Willst du wirklich gar nichts von mir?«

»Ich sagte es schon: Von ›wollen‹ kann hier keine Rede sein.«

»Aha. Wenn du also können könntest, würdest du auch wollen?«

»Heilige Maria, steh mir bei!«

»Ach komm, die hab ich auch schon ein paarmal angerufen. Die tut nichts. Gar nichts!«

»Heilige Maria, warum hast du mir ein streitsüchtiges Weib ins Haus geschickt?« Er verdrehte die Augen gen Himmel. Aber er war nicht mehr todernst. »Du hast mir vorhin nicht richtig zugehört. Merkst du das eigentlich gar nicht?«

»Gib mir eine Antwort!« Nicola stampfte mit dem linken Fuß auf. Das hätte sie vielleicht besser bleiben lassen sollen, denn sofort schoss ein gewaltiger Schmerz bis in den Oberschenkel, der ihre Gesichtszüge entgleisen ließ.

»Siehst du! Übermut tut selten gut«, grinste er.

»Eine Antwort! Sofort!«, jaulte sie.

»Ich habe dir längst eine gegeben. Denk mal drüber nach.«

Nicola grübelte und kam nicht drauf.

»Na gut, dann vielleicht morgen. Lass uns noch mal drüber schlafen.«

»Das ist jetzt aber nicht dein Ernst!« Sie war fassungslos.

»Doch, meine süße, zauberhafte Nicola. Und jetzt bringe ich dich zu Bett. Keine Widerrede!«

Sie war viel zu irritiert für eine Entgegnung und ließ sich willig stützen. Erst als er vor der Tür ihres Zimmers Nicolas Arm losließ, eine gute Nacht wünschte und ihr mit flüchtiger Bewegung über die Wange streichelte, sagte er leise: »Ich habe gesagt: Ich werde meinem Kopf nicht erlauben, sich über meine Gefühle zu erheben, ehe ich überhaupt welche entwickelt habe!«

Brief III

War es die strahlende Sonne, die sie wach gekitzelt hatte? Nicola hatte am Abend versäumt, die Vorhänge zu schließen. Oder waren es die beiden Blaumeisen auf dem Fenstersims gewesen, die lautstark in ein Streitgespräch vertieft waren? So vertieft, dass sie sich auch nicht stören ließen, als Nicola sich aufsetzte, um ihnen zuzusehen. Vor der Kulisse des tiefblauen, wolkenlosen Winterhimmels konnte sie Zeuge eines handfesten Beziehungskrachs der ornithologischen Art werden. Das Weibchen, welches sie an der geringeren Schwanzlänge und Größe ausmachte, zeterte jetzt wortreich, plusterte sich auf und pickte bisweilen sogar nach dem Männchen. Er wiederum saß da, den Kopf leicht schief gelegt, und hörte ihr offenbar interessiert zu. Ab und zu putzte er sich, scheinbar verlegen, die blauen Schwanzfedern, schüttelte sich, um dann wieder seine ganze Aufmerksamkeit der Partnerin zu widmen. Für einen Augenblick gab sie Ruhe, wirkte, als sei sie mit ihrer Argumentation am Ende angelangt, und sah ihn mit ihren Knopfäuglein an. Er begann, auf dem Sims hin- und herzutrippeln, und setzte leise zu einer Strophe seines entzückenden Balzgesanges an. Wie es aussah, konnte er sie damit besänftigen, denn sie ließ es zu, dass er ihr die mattgrünen Federn unterm schwarzen Halsring glatt zupfte.

Nicola begann den Tag mit einem Lächeln. Sie griff mit einer ganz langsamen Bewegung nach dem Handy neben dem

Bett und machte ein Foto von dem Pärchen. Die Meisen ließen sich nicht stören.

Plötzlich huschte ein Schatten über die Sonne. Ein großer Raubvogel kreiste lautlos. Ob die beiden ihn nicht bemerkt hatten? Sie sah, wie er näher kam, konnte genau erkennen, was er fixierte. »Ihr« kleines Liebespaar vor dem Fenster, das allzu arglos in die frisch erstrittene Einigkeit versunken war! Sie sprang auf, klopfte gegen die Scheibe. Die Meisen flogen erschreckt auf, tauchten gemeinsam mit schwirrenden Flügeln hinab in den Garten und fanden Schutz unter dem Dach des Vogelhauses. Nicola atmete erleichtert auf. Gerettet!

Im Bad fand sie den Kessel voll heißen Wassers vor. Nach der Katzenwäsche des gestrigen Tages eine willkommene Gelegenheit, mal wieder richtig abzutauchen. Und sich Gedanken über das zu machen, was sie nach Marcins letzten Worten in der vergangenen Nacht begriffen hatte. Im Nachhinein war es ihr ausgesprochen unangenehm, sich so in ihre Argumentation verrannt zu haben, viel zu spät – der Groschen war pfennigweise gefallen – erkannt zu haben, was er ihr *wirklich* mitgeteilt hatte: »Ich werde meinem Kopf nicht erlauben, sich über meine Gefühle zu erheben, ehe ich überhaupt welche entwickelt habe!«

Es ging ihm da ganz offensichtlich nicht viel anders als ihr. Und er hatte Probleme damit, die seinen Kopf auf den Plan riefen. Nach all dem, was er gestern von sich preisgegeben hatte, lag sein Dilemma nun wie ein offenes Buch vor ihr. Den Preis, welchen die Vergangenheit, ganz konkret die gescheiterte Ehe mit Marina, von ihm forderte, würde er noch jahrelang zahlen müssen. Seine erwähnte »Beziehungsunfähigkeit« machte er allein an seinen mangelhaften finanziellen Möglichkeiten fest. Und er war offenkundig einfach zu stolz, seinen Gefühlen freien Lauf zu lassen, ohne eine in seinen Augen »sichere Bank« für eine gemeinsame Zukunft zu sein. Einerseits flutete diese Erkenntnis Nicolas Herz mit Wohlbehagen und Zuversicht. Andererseits wurde ihr heiß und kalt bei dem Gedanken daran, wie Marcin angesichts der drohenden Kündigung des Gästehauses dastehen würde. Nicola nahm sich vor, gleich nach dem Frühstück Tomasz ins Vertrauen zu ziehen. Sie brauchte von ihm die Zeichnungen des Katasteramtes, brauchte Grundbuchauszüge und – sie brauchte ganz dringend einen Verbündeten, mit dem sie versuchen wollte, einen Plan auszuhecken, von dem Marcin um Himmels willen nichts mitbekommen durfte, um sein sowieso angekratztes Ego ja nicht noch mehr zu erschüttern.

Und ein weiterer Plan reifte in ihrem heute früh so unternehmungslustigen Kopf. Sie würde ihre ganze Weiblichkeit einsetzen, um ihm tatsächlich näherzukommen. Jawohl! Nicola war elektrisiert von dieser Idee. Gleichzeitig bekam sie ein bisschen Angst vor sich selbst, denn *das* war etwas, worin sie vollkommen ungeübt war. Niemals hatte sie es nötig gehabt, einen Mann auf sich aufmerksam zu machen. Das war bisher immer eine Sache gewesen, die sie den Männern überlassen hatte, die sie eigentlich, egal, wo sie auftauchte, umschwirrten wie Motten das Licht. Marcin war eine komische Motte. Der schwirrte nicht. Überhaupt nicht. Geradezu beleidigend nicht!

Sie überlegte, wie er sein würde. So wie Morris sicher nicht! Der hatte die ganze Sache mit dem Sex grundsätzlich »sportlich« gesehen. Mehr als einmal war sie versucht gewesen, ihm eine Stoppuhr zu schenken, wenn er nach getanem »Work-out« mit den Worten »Wow, great!« hektisch aus dem Bett gesprungen und unter der Dusche verschwunden war.

Und auch gewiss nicht so wie Aron, die Schnarchnase, dessen tranquile Langsamkeit sie direkt vor der Beziehung zu Morris monatelang genossen hatte. Vermutlich der Grund dafür, warum ihr der Amerikaner anfangs so erfrischend erschienen war. Aron hatte die körperliche Liebe zelebriert. Entspannungsmusik-CDs, Duftkerzen, eine genauestens kontrollierte Raumtemperatur, Massagen, je nach aktuellem Stand der Forschung ausgetüftelt und mit den absonderlichsten Hilfsmitteln garniert. Von heißen (einmal verdammt viel *zu* heißen) Kieseln über modernste Massageroller (deren einer zu ihrem Entsetzen durchaus auch gleich Epilierfunktion erfüllte, weil jedes noch so zarte Körperhärchen sich passgenau zwischen die fair getradeten Edelholzröllchen klemmte und sofort seine Lebensgeister aushauchte) bis zum weniger stimulierenden, denn vielmehr allergisierenden Öl (die Pickel war sie wochenlang nicht mehr losgeworden) war ihr alles begegnet, was die entsprechende Literatur oder die einschlägigen Shops hergaben. Stundenlang hatte sie manches Mal in Positionen dagelegen, die ihr die Gelenkigkeit eines Schlangenmenschen abforderten, Aron aber zu entzückten Ausrufen animierten. Er war höchst zufrieden mit dem Stand seines innovativen Tuns gewesen. Und hatte dabei nur allzu oft die Rechnung völlig ohne den Wirt respektive die Frau gemacht. Im besten Falle war ihm Nicola sanft unter den bemühten Händen eingeschlafen. In anderen Situationen jedoch hatte sie irgendwann entnervt die Kerzen ausgeblasen und den enttäuschten, doch ach so eifrigen Liebhaber darauf hingewiesen, dass sie am nächsten Morgen früh rausmüsse und ihren Schlaf brauche. Die Male, an denen es tatsächlich irgendwann mal in einen Akt mündete, konnte sie auch nach Monaten noch an einer Hand abzählen.

Nein! Nicolas Bauch hatte in puncto Marcin ein ganz anderes Bild gemeldet. Einerseits war sie geradezu süchtig danach, sich still bei ihm anzulehnen und Geborgenheit zu spüren, wie es ganz unverfänglich möglich war, wenn er sie trug oder sich um ihre Wunden kümmerte. Sie liebte dieses Gefühl ungewohnter Innigkeit und Vertrautheit, das jede noch so zarte oder zufällige Berührung auslöste. Andererseits war sie sicher, dass unter seiner höflichen, zurückhaltenden Fassade ein Vulkan verborgen lag. Trügerisch still, aber jederzeit zum Ausbruch bereit. Nicola hatte das bestimmte Gefühl, es könnten ihr mit Marcin

Sensationen begegnen, die ihr neu sein würden. Neu, aufregend, höchst erstrebenswert und in gewisser Weise wahrscheinlich von sehr schwer zu zügelnder ursprünglicher Kraft. Das hatte allein dieser eine Kuss bewiesen! Eine gespannte Erwartung, auch diese Seite zu kosten, mischte sich mit dem einhüllenden, warmen Wohlbehagen und schuf einen Cocktail, von dem sie bisher nur vorsichtig einige wenige Ingredienzien zu nippen gewagt hatte. Nicola war an dem Punkt, wissen zu wollen, wie sich diese Kraft anfühlte, wenn es ihr gelänge, sie wirklich zu entfesseln. Wollte wissen, wie der ganze Trank schmeckte.

Also probier dich mal aus. Schau, was du ausrichten kannst. Zukunft? Zukunft ist etwas, das später stattfindet. Ich habe nicht mehr viel Zeit, überhaupt einen Grundstein zu legen. Ein, zwei Tage vielleicht. Länger wird die Reparatur des Phaeton nicht mehr dauern. Dann werde ich auch so weit wiederhergestellt sein, dass ich nach Berlin zurückfahren kann. Dann wird es keinen vernünftigen Grund mehr geben, noch länger hierzubleiben. Und wenn ich nicht schleunigst anfange, muss ich mir über eine Zukunft mit ihm sowieso keine Gedanken mehr machen. Also, avanti, raus aus der Wanne, mach dich hübsch! Was gibt es schon zu verlieren? Wenn er absolut nicht anbeißt, ist es höchstens für einen Tag peinlich. Dann bin ich weg. Weit weg! Aber warum sollte er nicht? Er ist ein Mann!

Nicola gab sich Mühe. Den todschicken Blusenbody konnte sie ein paar Knöpfchen weit aufmachen, die kurze Kaschmirjacke darüber wärmte genug und betonte die Taille unter dem breiten Gürtel mit der auffälligen Schnalle. Und die Hose, die sie zu Silvester so prima präpariert hatte, saß sowieso ziemlich knackig. Bildete sie sich das ein oder hatten die Überlegungen zur geplanten Marcin-Verführung dieses Glitzern in ihren Augen verursacht? Und resultierten die geröteten Wangen nur vom heißen Bad? Ein wenig Make-up unterstrich das, was ihr sowieso schon mal gar nicht so schlecht gefiel, und die hochhackigen Stiefeletten gaben dem Outfit den letzten Pfiff.

Mit dem Handy in der Hand hangelte sie sich vorsichtig, zum ersten Mal wieder ohne Hilfe, das Treppengeländer hinunter. Es klappte überraschend gut. Hinter der geschlossenen Tür zur Praxis war vielstimmiges Gemurmel zu hören. Offenbar hatte er reichlich zu tun. *Schade eigentlich*, überlegte sie. *Ich würde ihm jetzt nur allzu gerne gleich begegnen.* In der Küche war noch ein Gedeck an »ihrem« Platz aufgelegt. Sie fand alles, inklusive der unvermeidlichen Pillen, die sie mit leicht angeekeltem Gesichtsausdruck alle auf einmal in den Mund schüttete und mit Kaffee runterspülte. Gerade als sie den letzten Bissen Brot geschluckt hatte, ging die Tür auf und Marcin kam in strahlendem, frisch gestärktem Weiß herein, um sich einen Kaffee aus der Maschine zu holen. Er fuhr herum, als er sie bemerkte, und sein Blick streifte mit unverhohlenem Interesse über ihre Gestalt.

»Du siehst gut aus heute Morgen, Nicola!«, sagte er. Seine Stimme klang ein wenig rau.

»Guten Morgen, Marcin! Danke für das Kompliment. Nachdem ich es ja von dir eher gewohnt bin, Gemecker über meine fehlenden Pfunde zu hören, geht das gerade runter wie Öl.«

»Ich sehe, du hast gegessen«, sagte er, goss sich Milch in den Kaffee und trat direkt vor sie. Sie schaute zu ihm hoch. Lächelnd. Mit *dem* Lächeln, das Nicola für ein »verführerisches Lächeln« hielt. Marcin grinste spitzbübisch. Dann strich er ganz sacht mit dem Daumen über ihr Kinn und hielt ihn ihr unter die Nase. Ein satter Klecks Kirschmarmelade prangte darauf!

Ohne Umstände führte er seinen Finger an den Mund, leckte die Konfitüre ab, schloss kurz die Augen und seufzte mit einem geradezu unverschämten, genießerischen Gesichtsausdruck: »Niemand kocht Marmelade so gut wie meine Mutter!«

Nicola prustete los. Marcin fiel ein.

»Danke fürs Saubermachen, Herr Doktor. Wäre ja urpeinlich gewesen, so unter die Leute zu gehen.«

»Du willst unter die Leute? Was hast du vor?«

»Ich wollte dich bitten, mir Tomasz' Telefonnummer im Rathaus zu geben. Er hat mir noch einige Unterlagen versprochen.«

»Wie ich meinen alten Freund Tomasz kenne, wird er sofort hopsen, wenn du Hilfe brauchst. Hast du dich seinetwegen so aufgehübscht?«, knurrte Marcin.

Betont langsam schüttelte sie den Kopf. »Ich versuche nur, mit Sowka in Konkurrenz zu treten.«

Marcin zog eine Augenbraue hoch. Und fand auf ihre offensive Bemerkung tatsächlich keine Erwiderung. Hinter seiner Stirn meinte Nicola kleine Denkwölkchen aufsteigen zu sehen. Abrupt drehte er sich um, schnappte so hektisch seine Tasse, dass der Kaffee beinahe übergeschwappt wäre, und türmte geradezu. »Die Nummer geb ich dir gleich.«

Peng! Die Tür fiel geräuschvoll ins Schloss.

»O Mann, was bist du empfüüündlich!«, seufzte Nicola leise.

* * *

Das Handy zeigte ihr einen verpassten Anruf von einer unbekannten polnischen Nummer an. Nicola rief zurück. Es war die Autowerkstatt. Nach einigen hilf- und verständnislosen Anläufen bei der Belegschaft hatte sie endlich den Chef am Hörer. Seinem Kauderwelsch war zu entnehmen, dass der Phaeton abholbereit sei. Man bräuchte außerdem möglichst flott den Leihwagen zurück. Sie überlegte kurz und bat darum, ihr den Wagen zu bringen.

Der markerschütternde Schrei des Mechanikers gellte aus dem Hörer: »Woiiitek!«

Offenbar brüllte er quer durch die Werkstatt nach irgendeinem Mitarbeiter. Dann wurde die Muschel zugehalten und sie hörte nur noch gedämpft eine wortreiche Diskussion. Ein

Moment Stille, ein Hüsteln und schließlich eine freundlich säuselnde Stimme, die ihr einen happigen Zloty-Betrag für den Bringdienst nannte. Nicola schluckte zwar trocken, stimmte aber zu, nachdem ihr eine Quittung zugesagt wurde. Diese Ausgabe konnte sie problemlos über die Firma abrechnen. Jedenfalls war das Ergebnis des Gespräches, dass sie noch heute Nachmittag wieder luxuriös mobil sein würde. Einerseits war sie heilfroh darüber, denn sie hätte sich noch nicht zugetraut, mit dem verletzten linken Bein einen Schaltwagen wie den Lupo zu fahren. Andererseits stellte sie wehmütig fest, dass damit der Zeitpunkt ihrer Abreise in greifbare, sehr greifbare Nähe rückte.

Marcin kam herein, legte wortlos einen Zettel mit Tomasz' Telefonnummer auf den Tisch und verschwand wieder, kaum dass sie sich bedanken konnte. Dieses Gespräch mit dem Bürgermeister würde sie allein und ungestört führen müssen. Tasse und Teller stellte sie in die Spüle und humpelte tapfer die Treppe zu ihrem Zimmer hinauf.

* * *

Tomasz war hocherfreut über ihren Anruf und bekundete, für sie immer Zeit zu haben. Ein guter Ausgangspunkt. Nicola führte zunächst all die völlig unverfänglichen Dinge an, die sie noch mit ihm zu klären hatte. Dann holte sie tief Luft.

»Tomasz, da ist noch etwas, wofür ich dich ins Vertrauen ziehen möchte. Niemand, ich betone, wirklich niemand darf auch nur ein Sterbenswörtchen von dem erfahren, was ich jetzt mit dir besprechen möchte. Besprechen *muss*!«

»Das klingt nach einer Verschwörung, Nicola. Ich versichere dir bei meinem Amt und meiner Ehre, dass alles, worüber wir uns austauschen, unter uns bleibt. Schieß los!«

Sie hatte Vertrauen zu ihm. Schließlich ging es um die Zukunft seiner Gemeinde. Und um das Schicksal seines besten

Freundes. Nicola setzte ihn ins Bild und hörte sehr deutlich den Schreck am anderen Ende der Leitung. Tatsächlich war es so, das konnte ihr Tomasz nach einem kurzen Blick in die Unterlagen bestätigen, dass das gesamte Grundstück einschließlich des Gästehauses zum Verkauf stand. Auch dem Bürgermeister war diese Auswirkung des geplanten Deals nicht richtig bewusst gewesen. Sie hörte ihn nach Luft schnappen.

»Das wäre ein Schlag ins Kontor! Wir brauchen hier doch dringend die medizinische Versorgung durch einen erfahrenen Familienarzt. Ich bin froh, dass Marcin diese Position mit so viel Engagement ausfüllt und uns nicht längst verlassen hat. Du musst wissen, die Familienärzte werden ausgesprochen schlecht bezahlt. Sie haben Tausende Patienten und erhalten lediglich eine Pro-Kopf-Pauschale, die fürs gesamte Jahr lächerlich niedrig ausfällt. Ich bekomme hier nie im Leben einen Ersatz her!«

Ohne ihm auch nur die winzigste Spur von ihrem Eigeninteresse verraten zu müssen, hatte sie in Tomasz einen guten Bündnispartner gefunden.

»Genau dieses Problem sehe ich«, griff Nicola dankbar seinen Argumentationsstrang auf. »Zebrowski hat mich bei der Besichtigung vor vollendete Tatsachen gestellt. In den Karten, die ich im Exposé vorgefunden habe, war das Gästehaus nämlich nicht eingezeichnet. Ich habe den Mann natürlich sofort verdächtigt, mich übers Ohr hauen zu wollen, und bin nicht sehr sanft mit ihm umgegangen. Aber nachdem ich die erste Nacht hier mit Marcin verbracht hatte ...«

Tomasz ließ ein leises Schnauben hören und Nicola wurde sich der Zweideutigkeit ihrer Worte leicht errötend bewusst.

»Ähm, also, nachdem ich die erste Nacht im Gästehaus verbracht und Marcin näher kennengelernt hatte ...«

Tomasz schnaubte wieder.

Sie hüstelte verlegen. Dann gab sie ihrer Stimme einen festen Ton. »Reden wir nicht um den heißen Brei herum, Tomasz!

Zebrowski hat mir versichert, der Staat würde das Grundstück mietfrei übergeben. Und ich will unter keinen Umständen, dass Marcin hier rausfliegt oder überhaupt davon erfährt! Und nun müssen wir beide überlegen, wie wir das anstellen. Ich habe eine Idee. Aber die muss ich zunächst in meiner Firma abklären. Bis dahin bitte ich dich, nichts, aber auch wirklich gar nichts über diese Sache durchsickern zu lassen. Ich halte dich auf dem Laufenden. Sobald ich neue Erkenntnisse habe, hoffentlich eine Lösung, werde ich dich informieren.«

»Du kannst dich auf mich verlassen! Und die Unterlagen, die ich hier noch für dich habe, wohin sollen die?«

Nicola gab ihm sämtliche Kontaktdaten für ihr Büro, verbunden mit der Bitte, sie umgehend zu benachrichtigen, wenn er den Eindruck habe, irgendetwas könnte schieflaufen. Tomasz beteuerte seine hundertprozentige Loyalität.

»Nicola …?«, sagte er und in seiner Stimme klangen hundert Fragezeichen.

»Ja?«

»Sehe ich dich jemals wieder?«

»Worauf du dich verlassen kannst!«

Kaum etwas schien ihr jemals sicherer gewesen zu sein. Mit einem zufriedenen Lächeln legte sie auf.

Es gab nichts mehr, was sie jetzt, in diesem Moment, noch hätte tun können. Die Vormittagssonne flutete das Zimmer, ein leichter Wind bewegte die Eichen vor dem Haus. Ihre Zweige zeichneten bizarr zappelnde Muster auf die ausgeblichene rosa Tapete.

Da, irgendwo in den Ästen der alten Bäume, müssen meine schönen Gedanken hängen. Da wartet mein Traum auf seine Erfüllung. Hoffentlich! Hoffentlich krallen sie sich fest, fliegen nicht davon, sondern werden irgendwann Wirklichkeit!

Nicola staunte über sich selbst. Zu solch poetischen Gedanken war sie fähig? Ausgerechnet sie? Wirklich? Wie mochte es hier im Frühling sein? Wie an heißen Sommertagen? Sie wollte es wissen, wollte es erfahren! Was auch immer die letzten Tage jetzt bringen würden, sie wusste, sie würde wiederkehren. Aus der Kommode holte sie den wohlverwahrten »Schatz« heraus, legte ein paar neue Holzscheite ins Öfchen, lümmelte sich gemütlich aufs Bett. Bereit für die Geschichte. Bereit für die Vergangenheit.

Die letzten Seiten hatten die erste Annäherung zwischen E. und ihrem Aleksander geschildert. Heuernte! Heiße Sonne, sich entladende Gewitter, aufflammende stürmische Gefühle! Sie las den Abschnitt noch einmal. Wie mochte es nun weitergehen? Würden sich ihre Befürchtungen bewahrheiten? Nicola blätterte weiter.

* * *

»Auch wenn das Haus, das nie die ganze Wärme eines heiteren Sommertages hineinließ, immer ein wenig kühl und beinahe unnahbar blieb, mich beim Eintreten an diesem Tag ernüchterte, auch wenn der gerahmte ›Führer‹ viel missmutiger von seinem Platz an der Wand herunterschaute: Die Blasen an meinen Händen, die so viel schwere Arbeit nicht gewohnt waren, blieben für viele Tage ein sicheres Zeichen dafür, dass ich all das nicht geträumt hatte. Es war das erste Mal in meinem Leben, dass mich das Gefühl der Verliebtheit erwischt hatte.

Nun war plötzlich alles anders und ich ertappte mich dabei, wie ich mit den Gedanken an Aleksander einschlief und wieder aufwachte, wie ich immer häufiger seine Nähe suchte. Nie habe ich Dich nach ihm zu fragen gewagt. Dabei gab es so viel, was ich gern über ihn gewusst hätte. Manches hättest Du mir vielleicht sagen können. In mir herrschte ein Chaos der Gefühle. Konnte es sein, dass diese einzige Begegnung mich so verliebt gemacht hatte? Was war das für ein unerklärlicher Drang, der mich trieb, der mein ganzes Fühlen, Denken und Sehnen überschwemmte? Ich konnte mich niemandem mitteilen, denn jeden Mitwisser hätte ich einer entsetzlichen Gefahr ausgesetzt. Was auch immer mein verwirrtes Herz trieb, mir war nur allzu bewusst: Es war eine verbotene Liebe! Nicht auszudenken, wenn unsere Bediensteten auch nur einen Funken meines Fühlens mitbekommen hätten! Nicht auszudenken, wie ich Dich belastet hätte! Nicht einmal Aleksander selbst durfte ich etwas zu erkennen geben. Und Du wirst Dir vielleicht vorstellen können, wie unendlich schwer mir das fiel.

Ein paar Schwärmereien hatte es natürlich auch vorher schon gegeben. An einen Vorfall wirst Du Dich erinnern können. Es muss noch vor Kriegsbeginn gewesen sein, ich glaube, ich war sechzehn, als ich Heini von Lehndorff auf unserer Herbstjagd in Grund und Boden geritten habe. Was ist schon sein englischer Vollblüter gegen meinen Trakehner gewesen? Pah! Ich weiß noch genau um die warme Luft des späten Altweibersommers, höre noch wie heute die Treiber klappern und rufen, fühle meine Hände an Sandors schweißnassem Hals. Der Himmel war so blau, wie er nur im späten September sein kann, das Laub der Bäume begann sich schon rot und golden zu färben. Wir ritten um die Wette, ich immer eine halbe Pferdelänge vorweg. Meine Wangen glühten vor Anstrengung und vor Leidenschaft, das Herz schlug mir bis zum Hals.

Ich dachte ja, wer so reiten kann wie ich, muss ihm doch auffallen, und ich habe steif und fest erwartet, dass er nun doch mindestens in unendlicher Liebe zu mir entflammen würde. Aber was war? Nichts! Er hatte hinterher nichts Besseres zu tun, als mit seiner Schwester und Marion Dönhoff, mit der er ja immer ganz dicke war, zu fachsimpeln. Außer einem anerkennenden Schulterklopfen für ›die Kleine‹ bekam ich nichts. Ich fand jedenfalls von diesem Moment an, er wäre nur ein eitler Fatzke, sowieso viel zu alt für mich, und entliebte mich ganz schnell. Froh war ich über Deine tröstenden Worte. Du hast mir die Tränen getrocknet, mich im Arm gehalten und mit einer weiten Handbewegung über das Land gezeigt. ›Schau, wie schön und groß die Welt ist! Da draußen irgendwo, da wartet schon der richtige Mann auf dich. Du musst ihn nur finden. Oder dich finden lassen!«‹, hast Du gesagt. Es ist mir so gut im Gedächtnis geblieben.

Wie sehr ich mich damals aber mit meinem Urteilung über Heinrich von Lehndorff getäuscht hatte, das aus schierer Wut und Enttäuschung darüber entstanden war, dass er mich so gar nicht wahrnahm, weiß ich längst. Ich war eben einfach noch ein unreifer Backfisch. Im Grunde begriff ich erst Jahre später, was für ein feiner Kerl er gewesen ist. Erst als sie ihn beim zweiten Fluchtversuch in Potsdam schließlich doch erwischt und umgebracht haben, erst nachdem Vater damals seinen Zorn, seine Verzweiflung nicht mehr verbarg und viel später dann endlich auch mit mir zu reden bereit war, begriff ich das ganze Drama seines Lebens. Und die Bedeutung seiner Taten.

Erinnerst Du Dich, wie ich mit unserer Mamsell Martha in der Küche gehockt habe? Ein Ohr an den knarzenden, rauschenden Volksempfänger gepresst, haben wir ›Feindsender‹ gehört. Dieses eine Mal hast Du uns erwischt. Und nur den Zeigefinger an die Lippen gelegt, Dich ganz erschreckt umgehorcht, ob auch niemand mitbekommt, was wir tun, uns bedeutet, wir sollten ihn leise stellen. Du hast nicht geschimpft. Da wusste ich, wie falsch ich die ganze Zeit gelegen hatte in dem Glauben, Du und Vater, Ihr wäret welche von den Tausendprozentigen.

Ach, Mutter. Martha! Wie ich sie vermisse! Seit ich ganz klein war, ist sie immer da gewesen. Wenn ich abends viel zu spät heimkam, weil eine Wildfährte im Wald mich mehr interessierte als die Schulaufgaben, wenn ich vor Neugier darüber, wohin ein gerade entdeckter Pfad mich mit Sandor führen würde, vergessen hatte, dass es längst dunkel geworden war, keinen Gedanken an Deine händeringenden Sorgen verschwendet habe – dann stecktest Du mich in einer Mischung aus Erleichterung und Ärger ohne Abendessen ins Bett, und Martha hatte längst geahnt, was kommen würde, und mir Zuckerbrote im Nachtkästchen versteckt. Martha lebt nicht mehr. Begraben auf unserem kleinen Friedhof. Aber wenigstens in Heimaterde. Wo wird man mich eines Tages begraben? Ach nein! Schluss mit den bösen Gedanken! Ich brauche vielleicht noch einen Tag. Dann will ich mein Glück versuchen und losreiten.

Die junge Stute scharrt schon mit den Hufen. Sie möchte sich bewegen. Das Fohlchen tobt und bockt durch die große Mutterstutenbox. Ich wage nicht, sie hinauszulassen. Keine Energie möchte ich vergeuden. Bewegung werden sie noch genügend bekommen. Und ich bin nicht sicher, ob es mir gelingen würde, sie wieder einzufangen, wenn sie erst einmal frische Luft gewittert haben und durch den tiefen Schnee tollen. Sie sind eben beide nicht, was mein Sandor war. Der wäre auf den leisesten Pfiff, sogar auf mein pures Erscheinen am Koppeltor hin sofort zu mir gekommen.

Aber Du merkst es schon, ich verlaufe mich in meinen Erinnerungen. Ich will doch weitererzählen. Wo war ich stehen geblieben? Bei Heini Lehndorff, bei dem ich demselben Irrtum erlag, der mir in Bezug auf die Einschätzung Eures politischen Standpunkts passiert war. Immer hatte ich ihn bewundert. Er sah so großartig aus, war hochgebildet und dennoch ein Mann der Tat, der keine körperliche Arbeit, keine schmutzigen Hände scheute. Was hat er nicht alles angestellt, um die riesigen Flächen des elterlichen Gutes, die ja im masurischen Sumpf buchstäblich abzusaufen drohten, der Natur zu entreißen und Jahr um Jahr neue Flächen zur Bewirtschaftung zu erschließen? Beispielhaft war sein Wirken in der Landwirtschaft. Und immer war er gut gelaunt, so witzig konnte er sein. Nie war er überheblich mit seinen Leuten. Bloß mir gegenüber. Na ja. Ich habe immer geglaubt, wer dem Reichsaußenminister Ribbentrop die Hälfte seines Schlosses abvermietet, mit diesem Scheusal tagein, tagaus unter einem Dach lebt, kann doch nur in Treue fest zum ›Führer‹ stehen.

Alles war ganz anders, als es nach außen hin wirkte. Vielleicht wirken sollte! Das weiß ich, seit ich einmal gelauscht habe, als Ihr ihn mit der ganzen Familie und seiner Schwester Sissi im letzten Frühsommer zu Besuch hattet. Sommerfest in unserem traumschönen Park. Bunte Lampions unter den alten Bäumen, weiße Kleider, die im Licht der Abenddämmerung leuchteten. Alles so wie jeden Sommer. Jeden wunderbaren, unvergesslichen Sommer!

Ihr hattet Euch in die Bibliothek zurückgezogen. Direkt meinem Zimmer gegenüber, wo ich doch eigentlich nur einen Schal gegen die Abendkühle holen wollte. Da habe ich Euch reden hören. Was war die Wahrheit? Requiriert hatten sie das Schloss! Von Freiwilligkeit keine Spur! Und noch viel mehr: Das grauenhafte Massaker an den Juden in Borissow im Oktober 1941 während des Russlandfeldzuges hatte ihn zur angewiderten Abkehr gebracht und seinen Eintritt in den militärischen Widerstand zur Folge.

Ich weiß noch, wie ich dastand, das Ohr an der Tür, mit einem schlechten Gewissen. Ich konnte mich nicht fortrühren, Mutter! Was er erzählte, hypnotisierte mich so, dass ich angewurzelt stand, bis Vater mich beinahe erwischt hätte, als er die Tür öffnete. Ganz schnell bin ich weggehuscht bis zur Treppe und habe dann so getan, als wäre gar nichts, überhaupt nichts geschehen. Dabei kannte ich nun alle Pläne. Und ich hoffte so sehr, sie würden gelingen. Hoffte bis zu jenem Tag!

Er ist nicht dabei gewesen, als Stauffenbergs Bombe hochging und unseren ›heiß geliebten Führer‹ verfehlte! Aber er hatte zu jener Gruppe gehört, die alles geplant hatte. Allzu schnell war man ihm draufgekommen, hatte ihn daheim aufgesucht, ihn mit

Wolfshunden gehetzt, dennoch nicht ergreifen können, denn er war zu klug, sich fangen zu lassen. Und dann hat er sich ja doch gestellt und sich verantwortlich gezeigt für seine Taten, wohl auch um der Familie, seiner Frau, der kleinen Kinder willen, mit dem Leben bezahlt. Wie hat Vater gewütet, war auf und ab gelaufen, hat mit der Faust gegen die Wand geschlagen, als wir erfuhren, dass sie seine Frau in ein Internierungslager gesteckt hatten, die Kinder der Mutter fortnahmen, alles auseinanderrissen, um jede Spur dieser aufrechten, christlichen Familie zu tilgen.

Ich lief davon, als ich hörte, was passiert war. Es muss Anfang September gewesen sein, gegen Abend, denn es dunkelte schon. Ich rannte wie um mein Leben. Lief in den Stall, warf mich heulend dem erstaunten Sandor an den Hals, der ganz stille hielt und mich weinen ließ. Aber ich fand keinen Trost. In meinem Kopf spukten Selbstmordgedanken, denn mein letzter Glaube an eine heile Welt war gestorben.

Zurück ins Haus. Alles war so still. Wohin? Mit wem reden über etwas, was ich nicht wusste. Was ich doch wusste, nur nicht wissen sollte. Ich lief in die Bibliothek, an jenen Ort, wo vielleicht die Erinnerung an seine Stimme stärker sein würde, dorthin, wo ich sie doch erst vor ganz kurzer Zeit durch die Tür hindurch gehört hatte. Klar, stark, entschlossen! Aber der Raum war leer. Kein Laut war zu vernehmen. Nur durch den Spalt der geheimen Tür in der Wandverkleidung fiel ein schwacher Lichtschein. Ich drückte das Türchen auf und stand ihm gegenüber: Aleksander!

Selbstverständlich wusste ich, dass Du ihm Zugang gewährt hattest zu dieser Kammer, in der wir all die verbotenen Bücher aufbewahrten. Aber just in diesem Augenblick verstörte mich seine Anwesenheit. So sehr war ich in meinem Entsetzen, in meiner Trauer über Heini gefangen, dass ich nicht umschalten konnte, nicht sein mitleidiges Erstaunen über mein tränenüberströmtes Gesicht recht deuten konnte. Ich stand da, erschreckt, mit hängenden Armen, und konnte mich weder entschließen, wieder zu gehen, noch zu sprechen. Ich war in einem Zustand äußerster Auflösung, war auf der verzweifelten, kopflosen Suche nach irgendeiner Spur meines Helden!

Da kam er auf mich zu.

›Ich bin hier, gnädiges Fräulein, was ist geschehen? Kann ich helfen?‹, fragte er.

Ach, Mutter! Ich fühlte in diesem Augenblick nichts als Hohn und Spott über sein Ansinnen. Einer der großartigsten Männer, die ich in meinem jungen Leben je gekannt hatte, eine Lichtgestalt aus bestem deutschem Adel, einer, den ich verehrt hatte, war im Widerstand gefallen. Und ausgerechnet dieser Mann, unser polnischer Zwangsarbeiter, ein Mann vom denkbar niedrigsten Stand, ein Niemand, wollte mich trösten?

Mutter! Wie um alles in der Welt konnte dieser Mann, der mit gesenktem Kopf vor mir stand, sich seiner Position so offenbar bewusst war, dennoch so überlegen wirken?

Und ich? Einer Ohnmacht nahe, rutschte ich beinahe zu Boden. Hätte er mich nicht aufgefangen, mich gehalten, mir die heißen Tränen weggewischt, mir das Gefühl gegeben, es wäre noch nicht Zeit, einen Baum zu suchen, um mich vor Trauer über den verlorenen Ehrenmann und das ganze Elend dieser Welt aufzuknüpfen, dann weiß ich nicht, was mit mir geschehen wäre!

Wie ein Blitzschlag traf mich die Erkenntnis: Er schien mir wie der stärkste, selbstbewussteste, ja, wie der stolzeste Mann auf dieser Erde!«

* * *

Nicola legte den Brief beiseite und rieb sich die Augen. Den letzten Absatz hatte E. deutlich größer geschrieben. Ganz offenbar waren ihr diese bedeutungsschweren Worte besonders wichtig gewesen. Stolz! Genau das war es, was sie auch bei Marcin so schmerzhaft bemerkt hatte. Nur schien es so, als würde dieser

Aleksander, der ja wirklich in der jämmerlichsten Position war, ganz anders mit seinem Stolz umgehen als Marcin.

Schwerer konnte man es einem intelligenten Mann doch gar nicht machen. Gefangen, einer Herrschaft ausgeliefert, die er vielleicht schätzen mochte, weil sie offenbar anständig mit ihm umging, die allerdings jedes verbriefte Recht gehabt hätte, auch ganz andere Saiten aufzuziehen. Ausgeliefert der Gnade einer Familie, wie freundlich sie auch immer gewesen sein mochte, und in der vollkommen unsicheren Lage, da nur ein einziges falsches Wort, eine lapidare Fehlhandlung womöglich sein sicheres Ende bedeutet hätte.

Stark, selbstbewusst und stolz, so schildert ihn E. Was fehlt Marcin, um neben seinem Stolz auch Selbstbewusstsein und Stärke besitzen zu können? Geld? Schnödes Geld?

Nicola fühlte Wut in sich aufsteigen. Am liebsten wäre sie jetzt aufgesprungen und hätte ihm die Seiten auf den Tisch geknallt. »Lies!«, hätte sie sagen wollen. »Lies und sieh, wie viel schlechter es Aleksander gegangen ist. Nichts hatte er, gar nichts als das blanke Leben. Und dennoch hat er sich nie beirren lassen, felsenfest zu seiner Liebe zu stehen!«, und vielleicht noch ein unsanfter Hinweis auf lächerliches Selbstmitleid als Dreingabe. Aber erstens wusste sie, dass sie nichts besser machen würde, wenn sie diesem Impuls folgen würde, denn damit stünde er in eine Ecke gedrängt, mit dem Rücken zur Wand, ohne Ausweichmöglichkeit. Und zweitens sah sie ein, dass er mitten in der Sprechstunde ganz sicher kein offenes Ohr für ihre frisch gewonnenen Erkenntnisse haben würde. Also knüllte sie ihre Wut zusammen, warf sie in einen imaginären Papierkorb und las weiter.

* * *

»Es bleibt mir nur noch sehr wenig Zeit. Von Weitem kann ich jetzt bei Nacht schon das Aufflackern am östlichen Himmel sehen. Immer gepaart mit dem Gefechtsdonner. Diese eine Nacht will ich noch bleiben. Es geht mir besser, dank Deiner Medizin. Langsam habe ich wieder Mut gefasst und schon Sattelzeug, Decken und Proviant bereitgelegt. Ich will in aller Früh aufbrechen. Lass mich noch den letzten Teil meiner Beichte fertig schreiben, dann werde ich meinen Brief dort verstecken, wo ihn niemand außer uns finden kann. Sei mir gut und hör mir bitte mit Deiner so wundervoll klugen Gelassenheit zu!

Du weißt ja, wie sich die Ereignisse im letzten Herbst zu überschlagen begannen. Zunächst war da Vaters Unfall. Es ist schon eine besondere Niedertracht des Lebens gewesen, was ihm zustieß. Monatelang haben wir uns Sorgen gemacht, wenn er im Felde war, wenn ihm die Kugeln um die Ohren flogen, die alten Kameraden an seiner Seite reihenweise tot zusammensanken und er, wie durch ein Wunder, immer wieder unversehrt zu uns heimkehrte. Aber letztlich war es ja doch eine Folge des Krieges, was geschah! Hätte man uns nicht die zuverlässigsten Zugpferde fortgenommen, wäre es niemals nötig gewesen, die jungen einzuspannen, nicht wahr? Und wäre nicht zu allem Überfluss das dumme Lieschen in ihrer dümmlichen, ungestümen Art ausgerechnet in dem Moment laut plärrend um die Ecke gebogen, als Vater die beiden dreijährigen Füchse anspannte, dann hätten sich die Gäule nicht erschreckt. Dann wäre ihm nicht das erst halb verschnallte, nervöse Gespann durchgegangen, als er noch mitten zwischen den Pferden an der Deichsel stand. Und dann wäre er niemals unter die Räder des schweren Ackerwagens geraten, hätte nicht das Bein knieabwärts verlieren müssen.

Dieses dumme Kind! Ich habe aus mehrerlei Gründen einen Rochus auf sie und werde Dir noch Weiteres berichten!

Aber dann, Du weißt ja, liefen wir alle im Hof zusammen. Der Gespannführer hinter den Pferden her. Der Wagen rechts und links an die Torpfosten schlagend, dann mit großem

Getöse auseinanderbrechend, die Gäule, das Geschirr mitsamt der Deichsel wirr um die Bäuche, in Panik auf und davon.

So viel Blut! Und so schnell kein Arzt aufzutreiben! Alle an der Front! Ich weiß noch, wie ich in Windeseile den Sandor sattelte. Ganz dreckig war er, weil er auf der Wiese gestanden und sich im Schlamm gewälzt hatte. Wie ich im Rausch der Angst um Papa losgeritten bin, um wenigstens den Veterinär herbeizuschaffen. Bis ich ihn fand, dauerte es. Von Dorf zu Dorf musste ich reiten, dann war er gerade mitten in einer Behandlung, konnte nicht sofort kommen. Ach, Mutter! Wäre doch nur alles schneller gegangen! Vielleicht hätten wir das Bein ja retten können!

Es war zu viel für Dich! Kaum war Vater auf dem Wege der Besserung, wurdest Du so krank, dass wir fürchten mussten, Dich zu verlieren. So viele Tage und Nächte voller Sorge haben wir uns abgewechselt, Martha und ich, an Deinem Bett. Bis zur Erschöpfung. Wir haben versucht, den ganzen Haushalt aufrechtzuerhalten. Plötzlich hatte ich eine Verantwortung übernehmen müssen, die mich anfangs ängstigte und dann, als ich begriff, was ich zu leisten in der Lage war, auf einmal stark machte! Und ich weiß, als Du endlich aus den Fieberschüben heraus warst, wieder anfingst, klar denken zu können, warst Du stolz auf mich.

Man darf noch nicht einmal behaupten, wir hätten Dich schonen wollen, indem wir die nächste Familienkatastrophe vor Dir verbargen. Du hättest nichts mitbekommen, auch wenn wir versucht hätten, Dich zu informieren! Nachher haben wir nicht mehr darüber gesprochen, denn es war ja nicht mehr nötig, hätte Dich nur wieder aufgeregt. Jetzt aber will ich es doch erzählen, denn es ist wichtig für das, was ich noch immer aufspare, Dir zu schreiben.

Die Oktobernächte waren schon sehr kühl. Manchmal fror es nachts sogar ein bisschen. Ich stand oben in der Bibliothek, war dabei, ein Buch herauszusuchen, um mir eine halbe

Lesestunde zu gönnen. Dort traf ich auf Aleksander, der gerade Atlanten für den Geographieunterricht der Kinder besorgen wollte. Wir wechselten ein paar Worte. Ich war schüchtern, sehr zurückhaltend, obwohl er mir doch längst ein strahlender Held in meinem kleinen Seelenkosmos geworden war, seit er mich Monate zuvor aus meinem Elend um Heinrich gerettet hatte. Und ja, ich muss es gestehen: Einige Male, wenn die knappe Zeit es zuließ, waren wir einander auch schon ohne alle Zufälle begegnet. Ich möchte es ganz vorsichtig ausdrücken: Wir waren uns auf eine nicht mehr vollkommen keusche Art nähergekommen.

Während wir so sprachen, schaute ich vom Fenster aus hinunter in den Park. Fritzchen spielte draußen am See mit seinem Segelbootchen, das ihm Vater zu Weihnachten geschnitzt hatte. Er war so stolz auf sein Schiff, wie es da so übers Wasser trieb, dass sich das kleine Segel richtig blähte, hielt es ganz fest am langen Schnürchen. Er lief immer am Ufer entlang, und wenn die Brise es an Land getrieben hatte, hob er es wieder heraus, setzte es neu ein und juchzte dabei, was die siebenjährigen Bubenlungen hergaben. Es war eine Freude, ihm zuzusehen.

Bis dann eine Bö das Boot mitten ins Schilf trieb. Die Enten flogen auf, das Schwanenpaar schaufelte erschreckt das Wasser unter den rosa Füßen weg, erhob sich schimpfend in die Luft. Fritzchen war ganz aufgeregt. Ich sah, wie er einen langen Ast nahm, den der erste Herbststurm von der großen Eiche gerissen hatte, wie er sich mühte, nach dem Schiffchen zu angeln. Mir wurde mulmig. Ein Gefühl schrecklicher Vorahnung ergriff von mir Besitz. Ich machte Aleksander aufmerksam. Und nach dem winzigen Moment, als ich mich ihm zugewandt, ihm gezeigt hatte, was vor sich ging, und dann wieder hinsah, war Fritz wie vom Erdboden verschluckt!

Aleksander handelte im Nu. Er rannte die Treppen hinunter, ich immer hinterher, schon war er im Garten, sprang ohne das geringste Zögern in das eisige Wasser und zog das Fritzchen heraus. Ganz blau war sein Gesichtchen! Die Augen geschlossen. Wie ein Marmorengel sah er aus. Mich packte die kalte Angst, der bleiche Wassergeist hätte ihn längst zu sich in sein nasses Reich geholt. Martha hat bei uns Kindern ganze Arbeit geleistet mit ihrer Schauermär. Nur um uns immer weit genug vom Ufer der tiefen Seen und klaren, wilden Bäche fernzuhalten, solange wir nicht schwimmen konnten. Und selbst dann, als wir es nach und nach lernten – erst ich, dann später Sophie –, hatten wir bei jeder Wurzel, jeder Schlingpflanze, die unsere Füße beim Üben streifte, Angst, der Fürst der Fluten wäre gekommen, um uns mit seinen langen Tentakelarmen in die Tiefe zu ziehen. Für Fritzchen war keine Zeit gewesen, ihn das Schwimmen zu lehren. Es war ja Krieg. Und wir hatten Besseres zu tun. Oder Schlechteres, ganz wie man es nimmt.

Nun lag er da am Ufer und atmete nicht. Ich war wie erstarrt und völlig hilflos. Nicht so Aleksander! Gleichmäßig blies er ihm abwechselnd Luft in die Lungen und massierte rhythmisch das kleine Herzchen, das nicht mehr schlagen wollte. Wieder und wieder tat er das. Erfolglos. Und als ich schon die Totenglocken für meinen kleinen Bruder läuten hörte, schlug er ihm mit voller Kraft so auf die Brust, dass ich meinte, Knochen brechen zu hören, und ihn beinahe fortgerissen hätte von dem reglosen Knaben.

Da! Plötzlich spuckte er Wasser in weitem Schwall, schlug die Augen auf. Ich hätte ihn herzen und küssen wollen. Aber Du wirst es kaum glauben: Der Bengel hatte nichts Besseres zu tun, als zu strampeln und zu zetern: ›Mein Bootchen, mein Bootchen! Lassen Sie mich aufstehen, Herr Lehrer, ich muss mein Bootchen aus dem Schilf fischen!‹

Kopfschüttelnd drückte mir Aleksander seinen vor Kälte zitternden Schüler in den Arm – ›Schnell hinein ins Warme mit ihm!‹ – und stieg mit Todesverachtung wieder ins Wasser. Ich rannte ins Haus, versorgte den Buben, den ich ernsthaft anbrüllen musste, damit er mir nicht wieder entwischte. O Mutter, ich bete, dass Ihr gut auf ihn achtgebt, wenn Ihr jetzt das Schiff von Gotenhafen aus nehmt! Er ist so arglos und unvorsichtig in seinem Ungestüm!

Dem Fritzchen hat es jedenfalls kaum geschadet. Martha kam herbeigeeilt, ganz aufgelöst, schlug die Hände überm Kopf zusammen, packte ihn in dicke Decken, kochte heiße Milch mit Honig. Einen kleinen Schnupfen bekam er am nächsten Tag. Mehr nicht.

Aber Aleksander! Tauchen hatte er müssen in dem eisigen Wasser, sich völlig unterkühlt. So tapfer war er, wie er da tropfnass an die Kinderzimmertür klopfte. Fritzchen, der arrogante Knabe, thronte mit frischen Wangen auf den Daunen, nahm huldvoll sein Bootchen in Empfang, bedankte sich zwar artig, aber mit einer Selbstverständlichkeit, dass ich ihm das hübsche Rosa seiner Bäckchen gern einen Ton dunkler geklatscht hätte. Aleksander riss sich über alle Maßen zusammen. Aber ich hörte, wie ihm die Zähne klapperten. Dann ging er, tropfnass von Kopf bis Fuß, bei jedem Schritt ein Pfützchen vom Bett unseres Stammhalters bis zur Kinderzimmertür hinterlassend, hinauf in seine ungeheizte Kammer. Martha und ich tauschten Blicke. Wir verstanden einander. Mit einem Wink schickte sie mich weg. Ihm hinterher.

In den darauffolgenden Tagen wussten wir nicht, wo uns der Kopf stand. So viele Schwerkranke hatten wir im Haus. Sophie mussten wir zum ersten Mal in die Pflege mit einbeziehen. Sie war sehr tapfer für ihre dreizehn Jahre und tat ihren Dienst ganz ausgezeichnet an Deinem Bett. Du wirst kaum etwas davon mitbekommen haben, aber lass Dir gesagt sein: Deine kleine Tochter wird mal eine großartige, zuverlässige Frau werden!

Wen hätten wir zu Aleksander schicken können? Überleg bitte! Es gab keine andere Möglichkeit, als dass ich den Retter meines kleinen Bruders selbst pflegte. Natürlich, Mutter! Ich tat es gern, denn mit der Summe dessen, was er nun schon für uns getan hatte, stieg sein Ansehen bei mir natürlich ins Unermessliche. Aber Du hast es sicher bereits erkannt: Mehr und mehr mischte sich Dankbarkeit mit Liebe.

Er lag in hohem Fieber, die Nächte waren kühl. Wir sollten uns dringend Gedanken darüber machen, wie wir die Kammern der Hausangestellten in Zukunft ein wenig komfortabler gestalten können. Es müssen Öfen her! Wie viele Decken ich auch heranschleppte, Aleksander litt bei hoher Körpertemperatur an bösen Schüttelfrösten. Erst musste ich ihm kühle Wadenwickel machen, wenn er glühte wie ein heißer Backstein, dann wieder schlugen ihm die Zähne aufeinander, während ein Hustenanfall den anderen jagte. Ich bin nur froh, dass wir das Aspirin im Haus hatten. Ohne Medikamente hätte er die schlimmste Zeit bestimmt nicht überstanden. Nach fünf angstvollen Tagen und Nächten kam er endlich wieder zu sich. Das Fieber war zurückgegangen, zum ersten Mal konnte ich ihm etwas von der Hühnerbrühe einflößen, die Martha für alle Kranken immer parat hatte.

Ich war so müde, Mutter. Todmüde von den durchwachten Nächten, den rastlosen Tagen. Aber ich war so glücklich, wie man nur sein kann, wenn man das wundervolle Hochgefühl erleben darf, einen geliebten Menschen gerettet zu haben. Aleksander schlief nach seiner ersten Mahlzeit erschöpft ein. Nur noch ab und zu sah ich noch, wie seine ausgezehrten Glieder zitterten. Da gab ich meiner körperlichen Schwäche und dem liebevollen Drang, ihn zu wärmen, nach und legte mich zu ihm auf die schmale Bettstatt. In dieser Nacht schlief ich tief und traumlos, wie in Abrahams Schoß. Wahrscheinlich wäre ich nicht einmal wach geworden, wenn die Russen gekommen wären und uns das Haus bombardiert hätten.

Ich gestehe, es war nicht die einzige Nacht, die wir so gemeinsam verbrachten. Ich dramatisierte seinen Zustand bei Martha und beim gesamten Hauspersonal. Und ich gestehe, es waren die schönsten, die wundervollsten Nächte, die ich bis dahin erlebt hatte! Nichts sollte uns mehr trennen.

Obwohl es ja beinahe geschehen wäre! Als ich eines Morgens in Aleksanders Armen erwachte, sah ich zu meinem schieren Entsetzen, wie sich die Tür einen Spaltbreit öffnete. Und erkannte die neugierigen Augen unseres Küchenmädchens. Das kleine Biest, das sowieso so oft für furchtbare Unglücke zuständig war – bedenke bitte Vaters Unfall! –, machte ein Gesicht, wie man es sich triumphierender gar nicht vorstellen konnte.

Sie ließ mir keine einzige Stunde, bis sie begann, mich zu erpressen. Lieschen, die Hundertfünfzigprozentige, die sich mit ihren rotblonden Haaren und den wasserblauen Augen für das Idealbild des arischen deutschen Jungmädels hielt! In der Hinterhand ihre Liebe zum Gefreiten Schulze, dem sie – da hatte ich ausnahmsweise an der Ernsthaftigkeit ihrer Beteuerungen keinen Zweifel – stante pede alles erzählt hätte. So presste sie mir in den kommenden Tagen jeden Pfennig ab, den ich besaß. Und als ich nichts mehr hatte, verlangte sie meinen Schmuck.

Nur machte sie in ihrer Dummheit einen großen Fehler. Mein silbernes Sammelarmband trug sie nämlich beim Kartoffelschälen in der Küche. Und als ich, aufgeschreckt durch ein jämmerliches Geschrei, das aus der Küche drang, dazueilte, bot sich mir ein ganz besonderes Bild. Ich muss noch jetzt lauthals lachen, wenn ich daran zurückdenke. Das Lieschen lag, die Röcke hochgeschlagen, bäuchlings auf dem großen Gurkenfass. Martha hielt ihr mit der Linken die Hände zusammen und schwang mit der Rechten den großen Holzschwengel, mit dem wir die Kochwäsche umzurühren pflegten. Und ließ ihn mit jedem Satz wieder und wieder auf Lieses puterroten blanken Hintern sausen.

Dabei brüllte nicht nur das Mädchen in ihrer Pein, sondern Martha ungefähr Folgendes: ›Du miserables, undankbares Geschöpf! Dir werd ich helfen, das gnädige Fräulein zu erpressen. Deine Mutter, du Wechselbalg, war eine kaschubische

Bäuerin und dein Vater ein litauischer Jud'! Abgehauen ist er, der feine Herr, als die Mutter schwanger war, angekrochen kam sie hier mit dir im Bauch. Und wir haben dich mit aller Liebe aufgezogen, als sie im Kindbett starb, deine Mutter! Wenn du nicht sofort alles wieder rausrückst, werd ich deinem Schulzen mal erzählen, wie arisch du abstammst, du kleine Kröte, dann kann er dich gleich mitnehmen und an den nächsten Baum knüpfen. Da geh ich noch hin und spuck dir ins Gesicht!‹

Ich habe ganz leise die Tür hinter mir zugezogen und einfach abgewartet. Es dauerte gar nicht lange, da kam das Lieschen angeschlichen. Völlig verheult war sie, kaum laufen konnte sie (und sitzen ganz bestimmt auch ein paar Tage lang nicht) und brachte mir, eingeknüpft in ein Leinentuch, all meine Schätze wieder. Wir haben nie darüber gesprochen. Martha nicht und das Lieschen schon gar nicht. Nur ein beredtes Zwinkern gab es, als ich unserer wunderbaren Mamsell das nächste Mal begegnete.«

* * *

Nicola lachte bei der Vorstellung, wie Martha, dieser großartige, loyale »gute Geist des Hauses«, für Ordnung gesorgt hatte. Zum weiteren Überdenken des Gelesenen kam sie nicht, denn unten schellte die Türglocke. Ein Patient konnte es kaum sein. Die Uhr zeigte bereits Viertel nach eins. Marcins Mittagszeit während des anstrengenden Tages. Sie stand auf und schaute auf den Hof hinaus. Dort unten stand der Phaeton! Sie schnappte ihr Portemonnaie und humpelte die Treppe hinunter, so schnell es eben möglich war.

Im Entree traf sie auf Marcin und den Mann, der vermutlich jener »Woitek« sein musste und offenkundig auf die Übergabe der Papiere und seine Bezahlung wartete. Nicola beglich die Rechnung, leistete die notwendigen Unterschriften, nahm die Fahrzeugpapiere des Phaeton in Empfang, drückte ihm noch Spritgeld für den fast leer gefahrenen Tank des Lupo in die Hand und steckte ihm einen 20-Zloty-Schein zu. Der Mann war begeistert und bedankte sich vielmals.

Erst im letzten Moment fiel ihr ein, dass sie noch Handschuhe und Pullover auf dem Beifahrersitz hatte liegen lassen. Eine gute Gelegenheit zu testen, wie flott sie schon laufen konnte, denn Woitek hatte bereits ausgeparkt, ließ den Motor des himmelblauen Wagens unnötig heftig aufheulen und setzte schon zu einem Kavaliersstart an. Das Schienbein spielte brav mit. Der Schmerz war bestenfalls noch als leichtes Ziehen zu bezeichnen. Marcin würde nachher beim täglichen Verbandswechsel sicher sehr zufrieden sein.

Einerseits freute sie sich über diese Erkenntnis. Andererseits war die Unausweichlichkeit ihrer baldigen Abreise nun nicht mehr zu übersehen. Das schmerzhafte Ziehen fuhr jetzt nicht mehr ins Bein, sondern geradewegs in Nicolas Herz.

* * *

Marcin hatte Zeit für einen Kaffee. Irgendwie tat es gut, sich mit ihm über ihre jüngste Lektüre austauschen zu können. Zunächst fragte sie ihn, ob er gewusst hatte, dass im Gutshaus eine geheime »Bibliothek hinter der Bibliothek« existierte. Marcin nickte nur.

»Wie bist du darauf gekommen?«, wollte Nicola wissen.

»Als ich hier einzog, war die Verwaltungsstelle längst nach Pasłęk verlegt worden. Natürlich interessierte mich das leer stehende Gebäude, also habe ich es mir näher angesehen.«

»Und wie bist du da reingekommen? War es damals noch nicht abgeschlossen?«

Marcin lächelte und deutete auf die kleine Erhebung auf seinem Nasenrücken. Nicola schüttelte verständnislos den Kopf und sah ihn fragend an.

»Du weißt doch, wo der Schlüssel hängt. Die Türglocke ist an einem kupfernen Arm eingehängt. Du erinnerst dich?«

Sie nickte. »Aber ich wäre nie auf die Idee gekommen, dass er da drin aufbewahrt wird.«

»Ich auch nicht. Ich habe mir schlicht den Kopf daran gestoßen, als ich durch die Buntglasscheiben neben der Tür ins Innere peilen wollte. Dadurch brach die morsche Öse und das schwere Ding krachte runter. Mit der Kante direkt auf meine Nase.«

»Das gibt's doch nicht!«

»Doch. Für meine Neugier habe ich zahlen müssen, denn so ein Bruch tut ziemlich weh und besonders schön verheilt ist er auch nicht. Seitdem sehe ich aus wie ein Boxer, aber immerhin wusste ich nun, wo der Schlüssel versteckt war«, grinste er und rieb sich den Nasenrücken.

»Du siehst nicht aus wie ein Boxer, dafür bist du viel zu schön!«, erwiderte Nicola vehement und hätte sich im nächsten Augenblick für diese Bemerkung ohrfeigen können, weil Marcin ausgesprochen verlegen reagierte.

»Junge, Junge! Das hat mir noch keine Frau gesagt«, murmelte er leise. Er brauchte einen Moment, bis sich sein Erstaunen gelegt hatte und er fortfuhr.

»Also, Boxer oder nicht ... ist ja auch egal, jedenfalls hatte ich nun Zugang und habe das Haus genauer unter die Lupe genommen. Auf den ersten Blick findet man den verborgenen Raum natürlich nicht. Allerdings fiel mir irgendwann auf, dass die von außen sichtbare Anzahl der Fenster in der Bibliothek nicht mit der im Innenraum übereinstimmt.«

»Sag nicht, es gibt womöglich eine Geheimtür in der Wandvertäfelung«, fiel ihm Nicola aufgeregt ins Wort.

»Doch, genau so ist es. Der Mechanismus ist wirklich gut versteckt. Aber mein Entdeckergeist war natürlich geweckt und ich wurde nach etlichen vergeblichen Anläufen tatsächlich fündig.«

Sie rutschte auf ihrem Stuhl ganz nach vorne, stützte die Ellenbogen auf die Tischplatte und sah ihn gespannt an.

»Du kriegst ja richtig rote Wangen, Nicola! Hast du auch solchen Spaß an …«

»Wie verrückt!«, nickte sie heftig, erzählte gestenreich von ihrer ersten kindlichen Schatzsuche im elterlichen Vorgarten und sparte weder das dramatische Ende von Fred, dem Gartenzwerg, noch die Folgen für ihr Hinterteil aus.

Marcin amüsierte sich köstlich über ihre schauspielerische Leistung. »Ich sehe dich geradezu vor mir, den Kopf genauso rot wie jetzt, wie du mit dem Popo in der Höhe im Garten kniest und Erde hinter dich schaufelst wie ein junger Hund am Kaninchenbau. Hast du denn was gefunden?«

»Nö. Nix als Regenwürmer, Asseln und die Erkenntnis, dass man sich bei der Schatzsuche besser nicht erwischen lässt. Hast du denn was gefunden? Und hat man dich erwischt?«

Marcin tat geheimnisvoll. »Ich lade dich heute Abend in meine Privatgemächer ein und zeig dir, was ich alles entdeckt habe!«

»Uh, die Einladung nehm ich aber gerne an! Das heißt, du hast alles geklaut?«

»›Geklaut‹ kann man das in diesem Fall wohl eher nicht nennen. Sagen wir mal: Ich habe es für die Nachwelt gerettet.«

»Ah, okay, ich nehme an, du bist rein zufällig dazu bestimmt gewesen, das, was du gefunden hast, zu retten, ja?«

»Genau!«, antwortete er im Brustton der Überzeugung, konnte sich aber das Lachen kaum noch verkneifen.

»So was passiert dir ja immer mal wieder …«

»Ich nehme meine Bestimmung eben an«, erklärte er, um Ernst in der Stimme bemüht.

»Na, das wollen wir ja mal sehen …«, provozierte sie so leise, dass er es eigentlich kaum hätte verstehen können. Er schien ein sehr feines Gehör zu haben.

»Dir geht's richtig prima heute, scheint mir.«

»Das macht die gute Pflege, Herr Doktor. Ich freue mich jedenfalls auf den Abend mit dir und deinen Schätzen.«

Marcin stand auf. »Apropos Doktor: Ich muss wieder rüber. Bis nachher, *Schätzchen*!«

Die Tür fiel hinter ihm zu und sie war perplex. Diesen Spruch konnte Nicola nicht einordnen. Wollte er sie ein bisschen verklapsen? Oder hatte er nur Vergnügen am Wortspiel? Er hatte gezwinkert. Eindeutig! Konnte es womöglich sein, dass er anfing, auf ihre Flirtversuche zu reagieren, gar einzugehen? Es war wieder da, dieses Kribbeln im Bauch!

Sie schluckte noch brav ihre Pillen, goss sich Kaffee ein und schnappte einen Apfel aus der Schale, die auf dem Küchentisch stand. Dann machte sie sich wieder auf den Weg nach oben. Zurück zu den letzten noch verbliebenen Seiten, zurück zu »ihrem« Liebespaar, das so offenbar allen Risiken zum Trotz nicht voneinander lassen wollte.

* * *

»Unsere Unbefangenheit aber war fort, Mutter. In welcher Gefahr des Entdecktwerdens wir schwebten, wurde uns nach dem Vorfall mit Lieschen nur allzu bewusst. Was wäre mit Aleksander, was mit mir, was im allerschlimmsten Fall mit unserer ganzen Familie passiert, wenn Martha das Lieschen nicht so prompt und endgültig zum Schweigen gebracht hätte? Vielleicht war es Zufall, dass ihr Gefreiter gerade in diesen Tagen nicht auf dem Gut auftauchte, vielleicht wollte irgendeine höhere Macht uns Zeit lassen für unsere Liebe? Ich weiß es nicht, es sollte wohl so sein, dass unser Glück noch andauern durfte.

Nie wieder trafen wir uns im Haus. Es fiel, Gott sei's gedankt, nicht auf, dass wir uns fortan im Gästehaus verabredeten. Das schöne Licht und die Ruhe dort habe ich ja immer schon bevorzugt, um mich ganz still meiner Malerei zu widmen.

Aleksander hatte seine liebe Mühe damit, die doch recht untalentierte Sophie drüben am Flügel zu unterrichten. Unser schöner Steinweg! Onkel Armins virtuoses Spiel hat mich durch all meine Mädchentage begleitet. Und in Deinem Schmerz, ihn nie mehr wiederzusehen, ihn nie wieder spielen zu hören, hast Du den Flügel aus dem Haus verbannt. Klaviermusik konntest Du nicht mehr ertragen. Und dennoch sollten wir Mädchen unterrichtet werden. Ich war recht stolz, denn wie schnell hatte ich Dr. Eisenstein in meinen Fähigkeiten überflügelt! Er taugte wenig als Musiklehrer, war es doch um seine Künste am Piano, vorsichtig ausgedrückt, dürftig bestellt. Unsere Sophie ist, so glaube ich allerdings, diesbezüglich völlig untalentiert. Auch Aleksander, dem ich beinahe so gern zuhörte wie meinem Onkel, rang bisweilen verzweifelt die Hände ob ihrer immer wiederkehrenden Fehler, die auszumerzen ihm nicht gelang. Selbst so etwas Einfaches wie Beethovens ›Albumblatt für Elise‹ bekam sie nicht zustande, und mir fiel in meinem Malstübchen fast der Pinsel aus der Hand ob ihrer schiefen Anschläge.

Wenn Sophie, erlöst von der Musikstunde, die ihr nichts als Quälerei war, die Haustür hinter sich zugeworfen hatte und sich eiligen Schrittes entfernte, wusste ich mich mit Aleksander allein. Dann lief ich schnell wie der Blitz die Treppe hinunter und schloss ab. Zweimal!

Sobald niemand mehr in Hörweite war, konnte Aleksander endlich spielen, wonach ihm der Sinn stand. Und immer begann er mit Chopins ›Revolutionsetüde‹. Verbotener könnte ein Stück Musik in der heutigen Zeit kaum sein. Chopin, ausgerechnet Chopin! Das stärkste Geschütz der Polen! Das wussten wir alle, und das hatten auch die Nationalsozialisten erkannt und gefürchtet. Diese feinsinnige Musik kann von so starker emotionaler Wirkung sein. In ganz Polen verbinden sich Gefühle der nationalen Identität mit den Werken dieses Komponisten.

Aleksanders Stolz, sein Widerspruchsgeist, die Verbundenheit zu seinem Land, das unter fremder Herrschaft darbte, brach sich wütend Bahn in diesen Minuten des leidenschaftlichen Spiels. Ich wusste, dass ich ihn nicht stören durfte, ihm diesen Ausdruck seines ungehörten Widerstandes nicht verbieten durfte. Aber immer war ich froh, wenn der letzte Ton verklungen war. Starr vor Angst, es könnte vielleicht doch – so unwahrscheinlich es auch war – jemand mitbekommen. Jemand, dessen Ohren von nationalsozialistischem Kleister so verstopft waren, dass er die Schönheit der Musik nicht erkannte, sondern im Gegenteil: zur endgültigen Katastrophe nutzen würde! Mit weichen Knien bat ich ihn, Beethoven zu spielen, den wohlgelittenen Liszt vielleicht. Er erfüllte meine Wünsche. Jedoch nicht, ohne mir jedes Mal wieder mit diesem triumphierenden Flackern in den Augen zu zeigen, von welcher Art er wirklich war. Oder vielleicht auch nur, von welcher Art er hätte sein können, wenn man ihm die Freiheit gelassen hätte. Seinen Geist, seinen Willen und seinen Stolz hatte niemand brechen können. Und das machte ihn für mich unendlich begehrenswert!

In den schönen Künsten hätte ich wirklich keinen besseren Lehrer finden können. So großartig uns auch Dr. Eisenstein die Naturwissenschaften und Sprachen nahebrachte, so dürftig war ja, wie Du weißt, seine Begabung auch in der Malerei gewesen. Nie habe ich hübschere Aquarelle gemalt als unter Aleksanders Anleitung! Manchmal nahm er mir den Pinsel aus der Hand und vollendete mit ein paar Tupfern, wenigen Strichen und Schattierungen ein schon ganz nettes Bild zu einem kleinen Kunstwerk. Sie hängen alle drüben im Gästehaus. Wenn wir wieder Ruhe finden, wenn alles vorbei ist, werde ich sie Dir einmal zeigen.

Heller und freundlicher als im vergangenen November hätte die Welt für mich kaum sein können. So düster die Jahreszeit auch war, in meinem Herzen schien jeden Tag die Sonne. Alle Arbeit auf den Feldern war getan, die Natur kam zur Ruhe und die Zeit schien stillzustehen. Die unzähligen jugendlichen ›Schipp-schipp-hurra-Helden‹, die den ganzen Sommer lang Gräben ausgehoben hatten, in denen der ›Führer‹ alle russischen Panzer schon bei Grenzübertritt versenkt sehen wollte, waren wieder nach Hause in ihre ausgebombten Städte gefahren. Na, ganz ehrlich, Mutter, ich muss jetzt noch nicht einmal mehr bei geschlossenen Fenstern lauschen, um das Artilleriefeuer deutlich hören zu können! Ich glaube, der Einsatz war für die Katz!

Wie trügerisch doch diese Ruhe war im letzten Herbst. Wahrscheinlich hat das russische Heer gewartet, damit es ihm mit unserer ›sechsten Weltmacht‹, dem verheerenden tiefen Dreck auf Ostpreußens Straßen, nicht genauso ergeht wie damals Napoleon! Kein Schlamm mehr. Ich glaube, jede Nacht ist kälter als die vorangegangene. Panzer werden gut rollen auf diesen vereisten Böden! Und ich werde mich morgen sehr warm anziehen.

Wir hatten unsere Gnadenfrist, in der uns kaum etwas störte. Mit jedem Tag wurde unsere Liebe größer, und es gelang uns bisweilen, für viele Stunden alle Angst ganz weit fortzuschieben. Wir hatten große Pläne miteinander, waren übereingekommen, uns niemals zu trennen. Und nun ist er mit Euch auf dem Weg an die Küste und ich kann nicht so schnell folgen, wie ich möchte. Wie ich müsste!

Du hast geahnt, Mutter, dass ich nicht mit Euch kommen würde, nicht wahr? Niemals, das wissen wir nur zu gut, würde ein polnischer Zwangsarbeiter eines der Schiffe in Gotenhafen betreten dürfen, das die Volksdeutschen und gewiss auch einen guten Teil der auf dem Rückzug befindlichen, aufgeriebenen Truppen über die See in Sicherheit schaffen wird.

Ich weiß, auch wenn wir niemals darüber gesprochen haben, ahntest Du den Plan, welchen ich mit Aleksander ausgeheckt habe. Auch wenn die Voraussetzungen nun schwieriger geworden sind: Ich bin entschlossen, Aleksander an der Marienburg zu treffen. Es wird schon irgendwie gehen, auch wenn wir nun kein zweites Pferd haben. Dann müssen wir uns eben abwechseln, dann wird immer einer von uns zu Fuß laufen müssen, um über Land in den Westen zu gelangen!

Ich glaube, ich habe das Schlimmste hinter mir und fühle mich gesund genug, um morgen in aller Früh zu reiten! Manchmal hast Du mich so forschend angesehen in den vergangenen Wochen. Und vielleicht ahntest Du auch, welches Geheimnis ich vor Dir verbarg? Irgendwann wirst Du es mir sagen müssen, denn ich kenne doch Deinen Blick, mit dem Du mir zu verstehen gibst, dass Du mehr weißt, als Du aussprichst!

Dieses kleine Geheimnis lebt nicht mehr, Mutter. Dieses Kind, das gegen jede, wirklich jede Vernunft, aber aus tiefster Liebe gezeugt wurde, wird Dir nie die Händchen entgegenstrecken, nie mit dem Wind um die Wette über unsere saftigen Wiesen laufen. Aber ich bin jung, Mutter! Jung und stark genug, Dir eines Tages, ganz bald, ein anderes Enkelchen zu schenken!

Nun ist es heraus. Und ich erbitte Deine Nachsicht. Wir werden uns wieder in die Arme schließen, liebste Mutter! Und ich hoffe so sehr, dass Du es sein wirst, die bei der Rückkehr die Kiste in unserem Versteck öffnen und meinen Brief finden wird. Lies ihn allein, zeig ihn niemandem und lass ihn für alle Zeit nur Dein und mein gemeinsames Geheimnis bleiben.

In Liebe
Deine E.«

* * *

Tränen liefen über Nicolas Wangen. Sie saß auf der Bettkante, schaukelte vor und zurück, unfähig sogar, nach einem Taschentuch zu greifen. Langsam begann die Sonne im Westen zu versinken, warf ein letztes rotgoldenes Licht auf den unberührten Schnee. Dramatisch färbte sie die zerfaserten Streifen der wenigen Zirruswolken am eisklaren Himmel in allen Gelb-, Rot- und Violetttönen, zeichnete ein Bild gleich einer riesigen zerschrammten Wunde ins verblassende Blau. Nicola sah kurz hin. Genau *so* war es um ihre Seele bestellt. Zerschrammt!

Was ihr während der fesselnden Lektüre mehr und mehr entfallen war, hatte mit den letzten Sätzen eine übermächtige Bedeutung gewonnen. Sie hatte eine Beichte gelesen, die nie und nimmer für ihre Augen bestimmt gewesen war! Mehr noch: Das Wissen über die Tatsache, dass offenkundig niemand jemals hierher zurückgekehrt war, dass die Bewohner des Gutshauses auch nicht gekommen waren, nachdem doch alle Grenzen, die sie jahrzehntelang am Heimkehren gehindert hatten, längst gefallen waren, ließ in ihrem aufgewühlten Kopf einen entsetzlich logischen Schluss zu. Sie hatten den Krieg nicht überstanden!

Nicola suchte nach Ausflüchten. So ohne Weiteres wollte sie diese Erklärung nicht allein gültig stehen lassen. Vielleicht hatten sie jegliches Interesse verloren? Vielleicht lebten sie alle glücklich, hatten vergessen, verdrängt, anderswo Wurzeln geschlagen? Es war immerhin ein tröstlicher Gedanke. Aber sie spürte, dass ihr Herz sich nicht damit zufriedengab. Es begehrte auf, sandte andere Bilder vors innere Auge. Bilder, die sie gesehen hatte. Von treckenden Flüchtlingen, die beschossen wurden, erschöpft zusammenbrachen, erfroren, verhungerten und ihr Ziel nie erreichten. Und wenn sie denn durchkamen, in zerstörten Landschaften und Städten oft genug keinen Platz fanden, wo man sie willkommen hieß und bereitwillig aufnahm, weil das wenige, das noch da war, keiner gern mit ihnen teilen wollte. Weil sie fremd und unerwünscht waren und jeder nur für sich und die Seinen ums nackte Überleben kämpfte.

E. war Nicola in den vergangenen Tagen sehr vertraut geworden. Sie kannte ihre Gedanken und Gefühle, hatte sich mit ihren Ängsten und Sorgen auseinandergesetzt, ihr ganzes Selbst umgekrempelt, so genau besehen wie noch nie, auf den

Prüfstein gestellt, gewandelt. Die ganze Familie hatte Gesichter bekommen. Eigene Bilder hatte sie geformt von Vater, Mutter, den Geschwistern, von Aleksander und sogar von der alten Martha und dem unverschämten Lieschen. Es war ihr leichtgefallen, sich hier, in diesem Umfeld, der Einbildung hinzugeben, sie wären alle da.

Mit einem Mal wurde sie gewahr, dass sie sich für die Vergangenheit der eigenen Familie nie so sehr interessiert hatte wie für die dieser Familie, deren Spuren überall waren, aber deren Schicksale sich nun in alle Winde zerstreut hatten. Nichts mehr würde sie erfahren! Diese letzte Seite hatte neben das Gefühl tiefer Scham über ihre Indiskretion hoffnungslose Bitterkeit gestellt.

Das Tageslicht schwand. Nicola machte kein Licht. Sie träumte sich in den letzten friedlichen Herbst des Jahres 1944. Wer das zauberhafte Frühlingsbild gemalt hatte, das über ihrem Bett hing, wusste sie nun. Vielleicht war das Kind, das E. beim Sturz mit dem geliebten Pferd verloren hatte, sogar hier in diesem Bett gezeugt worden? Ein neuer Tränenschwall lief über ihre Wangen. Nicolas Körper schüttelte sich.

Im nächsten Augenblick hörte sie Aleksander spielen. Wie weit ihre Einbildungskraft offenbar ging, erschreckte sie. Ganz deutlich, viel deutlicher als im Ballsaal drüben im Gutshaus, als sie selbstvergessen nach Walzerklängen getanzt hatte, hörte sie Klaviermusik.

Chopin. Die »Revolutionsetüde«!

Tatsächlich, er spielte großartig! Nicola zuckte zusammen – *dass ihn nur keiner hört, dessen Ohren von nationalsozialistischem Kleister so verstopft sind, dass er die Schönheit der Musik nicht erkennt* – und lauschte der Musik. Alle Leidenschaft legte er in sein Spiel, ließ Nicolas Tränen vor Begeisterung, beinahe schon Andacht, versiegen. Dann war es wieder still. Wahrscheinlich hatte jetzt E., vor Angst ganz starr, um Beethoven oder Liszt gebeten?

Er schien ihrem Wunsch heute nicht entsprechen zu wollen. Erneut hob die Musik an und wieder spielte er Chopin.

Natürlich! Er darf jetzt Chopin spielen. Niemand wird ihm mehr etwas antun können!

Für einen Augenblick fragte sie sich, ob sie jetzt völlig übergeschnappt war. Sie horchte und erkannte die wunderschöne »Tristesse«. Wie von einem unsichtbaren Magneten gezogen, stand sie auf, öffnete die Zimmertür. Der Klang der Musik schwoll an. Sie ging den Harmonien entgegen, vorbei an der Treppe, hinüber in Marcins Teil der Zimmerfluchten. Eine Tür stand angelehnt, eine Einladung!

Nicola trat ein. Marcin saß mit dem Rücken zu ihr am Flügel und spielte völlig selbstvergessen. Ein, zwei Schritte auf Zehenspitzen näherte sie sich, dann blieb sie stehen und wartete. Wartete, bis er geendet hatte, seine Schultern sich senkten, er die Hände von den Tasten nahm. Eine Welle der Zuneigung schwappte über ihr zusammen. Ohne Zögern, ohne jeden Vorbehalt trat sie hinter ihn, legte die Arme um seine Schultern, barg die noch tränenfeuchte Wange an seiner Halsgrube und schloss die Augen. Er erschreckte sich nicht, erwiderte ganz leicht ihre scheue Berührung, legte seine Hand auf ihre.

»Spielst du mir den ›Liebestraum‹?«, flüsterte sie nach einer Weile des stummen Ineinanderversinkens.

»Habt ihr Deutschen noch immer Angst vor unserem Chopin?«, fragte er leise und sie hörte das Lächeln in dem kleinen Vorwurf.

»Nein, Marcin. Niemand hat mehr Angst, weil niemand mehr welche haben muss! Ich mag ihn einfach so gerne und hab noch einen anderen Grund. Sei so lieb, spiel den Liszt für mich, ja? Dann muss ich dir etwas erzählen.«

Er nickte und sie gab seine Schultern frei. Ganz dicht hinter ihm blieb sie stehen und bewunderte, wie seine feinen Hände über die Tasten glitten.

Eine wahre Kennerin war sie nicht. Sie konnte nicht beurteilen, wie perfekt, wie virtuos ein Pianist spielte. Musik berührte sie – oder eben nicht. Hier verschmolzen Vergangenheit und Gegenwart, hier spielte, wie in längst vergangenen Zeiten, ein Mann für eine Frau. Er spielte es mit so viel Gefühl, machte das Stück zu einem Kleinod, das er verschenkte.

»Danke!«, sagte sie leise, als der letzte Ton verklungen war. Marcin drehte sich halb um und sah zu ihr auf. In seinen Augen erkannte sie, wie sehr ihr Anblick ihn erschreckte.

»Nicola, was ist denn passiert?«

Er zog sie neben sich auf die Klavierbank, nahm ihre Hände und schaute ihr fragend in die rot geweinten Augen, in denen schon wieder Tränen aufzusteigen begannen. Sie erzählte stockend, welchen Streich ihr die Musik gerade gespielt hatte, wie sich Wirklichkeit und Einbildung verwoben hatten. Dann platzte sie heraus:

»Ich habe den Rest gelesen, Marcin. Es ist eine so unglaublich schöne Liebesgeschichte. So gegen jede Vernunft, gegen jeden Vorbehalt, so todesverachtend mutig, so hoffnungsvoll und gleichzeitig hoffnungslos! Sie endet, bevor sie zu Ende ist, denn die Schreiberin dieses Briefes will nun zu ihm flüchten, will sich mit ihm treffen. Und ich habe solche Angst, dass sie sich nicht getroffen haben, dass sie sich verloren haben, dass sie ... Marcin, sie sind nie zurückgekommen! Dieser Brief ist voller Hoffnung ... aber er hat seinen Empfänger nie erreicht ... Sechzig Jahre sind vergangen, und ich knalle auf das Versteck und finde ihn ... verstehst du?«, stammelte Nicola, bis die Tränen weitere Erklärungen erstickten.

Er nahm sie in die Arme, wiegte sie sanft wie ein Kind, das es zu trösten galt. Sie heulte ihm die Hemdbrust nass, bis er ihr ein Taschentuch hinschob.

»Vielleicht sind sie ja woanders sehr glücklich miteinander geworden, Nicola«, versuchte er es mit optimistischer Vernunft.

»Nein, Marcin! Das habe ich auch schon zu denken versucht. Aber aus diesen Zeilen sprach so viel Liebe zu ihrer Heimat. Ich kann mir nicht vorstellen, dass sie nie wiedergekommen sind. Nie wieder ...«

Ein neuer Weinkrampf schüttelte sie. Er wartete geduldig ab und probierte es mit einem neuen Argument. »Immerhin ist es möglich, dass sie eine neue Heimat gefunden haben oder überall und nirgends zu Hause sind wie du. Vielleicht waren sie ja von deiner Sorte. Luftwurzler!«

Sie rang sich ein gequältes Lächeln ab und schüttelte matt den Kopf. Hörbar sog er die Luft ein.

»Du bist nicht, was du zu sein vorgibst«, sagte Marcin, »du bist weder eiskalt noch tough noch rein erfolgsorientiert. Du bist hoffnungslos romantisch, mein kleiner Kellerschatz. Soll ich dir was sagen?«

Sie hob den Kopf, sah ihm in die Augen und schniefte ein »Ja«.

»Ich habe eine ganz blöde Schwäche für hoffnungslose Romantikerinnen.«

»Na, was für ein Zufall! Ich neuerdings auch. Aber nur, wenn sie gleichzeitig Weißkittel, Lebensretter, Empathiker, Pianisten und ...« Kopfschüttelnd brach sie ab, senkte den Kopf und konnte endlich lächeln.

»Und?«

»Und du sind!«

Hektisch suchend wandte er sich nach rechts und links um. »Da ist niemand. Du meinst mich? Du behauptest, eine Schwäche für mich zu haben?«, grinste er.

Nicola seufzte. »Ich kann es einfach nicht mehr anders interpretieren, und da ich ein wahrheitsliebender Mensch bin – vergiss nicht, ich bin Juristin – und mich Tatsachen nicht verschließen will und darf: ja!«

»Na, Hauptsache, der Winkeladvokat kommt jetzt bei dir nicht gerade durch und du flunkerst mir hier eine Wahrheit vor, die lediglich ziel- und zweckgerichtet ist. Auf was auch immer.«

»Es wäre schön, wenn du jetzt mal aufhören könntest zu faseln und mich küssen würdest. Marcin-Standardqualität würde mir zum Trost reichen«, maulte sie und zog diese Schnute, von der sie wusste, dass ihr bisher noch kein Mann hatte widerstehen können.

Er schüttelte den Kopf. »Was bist du bloß für eine Frau, dass du immer selbst entscheidest, wann man dich küssen muss? Das ist ja frustrierend für einen Mann!«

Nicola zog den Kopf ein, wie eine Schildkröte, der man zu nahe gekommen war. »O Mann, und was bist *du* für eine harte Nuss!«, murmelte sie und versuchte, sich loszumachen und aufzustehen.

Damit war er nicht einverstanden.

»Bleib sitzen! Du weißt selbst, was passiert, wenn ich deinen Wunsch erfülle. Und ich weiß genauso gut, dass es mir nicht anders gehen wird. Was soll werden, Nicola, wenn du morgen oder übermorgen wieder verschwindest? Es fällt mir schon jetzt schwer genug, daran zu denken. Aber dann ...«

Er unterbrach sich und sah sie bittend an, ehe er fortfuhr: »Lass uns vernünftig sein. Wir quälen uns nur, wenn wir uns jetzt noch näher kommen. Du bist eine Frau aus einer anderen Welt, du gehörst nicht hierher und ich kann nicht dein Leben teilen. Wir haben keine Zukunft miteinander!«

Marcin hatte recht! Obwohl diese Pille bitterer schmeckte als jede, die er ihr bisher verabreicht hatte. Nicola merkte, wie sehr die letzten Tage ihren Sinn für die Realität verdreht, sie in eine Fantasiewelt entführt hatten, in der sie allzu gern mit neu besetzten Rollen weitergespielt hätte. Vielleicht weil sie es nicht ertragen konnte, dass die Geschichte ein offenes Ende hatte, das einen glücklichen Ausgang wahrhaftig nicht vermuten ließ? Aleksander und seine E. hatten wenigstens ein gemeinsames Ziel vor Augen gehabt. Egal wohin, egal wie! Nur gemeinsam, nur leben.

Das ist der Unterschied! Sie mussten beide fort. Marcin muss nicht fort aus diesem Land. Und ich bin bestens aufgehoben in meinem. Er könnte gehen, wenn er wollte, denn gute Ärzte werden überall gebraucht. Aber offensichtlich will er nicht. Nicht meinetwegen!

Nicola seufzte. Und rettete sich mit einem Sprung ins Hier und Jetzt. »Reden wir nicht mehr darüber, Marcin! Es tut mir leid, dich derart in die Bredouille gebracht zu haben, dass du dich genötigt fühlst, Erklärungen abzugeben. Guckst du dir noch mal mein Bein an? Und wollen wir ganz pragmatisch zusehen, dass wir etwas in den Magen bekommen?«

Die Erleichterung zeichnete sich überdeutlich in seinem Gesicht ab. »Eine sehr liebe Patientin hat eine frisch gebackene Riesenpastete vorbeigebracht. Die müssen wir nur kurz in den Ofen schieben. Ein kleiner Salat dazu, und voilà, wir haben ein köstliches Abendessen. Komm, lass uns runtergehen. Danach zeige ich dir noch wie versprochen meine Schätze.«

Er nahm sie bei der Hand und zog sie mit. Nicht wie ein Liebender. Eher wie ein guter, wie ein sehr guter Freund. Nicola war erstaunt darüber, dass er überhaupt keine Berührungsängste hatte, solange sie nicht mehr von ihm einforderte. Sie versuchte, es ihm gleichzutun. Aber es gelang ihr nicht. Befangenheit hüllte sie in einen tristen, graubraunen Umhang.

* * *

Die Wunde am Bein heilte so gut, dass Marcin nur noch ein langes Pflaster aufklebte, um die Naht zu schützen. In ein paar Tagen solle sie sich zu Hause die Fäden ziehen lassen, trug er ihr auf. Er war erfreut. Und Nicola machte es traurig. Allzu deutlich drängte sich in diesem Moment wieder die Erkenntnis in den Vordergrund, dass es Zeit wurde, zu fahren. Beinahe hatte sie sich Komplikationen gewünscht, die dafür gesorgt hätten, dass sie noch bleiben müsste. Es gab keine Komplikationen, und es wäre nur unangenehm und unverschämt gewesen, seine Gastfreundschaft noch viel länger zu strapazieren.

»Ist es für dich in Ordnung, wenn ich morgen eine kleine Probefahrt mache und Mittwoch früh starte, sofern es mit dem Bein gut klappt?«, fragte sie vorsichtig.

»Das passt sogar ganz prima, weil ich mittwochs immer erst am Nachmittag Sprechstunde habe. Da erledige ich vormittags meinen Bürokram und muss nicht so extrem zeitig raus«, stimmte er zu.

Nicola kam eine Idee. »Kann ich morgen deine Küche okkupieren und uns ein Abschiedsessen kochen? Du hast mich so toll versorgt, ich finde, ich bin auch mal dran. Wenn du mir erklärst, wo ich den nächsten Lebensmittelladen finde, könnte ich meine Testfahrt dorthin machen und gleich zwei Fliegen mit einer Klappe schlagen.«

»Großartig! Bisher hast du deine hausfraulichen Qualitäten ja nur beim Kartoffelschälen und Bohnenputzen unter Beweis gestellt. Ich bin gespannt, was du kannst! Aber jetzt komm, ich zeige dir meine Beutestücke.«

Einen ganzen Raum hatte er den Büchern vorbehalten, die er aus der geheimen Bibliothek im Gutshaus ausgeräumt hatte. Nachdem sich fünfeinhalb Jahrzehnte niemand darum geschert hatte, so meinte er, stelle es nun auch keinen Verlust für irgendjemanden dar, wenn er sie hier aufbewahrte. E.s Familie hatte offenbar sehr genau gewusst, welche Autoren im Dritten Reich nicht geduldet wurden und den Bücherverbrennungen zum Opfer fallen sollten. Es war ihnen nicht entgangen, wie bereits kurz nach der Machtübernahme Hitlers im Frühjahr 1933 der Nationalsozialistische Deutsche Studentenbund diese »Aktion wider den undeutschen Geist« initiierte. Wie Zigtausende von literarischen Werken aus Bibliotheken, Buchhandlungen und Privatbesitz gerissen wurden, um auf riesigen Scheiterhaufen ein Opfer der Flammen zu werden.

Voller Ehrfurcht strich Nicola über die Buchrücken, zog den einen oder anderen Band heraus, las ein paar Worte, freute sich über die herrlichen Kunstwerke alter Buchbindekunst. Hier waren sie alle versammelt – alle, die zu politisch, zu kritisch, zu schöngeistig, zu philosophisch oder im allerschlimmsten Falle: jüdisch gewesen waren!

Heine, Brecht, Tucholsky, Einstein, Freud, Kafka, Kästner, Zweig, die Manns. Ja, sogar Ringelnatz, dessen vergnügliche Reime Nicola im Schulunterricht begegnet waren. Reihe um Reihe streiften ihre Augen, streichelten die Fingerspitzen über die Verdammten jener Zeit. Wieder und wieder schüttelte sie den Kopf, wenn ihr ein neuer Name, der ihr vollkommen selbstverständlich zum modernen Kulturgut gehörig erschien, kleine erschreckte Ausrufe entlockte: »Der auch? O nein!«

Marcin hatte sich im Hintergrund gehalten, nur ihre Reaktionen beobachtet. »Du liebst Bücher, nicht wahr?«

Sie nickte heftig. »Aber ich liebe nicht nur Bücher, sondern ich liebe den freien Geist, für den so viele von ihnen stehen. Man hat ja nicht nur bedrucktes Papier verbrannt! Man hat die Freiheit im Denken verbrannt! Ist das nicht furchtbar? Denk doch mal daran, dass es für viele Autoren noch nicht einmal damit getan war, dass man ihre Schriften, ihre ganze Arbeit ins Feuer warf! Man hat ihnen den Mund gestopft, sie bekamen Publikationsverbot, wurden in Gefängnisse gesperrt, erniedrigt, gequält, in die KZs geschickt, vergast!«

Er lachte bitter. »Und weißt du, was mich bei der Sache am meisten beeindruckt hat? Es gab eine ganze Menge Schriftsteller, die ganz entschieden etwas dagegen hatten, in den hehren Kreis der Dichter auf den weißen Listen des Regimes aufzutauchen. Die hatten es schon damals begriffen. Schau mal her, was ich in einem Buch entdeckt habe!«

Marcin griff nach einem unscheinbaren Bändchen – Bertolt Brechts »Der gute Mensch von Szechuan« – und zog einen handgeschriebenen Zettel heraus. Auf bräunlich gelbem Papier erkannte Nicola die gut bekannte Handschrift E.s. Es handelte sich um ein Gedicht, das den Titel »Die Bücherverbrennung« trug. Halblaut las sie vor und spürte, wie von Zeile zu Zeile das Gefühl von Respekt für diesen so mutigen, deutlichen Widerstand wuchs.

»Von wem ist das? Hat das auch Brecht geschrieben? Er hat es gewagt, sich mit diesem Gedicht an die Machthaber zu wenden und sie aufzufordern, ihn von der weißen Liste der erlaubten Literatur zu streichen und gleich mitzuverbrennen?«, fragte sie.

»Ja, das hat Brecht geschrieben. Er hatte schon früh begreifen müssen, dass er im Fokus stand, denn bereits um 1930 hatten die Nationalsozialisten begonnen, Theateraufführungen seiner Stücke zu stören, und kurz nach der Machtübernahme wurden sie verboten. Er war schlau genug, mit seiner Familie ins Exil zu flüchten. So etwas konnte man damals nur laut sagen, wenn man einigermaßen in Sicherheit war.«

»Dass sich die Verfasserin der Briefe ausgerechnet diese Zeilen aufgeschrieben hat, spricht einmal mehr für den Eindruck, den ich beim Lesen von ihr gewonnen habe. Sie war gut informiert und kritisch. Allerdings auf diese ganz leise Art kritisch, weißt du?«

»Die ›leise Art‹? Du meinst, sie wusste viel, hatte ihre eigene Meinung, aber hat sie, wie so viele, nur für sich behalten und sich nicht offen aufgelehnt?«, fragte Marcin.

Nicola nickte. »Genau! Sie war ja lange Zeit nicht mal sicher, wie denn genau die Einstellung in der eigenen Familie und im Freundeskreis zu diesem Thema war. Ich kann mir auch nicht vorstellen, dass es gesund für sie gewesen wäre, damit hausieren zu gehen. So ist es eben immer in totalitären Strukturen. Nur die Angst macht sie überhaupt möglich.« Versonnen strich sie wieder und wieder das Zettelchen glatt, legte es in das dünne Buch zurück und gab es Marcin wieder. »Hatten wir diese Erkenntnis nicht schon einmal getroffen: Wir leben in glücklichen Zeiten!«

»Du hast recht! Vielleicht sollten wir uns immer mal wieder die doch eigentlich noch sehr junge Geschichte des vereinten Europas vor Augen halten.«

Sie sah ihn an und schüttelte den Kopf. Das war es nicht gewesen, worauf sie hinausgewollt hatte. Nicola wurde deutlich. »Es geht mir nur am Rande um die Geschichte Europas, Marcin. Es geht mir darum, dass wir heutzutage jede persönliche Freiheit haben zu entscheiden. Du hast das selbst gesagt: Wir dürfen da hingehen, wo wir sein wollen, dürfen einfach Mensch sein ... und dürfen ohne Ansehen von Herkunft und Parteizugehörigkeit sogar lieben, wen wir wollen! Was ich damit sagen will ...«

Er unterbrach sie mit gerunzelter Stirn. Sie sah, dass er seine Hände in den Hosentaschen zu Fäusten geballt hatte. »Fängst du schon wieder an? Du ...«

Nicola wurde wütend. Beinahe überschlug sich ihre Stimme. »Lass mich gefälligst ausreden. Du glaubst zu wissen, was ich sagen will, ja? Du glaubst sowieso ständig zu wissen, was richtig und falsch für mich und für uns ist. Jetzt habe ich aber die Nase voll, Himmelarsch noch mal!« Mit funkelnden Augen stand sie vor ihm.

Ein überraschtes Lächeln huschte über sein Gesicht. »Donnerwetter! Du kannst ja richtig aufdrehen, Frau Doktor! Bitte! Sprich weiter. Ich erwarte gespannt die Erkenntnisse deiner weiblichen Logik.«

»Kannst du haben, Herr Doktor. Wenn du in all deiner höchst wenig selbstsicheren Männlichkeit überhaupt in der Lage bist, mir zu folgen!«

Nicola war erstaunt über die Wirkung ihrer leidenschaftlich vorgetragenen Rede. Marcin klappte den Mund auf, als wolle er sprechen. Widersprechen natürlich! Und klappte den Mund wieder zu. Einfach so, ohne einen Ton herausgebracht zu haben. Das gefiel ihr.

»Weißt du, was der Haken an sechzig Jahren Frieden, neuerdings vereinigtem Europa, wunderbaren, sicheren sozialen Netzen und vollkommener Freiheit in jeder Hinsicht ist?«

»Nee, aber du wirst es mir erklären!«

»Der Haken ist, dass niemand mehr gefordert ist, für irgendetwas zu kämpfen.«

»Wieso ist das ein Haken? Versteh ich nicht!«

»Weil jeder persönliche Rattenschiss aufgebauscht wird, als sei jedes einzelne Menschlein, das gemütlich und zufrieden hier lebt, der Nabel der Welt! Jede Kleinigkeit wird zum persönlichen Super-GAU! Offenbar wissen wir ohne Katastrophen gar nichts mehr mit uns anzufangen. Wir kennen keine Angst mehr. Wovor sollten wir, mal abgesehen von gesundheitlichen Problemen, auch noch Angst haben? Wir haben verlernt, Angst zu haben. Und wir haben verlernt, uns zusammenzureißen und für etwas einzustehen. Wir sind träge und egozentrisch geworden. Ich sage dir was: Niemand kann so träge und egozentrisch sein, wie ich es war, als ich hier ankam! Mal abgesehen von dir!«

»Boah!« Marcin rieb sich die Stirn und sah zu Boden. »Ich bin nicht träge! Ich arbeite quasi Tag und Nacht. Und ich bin ständig nur am Wohl anderer interessiert. Wie kannst du mich egozentrisch nennen?«

»Ich nenne dich so, weil du zu faul bist, dich mit deiner verdammten Menschenpflicht auseinanderzusetzen, nicht nur die professionelle, arbeitsame Pappfigur Dr. Marcin Jablonski, seines Zeichens Mediziner und empathischer Frauenversteher, zu sein.«

Marcin zuckte zusammen, als hätte sie ihn geohrfeigt. »Bitte wie? Würdest du mir vielleicht mal erläutern, was meine ›verdammte Menschenpflicht‹ denn sonst noch sein soll?«

Nicola holte tief Luft. »Wir bekommen nur ein einziges Leben geschenkt. Es liegt an uns, was wir daraus machen. Und es ist deine verdammte Pflicht, wenn du es schon nicht als Geschenk annimmst, du selbst und glücklich zu sein! Dir kommt man ja nicht anders bei als mit Forderungen nach Pflichterfüllung.«

Damit drehte sie sich auf dem Absatz um und ließ ihn stehen.

Nur eine einzige Chance

Ungeklärter Zoff vor dem Zubettgehen war ihr eigentlich unerträglich. Nicola konnte sich auch nicht daran erinnern, jemals derart ausgerastet zu sein. Ob das daran lag, dass es in ihrem Leben noch nie jemanden gegeben hatte, für den es sich gelohnt hätte? Für diesen Mann lohnte es sich! Er war so in seinem Stolz verletzt, so in seinem Selbstbewusstsein geknickt. Und seine Umgehensweise mit dem Problem kannte nach wie vor nur eine einzige Marschrichtung: Gut funktionieren, arbeiten, notfalls bis zum Zusammenbruch, und alles dafür tun, die eigene Position zu sichern. Damit tat er letztlich genau das, was Nicola, in dicken Lettern auf einen schützenden Schild geprägt, selbst vor sich hergetragen hatte, seitdem sie denken konnte. Sie spürte doch seine Zuneigung! Und sie war getrieben von der tiefen Überzeugung, ihm die eigenen, neu gewonnenen Erkenntnisse so nahebringen zu müssen, dass er sie nicht nur begreifen, sondern auch nutzen konnte. Nutzen wofür? Sie war sich der Tatsache vollkommen bewusst, dass es nicht nur sein eigener Nutzen sein sollte. Dass dann, wenn er begreifen würde, auch einer gemeinsamen Blickrichtung nichts mehr im Wege stünde. Wie die genau aussehen sollte? Das erschien ihr zum jetzigen Zeitpunkt völlig irrelevant. Es würde sich finden, hatte sie beschlossen. Jetzt ging es einzig und allein darum, ihm klarzumachen, dass sie ihn wollte! Und ihm klarzumachen, dass er sie genauso wollte!

* * *

Die Morgensonne strahlte vom Himmel, als habe es keinen Streit gegeben. Ganz früh war Nicola auf den Beinen. Wieder einmal jedoch später als er und entschieden zu spät für ein gemeinsames Frühstück. Sie wartete eine ganze Weile, aber er erschien nicht in der Küche. Sie musste in die Praxisräume hinübergehen und einen geeigneten Moment abpassen, um sich zwischen zwei Patienten – einer war fertig und kam aus dem Sprechzimmer, ein anderer stand auf, wollte schon eintreten und ließ ihr nur sehr mürrisch den Vortritt – zu ihm hineinzumogeln.

»Guten Morgen, Marcin. Entschuldige bitte! Ich brauche nur ganz kurz eine Wegbeschreibung zum Supermarkt.«

Steif und höflich erwiderte er ihren Gruß, griff nach einem Zettel und skizzierte die Strecke. Nicola bedankte sich. Genauso reserviert.

* * *

Eine Mischung aus Wut und Hilflosigkeit breitete sich aus. So heftig, dass sie zu packen begann. Sie zerrte ihre Klamotten aus der Kommode, warf alles in den Koffer, der auf dem kleinen Tischchen stand. Für ein paar Minuten war sie der vollen Überzeugung, dass es sowieso nichts werden würde, der beste Entschluss nur sein konnte, jetzt einfach klammheimlich stiften zu gehen.

Ihr Blick fiel auf das Frühlingsbild über dem Bett. Und sofort waren alle Emotionen wieder da, die ihr in den vergangenen Tagen jedes Fetzchen ihres Inneren durchgerüttelt hatten. Nein! Das konnte sie nicht tun. Womöglich ohne Abschied verschwinden? Die Chance des letzten Tages nicht wenigstens ergreifen?

Wer kämpft, kann verlieren. Wer nicht kämpft, hat schon verloren! Ich würde doch meine innerste Überzeugung verleugnen, wenn ich es nicht wenigstens noch ein Mal versuchte. Nee, so war ich vielleicht mal. Aber so bin ich nicht mehr!

Rasch, um möglichst schnell ihren ersten Impuls ungeschehen zu machen, stopfte sie alles zurück in die Kommode, stellte den Koffer wieder hinter die Tür, griff nach Jacke, Handy und Handtasche.

Der Phaeton war zugefroren. Sie kratzte die glitzernden Kristalle von den Scheiben und stieg ein. Wie riesig dieses Auto war! Es fühlte sich an wie ein viel zu groß gewordener Schuh. Der Wagen hatte mal zu ihr gepasst. Sie hatte sogar schon hin und wieder die Überlegung angestellt, ihren Passat in Zahlung zu geben und sich auch einen zu kaufen.

Bin ich tatsächlich kleiner geworden? Oder habe ich mich nur auf das Wesentliche zurechtgeschrumpft?, überlegte sie und lächelte bei diesem Gedanken. *Zurechtgeschrumpft auf das Wesentliche! All das aufgepustete Drumherum weggefegt und das freigelegt, was ich wirklich bin. Ob das gutgeht? Kann sein, dass es sehr, sehr verletzlich macht, so ganz ohne harte Schale ...*

Der Wagen sprang sofort an. Worin auch immer sein »Elektronproblem« bestanden haben mochte, man hatte es beseitigt. Nicola fuhr den langen Weg zur Landstraße hinunter, warf beim Abbiegen einen Blick auf Marcins Zeichnung und lenkte den Phaeton in Richtung Gutshaus. Spontan hatte sie die Idee, noch ein paar Fotos von dem Objekt zu machen, um sie dem Bericht für Dr. Festner anzuhängen. Der Bericht für Dr. Festner? Nicola schoss eine elektrisierende Frage durch den Kopf. Wo war eigentlich das Exposé abgeblieben? Wo die Unterlagen, die Zebrowski ihr zusätzlich ausgehändigt hatte?

Um Gottes willen! Das habe ich doch alles im Gutshaus auf der Fensterbank abgelegt, ehe ich die Besichtigung begann. Herrje! Hoffentlich liegt das dort alles noch!

Nicola war entsetzt über sich selbst. So gründlich hatte sie den eigentlichen Grund ihres Hierseins vergessen?

Komm zu dir, Nicola! Erinner dich an deine Pflichten und sieh zu, dass du den Kram da rausholst!

Ohne Schwierigkeiten konnte sie die Einfahrt zu der beeindruckenden Eichenallee ausmachen. Allerdings hatte der Straßenräumdienst natürlich keine Rücksicht auf das unbewohnte Grundstück genommen und den Schnee dort genauso hoch aufgetürmt wie auf dem Bankett. Das traute sie dem Phaeton nicht zu. Nur mit Allradantrieb käme man hier durch. Nicola dachte über eine Lösung des Problems nach. Aussteigen und zu Fuß durch den tiefen Schnee laufen? Nein! Auch wenn man das Haus von Weitem gut sehen konnte: Das traute sie dem Bein doch noch nicht zu. Sie beschloss, Marcin zu bitten, morgen früh vor der Abreise noch einmal gemeinsam mit seinem Subaru herzufahren, ein paar Fotos zu schießen und die Unterlagen zu holen. Es machte sie ein wenig kribbelig, dass sie so lange würde warten müssen und nicht allein handeln konnte. Aber wer sollte schon inzwischen ein Interesse daran gehabt haben, diesen Packen Papier dort an sich zu bringen? Kein Mensch! Die Vernunft gebot ihr, sich keine Sorgen zu machen, und mit einem letzten Blick auf die imposante Front des Gutshauses zuckelte sie langsam vorbei.

* * *

Nicola hatte sich schon gefragt, was Marcin da eigentlich für eine komische Figur auf den Zettel gemalt hatte. Jetzt sah sie es und begriff. Das Symbol der Supermarktkette war ein Marienkäfer. »Biedronka« war wohl ungefähr dasselbe, was daheim »Rewe« oder »Edeka« hieß. Vergleichbar vielfältig war das Angebot auch hier. Nachdem sie sich einen Überblick verschafft hatte, fiel es leicht, alles einzukaufen, was sie sich für ein würdiges Abschiedsessen gewünscht hatte. Eines ihrer Lieblingsgerichte sollte es werden. Sie fand Schweinefilet und mageren Speck an der bestens sortierten Fleischtheke, feinen Ziegenkäse, ein Tütchen Kräuter der Provence, Dijonsenf,

Baguette, Salat und alles, was sie zum Anmachen und Würzen benötigte.

Am Morgen hatte sie keine Tabletten mehr an ihrem Platz vorgefunden. Anscheinend war Marcin also der Ansicht, dass die Kurzantibiose ausgereicht hatte. Vergessen hätte er das ganz sicher nicht! Dafür war er viel zu penibel. Sie würde demnach auch wieder mal ein Gläschen zum Essen trinken dürfen. Also suchte sie noch nach einem geeigneten Rotwein und entschied sich für einen spanischen Rioja. Kurz vor der Kasse fiel ihr ein, dass sie ihm noch eine gute Flasche Wodka mitbringen wollte. Unsicher, wie sie bei der Auswahl der richtigen Marke war, griff sie zu derselben Sorte, die Tomasz am Silvesterabend mitgebracht hatte. Viel konnte davon nicht übrig geblieben sein.

Wenn schon Abschied, dann wenigstens im Suff! Anders wird das sowieso nicht zu ertragen sein, so wie er heute früh drauf war …

Erstaunlich niedrig war der Rechnungsbetrag, den sie zahlen musste. Zu Hause wäre sie für den Inhalt des Einkaufswagens leicht das Vierfache losgeworden. In Euro! Die Lebenshaltungskosten schienen also tatsächlich, zumindest bei Lebensmitteln, den niedrigen Löhnen angepasst zu sein. Genau dies bestätigte die Überlegungen, die ihre Firma mit dem geplanten Standort zweifellos verfolgte: Auslagerung der Fertigung in ein nahe gelegenes Niedriglohnland mit einem hohen Arbeitslosenanteil im Bereich der ungelernten Kräfte.

Sie verstand zwar kein Wort von dem, was die nette Kassiererin ihr alles erzählte, brachte aber immerhin ein beinahe polnisch klingendes »Dziękuję« zustande, packte ihre Einkäufe in Tüten und trug sie zufrieden ins Auto.

Kaum wieder unterwegs auf den endlosen alten Alleen, die das Land in alle Richtungen durchzogen und die verstreuten kleinen Dörfer und Einzelgehöfte miteinander verbanden, entschied sie, nicht direkt zurückzufahren, sondern sich noch ein wenig die Gegend anzusehen. Nicola hatte von jeher einen guten Orientierungssinn besessen. Sie war guten Mutes, schon wieder zurückzufinden.

Gleich hinter dem Örtchen breitete sich wieder die Weite der puderzuckrigen Schneelandschaft vor ihren Augen aus. Wieder war kein Wölkchen am Himmel und sie hatte den Eindruck, noch nirgends auf der Welt so hoch ins Blau geblickt zu haben. Hier gab es weit und breit keine Industrie. Keinerlei Luftverschmutzung. In dieser Gegend hatten die Menschen immer schon von der Landwirtschaft gelebt.

In sanften Hügeln, beinahe wie eine Parklandschaft, hob und senkte sich die Erde. Immer wieder Waldstücke, tiefe, ausgedehnte Senken, in denen wahrscheinlich die von E. erwähnten Seen lagen. Genau auszumachen waren sie nicht, denn die Temperaturen stiegen auch jetzt, am Mittag, nicht über minus zehn Grad. Zugefroren und dick verschneit würden sie sein.

Nach jeder Kurve entstand ein neuer Eindruck. Jeder so schön, dass sie trotz des langsamen Tempos ständig das Gefühl hatte, nicht genug Zeit gehabt zu haben, um den Anblick fest im Kopf abzuspeichern. Es fühlte sich an, als wolle jedes Bild, das sich bot, aufgesogen und ordentlich katalogisiert abgelegt werden, um ja nicht dem Vergessen anheimzufallen. Auf einer Anhöhe lenkte sie den Wagen an den Straßenrand und stieg aus. Ein paar Schritte durch den tiefen Schnee traute sie sich ohne Weiteres schon zu. Sie holte das Handy aus der Jackentasche, suchte sich nach ein paar mühsam gestapften Metern eine besonders schöne Perspektive und fotografierte. Noch mal, noch mal und noch mal …

Nur für den Fall, dass ich vergesse, wie es hier aussieht … ach, aber nein, das vergesse ich schon nicht! Dann eben, um jemandem zu zeigen, wo ich mich rumgetrieben habe. Falls es denn irgendwen interessieren sollte …

Nicola stand bis weit über die Knie im glitzernden Weiß. Möglich, dass sie kalte Füße hatte. Möglich, dass ihre Finger, die das Handy ohne Handschuhe umklammerten, blau vor Kälte wurden. Aber sie bemerkte es nicht.

Die Stille war so absolut, wie sie ihr noch nie bewusst begegnet war. Vollkommen allein stand sie da und stellte erstaunt fest, dass, ganz anders als an jedem anderen Ort, den sie bereist hatte, nicht das Gefühl aufkam, fremd zu sein. Normalerweise erzeugte schon dieses pure Alleinsein Beklemmungen. Aber heute hatte es nichts Beklemmendes, heute fühlte sie sich eins mit ihrer Umgebung, eins mit sich. Sie sog tief die frische Luft in die Lungen, spürte einen Frieden, der sie andächtig machte.

So viel Schönheit! Und ich mittendrin. Allein. Und trotzdem glücklich? Ja! In diesem Augenblick, an diesem Fleck der Erde wunschlos glücklich!

Der schrille Schrei eines Greifvogels weckte sie aus dem Moment. Sie sah ihm eine Weile beim Kreisen zu. Dann plötzlich stieß er herab, stieg Sekunden später wieder auf, hatte erkennbar etwas im Fang.

Der hat sein Futter für heute schon. Das sollte mich daran erinnern, dass das Filet eine ganze Weile mariniert ziehen muss!

Wehmütig ließ sie den Blick noch einmal schweifen und stiefelte zum Wagen zurück.

* * *

Marcin hatte sich den ganzen Tag nicht blicken lassen. Gut, die Praxis war brechend voll. Aber sonst war er doch wenigstens in der Mittagspause herübergekommen. Nichts fürchtete Nicola mehr, als dass er nach ihrer flammenden Rede am Vorabend endgültig die Schotten heruntergelassen haben könnte. Seine morgendliche Laune hatte sehr für diese Variante gesprochen.

Alles war vorbereitet. Aber da das Rezept es nötig machte, einen ziemlich genauen Zeitplan einzuhalten, fasste sie sich gegen sechs Uhr ein Herz und öffnete die Tür zum Wartezimmer.

Es war leer und das letzte Zuschlagen der Haustür lag schon mindestens eine Viertelstunde zurück. Nicola klopfte. Keine Reaktion! Erst auf den dritten Versuch hin gab es eine Antwort.

Nicola steckte nur die Nase durch den schmalen Spalt. »Hallo, Marcin. Kannst du schon absehen, wann du fertig bist? Das Essen muss ziemlich genau auf den Punkt zubereitet werden.«

»Ab sieben kannst du mit mir rechnen.«

Nicola schluckte. Er klang keinen Deut freundlicher als am Morgen. Mehr als »Okay« bekam sie nicht heraus. Und mehr wollte er offenbar auch nicht von ihr hören. Die ganze Vorfreude auf den Abend sackte in sich zusammen wie ein Häufchen verglühter Kohlen. »Piff«, machte die letzte aufstiebende Glut und erlosch qualmend.

Na gut, das war's dann wohl. Nun also den letzten Abend mit Anstand hinter mich bringen und dann nichts wie weg hier!

Mit hängenden Schultern schlich sie in die Küche zurück und beendete die Vorbereitungen. Ein bisschen salziger als geplant mochte das Filet vielleicht ob der Tränen werden, die lautlos und stetig über Nicolas Wangen liefen.

* * *

Marcin starrte noch minutenlang auf die Tür, die sie leise hinter sich geschlossen hatte. Er dachte über den Vorabend nach. Was hatte sie ihm da nicht alles an den Kopf geballert! Er war Manns genug, es als kräftigen »Tritt in die Eier« empfunden zu haben. Seine erste Reaktion war Empörung gewesen. Was bildete sie sich eigentlich ein? In sein ruhiges, wohlgeordnetes Leben zu platzen und ihm derartigen Blödsinn zu erzählen. Eine Unverschämtheit! Das hätte ihm noch nicht mal seine Mutter sagen dürfen. Was wollte sie eigentlich genau von ihm, die Frau Justiziarin? Stellte sie sich vor, dass er alles aufgeben sollte, um irgendwo in Deutschland ihren Prinzgemahl mit Assistentenstelle in der erstbesten Klinik zu spielen? Nein! Das konnte sie vergessen.

Er war ins Wohnzimmer gegangen und hatte sich einen Wodka eingegossen. Der Kopf rauchte vor Wut. Ein Wodka allein tat es nicht! Es wurden ein paar mehr, bis er sich endlich beruhigte. Und dann waren andere Gedanken und Bilder aufgetaucht.

Nicola mit leidenschaftlichem Blitzen in den Augen. Nicola mit ihrer Art, Worte, die sie als wichtig empfand, gestenreich zu unterstreichen. Nicola mit den vor Leidenschaft geröteten Wangen, die ihm ein Nachdenken über die »Verpflichtung zum Glücklichsein« aufzwang, wie es ihm noch nie in den Sinn gekommen war.

Sie hatte schon recht mit ihrer Auffassung vom »Leben als Geschenk«, aus dem man das Beste machen sollte. Aber wie, zum Teufel? Je höher sein Alkoholpegel gestiegen war, desto rosiger und unkomplizierter war ihm die ganze Sache vorgekommen. Was sollte ihn eigentlich daran hindern, eine Frau, zumal eine derart zauberhafte, die sich ihm so absolut eindeutig auf dem Silbertablett darbot, nicht abzuweisen? Wem würde es nützen, anständig, zukunftsorientiert, kopfgesteuert vernünftig darauf zu reagieren? Einfach nehmen, was sich auf so eindeutige Weise anbot, eine Nacht glücklich sein, einander Adieu sagen und den lieben Herrgott einen guten Mann sein lassen? War es womöglich genau das, was sie wollte? *Warum eigentlich nicht?*, war sein letzter wodkaseliger Gedanke beim Einschlafen gewesen.

Und: *Marcin, bist du eigentlich verrückt geworden?*, war der erste, höchst nüchterne Gedanke beim Erwachen gewesen. Nein, er war kein »Mann für eine Nacht«! Wie er ihr das eindeutig klarmachen sollte, und zwar tunlichst ohne sie zu verletzen, war das, was ihn nun schon den ganzen Tag beschäftigte.

* * *

Nicola hatte den Tisch gedeckt, Kerzen angezündet, Wein eingegossen und war bereit, den lecker duftenden Braten aufzutragen. Die Tatsache, dass nur noch das flache Pflaster auf dem Schienbein klebte, hatte es erlaubt, aus dem Kleiderfundus endlich etwas anderes als die aufgeschnippelte Hose zu wählen. Sie hatte sich mit einem verzweifelt trotzigen »Guck ruhig, was dir entgeht, du Trottel«-Gefühl umgezogen, geschminkt und sich entschlossen, die weichen dunkelbraunen Locken heute offen zu lassen.

Jetzt stand sie mit dem Rücken zur Tür, steckte gerade das letzte Licht an und sah seinen Gesichtsausdruck nicht, als er eintrat. Aber sie konnte hören, wie er geräuschvoll die Luft einsog, und es erfüllte sie mit einer Art spöttischer Genugtuung. Mit dem bezauberndsten Strahlen, zu dem sie überhaupt fähig war, drehte sie sich um.

»Fertig! Hast du Hunger mitgebracht, Marcin?«

Hatte er! Und so genussvoll, wie er aß, der »Liebe geht durch den Magen«-Spruch ziemlich deutlich in ihrem Hinterkopf. Nicola konnte zusehen, wie er sich förmlich von Bissen zu Bissen mehr entspannte.

Sie hatte über weite Teile des Abends das Gefühl, neben sich zu stehen und sich zu beobachten, wie sie ihm ein wohlüberlegtes Schauspiel der heiteren, völlig losgelösten Nicola bot. Sie erzählte von ihrem Ausflug, hielt sich nicht mit ihrer Begeisterung über die Landschaft zurück, plauderte im schönsten Small Talk über Gott und die Welt und befand nach zwei Stunden, dass sie sich geradezu königlich hielt. Auf ihre Bitte, die Unterlagen am nächsten Morgen noch mit ihr aus dem Gutshaus zu holen, willigte Marcin selbstverständlich sofort ein. So war auch dieser Punkt, der ihr sehr auf den Nägeln brannte, zur Zufriedenheit erledigt und fügte sich dabei so wunderbar in den Reigen der eigentlich lapidaren, alltäglichen Unwichtigkeiten. Keinen Moment verlor sie den Überblick, ließ sich nicht anmerken, wie es wirklich um sie bestellt war, und schenkte ihm reichlich Wein nach. Leichter hätte sie es ihm nicht machen können. Marcin durchschaute sie offenbar nicht. Oder er wollte sie nicht durchschauen.

Gegen halb zehn hob sie die Tafel des liebevoll hergerichteten »Candle-Light-Dinner«, wie sie es zwischendurch getauft hatte, auf, verschwand in der Küche und kam wenig später mit Kaffee und der erstandenen Wodkaflasche zurück. Marcin hatte inzwischen den Ofen frisch befeuert, es sich in seinem Lesesessel gemütlich gemacht und saß da wie ein selbstgefälliger Pascha.

»Du kochst großartig, Nicola! Und du siehst bezaubernd aus!«, sagte er, als sie ihm die Tasse reichte.

»Danke!«, säuselte sie und ergänzte in einem Tonfall, der ihr eine Spur zu schnippisch geriet: »Beides könntest du jeden Tag haben.«

Peng! Aus die Maus.

Deutlich konnte sie jedem einzelnen seiner Gesichtszüge beim Entgleisen zusehen. Und dann verhalf er ihren dazu, es seinen gleichzutun.

»Ich habe darüber nachgedacht, was du mir gestern Abend vor den Latz geknallt hast. Es war eine Frechheit, meine Liebe! Genau das, was du mir nämlich vorwirfst, ich würde dir ständig sagen, was richtig und falsch für dich ist, hast du versucht, mir unterzujubeln. Weißt du, ich bin keine siebzehn mehr. Ich sehe die Welt nur noch im Vollrausch in rosigen Farben. Solange ich die Dinge nüchtern betrachte, weiß ich, genauso wie du, dass das mit uns trotz aller Zuneigung und herzerfrischenden Übereinstimmung, trotz aller zweifelsfrei vorhandenen gegenseitigen Anziehung nichts Dauerhaftes werden kann. Wenn du allerdings damit zufrieden bist und es haargenau dein Plan sein sollte, *eine* ... nein, genau genommen: *diese eine* Nacht mit mir zu verbringen, ohne ...«, er beugte sich im Sessel vor und sah ihr mit einem Ausdruck in die Augen, den sie völlig verschreckt nur als lüstern deuten konnte, »ohne auf den Trichter zu kommen, mich in deine Pläne fürs Rentenalter einzubeziehen ...« Nicola blieb die Luft weg und sie konnte seinem Blick nicht mehr standhalten, »dann, mein Schatz, gieß mir einen Wodka ein und lass uns zusehen, dass wir ins Bett kommen!«

Über alle Maßen peinlich berührt hockte sie stumm da. Den Kopf gesenkt. Er hatte seine Position nicht verändert, saß noch genauso da und sah sie herausfordernd an.

»Marcin ... ich ...« Sie brach ab.

»Was, Nicola? Du willst mich als Mann für eine Nacht, ja? Das bin ich nicht. Aber so umwerfend, wie du bist, ganz besonders heute Abend, und erzähl mir nicht, genau das beabsichtigt zu haben, würde ich dich ganz sicher nicht von der Bettkante schubsen. Aber sei dir bewusst: Es ist ein Deal! Also? Wodka oder Wodka?«

Gequält stöhnte sie auf. Es war *ihre* Entscheidung. Er hatte ihr diesen Schwarzen Peter auf die abscheulichste vorstellbare Weise zugeschoben. Das fand sie unfair von ihm. Aber war nicht auch sie selbst unfair gewesen? Nicola war hin- und hergerissen.

Verdammt noch mal, er wäre nicht der erste Mann, den eine einzige Liebesnacht süchtig nach einer Frau gemacht hat! Was ist noch zu verlieren? ... Wer nicht kämpft, hat schon verloren!, dröhnte es wieder und wieder gehässig in ihrem Kopf. Außerdem: Wie sollte sie diese Situation, die die zweifellos unangenehmste war, die sie je erlebt hatte, in eine andere Richtung auflösen? Nicola überlegte. In rasender Eile schossen ihr die eigenen Argumente durch den Kopf. Die Pflicht, glücklich zu sein!

Sie gab sich einen Ruck.

»Marcin? Sag mir nur noch eines. Wärest du glücklich? Wenigstens für diesen endlichen Moment, für eine Nacht wirklich glücklich?«

Seine Antwort kam prompt. »Ja, Nicola, ich wäre glücklich!«

Langsam stand sie auf und füllte die beiden bereitgestellten Wodkagläser. Sie hielt ihm eines hin.

»Du bist sicher?«, fragte er, gab ihr eine letzte Gelegenheit zu überlegen. Nicola sah ihm geradewegs in die bernsteinfunkelnden Augen. Sie nickte, stieß an und leerte das Glas in einem Zug.

* * *

»Komm!«, sagte er nur, nahm sie bei der Hand und zog sie die Treppe hinauf. Die Schlafzimmertür flog mit einem Knall hinter ihnen zu. Selbst dieser Knall hätte sie nicht mehr wecken, nicht mehr aus diesem Zustand heißer Erwartung auf das, was jetzt kommen würde, herausreißen, nicht mehr zur Umkehr bewegen können.

Das Versprechen des ersten Kusses wartete auf seine Einlösung. Und er löste es ein!

Mit einem Ruck zog er ihr den tristen graubraunen Umhang der Befangenheit von den Schultern. Er war überflüssig. Nichts stand mehr zwischen ihnen in diesem Moment. Nicht Vergangenheit, nicht Zukunft. Sie atmeten, lebten nur für diesen Augenblick. Den Augenblick, den Nicola so sehr herbeigesehnt hatte. Der jenen Zauber zurückbrachte, der in den kahlen Zweigen der alten Eichen vor dem Haus gewartet haben musste. So, wie sie es sich gewünscht hatte.

Er hatte ihr die Arme um die Taille geschlungen, sah ihr tief in die Augen und hüllte sie in einen neuen, weichen Mantel aus Wärme, Geborgenheit und Leidenschaft. Der erste Kuss übertraf bei Weitem das, was sie bereits einmal erlebt hatte. Er war befreit von jeder Zurückhaltung, entzündete ein Feuer in ihr, das ungleich heller strahlte als das kleine Feuerwerk, das er beim Läuten der Neujahrsglocken abgebrannt hatte. Nicola schloss die Augen und sah den Sonnenaufgang des ersten Morgens neu erstehen. Blendend hell, jeden Winkel der Wahrnehmung ausleuchtend und jedweden Schatten des Zweifels mit gleißendem Licht verhöhnend.

Marcin wirkte ganz ruhig, als er sie hochhob, auf das breite Bett trug, ein kleines Lämpchen anknipste, das mildes Licht spendete. Nicola hingegen spürte jede Nervenfaser vibrieren, als stünde ihr ganzer Körper unter Strom. Knopf für Knopf öffnete er ihre Bluse. Langsam, aber unerbittlich zielstrebig. Sie drängte sich seinen Händen entgegen, fühlte kleine Blitze funken, sobald er ihre nackte Haut berührte.

Geschickt löste er die Häkchen des zarten Spitzenhauchs, der ihren Busen wie ein kostbares Juwel präsentierte, das es zu stehlen galt. Ganz freigelegt schimmerte die weiche Haut wie Seide. Sie sah ihm dabei zu, wie er betrachtete, was sich ihm darbot, mit einem entschlossenen Aufblitzen in den Augen entschied, dass dieser Diebstahl sich mehr als lohnen müsse. Wie sich sein Kopf senkte, sein dunkles Haar ihr dann die Sicht nahm, sie nur noch fühlen ließ, wie seine Lippen mal zärtlich, mal fordernd, dann wieder mit kleinen, scharfen Bissen die festen runden Hügel eroberten.

Ein leises Stöhnen kam über ihre Lippen, als er ihre enge schwarze Jeans öffnete. Sie half ihm, schob die kurzen Stiefeletten mitsamt den Socken von den Füßen, hob das Becken, strampelte sich aus den Hosenbeinen und lag nun nackt und mit geschlossenen Augen da.

Allein, lauschend, fröstelnd, sich sehnend nach seiner Wärme.

Sie streckte die Arme nach ihm aus, lächelte ins Halbdunkel. Er war schon wieder bei ihr. War über ihr, schien nicht mehr warten zu können. War in ihr. Überall. In ihrem Körper, ihrer Seele, tief in ihrem Herzen. Sie fühlte Muskeln unter seiner glatten Haut spielen, hielt sich an seinen Schultern fest, fand doch keinen Halt, trieb in einem Strom aus Vergessen und Erinnern, aus Suchen und Finden, aus wildem schäumendem Leben und purem Glück. Sie ließ sich mitnehmen, ganz nehmen, gab alles hin, ihr ganzes Selbst, und griff mit beiden Händen zu, um festzuhalten und nie mehr loszulassen.

Nie mehr!

Er entzog sich ihr nicht. Auch nicht, als der gemeinsam erklommene Gipfel schon längst wieder verlassen, die Raserei vorbei war, ihre Körper Ruhe gefunden hatten, der Atem beinahe normal ging, beider Herzen wieder gleichmäßig gelassen schlugen. Sie lag unter ihm, er war nicht leicht und doch die leichteste Last, die sie je getragen hatte. Nicola wühlte ihre Nase unter seine Armbeuge, schnupperte gierig seinen Duft, der an blühende Kastanien erinnerte, verwahrte ihn lächelnd unauslöschlich in ihrem Erinnerungsfach für Betörendes.

»Ich bin glücklich, Marcin«, flüsterte sie.

»Ich auch, Nicola!«

Er hob den Oberkörper ein wenig an, dass sie schon fürchtete, er wolle sich von ihr lösen, griff voller Angst zu, um ihn bei sich zu halten. Aber er legte nur sanft die Handflächen an ihre Schläfen, sah sie an. »Veilchenblau«, murmelte er, »wenn du doch sehen könntest, wie im Frühling die Wiesen vor dem Haus voll blauer Veilchen stehen.«

Sie spürte, wie Tränen der Freude ihre Augen fluteten. Ein Gefühl überwältigender Zärtlichkeit, ein Gedanke, dass die Welt jetzt endlich vollkommen war! Wie oft hatte sie dieses hingehuschte »Ich liebe dich« gehört? Das substanzlos in der Luft gestanden, sich beim nächsten Atemzug in nichts aufgelöst hatte, das nichts war als bedeutungslose, leere Worthülsen. Diese seine Worte waren so viel mehr!

Keinen Moment schien er zu zweifeln, welche Bedeutung ihre Tränen hatten. Er lächelte, küsste sie ihr weg, wie sie kamen, in hellen Bächen, bis sie wieder lachte und er ihren Mund mit einem Kuss verschloss, der nicht Leidenschaft, sondern satte, zufriedene Seligkeit war.

»Ich möchte die Veilchen sehen im Frühling«, sagte sie, als sich seine Lippen von ihren gelöst hatten.

»Będziesz ją widziała, mój aniele!«

Gen Westen

Ein paarmal erwachte sie in dieser Nacht. Wenn sie sich im Schlaf gerührt hatte oder er seine Lage veränderte. Aber immer fühlte sie ihn nah bei sich, mal die Arme um sie geschlungen, den Kopf an ihrer Halsbeuge vergraben, mal ihre Wange an seine Brust geschmiegt. Nur ein einziger Gedanke ging ihr dann durch den Kopf: Er ist da und alles ist gut. Glücklich wie nie zuvor in ihrem Leben war sie wieder eingeschlummert.

Als sie am Morgen endgültig ganz wach wurde und nach ihm tastete, fand sie das Bett neben sich leer. Wie spät mochte es schon sein? Drüben, in ihrem Zimmer, hätte sie eine ungefähre Vorstellung gehabt, wie weit der Morgen schon vorangeschritten war, aber das Licht in diesem Zimmer war ihr nicht vertraut. *Er ist ein Frühaufsteher*, sagte sie sich, streckte die Glieder und stand auf. Die Kleidungsstücke, die gestern im Eifer des Gefechts achtlos beiseite geworfen worden waren, lagen ordentlich zusammengelegt auf einem Stuhl. Es war kühl. Sie beeilte sich, in das – hoffentlich! – warme Badezimmer zu kommen. Auch heute fand sie heißes Wasser und mollige Wärme vor. Baden? Nein! Erstens wollte sie keine Zeit vertrödeln, denn die Stunden bis zum Abschied waren jetzt nur noch an einer Hand abzuzählen. Und zweitens wollte sie den gemeinsamen Duft der vergangenen Nacht, der sich in ihrem Haar, auf ihrer Haut gefangen hatte, noch ein wenig behalten, ihn nicht gleich mit Shampoo und Duschgel verscheuchen.

Ein letzter Blick in den Spiegel zeigte ihr Gesicht in ungewohnter Weichheit, bewies, wie ihre Augen strahlen konnten, wie sinnlich ihr Mund wirkte, wenn sie keine Veranlassung hatte, ihm wie so oft diesen verkniffenen Ausdruck zu geben. Sie gefiel sich. Und sie fühlte sich rundum wohl.

Was hatte er da eigentlich gestern gesagt? Seine letzten Worte konnte sie nicht übersetzen, aber ihr Klang hatte sich unauslöschlich eingeprägt. »Będziesz ją widziała, mój aniele!« Es war der Klang von Zukunft gewesen, der Klang von Vertrauen, von Liebe! Warum nur hatte er polnisch gesprochen? Weil der Moment so unglaublich emotional gewesen war, dass er nicht anders konnte, als ihm in seiner Muttersprache die Bedeutung zu verleihen, die ihm zweifellos zustand? Die Erklärung erschien ihr plausibel – und nicht nur logisch, sondern auch ausgesprochen schön!

Nicola eilte die Treppe hinunter. Bereit, ihm das vor Glück, vor Liebe übervolle Herz auszuschütten, bereit für seine Arme, seinen Morgenkuss, bereit für *ihn*. Und unbändig hungrig nach ihm.

Vergnügt riss sie die Küchentür auf. »Guten Morgen, Marcin, guten Morgen, Liebster!«

Er war nicht da. Sie versuchte es in der Praxis. Weiße, sterile Leere.

Vielleicht draußen? Vielleicht füttert er gerade seine Vögel?

Ohne Jacke lief sie hinaus. Eine feine neue Schneeschicht hatte es über Nacht gegeben. Die Sonne bemühte sich, durch die grauen Wolken zu dringen. Heute früh war sie chancenlos. Im frischen Schnee entdeckte sie Reifenspuren. Von der Garage hinaus auf die Einfahrt und von dort auf den Parkplatz zurück. Dazu neue Wendemarken. Er musste fortgefahren sein, zurückgekehrt sein, wieder gefahren sein.

Fröstelnd stand sie vor dem Haus. Verunsichert, erschreckt, ratlos. Wo konnte er nur abgeblieben sein? Sie würde ihn anrufen! Wo hatte sie das Handy zuletzt benutzt? Natürlich! In der Küche, als sie ihre Einkäufe gestern abgelegt hatte.

Es lag dort auf dem Tisch. Zuoberst auf einem Stapel Unterlagen, neben ihrem sorgfältig bereitgestellten Frühstücksgeschirr. Offenbar hatte Marcin schon am frühen Morgen ihrem Wunsch entsprochen, die Mappe aus dem Gutshaus zu holen. Gerne hätte sie das mit ihm gemeinsam erledigt. Aber gut. Vielleicht hatte ja auch er Zeit sparen wollen und wer weiß was mit ihr vorgehabt in diesen letzten verbleibenden Stunden!

Es war nicht das, was Nicola sich ausmalte. Sie versuchte, ihn zu erreichen, aber sein Handy war abgeschaltet. Dann fand sie den Zettel, der unter dem Packen Papiere klemmte.

»Hallo, Nicola,

auf Deinem Handy sind ein paar Fotos vom Gutshaus. Wie gewünscht.

Ich bin zu einem Notfall gerufen worden. Warte nicht auf mich. Bitte leg den Hausschlüssel unter die Matte.

Alles Gute für die Zukunft. Leb wohl!

Marcin«

Nicolas Schrei gellte durch das stille Haus. »Nein!«

Der Boden unter ihren Füßen begann zu schwanken. Eiseskälte zog durch jede Faser ihres Körpers, die Wände fingen an, sich um sie zu drehen, sie versuchte, am Tisch Halt zu finden, und fiel. Fiel einfach um, wie ein schwacher, gefällter Baum.

Als sie wieder zu sich kam, wusste sie nicht, wie lange sie so gelegen hatte. Ausgestreckt auf dem grünlichen Linoleum des Fußbodens, sah sie in Sowkas interessierte Augen. Vorsichtig setzte sie sich auf. Offenbar war alles heil geblieben. Der Schwindel war weg. Dafür kreisten die Gedanken wie von gnadenlosen Peitschen getrieben in ihrem Kopf.

Warum? Was ist anders jetzt als in der letzten Nacht? Das ist ein Abschiedsbrief! Nichts anderes als endgültigen Abschied birgt dieses »Leb wohl«! Er schickt mich weg. »Warte nicht auf mich. Bitte leg den Schlüssel unter die Matte.« Wollte er tatsächlich nichts als diesen Deal für eine Nacht? Warum dann … o mein Gott!

Sie rappelte sich auf, setzte sich an den Tisch, nahm sich Kaffee aus der Thermoskanne, schmierte sich ein Brot, biss ab, kaute mechanisch. Appetitlos, aber mit der klaren Erkenntnis, dass ihr nicht eine zweite Ohnmacht passieren durfte. Nicola war dabei, ihre Maske des totalen, absoluten Sicherheitsbedürfnisses wieder überzustülpen. Und sie merkte, wie gut ihr das gelang. Was sie noch vor Minuten als nicht mehr zu ihr gehörig, überholt, ausgedient empfunden hatte, war jetzt ihre einzige Rettung. Alle Weichheit wich aus ihren Zügen, trotzig kniff sie die Lippen zusammen, straffte die Schultern. Keine Träne würde sie ihm nachweinen. Nein! Wenn er es denn so haben wollte: Sie brauchte ihn nicht.

Scheißidee, das mit der verschwurbelten »Menschenpflicht, glücklich zu sein«!

Entschlossen stand sie auf, stellte ein letztes Mal das Geschirr in die Spüle, streichelte zum letzten Mal der Katze über den Rücken, die sich mit einem wohligen Buckel bedankte, raffte ihre Sachen zusammen, lief hinauf in ihr Zimmer, packte in einer Eile, als wäre sie auf der Flucht. Zuoberst steckte sie den sorgfältig wieder ins Wachspapier eingeschlagenen Brief in den Koffer, ließ die Verschlüsse einrasten.

Seine Nachricht hatte sie liegen lassen. Und sich nach einem Ringen, das bestenfalls einen Wimpernschlag gedauert hatte, entschieden, ihm keine Antwort zu hinterlassen.

Nur Minuten später schoss der Phaeton vom Hof. Sie drehte sich nicht mehr um.

* * *

Es war nicht *wie* eine Flucht. Es war *de facto* eine Flucht. Nicola konnte sich nicht erinnern, es jemals derart eilig gehabt zu haben. Mit einem letzten Blick streifte sie im Vorbeifahren die imposante Fassade des Gutshauses.

Vergessen! Schleunigst alles vergessen!

Sie hatte keine Augen mehr für die Landschaft. Ihr Blick war starr auf die Fahrbahn gerichtet. Die Hände umklammerten krampfhaft das Lenkrad. Und ihr war ein wenig übel. Zu ihrer Erleichterung zeigte sich der Wagen vollkommen zuverlässig. Mehr als ein Mal sah sich das ESP genötigt, ihre forsche Fahrweise so zu unterstützen, dass kein Unglück geschah. Nicola fuhr heute selbst, wie sie es auf der Herreise den Polen vorgeworfen hatte: wie eine gesengte Sau!

Eigentlich hätte sie schon etliche Kilometer vor Bydgoszcz eine Toilette gebraucht, um den Morgenkaffee wieder loszuwerden. Aber sie verkniff sich jeden Halt. *Nicht, bevor ich aus diesem verdammten Land wieder raus bin*, hatte sie sich geschworen.

Noch auf der schmalen Landstraße hatte es wieder leicht zu schneien begonnen. Der Himmel war so grau wie ihre Stimmung. Vor sich am Rand der Fahrbahn entdeckte sie schon von Weitem einen unbestimmbaren schwarzen Fleck. Beim Näherkommen erkannte sie, worum es sich handelte. Eine kleine Schar von vielleicht fünf oder sechs Krähen machte sich an einem vermutlich angefahrenen Hasen zu schaffen.

Krähen!

Beim Vorbeifahren sah sie, dass die Hinterläufe noch zappelten. Nicolas Magen drehte sich um. Es gelang ihr gerade noch, den Wagen ein Stückchen weiter bis zu einer Einbuchtung zu steuern und die Warnblinkleuchte anzuschalten. Dann stand sie am Straßenrand und übergab sich in den schmutzig weißen zusammengeschobenen Schnee. Blass wie ein Leichentuch kroch sie in den Phaeton zurück, wischte sich den Mund ab und begann hemmungslos zu weinen.

Wäre ich doch bloß nie in dieses verschissene Land gekommen!, heulte sie in ein Papiertaschentuch. Genau genommen in ein Paket Taschentücher, denn die Tränenflut wollte und wollte nicht versiegen. Der Verkehr rauschte vorbei, ohne dass irgendjemand

Notiz von ihr nahm. Lange saß sie so da. Bis es ihr endlich gelang, tief durchzuatmen. Ein Blick in den Spiegel offenbarte, dass nichts, wirklich gar nichts mehr von der Nicola übrig war, die sie heute Morgen angestrahlt hatte.

Ich habe eben kein Glück mit Männern! Sobald ich mich auf einen einlasse, geschieht etwas Fürchterliches. Zurück zu deinen sicheren Erkenntnissen, Nicola. Los, reiß dich zusammen und zeig der Welt, dass es tatsächlich nur Erfolg ist, der zählt!

Sie startete den Motor wieder und erreichte die Grenze ohne weitere Zwischenfälle. Das Schild »Willkommen in der Bundesrepublik Deutschland«, die Farben Schwarz-Rot-Gold waren ihr noch nie so sehr wie eine herzliche Begrüßung erschienen. Der Roaming-Service meldete sich mit einer surrenden SMS. Sie steuerte die nächste Raststätte an, und nachdem sie endlich eine Toilette gefunden, getankt und sich mit zwei Flaschen Mineralwasser versorgt hatte, griff sie nach ihrem Handy und rief Silvia an.

»Ich bin wieder zu Hause!«

»Hey, Nicola! Ich habe mir schon Sorgen gemacht! Du bist in Berlin? Soll ich auf einen Kaffee rumkommen?«

Sie freute sich. Eindeutig! Es gab einen Menschen, der sich freute, dass sie wieder da war. Wie gut das tat.

»Nein, ich bin gerade erst über die Grenze gefahren. Hast du in zwei Stunden Zeit? Ich bin so fertig, ich brauche jemanden zum Reden.«

»Ich komme, Süße! Fahr vorsichtig. Bis nachher. Schick mir eine Sims, wenn du daheim bist, okay?«

»Danke«, hauchte Nicola ins Mikrofon und legte auf.

Silvia kannte sie genau. Dass es gelungen war, ihr vor der Abreise etwas zu verbergen, konnte nur an dem Weihnachtsstress gelegen haben, in dem sie gesteckt hatte. Aber wenn sie so klang, wie Nicola sich eben angehört hatte, waren bei der Freundin garantiert die Alarmsirenen angegangen. Sie würde da sein und sie auffangen!

Vergessen!?

Sie hatte noch ein ordentliches Stück Autobahn vor sich. Zeit also, sich Gedanken darüber zu machen, was und wie viel sie Silvia berichten wollte. Es gab genug Aufregendes zu erzählen. Genug, um ihren miserablen Zustand sattsam zu begründen. Und sie machte bei ihren Überlegungen eine seltsame Entdeckung. So verletzt und durcheinander sie jetzt auch war, so wenig war sie fertig mit dem, was sie erlebt hatte. Je näher sie ihrem Ziel kam, desto sicherer wurde sie, dass sie etwas Bestimmtes sorgsam ausklammern wollte: Marcin. Außerdem all das, was sie bewogen hatte, ihren gesamten Lebensentwurf auf Richtigkeit zu überprüfen und im Handumdrehen auf den Kopf zu stellen. Mit dem frustrierenden Ergebnis, nun schon wieder vor den Scherben aller frischen Einsichten zu stehen.

Kilometer um Kilometer wurde diese Erkenntnis deutlicher, und sie stellte fest, dass es nicht so leicht gelingen würde, all das zu vergessen und wieder zur Tagesordnung überzugehen. Das Zurückfallenlassen hinter die altbewährten Schutzmauern, in die bewährte eingleisige Denke, hatte es ihr zwar ermöglicht, überhaupt losfahren zu können. Aber so sehr sie auch im ersten Augenblick geschockt gewesen war, Flucht als einzigen Ausweg gesehen hatte, so bewusst war sie sich jetzt bereits der Tatsache, dass es nicht das Ende der Geschichte war.

Nur jetzt, gerade jetzt brauchte sie Zeit. Um alles zu verdauen, irgendwie auch wieder normal funktionieren zu können, ihren Job vernünftig machen zu können. Nein! Diese Reise war nicht spurlos an ihr vorbeigegangen. Sie würde Nachwirkungen haben und vielleicht sogar doch noch eine endgültige Wandlung nach sich ziehen. Aber dafür war jetzt nicht der Moment.

Langsam, Nicola, mach langsam!

Ein Blick auf den Tacho zeigte, dass sie viel zu schnell war. Sie nahm das Tempo heraus. Nach gut sechs Stunden Fahrzeit durfte sie nicht mehr annehmen, bei hundertachtzig im Zweifelsfall noch sicher reagieren zu können. Die Außentemperatur stieg. Bei minus achtzehn war sie gestartet. Je näher sie der Stadt kam, desto schneller kletterte die Anzeige in den Bereich der Plusgrade und desto grauer wurde das Land. Hier konnte es längst nicht so viel Schnee gegeben haben. Weite Flächen waren schon abgetaut und der Niederschlag ging mehr und mehr in Schneeregen über. Widerliches Wetter!

An der Autobahnabfahrt musste sie an einer roten Ampel halten und nutzte die Gelegenheit, Silvia schnell eine SMS zu senden. »Bin in zehn Minuten daheim!« Sie hoffte, die Freundin würde sich schnell auf den Weg machen.

Wie schnell sie sein konnte, wenn ihr etwas spanisch oder dringend vorkam, wusste Nicola. Aber sie war dann doch überrascht, dass Silvia schon vor der Haustür stand, während sie noch einen Parkplatz suchte. Wild winkend deutete die Freundin auf eine Lücke, Nicola setzte hinein und stellte erschossen und erleichtert den Motor ab, stieg aus und fiel ihr um den Hals. Silvia hielt sie um Armeslänge von sich und beäugte sie äußerst kritisch. »Um Himmels willen! Wie siehst du denn aus?«

Nicola warf einen Blick auf ihre Omega. »Ich bin immerhin seit sieben Stunden unterwegs. Und das bei dem Wetter. Erst Schneefall auf polnischen Landstraßen, dann diese Sauerei ab der Grenze. Komm, lass uns raufgehen, ich bin total fertig und muss nicht auch noch komplett nass werden!«

Der Briefkasten quoll über, und als die beiden in der Dachwohnung angekommen waren, war das Erste, was sich bemerkbar machte, der rot blinkende, nicht minder überquellende Anrufbeantworter mit seiner schrillen Piepserei.

»Bah, stell das Ding ab, das nervt ja«, forderte Silvia. »Wie viele Nachrichten gehen denn da drauf, bis der so jammert?«

»Ich glaube, er speichert hundert. Und ich habe immer noch nicht rausgefunden, wie man ihm den Hahn abdreht, ohne die alle abhören zu müssen.«

»Na, dann haben wir ja zu tun. Du scheinst ziemlich beliebt zu sein.«

»Was ich jetzt brauche, ist eine vernünftige Tasse Tee. Du auch?«

Silvia nickte, stellte den schweren Koffer im Schlafzimmer ab und folgte Nicola in die Küche, wo sie bereits Wasser aufsetzte.

»Hast du Milch?«, wollte Silvia wissen.

»Klar, im Kühlschrank.«

Im nächsten Moment flutete eine Duftwolke aus Vergorenem und Verdorbenem die Küche.

»Pfui Deibel! Wie kannst du einfach losfahren, ohne das ganze verderbliche Zeug vorher wegzuschmeißen?«, fluchte Silvia, hielt sich die Nase zu und riss ein Dachfenster auf. »Das lebt ja alles schon wieder!«

Nicola kroch vorsichtig auf Knien halb in ihren Vorratsschrank, wühlte eine Weile herum und hielt dann triumphierend eine Packung H-Milch in die Höhe. »Die Teestunde ist gerettet! Den Rest entsorge ich später.«

»Kann ich nachher auch mit runternehmen, wenn ich gehe. Aber bitte in einem fest verschlossenen Beutel. Die Nachbarn alarmieren sonst noch die Feuerwehr, weil sie denken, hinter irgendeiner Wohnungstür liegt 'ne Leiche«, meinte Silvia mit angeekeltem Gesichtsausdruck.

Nicola sah sie an und prustete los. »Schön, dass du da bist, Silvi! Du bist so wunderbar ›normal‹.«

»Wieso normal? Sind die Polen verrückt?«

»Ach, nein, verrückt würde ich es nicht nennen, aber eben doch anders, ein bisschen zumindest, und ... na ja, die Sprache, weißt du, die Mentalität ... du verstehst?«, stammelte sie und merkte, dass sie nah daran war, letztlich doch alles rauszulassen, was passiert war.

Silvia schüttelte den Kopf. »Nee, ich versteh nicht so ganz. Du scheinst ziemlich durch den Wind zu sein. Aber lass mal, das wird schon wieder. Ich schüttle dich einmal kurz durch und dann klappt das. Aber komm, lass uns erst mal deiner nervtötenden Quietschkiste zu Leibe rücken. Nebenbei bemerkt bin ich neugierig.«

»Weiß ich!«

Sie hatte überhaupt keine Scheu, die Freundin an dem teilhaben zu lassen, was der Anrufbeantworter alles gespeichert hatte. Ungefähr zehn Prozent der Nachrichten waren *nicht* von Morris. Der überwiegende Teil jedoch eine nicht enden wollende Arie seines Bettelns und Flehens, sie möge sich doch endlich melden.

»Aha!«, sagte Silvia nur und sah sie nach Erklärung heischend an.

Nicola berichtete, was sich kurz vor Weihnachten ereignet hatte. »... und ich wollte dich während deines Festtagsstresses nicht auch noch mit meinem Quatsch belasten. Du schienst nämlich nicht gerade vergnügt bei unserem letzten Telefonat«, beendete sie ihre Erläuterungen.

Silvia saß da, drehte die Teetasse in den Händen, hielt den Blick gesenkt, die Stirn unter dem naturblonden Haar nachdenklich gerunzelt. Nicolas Augen klammerten sich an dem fest, was die Mutter dreier munterer Kinder als »Mutterkreuz« zu bezeichnen pflegte. Nämlich an den breiten Schultern, die sie der ewigen Herumschlepperei ihrer Sprösslinge bis ins Kindergartenalter anlastete. Sie war froh, dass Morris den AB so vollgequatscht hatte, denn das musste für die Freundin Begründung genug sein, ihren miesen Zustand nachvollziehen zu können. Als Garnierung gab sie noch den Unfall im Gutshaus dazu, schob zum Beleg das linke Hosenbein hoch, pulte das lange Pflaster von dem mittlerweile braungelben Bluterguss, erntete einen entsetzten kleinen Aufschrei – und hatte damit ein Menü angerichtet, das wahrhaftig nach selbsterklärendem Drama schmecken musste.

Silvia stand auf, nahm sie ganz fest in die Arme und sagte: »O mein Gott, Süße, da muss sich ja nun niemand mehr wundern, warum du so beschissen aussiehst. Schwer verletzt an Leib und Seele!«

Wie schwer verletzt sich Nicola tatsächlich fühlte, musste von diesem Moment an nicht weiter ausgeführt werden. Es reichte, um bei Silvia eine wohltuende Mitleidswelle auszulösen, die auch ein paar hochkommende Tränen noch locker mitnahm. Tränen über die ganze Wahrheit. Aber die musste Silvi nun nicht auch noch wissen ...

»Zunächst mal musst du gefüttert werden«, entschied die Freundin pragmatisch, griff nach ihrem Handy und bestellte mit einem verächtlichen Blick auf die geschlossene Küchentür zwei Portionen »knusprige Ente süßsauer« beim Chinesen. Sie wusste, dass sie damit bei Nicola nichts verkehrt machen konnte. Dann stand sie auf. »Gib mir bitte einen Müllsack! Ich bringe jetzt Ordnung in dein Chaos!«

Nicola wollte helfen, aber Silvia schmiss ihr die Tür vor der Nase zu und warf ihr von drinnen nur ab und zu ein paar Worte zu: »Joghurt ist noch haltbar!«, »Der Gouda kann noch nicht laufen«, »Pumpernickelpaket ist nagelneu. Fein, Mindesthaltbarkeitsdatum 2010!«

Und als der Bringdienst klingelte, bewerkstelligte sie etwas in ihrer typischen praktisch orientierten, frechen Art: Sie gab dem Boten ein großzügiges Trinkgeld und drückte ihm den Plastiksack mit der Bitte in die Hand, ihn in der Mülltonne zu versenken,. Und der freute sich auch noch, ihr einen Gefallen tun zu können.

»Du bist unglaublich!«, grinste Nicola anerkennend und ließ sich mit dem bunt bedruckten Essenspäckchen in einen Sessel fallen.

»Pure Überlebensstrategie«, lachte Silvia, »man muss immer zusehen, wie man sich Unangenehmes möglichst schnell vom Halse schafft.«

»Da sagst du was!«, stimmte Nicola zu und dachte: *Wenn du wüsstest …*

Silvia blieb, bis es längst dunkel geworden war. Und bis sie den Eindruck hatte, Nicola genug aufgemuntert zu haben, dass sie es verantworten konnte, sie allein zu lassen. Bevor sie ging, nahm sie ihr noch das Versprechen ab, sich wenigstens zu überlegen, ob sie am Wochenende zum Juristenball mitkommen würde. Es würde sie ablenken und ihr guttun, meinte sie und wischte Nicolas Einwand, dass sie ja nun gar keinen Partner für die Veranstaltung habe, mit einer lässigen Handbewegung beiseite. Den würde sie ihr schon organisieren! Sie brauche bloß »Ja« zu sagen und dürfte dann schon gespannt sein, welch entzückendes Exemplar sie ihr aussuchen würde.

»In Gottes Namen«, seufzte Nicola. Eigentlich nur, um ihr einen Gefallen zu tun, denn es gab kaum etwas, das sie jetzt weniger wollte, als mit einem zweifellos netten, bemühten, aber vermutlich völlig unbekannten Kerl Walzer zu tanzen.

Nein! Was sie jetzt wollte, war, sich ganz ihrem Schmerz hinzugeben und möglichst unauffällig einen Riesenbogen um alles zu machen, was männlich war. Außer … aber der war weit weg und offenkundig fertig mit ihr. Eine Strategie, das zu ändern, hatte sie nicht. Noch nicht!

Warten

Die nächsten Tage waren ausgefüllt mit lauter unangenehmen Pflichten. Zunächst die Unfallmeldung bei der Berufsgenossenschaft, der unvermeidliche Kontrolltermin beim Durchgangsarzt, der sich begeistert über die feine, gut verheilende Naht des polnischen Kollegen äußerte. Dann der ganze Papierkram. Und der Ball.

Silvia hatte sich Mühe gegeben. Er hatte nett ausgesehen, war ein vollendeter Tänzer gewesen, hatte alles getan, um sie witzig und charmant zu unterhalten. Aber Nicolas Lächeln war mechanisch gewesen. Sie hatte sich tödlich gelangweilt und war am folgenden Morgen mit der Erkenntnis aufgewacht, sich nicht einmal mehr sein Gesicht vor Augen rufen zu können.

Ein bisschen enttäuscht war Silvi gewesen. Natürlich! Aber sie hatte es darauf geschoben, dass Nicola mit der »Morris-Sache«, wie sie es nannte, eben noch lange nicht fertig sein konnte, und Verständnis bekundet.

Ihr Handy legte sie keinen Augenblick mehr beiseite. Schließlich hatte sie die Hoffnung noch immer nicht aufgegeben, eine Nachricht von Marcin zu erhalten. Er hatte ihre Nummer! Und wenn es ihm auch nur ein ganz kleines bisschen so gehen würde wie ihr, dann *müsste* er sich doch irgendwann melden. Immerhin hatte sie es ja vor ihrer Abreise bei ihm versucht! Er war dran! Aber er kam offenbar nicht auf die Idee.

Am schlimmsten waren die Abende, an denen sie allein war und versuchte, Schlaf zu finden. Sie hatte kein einziges Foto von ihm gemacht, was sie im Nachhinein furchtbar bedauerte. Aber wozu brauchte sie ein Foto? Sein Bild war so lebendig, dass sie es zu jeder Tages- und Nachtzeit abrufen konnte. Jede Winzigkeit seiner Mimik, jede Geste, jede Bewegung waren unauslöschlich gespeichert. Nicola konnte seine Stimme hören, bildete sich ein, er würde Kommentare zu ganz alltäglichen Begebenheiten machen, sie hörte sein Lachen, seinen manchmal ein wenig spöttischen, fast etwas schulmeisterlichen Ton, wenn er ihr etwas erklärt hatte. Sogar seinen Duft konnte sie, wann immer ihr danach war, aus dem Erinnerungsfach abrufen, in dem sie ihn so sorgfältig verwahrt hatte. Er nutzte sich nicht ab, verflog nicht, blieb gegenwärtig.

Wenn sie dann dalag und nicht einschlafen konnte, gelang es manchmal, ihn ganz nah zu sich zu holen und die Berührungen der gemeinsamen Nacht nachzufühlen. Es endete immer mit Tränen! Denn er blieb eben doch nichts als eine Erinnerung.

* * *

Sich wieder in die Arbeit zu stürzen hatte eine ganz andere Qualität als vor ihrer Reise. Da war sie in die Firma gegangen, hatte sich Unterlagen besorgen wollen, die absolut nichts mit ihr zu tun hatten, nur um sich abzulenken. Jetzt war der vordringlichste zu erledigende Auftrag, einen Report für Dr. Festner zu erstellen. Einen Bericht über das Grundstück, auf dem Marcin lebte! Das bedeutete, dass jede Zahl, jeder Buchstabe in mehr oder weniger hohem Maße mit ihm in Verbindung stand. Und sie ständig an ihn erinnerte. Einerseits war sie geradezu süchtig danach, sich damit zu beschäftigen. Andererseits fühlte sie bei jeder Gelegenheit den tief sitzenden Stachel der Traurigkeit und – je mehr Tage vergingen – der zunehmenden Hoffnungslosigkeit.

Sie war heilfroh, allein im Büro zu sein, als sie die Fotos vom Handy auf ihren Computer herunterlud. *Er* hatte sie gemacht! Das allein wies ihnen eine ungeheure Bedeutung zu. Es waren fünf Stück. Das Gutshaus von allen Seiten. Am frühen Morgen, als sie entstanden waren, musste herrliches Wetter geherrscht haben, denn die Farben strahlten mit der Sonne um die Wette. Vier Bilder taugten zur Verwendung. Eines schien aus Versehen entstanden zu sein. Es war nichts als eine weiße Fläche. Hin und wieder passierte ihr das auch, dass sie den Apparat auf der Suche nach schönen Motiven in der Hand hielt und versehentlich den Auslöser betätigte. Dann hatte sie mal den Fußboden, mal ihr Knie, mal irgendein verwackeltes, undefinierbares Irgendwas auf dem Handy, das sie normalerweise sofort löschte. Dieses löschte sie nicht. Auch wenn es nur der Schnee vor seinen Füßen gewesen war. Selbst das wollte sie aufbewahren!

Nicolas Expertise geriet sorgfältig, ja, liebevoll ausgearbeitet. Nach einigen Tagen fehlten ihr jedoch immer noch jene Unterlagen, die Tomasz versprochen hatte, und sie rief ihn in seinem Gemeindebüro an.

»Hallo, Nicola, wie schön, von dir zu hören! Meine Mail an dich war unzustellbar. Offenbar habe ich deine E-Mail-Adresse nicht richtig mitgeschrieben. Aber ich hatte so viel um die Ohren und kam bisher nicht dazu, dich anzurufen.«

»Ach Tomasz, das macht gar nichts. Ich arbeite erst seit ein paar Tagen wieder. Jetzt könnte ich die Unterlagen aber wirklich brauchen.«

Sie stellten fest, dass ein Buchstabendreher das Problem ausgelöst hatte, und Tomasz versuchte es gleich mit der korrigierten Adresse noch einmal. Jetzt kam seine Mail sofort an. Nicola überflog kurz die Unterlagen und bedankte sich.

»Und sonst? Wie geht es dir?«, wollte er wissen, und Nicola entnahm seinem Tonfall, dass er nicht ahnungslos war. Also beschloss sie, ehrlich zu sein.

»Nicht gut, Tomasz! Ich erwische meinen Chef erst nächste Woche. Noch ist er im Urlaub. Und das Problem mit dem ... ähm, mit dem Gästehaus brennt mir auf den Nägeln.«

Einen Augenblick lang herrschte Schweigen am anderen Ende der Leitung. Seltsam gedehnt klangen Tomasz' Worte: »Ah, das Problem mit dem Gästehaus, soso ...«

Nicola platzte heraus: »Wie geht es ihm?«

»Dem Gästehaus geht es ausgezeichnet.«

»*Willst* du mich falsch verstehen? Du weißt genau, auf wen meine Frage abzielte.«

»Schon okay. Marcin geht es nicht gut. Was hast du mit ihm gemacht?«

»Frag mal lieber, was er mit mir gemacht hat!«

Tomasz ließ sich Zeit mit der Antwort. Dann schien er tief Luft zu holen. »Nicola, sieh zu, dass du gewisse Dinge regelst. Ich will mich nicht einmischen, das ist ganz allein eure Sache. Aber bitte warte nicht zu lange.«

Sie nickte stumm.

»Hast du mich verstanden, Nicola?«

»Tomasz, ich verstehe im Augenblick nur Bahnhof. Aber mein Herz spricht sehr deutlich.«

Er schien aufzuatmen. Offenbar bedurfte es für ihn keiner weiteren erklärenden Worte.

»Versprich mir, dass du mich informierst, wenn irgendetwas nicht so läuft, wie es sollte, ja?«, bat sie ihn.

»Ich sagte, ich mische mich nicht ein. Und denke, ich habe für den Moment genug gesagt. Mach was draus!«

»So schnell es irgend geht, ich versprech's!«

»Gut!«

Warum nur hatte sie das Gefühl, dass »gut« eben nicht »gutt« war? Er verbarg etwas. Er war Marcins ältester Kumpel. Sie hatten ständig Kontakt. Unverbrüchliche Männerfreundschaft! Und so zurückhaltend er sich auch gab: Da war etwas, das ein verdammt mulmiges Gefühl bei ihr hinterließ.

* * *

Als Nicola an einem Samstag vom Einkaufen wiederkam, lag ein Brief von Marcin im Kasten. Obwohl er fraglos offiziell aussah, hatte sie doch die Hoffnung, es würde ein persönliches Schreiben sein. Mit klopfendem Herzen, voller Erwartung, lief sie die Treppen hinauf, fetzte mit fliegenden Händen den Umschlag auseinander.

Es war nur die Rechnung für ihre Behandlung! Kein Zettelchen dabei, kein Gruß, nichts.

Je länger sie darüber nachdachte, desto klarer wurde ihr, dass hier nichts zusammenpasste. Dass das so war, wusste sie spätestens seit dem Gespräch mit Tomasz. Warum sollte es Marcin denn schlecht gehen, wenn er einfach nur das Respektieren der Regeln einforderte, die er mit dem »Deal« aufgestellt hatte und denen sie ohne Zögern zugestimmt hatte? Er hatte genommen, was sie ihm angeboten hatte, und keinerlei Veranlassung, nach dieser Nacht auch nur einen einzigen Gedanken an sie zu verschwenden. Er hatte nie behauptet, sein Leben zugunsten einer gemeinsamen Perspektive ändern zu wollen. Und Nicola hatte sich all die Gedanken zu diesem Thema ganz allein, nur für sich gemacht. Sie hätte ihm gern etwas sagen wollen. Aber sie hatte es nicht getan.

Er jedoch war deutlich geworden: »Wenn du allerdings damit zufrieden bist, und es haargenau dein Plan sein sollte, *eine* … nein, genau genommen: *diese eine* Nacht mit mir zu verbringen, ohne auf den Trichter zu kommen, mich in deine Pläne fürs Rentenalter einzubeziehen …«, waren seine Worte gewesen. Natürlich hatte sie diese Ansage in jenem Moment nicht als festbetonierte einzige Wahrheit empfunden. Nein, sie hatte geglaubt, dass sich nach dieser einen, einzigen Nacht alles ändern würde.

Aber auch seine allerletzte Nachfrage, nein, seine eindringliche Warnung war ihr im Ohr geblieben: »Du willst mich als Mann für eine Nacht, ja? Das bin ich nicht. Aber so umwerfend, wie du bist, ganz besonders heute Abend, und erzähl mir nicht, genau das beabsichtigt zu haben, würde ich dich ganz sicher nicht von der Bettkante schubsen. Aber sei dir bewusst: Es ist ein Deal! Also? Wodka oder Wodka?«

Immerhin hatte sie sich in vollem Bewusstsein für Wodka entschieden. Er hatte alles Recht der Welt, das auch ernst zu nehmen. Und wie viel durfte man schon geben auf die Worte, die nach einem Liebesakt gesprochen wurden? Es mochte schon sein, dass oft genug in genau so einer Situation über Krieg oder Frieden in der Welt entschieden worden war. Aber offensichtlich nicht über die Zukunft zweier so unbedeutender Partikelchen auf dem Erdenrund, wie sie und Marcin es waren.

Noch nicht einmal, wenn er sich hundertmal gewünscht hätte, dass ich im Frühling die Veilchen auf den Wiesen vor dem Haus blühen sehe! Leere Worte! Nichts als leere Worte.

Demnach konnte es also Tomasz doch nur um die Frage gegangen sein, was denn nun aus dem Gästehaus, was aus Marcins Existenz werden sollte. Dass er den Freund aufgeklärt haben könnte, hielt sie für ausgeschlossen. Zu diesem Thema hatte sie Tomasz sein Wort abgenommen. Und sie traute ihm. Traute ihm auch zu, so lange dichtzuhalten, bis sie es geschafft hatte, eine vernünftige Lösung für Marcin zu finden. Und genau das war ihr Vorhaben für den kommenden Montag. Sie würde nicht zögern, Dr. Festner sofort an seinem ersten Arbeitstag nicht nur mit den fertigen Unterlagen, sondern mit genau dieser Frage zu konfrontieren. Den Weg zu seinem Einverständnis für den ausgetüftelten Plan hatte sie sich bereits genau zurechtgelegt.

Verhandlungen

Nicola wählte an diesem Montagmorgen eines ihrer hocheleganten Businesskostüme und verzichtete auch nicht auf die schicken neuen Prada-Pumps. Die waren zwar nach spätestens drei Stunden eine pure Qual für ihre Füße, aber sie wusste, wie ideal sie ihre Beine in Szene setzten. Dass die mittlerweile nur noch hauchfeine Naht sich auch unter dem fast blickdichten Strumpf ganz leicht abzeichnete, war wohlkalkuliertes Zurschaustellen ihres besonderen Einsatzes. Überdies kannte sie ihren Chef lange und gut genug, um auch zu wissen, wie empfänglich er für weibliche Reize war. Nicht, dass er von der übergriffigen Sorte gewesen wäre. Nein! Aber es konnte auf keinen Fall schaden, ihn mithilfe eines hübsch präsentierten Augenschmauses von vornherein gnädig zu stimmen. Sie wusste genau, was alles an seinem ersten Arbeitstag auf ihn einstürmen würde. Und scheute keine Mühe, sich in seiner To-do-Liste auf Position eins vorzuschieben.

Schon bei Dienstbeginn war sie ihm im Flur über den Weg gelaufen. Sein wohlgefälliger Blick hatte Bände gesprochen, und die Gelegenheit war günstig gewesen, ihn darüber zu informieren, dass sie ihre Expertise bereits per Mail geschickt hatte und ein dringendes Gespräch mit ihm führen müsse. »Noch heute, wenn Sie es einrichten können«, hatte sie gebeten und ihre Worte mit einem Blick unterstrichen, der die Dringlichkeit ihres Anliegens mit einem sehr bittenden Augenaufschlag unterstrich.

»Für Sie kann ich es fast jederzeit einrichten, Frau Dr. Berger!«, hatte er ausgesprochen liebenswürdig geantwortet. »Ich schaue kurz in meinen Plan und stelle Ihnen gleich einen Termin ein.«

Nicola hatte sich herzlich bedankt und kaum, dass sie ihren Schreibtisch erreicht und den Computer hochgefahren hatte, tatsächlich einen Vorschlag für die Mittagszeit vorliegen, den sie sofort bestätigte.

Den ganzen Vormittag über war sie ausgesprochen hibbelig und ging wieder und wieder die Liste der zurechtgelegten Argumentationen durch. Sie war zuversichtlich, ihm ihre Sicht mit sehr logischen Belegen untermauert darlegen zu können. Obwohl sie sich sehr sicher und bestens vorbereitet fühlte, stand sie dann aber doch mit klopfendem Herzen vor seiner Tür und zögerte sogar einen Atemzug lang zu klopfen.

Ihre Nervosität erwies sich schnell als völlig unbegründet. Dr. Festner war sich offensichtlich der Tatsache völlig bewusst, ihr einen Gefallen schuldig zu sein. Das hatte sie zwar gehofft, aber ganz gewiss nicht als gegeben angenommen.

Allein der Umstand, dass er sie nicht in Vorgesetztenmanier gegenüber auf der anderen Seite seines Schreibtisches Platz nehmen ließ, sondern in die gemütliche Sitzecke mit den tiefen weißen Ledersofas bat, wo schon Kaffee und Gebäck warteten, sprach eine eigene Sprache. In ausgedruckter Form lag ihre gesamte Expertise vor ihm auf dem niedrigen Tischchen.

»Ich möchte es gleich vorausschicken, liebe Nicola, erstens habe ich mir bereits einen Überblick über Ihre Ausführungen verschafft und bin außerordentlich zufrieden mit Ihrer Arbeit. Das macht Ihnen so schnell keiner nach! Und zweitens möchte ich Ihnen sagen, dass ich Ihnen zu tiefem Dank verpflichtet bin, mir diese Reise abgenommen zu haben. Meine Familie war wirklich glücklich, mich endlich mal für ein paar Ferientage ganz für sich zu haben. Und ich weiß, was ich Ihnen so kurzfristig zugemutet habe …«

Oh, er ist auf »liebe Nicola« unterwegs. Besser könnte es gar nicht sein!

Festner fuhr fort: »Es tut mir wahnsinnig leid, dass ich Ihnen meinen Wagen untergejubelt habe. Ich konnte nicht ahnen, dass ich Ihnen damit ganz und gar keinen Gefallen tun würde! Zudem habe ich die Unfallmeldung gelesen. Sie haben hier ja wirklich buchstäblich Ihre Gesundheit riskiert!«

Nicola schlug graziös die Beine genau so übereinander, dass sein Blick auf die Narbe fallen musste. Er sah sie, verzog mitleidig das Gesicht und schüttelte beinahe schuldbewusst den Kopf. Zeit, ihr bezauberndstes Lächeln zu bemühen. »Ich hatte keine Ahnung, dass es eine schlechte Idee ist, mit einem Phaeton nach Polen zu fahren.«

Ihr Chef zog fragend eine grau melierte Augenbraue hoch und Nicola berichtete auf amüsante Weise von der alten Sage.

Dr. Festner lachte sein dröhnendes Altherrenlachen und Nicola sah eine breite Einflugschneise für ihr Anliegen.

»Ich möchte Sie gern auf etwas aufmerksam machen«, begann sie, griff nach dem Lageplan des Grundstückes und wies auf das eingezeichnete Gästehaus. »Dieses Haus wird von dem Arzt bewohnt, der nicht nur die Freundlichkeit hatte, mich für die Dauer meines Aufenthaltes aufzunehmen, sondern mich auch medizinisch versorgt hat. Er ist Facharzt für innere Erkrankungen, betreibt dort seine Praxis und ist, wie Sie sehen, ein großartiger Chirurg.« Sie wies auf ihr Schienbein und Festner nickte.

»Zebrowski, der Makler und Mittler zwischen dem Eigentümer, der polnischen Regierung, und uns, hat mir versichert, dass er das Grundstück selbstverständlich mietfrei übergeben wird, sofern es zu einem Kaufvertrag kommt.«

Wieder nickte er und sah sie aufmerksam an.

»Da ich ja tiefe Einblicke in die Infrastruktur der Gemeinde hatte, was insbesondere dem dortigen Bürgermeister zu verdanken ist, der mich bereitwillig mit allen nötigen Informationen versorgt hat, weiß ich allerdings, dass Dr. Jablonski in der Gegend der einzige Hausarzt weit und breit ist.«

»Großartig, Nicola! Wenn ich Ihre Ausarbeitung recht verstanden habe, würde sich das Gutshaus hier«, er tippte auf die großformatigen Fotos, »nach einer gründlichen Generalsanierung bestens als repräsentativer Bürokomplex eignen?«

»Das ist richtig«, pflichtete sie ihm bei, »ich habe mir erlaubt, einen Architekten zu beauftragen, der bereits eine Expertise abgeliefert hat. Sehen Sie, hier ...« Nicola blätterte in den Unterlagen und legte Festner die entsprechende Kostenkalkulation vor. Aufmerksam studierte er die Akten, nickte, offenbar zufrieden, und kam dann zu Nicolas Freude sofort auf ihre Frage zurück. Mit dem, was jetzt folgte, hätte sie selbst in ihren kühnsten Träumen nie und nimmer gerechnet.

»Und wir hätten möglicherweise die Chance, an Ort und Stelle einen Werksarzt verpflichten zu können? Würden Sie sich dafür einsetzen, den Mann für uns zu gewinnen, selbst wenn ich sie dafür ein weiteres Mal nach Polen schicken müsste?«

Nicolas Herz schlug einen Salto. Am liebsten wäre sie aufgesprungen und ihm um den Hals gefallen. Aber es gelang ihr, sich höchst professionell im Griff zu behalten, keinen Funken ihres Eigeninteresses durchscheinen zu lassen und mit ruhiger Stimme zu sagen: »Selbstverständlich, Herr Dr. Festner. Ich denke, ich bin in das Projekt bestens eingearbeitet. Allerdings würde ich es jetzt doch vorziehen, mit meinem eigenen Wagen zu fahren, um die Götter nicht noch einmal herauszufordern.«

»Fahren Sie, fliegen Sie ... ganz wie es beliebt!«, stimmte er lachend zu. »Ich bin kommende Woche im japanischen Mutterhaus zur jährlichen Geschäftsführerversammlung. Da werde ich mir das endgültige Okay für unsere Pläne holen, sehe aber keine offenen Fragen mehr. Ich danke Ihnen für die exzellente Arbeit, Frau Dr. Berger!«

Er war zur Förmlichkeit zurückgekehrt. Das kannte Nicola, und es bedeutete, dass das Gespräch beendet war. Sie stand auf, strich den engen Rock glatt, dankte ihm für seine Aufmerksamkeit und verabschiedete sich. Vor dem Gesicht die Maske der puren beruflichen Integrität.

Kaum aber hatte sie die Bürotür hinter sich geschlossen, wechselte ihr Ausdruck zu einem überglücklichen Strahlen.

Strike!

Nicola konnte sich gerade noch verkneifen, ein paar ausgeflippte Hopser auf dem Flur zu vollführen. Zurück in ihrem Büro, griff sie sofort zum Hörer und wählte Tomasz' Nummer. Sie ließ es lange klingeln, aber er nahm nicht ab. Schade! So gern hätte sie jetzt ihre Freude geteilt. Sie überlegte, ob sie ihm mailen sollte, entschied sich aber dagegen. Diese Botschaft wollte sie gern persönlich überbringen. Zudem war ihr sehr bewusst, dass es momentan sowieso nur gegolten hätte, einen Zwischenstand mitzuteilen. Wann sie mit einer finalen Entscheidung würde rechnen können, stand letztlich immer noch in den Sternen. Ein Anruf bei Festners Sekretärin, die ihr bereitwillig Auskunft gab, brachte eine gewisse Ernüchterung. Erst in geschlagenen zwei Wochen würde der Chef aus Japan zurückkommen. Viel zu lange hin für ihren ungeduldigen Geist!

* * *

Zehn Tage später hatte Nicola Geburtstag. Silvia hatte sie gedrängt, eine kleine Party zu veranstalten, biss allerdings auf Granit. Mitten in der Woche würde sowieso niemand Lust und Zeit haben, argumentierte Nicola und lud stattdessen nur ihre Freundin zu einem gemeinsamen Abendessen in ein ultraangesagtes Restaurant ein.

In der Firma hatte es Blumen und Konfekt gegeben. Sie sah sich, wie jedes Jahr, der Tradition gegenüber, Zucker- und

Streuselkuchen für die ganze Abteilung mitbringen zu müssen, und war nach der reichlich »süßen« Mittagspause mit einem ziemlich schlabberigen Gefühl im Magen in die Nachmittagsarbeit gestartet. Als sie endlich Feierabend machen konnte, freute sie sich auf etwas Deftiges beim Argentinier.

Den unhandlich großen Blumenstrauß im Arm, die Pralinenschachtel unter die Achsel geklemmt, über der Schulter den Shopper, dessen Henkel ständig herunterzurutschen drohte, fummelte sie den Briefkastenschlüssel heraus und fand eine ganze Menge Grußkarten und Briefe. Oben angekommen, warf sie alle auf den Schreibtisch. Sie hatte noch etwas Zeit, bis sie sich umziehen und losfahren musste. Also kochte sie eine Tasse Tee, knipste die Schreibtischlampe an und öffnete die Post. Studienkollegen und Freunde hatten teils gnadenlos alberne Karten ausgesucht. Über einige konnte sie wirklich lachen.

Der Knaller war wieder einmal der obligatorische Brief der Eltern mit Klappkarte im Blumendesign inklusive eingelegtem 100-Euro-Schein. Meine Güte! Über das Teenageralter war sie doch nun wirklich hinaus, wo sie sich damit komplett neu eingekleidet hätte. Aber es war typisch. Nie machten sie sich Gedanken darüber, womit sie ihr vielleicht eine kleine Freude hätten machen können.

Dann war da noch ein schmales, mit Seidenpapier gefüttertes Kuvert. Es knisterte ein wenig, wenn man es in die Hand nahm, und strömte einen ganz schwachen Duft von Teerosen aus. Sie betrachtete es eine Weile. Die Handschrift war gleichmäßig, ausdrucksstark und schön! Nicolas Augen weiteten sich.

Erst ganz langsam, wie ein sacht anfahrendes Kinderkarussell, begannen Gedanken zu kreisen, Bilder zu entstehen. Holzgeschnitzte Pferdchen, bunte Federbüsche über der leise wippenden Sisalstirnlocke, noch gemächlich schaukelnd. Dann immer schneller rotierend – eine tolle Fahrt, ein neues Glück! –, unaufhaltsam, schneller, schneller.

Eine Stimme aus einer anderen Zeit, ein Gesicht! »Halt dich fest, Nicola, halt dich fest!«

Aufgemalte rote Nüstern blähten sich, Schweife, Mähnen wehten. Immer irrwitziger, tollkühn, nicht zu bremsen, nicht zu fassen.

Und doch! Nicola griff in den Wirbel, hielt etwas fest, das unglaublich schien.

Ich kenne diese Handschrift! Aber kann das denn wahr sein?

Sie schnappte nach Luft. Ihr Herz, dieser so zuverlässige, unauffällige Muskel, der ihr nie Probleme bereitete, erlaubte sich einen kleinen, doch fühlbaren Stolperer. Eine Gänsehaut lief ihr über den Rücken und sie fühlte Tränen aufsteigen. Wie viele Jahre hatte sie schon Post von diesem Absender bekommen?

Vorsichtig, als handle es sich um eine Kostbarkeit, legte sie den Brief ungeöffnet mitten auf die Platte, starrte ihn an, eine Hand auf den Mund gepresst, die andere schützend über das Herz gelegt. Für Minuten unfähig, die ungeheuerliche Erkenntnis zu akzeptieren, die sich wie ein eitler Hauptdarsteller auf einer Bühne in den Vordergrund drängte, jeden Mitakteur gleich einem bedeutungslosen Komparsen über den Rand des Orchestergrabens in die Tiefe schubsend.

Dann kam Bewegung in Nicola. Sie lief ins Schlafzimmer, angelte das Wachspapierpäckchen aus dem Schrank, hastete zurück. Mit zitternden Händen öffnete sie ihren Schatz, legte die Blätter neben das noch immer verschlossene Kuvert. Und ritzte langsam, Schnitt für Schnitt, mit dem filigranen Brieföffner den Umschlag auf, zog den Geburtstagsbrief heraus, legte das eng beschriebene Blatt neben die vergilbten Bögen aus dem Gutshauskeller. Rastlos eilten ihre Augen über die Papiere. Verglichen, verwarfen unsicher, entdeckten. Und ließen am Ende keinen Zweifel mehr.

»E.«!

»E.« war niemand anders als ihre Großmutter Elisabeth!

Elisabeth

Elisabeth stand am Fenster ihres Zimmers. Versonnen sah sie dem Wintervogel zu, der sich an den Hagebutten der Wildrosenhecke im Garten des Pflegeheimes gütlich tat.

Der Vogel, aufgeplustert zur Federkugel, hielt kurz im Picken inne und schaute zu ihr herüber. Sie lächelte ihm zu. Dunkle Knopfaugen sahen sie für einen Moment an, den Kopf legte er schief, ehe er sich flatternd davonmachte.

Sie fror ein wenig. Die Knie an den Heizkörper gelehnt, bemerkte sie, dass die Heimleitung wieder Kosten sparte. Lauwarm. Bestenfalls!

Lange schon hatte sie es aufgegeben, sich zu beschweren. Sich aufzulehnen. Die vorgeschriebene Mindesttemperatur sei gewährleistet. Nun gut, sie hatte geringe Ansprüche, behalf sich mit einer zusätzlichen Strickjacke.

Es war ein trüber Spätnachmittag im Februar. Der Winter nicht richtig da, der Frühling noch ganz fern. Sie hatte kein Licht gemacht, sah dem vergehenden Tageslicht beim Schwinden zu. Es waren düstere Tage. Nicht nur in der kühlen Jahreszeit. Auch im Sommer, wenn die Sonne versuchte, ihr das Herz ein bisschen zu wärmen, waren und blieben es düstere Tage. Wie viele Jahre waren es nun schon, die sie hier verbracht hatte? Irgendwann hatte sie aufgehört zu zählen, sich eingelassen auf die Abläufe, die jeden Tag in ein Gleichmaß tauchten, so wie das stetige Ticken einer zuverlässigen Uhr die Zeit einband.

Tick, tack. Stunden, Minuten, Sekunden, immer wiederkehrend, immer eintönig, nie unterbrochen, immer so weiter.

Niemals bekam sie Besuch, wie manch andere. Sie hatte keine Freude mehr an Stricknachmittagen, Bastelkreisen, Tanztee und Busausflügen. Alles, was ihr aus mehr als achtzig Lebensjahren jetzt noch geblieben war, waren ihre Bücher. Und ihre Erinnerungen. Sie hegte und pflegte diese Erinnerungen. An eine Zeit, als das Leben gefährlich, anstrengend, alle Kraft fordernd, alle Sinne flutend und doch schön gewesen war. Dieses Leben hier war nichts mehr als bloßes Existieren. Wie oft hatte sie sich schon gewünscht, dass es endlich zu Ende sein möge? Aber das Leben hatte ihr nicht den Gefallen getan.

Jede Routineuntersuchung ergab immer wieder dasselbe Bild: »Kerngesund. Erstaunlich für Ihr Alter!«

Keine Herzschwäche, keine Spur von Osteoporose, die die Beweglichkeit einschränkte, kein Blutzucker, kein Übergewicht, noch nicht einmal bemerkenswerter Haarausfall, der das volle schneeweiße Haar ausgedünnt hätte. Ein Blutbild wie das einer Zwanzigjährigen. »Beneidenswert« fanden es ihre Mitbewohner, die sie insgeheim als »Mitgefangene« betitelte. »Bedauerlich« fand sie es selbst. Dennoch hielt sie sich sehr diszipliniert mit regelmäßigen gymnastischen Übungen fit, las Zeitung, war immer auf dem aktuellen Stand. Wagte sich ohne Zögern auch an höchst anspruchsvolle Lektüre. Aber sie fand niemanden, mit dem sie sich hätte austauschen können. Niemanden, der nicht schon nach einem halben Kilometer im Stadtpark keuchend den Spaziergang abbrechen wollte. So ging sie allein. Immer allein!

Draußen war es nun fast ganz dunkel und feiner Niesel hatte eingesetzt. Ehe sie das Licht neben dem Lesesessel anknipste, fiel ihr Blick noch einmal auf die dornigen Wildrosen. Er saß wieder da. Den Kopf unter das Gefieder gesteckt. Und er war nicht allein. Dicht neben ihn gedrängt konnte sie eine zweite Federkugel ausmachen.

Mit einem wehmütigen Lächeln griff sie nach ihrem Buch und vertiefte sich ins Lesen. Flüchten aus dem Alltag. Aus der Eintönigkeit. Eintauchen in andere Lebensläufe, andere Länder, andere Gedanken und Gefühle. Wenn Elisabeth las, hörte sie nichts mehr; sah nichts mehr als Buchstaben, Wörter, Sätze und Geschichten.

* * *

Ganz vorsichtig klopfte Nicola an. »Sie will nie gestört werden«, hatte die junge Pflegerin gesagt und hinzugefügt: »Wir kommen gar nicht an sie heran, sie ist ständig in fremden Welten unterwegs. Erschrecken Sie sie nicht!«

Eine Vase für ihren mitgebrachten Blumenstrauß hatte sie ihr in die Hand gedrückt und sich kichernd wieder ins Schwesternzimmer zurückgezogen. Spärlich erleuchteten kleine Notlichter die Gänge. Über jeder Zimmertür eines. Dahinter alte Menschen, Schicksale, Abgeschiedenheit, Stille. Satte, saubere Ruhe.

Nicola klopfte zum zweiten Mal. Nichts rührte sich im Zimmer. Zaghaft drückte sie die Klinke herunter. Da saß sie! Mit dem Rücken zur Tür. Zu sehen war nur ein auf der Lehne abgestützter Ellenbogen, eingehüllt in feine lavendelblaue Wolle.

»Großmutter?«

Keine Reaktion. Sie versuchte es wieder. Erfolglos. Die Vase im Arm, unentschlossen, fast ein bisschen ängstlich stand sie im Halbdunkel, nahm den sachten Duft von Teerosen wahr, der sie erinnerte an die Fahrt bei Eis und Schnee, an den Moment, als ein fast vergessenes Weihnachtsgeschenk so viel Wärme gespendet hatte.

Und überlegte, wie es gelingen sollte, Elisabeths Aufmerksamkeit zu erregen, ohne sie tatsächlich zu erschrecken. Plötzlich kam sie auf die Idee, ein paar Sätze zu zitieren, die ihr besonders im Kopf haften geblieben waren. Ganz leise, langsam, aber deutlich sprach sie: »Ich stand da, erschreckt, mit hängenden Armen, und konnte mich weder entschließen, wieder zu gehen, noch zu sprechen. Ich war in einem Zustand äußerster Auflösung, war auf der verzweifelten, kopflosen Suche nach irgendeiner Spur meines Helden! Da kam er auf mich zu. ›Ich bin hier, gnädiges Fräulein! Was ist geschehen? Kann ich helfen?‹, fragte er. Wie um alles in der Welt konnte dieser Mann, der mit gesenktem Kopf vor mir stand, sich seiner Position so offenbar bewusst war, dennoch so überlegen wirken? Wie ein Blitzschlag traf mich die Erkenntnis: Er schien mir wie der stärkste, selbstbewussteste, ja, wie der stolzeste Mann auf dieser Erde!«

Elisabeth legte den Arm auf die Sessellehne. Nicola konnte sehen, wie sich ihre Hand um das Polster krampfte. Dann erschien der sorgfältig frisierte Kopf. Mit blankem Erstaunen sah die Großmutter Nicola an. Erkennen huschte über ihre immer noch so schönen Züge.

»Nicola! Tochterle! Du bist da!«

Wie sehr sie es liebte, mit dem Ausdruck »Tochterle« angesprochen zu werden. Und wie lange es schon her war, das letzte Mal. Nicola schämte sich.

Aber Elisabeth ließ keinen Platz für schlechte Gefühle. Sie sprang auf, nahm ihr rasch die Blumen aus der Hand, stellte sie neben sich aufs Tischchen und zog sie so herzlich, so vollkommen unvoreingenommen in die Arme, dass alle Fremdheit wich.

»Ach, wie ich mich freue, dich zu sehen! Was für eine wunderschöne Überraschung! Wie geht es dir? Du bist so blass und dünn. Bist du krank gewesen?«

Sie zog Nicola neben sich auf ein kleines Sofa, hielt ihre Hände, wollte gar nicht mehr loslassen, sah sie gespannt an.

Wie ihre Augen noch funkeln! Veilchenblau! Ist mir nie aufgefallen, wer mir diese Augen vererbt hat?

»Mir geht es gut, Großmutter. Ich hatte kürzlich einen kleinen Unfall, aber ehe ich von mir erzähle: Wie geht es dir?«

»Ich bin kerngesund, sagen die Ärzte. Es wird wohl eine Mischung aus guten Genen und preußischer Disziplin sein, die mich so frisch hält«, lächelte Elisabeth.

Nicola hätte sich gerade gern geohrfeigt, den Kontakt zu ihr während der vergangenen Jahre nicht viel besser gepflegt zu haben. Über die pflichtschuldige Weihnachtskarte und den Fleurop-Strauß zum Geburtstag waren ihre Bemühungen nie hinausgegangen. Warum hatte sie nur nie richtig hingefühlt? Hier war sie doch, diese wunderbare Wärme, die jenes Gefühl von Geborgenheit vermittelte, das sie im Elternhaus immer so schmerzlich vermisst hatte. Jetzt endlich war sie in der Lage, das alles wirklich zu empfinden. Und fragte sich im selben Moment, wie es denn sein konnte, dass eine so herzliche Mutter einen derart eiskalten Besen wie Nicolas Mutter aufgezogen hatte. Sie beschloss, das zu ergründen. Aber nicht jetzt, nicht sofort. Jetzt ging es um etwas ganz anderes. In ihr tanzte ein Hochgefühl, wie man es nur haben kann, wenn man weiß, dass man ein Ass im Ärmel hat, eine Überraschung parat, die den Empfänger ganz gewiss aus dem Häuschen bringen wird. Nicolas Wangen begannen zu glühen.

»Ich habe eine sehr aufregende Reise hinter mir. Meine Firma hat mich vor ein paar Wochen losgeschickt, um ein Grundstück im Ausland zu besichtigen und Kaufverträge vorzubereiten ...«

»Ach je, Tochterle, hattest du womöglich einen Autounfall?«

»Nein. Ich musste unter anderem ein altes Haus auf seine Verwendbarkeit begutachten. Tja, und weil ich gegen den Rat des anwesenden Maklers zu unvorsichtig war und auf eigene Faust allzu genau nachgeschaut habe, bin ich in einen etwas baufälligen Keller gestürzt und habe mich bös verletzt.«

Alles in Nicola zappelte. Sie konnte es eigentlich gar nicht mehr erwarten, mit dem Schatz herauszuplatzen. Aber sie hatte auch eine Riesenfreude an diesem Hinauszögern, diesem Auf-die-Spitze-Treiben der eigenen Spannung.

Sie nahm ihr Handy aus der Tasche, schaltete es an, suchte ihre Bildergalerie. »Hier, schau mal, es war dieses Haus. Ist es nicht schön?« Sie zog das Foto groß auf und hielt Elisabeth das Display hin. Vorsichtig nahm sie ihr das Handy aus der Hand, erwischte versehentlich eine Taste, das Bild verschwand. Nicola holte es auf den Schirm zurück und sah Elisabeth von der Seite an. Ganz vorsichtig strich die mit den Fingerspitzen über das Foto. Es huschte weg, der nächste Schnappschuss erschien. Das Haus von der Rückseite. Wieder eine zärtliche Berührung. Das Gutshaus von der Westseite. Dann sah sie zu Nicola auf. Die Veilchen schwammen wie in einer wassergefüllten Kristallschale.

»Es steht noch, Nicola?«

»Ja, Großmutter, es steht noch! Und meine Firma wird es kaufen, renovieren und ein Bürogebäude für den neuen Fertigungsstandort daraus machen!«

»Sechzig Jahre, seit ich es verlassen habe ...«, flüsterte Elisabeth. »Die Russen kamen, Nicola, ich musste flüchten. Aber jede Nacht, in jedem Traum, habe ich unser Haus wieder vor mir gesehen, habe mich dorthin zurückgewünscht. Von ganzem Herzen! Du kannst nicht wissen, wie das damals alles war ...«

Nicola sah die matten Altersflecken auf den schmalen, zitternden Händen. Sah, wie der Mund zuckte, die feinen Fältchen sich tiefer zu graben schienen. Elisabeth war bemüht, ganz straff, tapfer aufrecht zu bleiben.

Es musste heraus!

»Ich weiß, wie es gewesen ist, als du es verlassen musstest. Ich weiß alles.«

»Wie kannst du das wissen?« Elisabeth schüttelte empört den Kopf.

»Ich hatte meinen Unfall auf der Kellertreppe hinter der Küche. Die ganze Treppe ist unter mir zusammengebrochen. Und noch ein bisschen mehr! Du musst genau wissen, wo ich gelandet bin und was ich gefunden habe.«

»Nein!«

»Doch! Ich hatte keine Ahnung! Aber kamen dir die Zeilen, die ich vorhin beim Hereinkommen zitiert habe, nicht bekannt vor?«

Langsam war auch bei Elisabeth die Erkenntnis aufgeblüht. »Sie kamen mir vertraut vor. Wie aus einem alten Buch, das ich vor langer Zeit gelesen und fast vergessen habe. Und es klang so hübsch, wie du es aufgesagt hast.«

Nicola zog den Schatz aus ihrer Tasche und hielt ihn Elisabeth auf beiden Handflächen hin. »Es gehört dir!«

Elisabeth strich ungläubig über das rissige Wachspapier, band das spröde Schnürchen auf, nahm die Seiten heraus und sah Nicola mit einem Ausdruck zwischen Fassungslosigkeit und überschäumender Freude an.

»Ich beichte lieber gleich und hoffe inständig, dass du mir verzeihst«, begann Nicola zerknirscht. »Ich habe es gelesen, obwohl ich wusste, dass es nie und nimmer für meine Augen bestimmt war. Aber es war die Lektüre, die mein ganzes Inneres umgekrempelt hat. Ohne deine Geschichte wäre ich jetzt nicht hier, wäre nicht so, wie ich nun bin. Du hast mir die Augen geöffnet, vielleicht zufällig, vielleicht durch eine unerklärliche Bestimmung!«

Elisabeth schüttelte energisch den Kopf. »Es sollte so sein, Tochterle. Bestimmung ist nie erklärbar oder unerklärlich. Die müssen wir annehmen, ohne zu fragen. Ob wir wollen oder nicht!«

»Ich ahnte, dass du es so sehen würdest«, seufzte Nicola, »hab ein bisschen Geduld mit mir. Ich übe noch, mit solchen Dingen umzugehen.«

»Ja, meine Kleine. Ich weiß. Wenn du mit mir sprechen möchtest, ich bin hier. Ich werde hier nie wieder wegkommen. Man ist ein wenig eingesperrt, aber man hat immerhin einen Platz, von dem einen nur noch der Tod vertreiben kann.«

Eine Welle wilden Widerspruches schwappte durch Nicola. Elisabeth sah nicht aus, als hätte der Tod in absehbarer Zeit Interesse an ihr. Eine Idee setzte sich in ihrem Kopf fest. Und wenn sie es mit dem Teufel aufnehmen müsste: Sie würde …

Die Tür wurde geräuschvoll aufgerissen. »Haben Sie mal auf die Uhr geschaut? Wissen Sie, wie spät es schon ist? Nun ist Schlafenszeit. Ich muss Sie jetzt auffordern, Ihren Besuch zu beenden!«

»Geht das auch ein bisschen höflicher?«, entgegnete Nicola empört. »Wo sind wir denn hier?«

Elisabeth legte beruhigend eine Hand auf ihre. »Pssst, sag nichts, Tochterle, sonst bade ich das in den nächsten Tagen aus«, flüsterte sie.

Kopfschüttelnd stand sie auf, zog die Großmutter bedauernd in die Arme. »Ich komme wieder, ja? Ganz bald! Ich habe noch so viel auf dem Herzen, das ich mit dir bereden möchte.«

Elisabeth nickte und Nicola fühlte die Träne an ihrer Wange.

Auf schmalem Grat

Nicola war wütend, als sie in ihren Wagen stieg und den langen Heimweg über die regennassen, dunklen Straßen antrat. In ihrem Kopf rumorte es. Beinahe zweihundert Kilometer hatte sie fahren müssen. Im Freitagnachmittag-Berufsverkehr war sie gestartet, in der Hoffnung, den ganzen Abend bleiben zu können. Nur eine gute Stunde war daraus geworden. Gerade noch so eben hatte die Pflegekraft mit zusammengekniffenen Lippen und entnervtem Gesichtsausdruck abgewartet, bis sie eine neue Verabredung für den übernächsten Sonntag ausgemacht hatten, ehe sie Nicola hinauskomplimentierte.

Wie konnte man einem erwachsenen Menschen vorschreiben, wann er zu Bett gehen musste, wann er seinen Besuch rauszuschmeißen hatte? Noch nicht einmal in Kliniken, wo sich Menschen gemeinhin in Ausnahmesituationen befanden, nahm man es heutzutage mit Besuchszeiten noch so genau. Zwischen lauter mehr oder weniger schwer Kranken mochten allzu viele Gäste vielleicht wirklich störend auf die Abläufe wirken. Aber in einem Altenheim? War man entrechtet, zurückgeworfen auf einen Zustand in kompletter Bevormundung wie ein Kind, wenn man alt war? Womöglich auch noch zum sogenannten »eigenen Besten«? Und warum war Elisabeth überhaupt in diesem zweifelhaften Etablissement gelandet? Nicola nahm sich vor, dem auf den Grund zu gehen.

Viel mehr Zeit hätte sie sich gewünscht. Tausend Dinge so gern besprochen. Wie war es ihrer Großmutter auf der Flucht ergangen? Hatte sie Aleksander wiedergesehen? Was wusste sie über den Verbleib ihrer Familie? Und all das, was sie selbst so sehr beschäftigte! Zumal, nachdem ihr aufgegangen war, dass es wahrscheinlich niemanden gab, dem sie all ihre Gedanken lieber mitgeteilt, all ihre Gefühle offener hätte preisgeben wollen. Durch das Lesen des Briefes war eine innige Vertrautheit entstanden. Ein Gleichklang der Herzen, tiefes Verständnis. Mit niemandes Schicksal hatte sie sich je derart intensiv auseinandergesetzt. Und eine beinahe erschreckende Schnittmenge ähnlicher Sichtweisen entdeckt. Mal abgesehen von Marcin.

Marcin! Kein Wort hatte sie mehr von ihm gehört. Ab und zu überkam sie das beängstigende Gefühl, dass sein Bild in die Ferne zu rücken drohte. Erschreckt fuhr sie dann auf, hielt es fest, holte alles zurück, blieb minuten-, manchmal stundenlang in dieser Welt, die zauberhaft gewesen war, bevor sie den verdammten Zettel gefunden hatte. Diesen Zettel, dessen anzunehmenden Auslöser und Hintergrund sie noch immer nicht als Antwort auf ihre Frage nach dem Warum akzeptieren wollte.

Ungeduldig wartete sie auf die Wiederkehr Dr. Festners aus Japan. Der Tag war in ihrem Kalender leuchtend rot markiert, eine Deadline, die sie abwarten musste, um endlich in Aktion treten und alles ausräumen zu können, was ihr die Sinne vernebelte und das Herz schwer machte. Ohne Fakten in der Hand, da war sie sicher, bräuchte sie es bei Marcin gar nicht mehr zu versuchen.

Ein beinahe schadenfrohes Grinsen huschte über Nicolas Gesicht, als sie an ihr Telefonat mit Zebrowski dachte. Sie hatte ihn am anderen Ende der Leitung als geradezu »hibbelig« empfunden. Zu gern wollte er den Vertrag im Sack haben. Aber Nicola hatte ihm nur einen knappen Zwischenbericht erstattet, ihm kühl mitgeteilt, dass er sich noch gedulden müsse, und ihn regelrecht abserviert. Im Grunde konnte sie ihm überhaupt nichts vorwerfen. Er hatte sich absolut korrekt verhalten und nicht versucht, wie zunächst angenommen, ihr ein X für ein U vorzumachen. Aber: Er war der Überbringer unangenehmer Nachrichten gewesen! Und dafür wäre er, so unsympathisch, wie sie ihn gefunden hatte, auch ohne Weiteres zu köpfen gewesen. Sie suchte nach einem Schuldigen für ihre Misere. Zebrowski empfand sie als höchst geeignete Projektionsleinwand für ihr eigenes Elend. Der Witz war, dass sie sich dieser Tatsache sogar bewusst war. Und dennoch mit Vergnügen ein Konterfei des dürren Rabenvogels an die Küchentür gepinnt hätte, um ihn mit spitzen Dartpfeilen zu bewerfen.

Sollte, was sie inständig hoffte, Dr. Festner schon am Montag das »Go« geben, würde sie wieder das zweifelhafte Vergnügen mit ihm haben. Dann aber hoffentlich nur noch ein einziges Mal, um ihn aufzufordern, den Vertrag zu übersenden.

* * *

Bereits um Viertel nach sieben, in aller Herrgottsfrühe, hatte Festner ihr einen Vorschlag zum Besprechungstermin eingestellt. Sie fand ihn mit klopfendem Herzen, als sie eine Dreiviertelstunde später am Schreibtisch Platz nahm, und bestätigte sofort. In der Betreffzeile entdeckte sie vier Wörter, die ihre Laune im ersten Moment auf Höchststand katapultierten: »Gute Nachrichten und Polen«.

Dann aber überkam sie ein sehr komisches Gefühl und sie begann nachzudenken. Wieso eigentlich »Gute Nachrichten *und* Polen«? Gab es nun gute Nachrichten zum Thema Polen, oder gab es gute Nachrichten *und* das Thema Polen?

Nicola hatte geschlagene zwei Stunden Zeit, sich völlig verrückt zu machen. Als sie sich kurz vor dem Termin schnell die Hände zu waschen ging, entdeckte sie ein hübsches Feld hektischer Flecken an ihrem Hals. Ein guter Grund, sich noch ganz flott einen Schal aus dem Büro zu holen.

»Sind Sie erkältet, liebe Nicola?«, begrüßte Dr. Festner sie mit besorgtem Blick.

»Erkältet? Oh … nein, nein, alles in Ordnung.« Sie nestelte an dem Halstuch.

»Ausgezeichnet. Dann setzen Sie sich doch bitte.«

Wieder ging es in die Sofaecke! Und wieder war er von enormer Liebenswürdigkeit.

»Ich habe gute Nachrichten. Und wollte außerdem kurz die Vertragsgeschichten zum Polenstandort mit ihnen durchsprechen.«

Schon wieder dieses »und«!

Nicola war nervös. Und Festner machte ein Gesicht wie der Weihnachtsmann.

»Was sind die guten Nachrichten?«, fragte sie unsicher.

»Frau Dr. Berger …«

Au, jetzt wird's offiziell!

»… ich habe das Vergnügen, Ihnen ein großartiges Angebot zu machen! Ein hervorragendes Karrieresprungbrett und für Sie als ausgemachte Kosmopolitin bestimmt auch nur eine winzige Herausforderung.«

Nicola sah ihn verständnislos an.

»Da sind Sie jetzt gespannt, was? Ich muss ja ehrlich gestehen, dass ich eine Mitarbeiterin wie Sie nicht gern gehen lasse, aber ein Jahr ohne Sie werde ich heldenhaft verkraften, um Ihnen diese einmalige Chance nicht zu verbauen.«

Sein Tonfall war jovial, beinahe väterlich, verbarg auch nicht, dass er sich ausgesprochen freute. Mit der Geste eines Zauberers, der just ein weißes Kaninchen aus dem Zylinder zieht, griff er neben sich und reichte ihr mit einem triumphierenden »Tadaa« eine Mappe.

Nicola starrte die Unterlagen an, blätterte darin und fand ein perfekt auf ihr Profil zugeschnittenes Stellenangebot. Im Mutterhaus. In Japan!

Sie bekam keinen Ton heraus, was Festner als Ausdruck sprachlos überwältigter Freude wertete. »Na, zu viel versprochen? Schauen Sie sich mal Seite drei an. Was halten Sie von dem Gehalt?«

»Mein Gott«, entfuhr es ihr, »das ist ja mehr als das Doppelte dessen, was ich jetzt verdiene!«

»Ja«, freute er sich, »und nach diesem Auslandsjahr werden Sie weltweit in jedem Teil des Konzerns einsetzbar sein. Ist das nicht herrlich? Natürlich hätte ich Sie dann gern weiter an meiner Seite. Ich habe da auch schon etwas im Auge. Aber Sie wissen ja, wie unsere obersten Chefs sind. Zunächst möchten sie ihre Mitarbeiter immer unbedingt ein Jährchen bei sich haben.«

Er strahlte. Und Nicola bekam es in ihrem Entsetzen kaum fertig, sich zusammenzureißen. »Lieber Herr Doktor …«, setzte sie an.

»Ach, kommen Sie, Nicola«, unterbrach er sie zwinkernd, »sagen Sie einfach Joachim zu mir! Wir kennen uns nun schon seit Jahren. Und nach diesem Knaller stehe ich in der Hierarchie doch sowieso bald nicht mehr weit über Ihnen.«

Ihr Mund war trocken. So trocken, dass sie kaum schlucken konnte. Der Chef, besser Joachim, sah sie sich mühen und bestellte flugs über die Sprechanlage seine Sekretärin mit einem »Piccolöchen zum Anstoßen« herein.

Alkohol am frühen Vormittag, mein Chef als neuer Duzfreund und Japan! Wo ist hier das nächste Mauseloch?

Nicolas Knie zitterten so, dass sie sie mit beiden Händen festhalten musste.

Mit vergnügtem Blitzen in den Augen und einer kleinen Verbeugung stieß Joachim mit ihr an. Einen Kuss erwartete er zu Nicolas Erleichterung allerdings nicht. Sie hätte es sich eigentlich denken können, denn dafür kannte sie ihn als viel zu überkorrekt und steif konstruiert. Sie trank einen Schluck. Tatsächlich tat das Brausezeugs gut. Immerhin konnte sie wieder sprechen.

»Ich bin überwältigt, Joachim! Eine solche Chance hätte ich mir immer schon erträumt.«

Sie sah ihm an, dass er nicht so genau auf ihre Formulierung geachtet hatte, sondern selbstverständlich davon ausging, ihr soeben den denkbar größten Gefallen getan zu haben. Sie beließ es vorläufig dabei.

Nach den Worten: »Sieh dir die Konditionen genau an, sag mir, ob ich noch Weiteres für dich rausschlagen soll, und feiere deinen Erfolg«, leerte er sein Glas.

»Danke!«, bekam sie ziemlich überzeugend heraus. »Du bist der beste Chef, den ich mir wünschen kann.«

Es war offensichtlich. Das ging ihm runter wie Öl. Und Dr. Festner zeigte sich ausgesprochen beeindruckt von der Professionalität Nicolas, die sich für ihn darin dokumentierte, dass sie jetzt nicht etwa wie ein betrunkenes Wiesel durchs Büro hüpfte, sondern sofort wieder zur Sache kam.

»Welche Entscheidung hast du zum polnischen Standort mitgebracht?«

»Deine Arbeit in dieser Angelegenheit war eine der wichtigen Grundlagen für meine Empfehlung. Ich habe in allen Punkten das Okay bekommen.«

Jetzt endlich konnte sie strahlen. Es hätte in diesem Augenblick kaum noch etwas für die Nummer à la »betrunkenes, hüpfendes Wiesel« gefehlt. Und wieder beeindruckte sie damit ihren Chef. »Nicola, du bist mir manchmal richtig unheimlich. Jetzt erst, nachdem du weißt, dass deine Arbeit positiv beschieden wurde, kannst du dich richtig freuen. Hut ab, Mädchen!«

* * *

Ihr schwirrte der Kopf. Sie hatte es mühsam fertigbekommen, einen eleganten Abgang hinzulegen. Aber nun brauchte sie erst einmal einen Kaffee und einen Augenblick Pause, um zu sich zu kommen.

Hin und wieder hatte sie Dr. Festner gegenüber vorsichtig angedeutet, dass es ihr Traum war, eine gewisse Zeit in der japanischen Wiege des Konzerns verbringen zu dürfen. Nur besonders herausragende Mitarbeiter erhielten die Möglichkeit und mussten sich hinterher über ihr berufliches Fortkommen keine Sorgen mehr machen. Dieses Angebot galt in der Firma als Ritterschlag. Und nun war es so weit!

Was sie allerdings noch vor vier Wochen sehnlichst erhofft hatte, hatte inzwischen jeden Reiz verloren. Ja, es war sogar das Worst-Case-Szenario! Die Sehnsucht nach der Ferne, nach dem Abenteuer, nach neuen beruflichen Herausforderungen war vollständig einer ganz anderen, unstillbaren Sehnsucht gewichen. So vage auch ihre Vorstellungen zur Umsetzung noch waren: Ein Jahr in Japan war derzeit nun wirklich jeder inneren Befindlichkeit diametral entgegengesetzt.

Nicola zerbrach sich den Kopf, wie sie aus dieser Sache wieder herauskommen sollte. Unkonzentriert blätterte sie die dünne Mappe mit dem Stellenangebot wieder und wieder durch. Immerhin fand sie den vorgesehenen Antrittstermin. Der lag zwar mit dem ersten September Gott sei Dank noch in weiter Ferne, aber sie wusste, dass sie sich bald würde entscheiden müssen.

Nicht heute! Zunächst einmal gilt es jetzt, so schnell wie möglich Tomasz zu informieren, Zebrowski aufzufordern, den Kaufvertrag fertig zu machen, und den Deal schleunigst über die Bühne zu bringen, damit Marcin ein Angebot unterbreitet werden kann.

Den Makler erreichte sie prompt. Und hörte ihn begeistert durch den Hörer schleimen. Nicola schüttelte sich innerlich, blieb jedoch sehr höflich, freundlich und selbstverständlich korrekt.

Tomasz hingegen kriegte sie nicht persönlich an die Strippe. Seine Leitung war auf eine Sekretärin umgestellt, die weder des Deutschen noch recht des Englischen mächtig war. Zu ihrem Schrecken erfuhr sie, dass er derzeit in Warschau sei und offenbar eine ganze Weile fortbleiben würde. Wann genau er zurückerwartet wurde, verstand sie nicht. Da nützte es auch nichts, dass die freundlich bemühte Dame es mehrfach wiederholte. Nicola konnte es nicht übersetzen. Immerhin gelang es, eine dringende Rückrufbitte zu hinterlassen.

Mist! Wieder warten, warten, warten …

Mit Müh und Not widerstand sie der Versuchung, einfach Marcin selbst anzurufen. Schon mehr als nur ein Mal hatte sie mit sich gehadert, ob es nicht im Grunde die blödeste aller denkbaren Ideen gewesen war, ihn an jenem Abend so zu überrumpeln. Was wäre gewesen, wenn sie es nicht getan hätte? Es wäre alles offen, alles leicht und unkompliziert geblieben. Wäre nicht genug Zeit gewesen, alles langsam angehen zu lassen? Warum nur hatte sie sich selbst so dämlich ein Bein gestellt? Seufzend musste sie sich eingestehen, dass Geduld noch nie ihre Stärke gewesen war. Dass es so war, hatte sie, so befand sie in einem Augenblick selbsterkennender Erleuchtung, auch gerade mit dem Abbrechen aller Beziehungen zu Morris bewiesen. Knall, peng, futsch! Besonders diplomatisch und überlegt war sie wirklich nicht vorgegangen. Warum funktionierte das eigentlich immer nur zuverlässig im Beruf? Warum war diese professionelle Coolness nie ins Privatleben übertragbar?

Manchmal verdienst du eine Ohrfeige, Nicola!

Eingedenk dieser nicht von der Hand zu weisenden Überlegungen nahm sie sich vor, fortan lieber erst zwei Mal nachzudenken, ehe sie sich mit ihrer Spontaneität wieder selbst ins Abseits schießen würde.

Erkenntnisse

Der Rest der Woche war in quälender Langsamkeit und Ereignislosigkeit vergangen. Umso mehr freute sie sich auf den Sonntag, auf das Wiedersehen mit ihrer Großmutter. Um den Tag möglichst komplett ausnutzen zu können, startete sie in aller Früh. Es gab so viele Fragen, die ihr auf der Seele brannten!

Der Morgen war sonnig, eine seltene Ausnahme in diesem trüben Februar, der mit klarem Winterwetter geizte und sich besonders gut in Grautönen zu gefallen schien. Nicola hielt ein entzückendes Gesteck mit kurzen Narzissen, Schneeglöckchen und Hyazinthen in einem geflochtenen Körbchen im Arm und balancierte es zusammen mit einem Kuchenpaket dem Eingang des Altenheimes entgegen. Über den Rand der hübschen Blumenwiese hinweg betrachtet, sah das gelb verklinkerte Gebäude eigentlich nett und einladend aus. Die Fassade passte nicht so recht zu dem bedrückenden Eindruck, den sie beim letzten Besuch gewonnen hatte.

Vielleicht ist ja auch alles ganz anders, viel freundlicher, als es sich beim ersten Mal dargestellt hat, vielleicht war ich ja einfach nur so düster drauf, überlegte sie.

Elisabeth erwartete sie schon ungeduldig.

»Nicola, du hast mir den reinsten Jungbrunnen beschert! Ich habe meinen Brief natürlich noch einmal gelesen. Und jetzt fühle ich mich beinahe wieder wie zwanzig«, sagte sie mit einem Zwinkern. »Und die wunderschönen Blumen! Schau mal, die passen genau auf meine Fensterbank und bringen den Frühling mit. Danke dir, Liebes!«

Wie viel besser sie Nicola doch heute gefiel! Auf der Herfahrt hatte sie sich schon Gedanken gemacht, wie sie es anstellen sollte, aus ihrer Großmutter möglichst feinfühlig herauszubekommen, was eigentlich passiert war, dass sie hier, in diesem Pflegeheim, gelandet war, und befürchtet, damit womöglich das Loch, in dem sie bei der ersten Begegnung zu stecken schien, noch tiefer zu graben. Jetzt fiel es ganz leicht, das Thema anzuschneiden. Elisabeth wurde zwar erheblich ernster, verlor aber immerhin nicht ganz ihre gute Laune.

»Man kann es in der Nachschau wahrscheinlich nur als Verkettung unglücklicher Umstände bezeichnen, Tochterle«, erklärte sie, ließ sich auf dem kleinen Sofa nieder und klopfte mit der flachen Hand einladend auf den Platz neben sich. »Komm, ich erzähle dir. Es ist schon einige Jahre her, als unsere gesamte Hausgemeinschaft Post vom Vermieter bekam. Du weißt vielleicht noch ... ja, du musst dich erinnern, ihr habt mich doch ein paarmal besucht, nachdem Großvater tot war ...«

Nicola bestätigte: »Ja, sicher, in dem hübschen Jahrhundertwendehaus mitten in der Innenstadt. Unterm Dach, juchhe!«

»›Hübsches Jahrhundertwendehaus‹ ist das Stichwort! Nachdem dieses Innenstadtviertel plötzlich so in Mode gekommen war und sich nach und nach eine ganz andere Klientel für die Gegend interessierte als früher ...«

»Wem erzählst du das? Ich selbst lebe in Berlin in einem todschick und teuer renovierten Haus in einem Kiez, den die bessere Gesellschaft früher gemieden hat wie der Teufel das Weihwasser. Ich ahne, was kommt!«, fiel Nicola ihr ins Wort und erntete ein heftiges Nicken.

»Dann kannst du dir ja vorstellen, was passierte. Wir waren größtenteils ältere Leutchen dort. Eine eingeschworene Clique, die sich gegenseitig viel half. Und dann mussten wir erkennen, dass wir trotz allen Gemeinschaftssinnes gegen diesen Vermieter nicht die Spur einer Chance hatten. Das Haus wurde ökologisch renoviert. Jedoch ökonomisch tödlich für unsere kleinen Renten. Keiner konnte sich die horrenden Mieten mehr leisten.«

»Ich verstehe! Und du fandest keine neue Wohnung zu einem vertretbaren Preis?«

»Doch. Die hätte ich finden können. Aber nur weit außerhalb. Da, wo die Infrastruktur allerdings nicht auf die Bedürfnisse alter Menschen zugeschnitten ist. Und als bereits die Kündigung wirksam war, mir nur noch ganz kurze Zeit in der alten Wohnung blieb, passierte zu allem Übel ein blöder kleiner Haushaltsunfall. Ich rutschte beim Fensterputzen von der Leiter und brach mir den Oberschenkelhals.«

»Normalerweise ein paar Wochen Krankenhaus, eine Kurzzeitpflege und alles wäre gut gewesen, sofern es noch eine funktionierende Hausgemeinschaft gegeben hätte, nicht?«

»Eigentlich schon. Aber meine Freunde zerstreuten sich gerade in alle Richtungen. Manche kamen bei ihren Kindern unter, manche zogen in andere Städte. Es war wieder einmal so, wie es mir ja nicht zum ersten Mal in meinem Leben erging. Ich war plötzlich auf mich allein gestellt.«

Nicola fuhr auf. »Aber bitte! Du hast doch auch Kinder! Was haben denn meine Eltern dazu gesagt? Konnten die nicht helfen? Finanziell haben die es doch dicke!«

Elisabeth hatte den Kopf gesenkt, und Nicola merkte, dass sie gerade in ein Wespennest gestochen hatte.

»Ja, die haben etwas dazu gesagt! Es war nur so überhaupt nicht das, was ich mir gewünscht hatte. Sie waren der festen Meinung, dass es nun wirklich nicht angebracht sei, mit Ende siebzig noch einen selbstständigen Neuanfang zu wagen ...« Sie stockte in ihrer Erzählung, rang die Hände, wie es auch Nicola gern in solchen Situationen tat, sah dann entschlossen auf und sprach mit brüchiger Stimme weiter. Ihr Tonfall belegte, wie sie zu dem stand, was nun kam. »Deine Mutter Marion, liebe Nicola, hat keinen Zweifel daran gelassen, dass ich keinen Platz in ihrem Leben habe. Und ich denke … nein, ich weiß: auch keinen Platz in ihrem Herzen!«

»Sie kann ein richtiges Aas sein, Großmutter! Ich weiß das«, platzte Nicola wütend heraus, »und ganz ehrlich, ich frage mich wirklich, wie eine so warmherzige Frau, wie du es bist, ein solch kaltschnäuziges Weib aufziehen konnte. War sie schon als Kind so? Oder was ist geschehen?«

Elisabeth überlegte einen Moment lang. »Um das zu verstehen, müsste ich weit ausholen. Willst du das wirklich alles wissen?«

»Und ob ich das will! Was, glaubst du, habe ich wohl an Nestwärme bekommen? Wie, denkst du, sind meine Werte gelagert? Ich musste erst dreißig Jahre alt werden, um zu begreifen, dass ich über das festzementierte Fundament, das mir meine Erziehung mitgegeben hat, dringend nachdenken sollte. Aber erstens ist das auch wieder eine sehr frische Erkenntnis und zweitens bist auch hier wieder unter anderem *du* beteiligt.«

Elisabeth lächelte. »Wir haben uns viel zu sagen, Tochterle! Wo fangen wir an?«

»Wollen wir es an genau dieser Stelle versuchen, Großmutter? Warum ist meine Mutter so, wie sie ist? Ich habe schon als Kind immer nur diesen Spruch gehört: ›Halt dich nicht mit Gefühlsduseleien auf. Geh deinen Weg, schau weder rechts noch links, nutz deine Bildung zum Erfolg!‹ Was hat dazu geführt, dass sie so kühl ist, nichts gelten lässt als materielle Dinge, Ansehen, berufliche und gesellschaftliche Positionen?«

Elisabeth rang nervös die Hände und schwieg einen Moment. Beinahe hätte Nicola die Frage zurückgezogen, denn sie sah, wie sie sich quälte. Doch dann begann sie zu erzählen.

»Als ich 1945 im Ruhrgebiet ankam, ausgemergelt, verängstigt, mit nichts als dem, was ich am Leib trug, und ganz allein, trat ich in eine völlig zerstörte Welt. Hier lag kein Stein mehr auf dem anderen, denn natürlich sind insbesondere die vielen Anlagen der Rüstungsindustrie, die sich ja in dieser Gegend zentrierte, Opfer der Bombenangriffe geworden. Dass da – gewollt oder ungewollt – auch ein Großteil der Wohngebiete getroffen wurde, ist dir sicher bekannt. Weißt du, ich war ein Maul mehr, das es zu stopfen galt. Und obwohl die Menschen ganz gewiss nicht schlecht waren, hatten sie nicht unbedingt sehnsüchtig auf Massen von Flüchtlingen gewartet. Du kannst dir denken, dass ich einen schweren Start hatte?«

Nicola nickte heftig. »Und ob ich mir das vorstellen kann!«

»Ich will es kurz machen, denn dieser Teil meiner Lebensgeschichte gehört nicht zu dem, worauf ich besonders stolz bin. Wir gehörten zur amerikanischen Besatzungszone. Ich war jung und – obwohl man mich weiß Gott, so mager wie ich war, nicht gerade als Augenweide bezeichnen konnte – von Natur aus ziemlich hübsch. Das zumindest fand George, ein junger amerikanischer Offizier. Und da es im Grunde nur darum ging, zu überleben, und er ein wirklich feiner Kerl war, habe ich mich mit ihm eingelassen. Es ging mir zusehends besser. Und nach nicht allzu langer Zeit erwartete ich ein Kind von ihm.«

»Meine Mutter ist gar nicht die leibliche Tochter von Großvater?«, entfuhr es Nicola.

Elisabeth knetete ihre Fingerspitzen und blickte verlegen in ihren Schoß. »Nein. Marion war noch ganz klein, als es galt, eine Entscheidung zu fällen. Georges Zeit in Deutschland lief ab. Er wurde zurückversetzt in die Staaten. Und machte mir einen Heiratsantrag.«

»Ach, guck mal an!« Nicola fing an zu lachen und Elisabeth schaute sie wegen dieses Heiterkeitsausbruches völlig verständnislos an. »Ich kann mir denken, dass du nicht verstehst, warum ich das komisch finde, aber das ist mir kürzlich auch passiert! Mein Freund Morris, der ein Auslandsjahr in meiner

Firma absolviert hat, wollte mich auch in die USA entführen. Ich habe mich gesträubt und die Beziehung beendet.«

Elisabeth schmunzelte. »Wie sich doch die Bilder gleichen! Aber du verschweigst mir nicht auch noch ein Urenkelchen, oder?«

»Nein! Aber ich glaube zu wissen, wie du dich entschieden hast.«

»Ich habe aus zwei sehr einfachen Beweggründen gehandelt. Erstens hatte ich Angst und zweitens Hoffnung. Angst vor einem so weit entfernten Land, vor einer völlig fremden Kultur, vor meinen Gefühlen, die ich für George hegte. Er war, wie gesagt, ein feiner, anständiger Kerl, aber ich liebte ihn nicht. Hätte er das eines Tages herausgefunden, was wäre dann gewesen? Ich – im fernen Amerika – allein mit dem Kind? Nein! Was aber beinahe noch schwerer wog, war die Hoffnung. Du weißt um meine große Liebe, Nicola! Um es ganz genau zu benennen: Es war nicht nur die Liebe zu Aleksander, es war auch die Liebe zu dem Land, in dem ich aufgewachsen bin. Und es gab damals keinen wirklich guten Grund anzunehmen, dass ich nie wieder zurückkehren würde. Du kennst die politische Entwicklung, weißt, dass es bis zum Warschauer Vertrag im Jahr 1970 dauerte, ehe wir die traurige Gewissheit hatten, nie wieder in unsere Heimat zurückkehren zu dürfen. Aber Ende der Vierzigerjahre wussten wir es eben noch nicht und hofften!«

»Du kannst dir noch nicht vorstellen, Großmutter, wie sehr auch ich gerade mit allen Kräften am Prinzip Hoffnung festhalte! Aber das erzähle ich dir später, wenn du es hören magst. Auf jeden Fall kann ich dich verstehen. Und wie! Erzählst du weiter, bitte?«

»Du bist fast so dünn wie ich damals, den Amerikaner hast du schon hinter dir«, meinte Elisabeth und machte ein verschwörerisches Gesicht, »ich bin sehr gespannt, was du auf dem Herzen hast. Dass es etwas mit dem Herzen zu tun hat, sehe ich dir nämlich an der Nasenspitze an ... Aber schön, zunächst weiter in meiner Lebensbeichte. Wen sollte sie auch mehr angehen als dich ... Ich hatte einen kleinen Posten im Fernmeldeamt bekommen. Du weißt ja, ich hatte nichts gelernt, keine Ausbildung, kein Studium. Allerdings war ich, wie man so schön sagt, halbwegs gebildet und begriff schnell. Marion konnte ich bei einer Nachbarin abgeben, die mir so etwas wie eine Freundin wurde in dieser schweren Zeit. Und ging arbeiten, um die winzige Einzimmerwohnung zu bezahlen und uns beide zu ernähren. Dann lernte ich deinen Großvater im Amt kennen. Von da an hatte ich zwar einen Mann, aber aus der Freundin wurde urplötzlich eine Feindin. Sie versuchte nämlich, allein, wie auch sie war, ihn mir auszuspannen, und ich gewann. Ich glaube, das hat sie mir nie verziehen und sich auf die denkbar abscheulichste Weise gerächt.«

»Du liebe Güte, das klingt dramatisch! Wie denn?«, fuhr Nicola dazwischen.

»Frauen können so garstig werden, Tochterle! Sie kämpfen mit den unfairsten Mitteln, gehen manchmal notfalls buchstäblich über Leichen. Als Marion neun Jahre alt war, hat sie zurückgeschlagen. Denk dir bloß, wie lange der Rachegedanke in ihr geschwelt haben muss! Ich war längst verheiratet, Wolf-Dietrich hatte die Kleine völlig selbstverständlich adoptiert, wir hatten es bereits zu einer etwas größeren Wohnung gebracht, es ging aufwärts. Ich war beinahe glücklich mit unseren bescheidenen, aber friedlichen Verhältnissen. Da hielt sie es für notwendig, Marion darüber aufzuklären, wer ihr leiblicher Vater war.«

»So ein Miststück! Wie hat Mutter es aufgefasst?«

»Diese ehemalige Freundin hat ein Saatkorn gelegt, das sie, ohne dass ich auch nur das Geringste davon ahnte, fast täglich begoss. Sie log Marion von einem George vor, der aus dem sagenhaftesten Wohlstand gekommen sei, aus einer der reichsten Familien Amerikas, mit einer Villa in der feinsten Gegend, Swimmingpool, Yacht und Park, den tollsten Autos, allen Möglichkeiten der oberen Zehntausend. Das war gelogen, Nicola! Aber Marion glaubte ihr. Und sie begann, nicht nur ihren wunderbaren Adoptivvater, sondern auch mich zu hassen. Es hat Jahre gedauert, bis ich herausfand, was plötzlich mit dem Kind los war. Sie hat es zu einem Geheimnis gemacht, das nur zwischen ihr und Marion existieren durfte, und sie ständig neu befüttert, indem sie ihr Magazine zeigte, sie wie eine nette, liebe Patentante ins Kino einlud und ihr eine Welt vorgaukelte, in der sie hätte leben können, hätte leben *sollen*, wenn ihre Mutter sich nicht so völlig falsch entschieden hätte.«

»Donnerwetter! Kinder sind in dem Alter doch so unglaublich beeinflussbar. Da läuft also der Hase lang!«

»Tja, und wir? Was hatten wir ihr schon zu bieten? Dein Großvater ein Flüchtling ohne Erbansprüche, ich ein Flüchtling! Andere Kinder hatten mehr. Nicht nur materiell. Sie hatten etwas, was Marion fehlte. Natürlich nicht nur ihr, sondern Zigtausenden Nachkriegskindern mit ähnlichen Hintergründen. Sie hatte keine Wurzeln. Keine alten, tiefen Wurzeln jedenfalls. Und die, die wir ihr mit nichts als unserer Liebe geben konnten, fassten nicht tief genug, um sie stabil und immun zu machen. Sie hat diese Worte, die du vorhin gesprochen hast, für sich geprägt, Nicola. Diese Worte, die so sehr von Kälte, aber genauso von Verletztheit sprechen. Denn kein Mensch dieser Welt kann gedeihen ohne ein fein gewobenes Netz sozialer Kontakte. Und kein Mensch kann glücklich sein, wenn er seine eigenen Wurzeln, die ihm gegen alle Stürme und Anfechtungen Halt geben, vollkommen verleugnet.«

Die Brandrede beeindruckte Nicola. Was sie gesagt hatte, stimmte in vielerlei mit dem überein, was sie erst kürzlich von Marcin gehört hatte. Nachdenklich antwortete sie: »Weißt du, bis vor ganz kurzer Zeit habe ich selbst mir auch eingebildet, eine Art Luftwurzler zu sein, der überall und nirgends zu Hause sein kann. Familiäre Bindungen wertzuschätzen hat mir meine

Mutter abgewöhnt. Sie hat immer gesagt, ich müsste genau da zu Hause sein, wo meine Arbeit ist. Und hat das als einzig richtige Sichtweise propagiert.«

Elisabeth sah sie forschend an. »Und das glaubst du jetzt nicht mehr? Warum nicht? Nur weil dir mein Brief dort in die Hände gefallen ist, wo deine Wurzeln seit vielen Generationen lagen?«

Nicola schüttelte den Kopf, stand auf, ging nachdenklich ans Fenster. »Ich kann dir nicht sagen, warum, aber es fühlt sich für mich so an, als würden sich jetzt endlich Kreise schließen. Es ist mir zuvor nie bewusst geworden, dass mir etwas fehlte. Wenn du früher etwas erzählt hast, habe ich nur mit halbem Ohr hingehört. Dabei hast du nie viel erzählt. Es gab ja kaum Gelegenheiten. Aber ich habe immer gedacht: Geh mir weg mit den ollen Kamellen von verlorener Heimat, Vertriebenenromantik, all diesem Quatsch, der nichts mit mir zu tun hatte. In meiner Schulzeit gab es einen Haufen Mitschüler, die fuhren am Wochenende oder in den Ferien zu ihren Großeltern. Manchmal hatten sie sogar Urgroßeltern. Die kamen aus bestimmten Orten, meist ganz in der Nähe, wo die Familie schon ewig gelebt hatte. Da gab es Häuser auf dem Land, Cousinen, Tanten, Vettern, was weiß ich noch. Die hatten Freunde, da kannten sich schon die Urgroßeltern. Ich hatte nichts dergleichen und habe versucht, dieses Manko durch das auszugleichen, was meine Mutter mir eingebläut hat. Bis dato hat das ja auch prächtig funktioniert. Ich hatte Eltern, die zwar dafür sorgten, dass wir es zu einem gewissen sozialen Status brachten, aber für mich gab es nie so einen richtigen uralten Heimatort, verstehst du? Manchmal habe ich das wirklich vermisst. Und es hat ein Gefühl der Unvollständigkeit hinterlassen.«

Nicola stockte und griff nach ihrem Handy. »Schau mal, was ich fotografiert habe, nur ein paar Kilometer vom Gutshaus entfernt.«

Sie hielt Elisabeth die Landschaftsbilder hin. »Da habe ich im Schnee gestanden, ganz allein unter diesem unglaublich hohen Himmel. So hoch, wie ich ihn noch nie irgendwo auf der Welt gesehen habe. Und ich hatte zum ersten Mal in meinem Leben das Gefühl, zu Hause und eins mit mir und meiner Umgebung zu sein. Ich fühlte mich, als gehörte ich dort hin. Dabei ist es doch eigentlich gar nicht wahr!«

Elisabeth lächelte. »Nicht wahr? Natürlich ist es wahr, du Luftwurzler! Du darfst dich ruhig auf deine Gefühle verlassen, Nicola. Trau ihnen doch einfach mal und versuch nicht, alles rational erklären zu wollen. Und wenn du das nicht sofort kannst, dann glaub mir wenigstens, dass du nicht die Einzige bist, die sich dort so gefühlt hat! Schon Generationen vor dir haben genauso empfunden. Dein Ururgroßvater hat das Haus erbaut. Hast du den Haussegen gesehen, als du in der Halle des Gutshauses gestanden hast?«

»Ja, aber ich habe nur noch die Worte ›Treu' und Ehr'‹ erkennen können. Wie lautete er denn vollständig, Großmutter?«

»Da stand: ›Nur unter diesem Himmel will ich leben und schwöre Treu' und Ehr'. Gott möge dieses Haus beschützen mit seinem Engelsheer.‹ Deine Vorfahren hielten sich, wie du siehst, nicht nur an preußische Tugenden, sondern waren gläubig und sehr heimatverbunden. Du sagst, die ›Vertriebenenromantik‹ hat dich als Kind genervt. Und mit einem einzigen Besuch, eigentlich als Tourist, hat sich deine Sichtweise geändert? Das ist doch erstaunlich, findest du nicht? Ich bin dort aufgewachsen, Nicola. Und ich durfte nie heimkehren. Kannst du dir auch nur ansatzweise vorstellen, welche Sehnsucht, wie viele durchweinte Nächte ich hatte? Wie es war, nie wieder zurückkehren zu dürfen, dorthin, wo ich die glücklichste Zeit meines Lebens verbracht habe, wo ich tief verwurzelt war? Wie ein ausgerissener Baum habe ich mich gefühlt. Aber vielleicht ist das wieder ein zu romantisches Bild für meine so rational gesteuerte Enkelin ...«

Nicola sah Tränen in Elisabeths Augen glitzern. Sie bemühte sich offenkundig, nicht sentimental zu wirken, saß sehr straff aufrecht, die Schultern zurückgenommen, das Kinn ein wenig vorgereckt, um Contenance ringend. Eine heiße Mitleidswelle schlug über Nicola zusammen. Sie umarmte ihre Großmutter, streichelte sanft ihren Rücken und flüsterte: »O doch, ich kann es mir vorstellen! Und ich bin mir seit einigen Wochen gar nicht mehr so sicher, nur kopfgesteuert zu sein. Wenn du es noch willst, werde ich dich dorthin bringen.«

Elisabeth löste sich aus Nicolas Armen und sah sie glückstrahlend an. »Das würdest du für mich tun? Und ob ich will! Eine größere Freude kannst du mir nicht machen!«

»Natürlich, Großmutter! So bald wie möglich. Lass es uns zusammen erleben. Ich will alle Geschichten hören, alles wissen, du musst mir alles zeigen, was ich noch nicht entdeckt habe. Du bist die Einzige, die ich noch nach etwas fragen kann. Und jetzt möchte ich zuerst wissen, was ist mit deiner ... nein, falsch, mit *unserer* Familie passiert?«

Elisabeth seufzte, hob hilflos die Hände und ließ sie wieder in den Schoß sinken. »Ich weiß es nicht, Nicola. Sie wollten in Gotenhafen aufs Schiff. Wir hatten munkeln hören, dass Admiral Dönitz die ›Operation Hannibal‹ befehlen würde, die sowohl die fliehenden Zivilisten aus den nördlichen Gebieten Ostpreußens retten sollte als auch die Verschiffung der im Rückzug begriffenen Truppenteile und der vielen Verwundeten gen Westen zum Ziel hatte. Aber ob unsere Familie die Küste überhaupt erreicht hat? Die Trecks zogen sich wie schwarze Lindwürmer durch den Schnee. Wagen an Wagen, ein kaum zu verfehlendes Ziel für russische Tiefflieger! Zwischendrin immer wieder Militärfahrzeuge. Ein guter Grund, anzugreifen und den Tod unzähliger Frauen, Kinder und Alter als Kollateralschaden billigend in Kauf zu nehmen. Ebenso konnte man den russischen U-Boot-Führern, die ein rundes Dutzend Flüchtlingsschiffe torpedierten, gar keinen

Vorwurf machen. Die deutschen Schiffe waren allesamt bewaffnet und konnten durchaus als Kriegsschiffe gelten. Bestimmt hast du mal von der ›Gustloff‹ gehört, nicht wahr?«

Nicola nickte. »Das völlig überbelegte ehemalige Kreuzfahrtschiff, das mit beinahe zehntausend Menschen an Bord versenkt wurde?«

»Ja! Weißt du, was ich immer geträumt habe, nachdem ich davon erfahren hatte? Meinen kleinen Bruder habe ich ja schon einmal zuvor beinahe ertrinken sehen. Immer wieder erschien mir sein bleiches Gesichtchen im Schlaf. Ich hatte doch solche Angst gehabt, sie würden nicht recht auf ihn achtgeben auf dem schönen großen Luxusdampfer. Er war so ungestüm! Vielleicht hat er am Ende doch noch sein nasses Grab in der Ostsee gefunden? Vielleicht sogar alle?«

Elisabeth hatte sich in eine verzweifelte Verfassung geredet. Und Nicola wusste nichts zu sagen, um sie zu trösten. Alles, was ihr einfiel, war: »Das Rote Kreuz hat doch damals unglaublich erfolgreich zahllose Familien wieder zusammengeführt. Hattest du es darüber versucht?«

»Natürlich, Tochterle! Aber unsere Familie war und blieb verschwunden. Es gab keine einzige Spur.« Ratlosigkeit, Resignation und eine nicht zu besänftigende Traurigkeit zogen einen grauen Schleier über Elisabeths Gesicht.

Und was mag mit Aleksander geschehen sein? Frage ich sie jetzt oder warte ich, bis sie selbst darauf kommt?

Nicola hatte den Eindruck, dass Elisabeth die unausgesprochene Frage förmlich hinter ihrer Stirn lesen konnte. Aber es war offenkundig, dass sie noch nicht darüber reden wollte. Fast unmerklich schüttelte sie den Kopf. Es entging Nicola nicht und war ihr Signal genug, lieber ein anderes Thema anzuschneiden, das sie brennend interessierte. Sie fühlte, dass sie jetzt nicht weiter in den unverheilten Wunden wühlen durfte, und hoffte auf eine Ablenkung.

»Du musst mir noch etwas anderes erklären! Ich erlebe dich jetzt zum zweiten Mal. Du bist geistig vollkommen fit, du wirkst gesund und völlig selbstständig. Warum genau bist du immer noch hier und wieso bist du offenbar so wenig wohlgelitten? Um es mal vorsichtig auszudrücken.«

Ein schelmisches Lächeln glitt über Elisabeths Züge, das Tränenglitzern verschwand, und Nicola war froh, dem Gespräch zunächst eine andere Richtung gegeben zu haben. »Eine Kurzzeitpflege nach dem Krankenhausaufenthalt war damals unumgänglich. Dagegen habe ich mich auch nicht gesträubt. Wogegen ich mich allerdings erst klammheimlich, dann auch ganz offen gewehrt habe, war die unschöne Sitte, aus leichten körperlichen Gebrechen auch gleich einen psychisch weggetretenen Zustand werden zu lassen. Und damit eine Abhängigkeit im doppelten Wortsinne zu schaffen, aus der manche Heimbewohner nie mehr herauskommen.«

»Was willst du damit sagen?«, fragte Nicola erschreckt.

»Du kennst aus der Presse und aus den Nachrichten ganz gewiss das Wort ›Pflegenotstand‹, oder?«

»Ja, sicher. Viel zu wenig Personal für viel zu viele Pflegebedürftige.«

»*Wie* pflegebedürftig ein alter Mensch ist, entscheidet der Medizinische Dienst.«

»Weiß ich!«

»Weißt du. Gut! Aber wie pflegebedürftig man *gemacht* werden kann, ahnst du nicht! Ich habe sehr schnell begriffen, dass mir diese Tabletten nicht guttaten, die ich bekam. Weißt du, ich war vorher genauso fit im Kopf wie jetzt. Und auch körperlich sehr gut beieinander. Mal abgesehen von dem Bruch, der an sich gut heilte. Nichts Wildes also. Aber es gab freie Plätze in diesem Heim. Und das Zusammenspiel zwischen Marions Wunsch, mich möglichst endgültig sicher untergebracht zu wissen, und dem Interesse der Heimleitung, mich dauerhaft in eine

Pflegestufe einzuordnen, also bei einträglichen Kassenzahlungen hierzubehalten, funktionierte einfach zu gut!«

»Ich verstehe immer noch nicht ganz ...«, bekannte Nicola.

»Geh nachher mal mit offenen Augen durch die Gänge und schau dich um. Du wirst auffallend viele Menschen sehen, die so wirken, als seien sie völlig weggetreten. Sie hocken teilnahmslos in ihren Rollstühlen, sitzen manchmal von morgens bis abends an ein und derselben Stelle im Aufenthaltsraum. Da, wo man sie nach dem Frühstück hingeschoben hat. Und rühren sich nicht. Das ist praktisch! Wer nicht mehr ›piep‹ sagt, muss nicht beschäftigt werden und stellt keine Ansprüche.«

Nicolas Augen weiteten sich. »Du willst sagen, die Menschen sind eigentlich gar nicht schwer dement, sondern werden mithilfe von Psychopharmaka ruhiggestellt und verlieren dadurch ihre Selbstständigkeit?«

»Das gilt für viele Fälle. Was ich hier sehe, lese ich oft auch in der Zeitung. Je ruhiger sie sind, desto weniger Ansprache und Beschäftigung brauchen sie. Aber desto höher werden sie über kurz oder lang eingestuft. Das wiederum bringt der Pflegeinstitution natürlich mehr Geld. Es läuft alles auf Gewinnoptimierung hinaus. Die Pflegekräfte sind größtenteils heillos überfordert und wissen nicht mehr, wo ihnen der Kopf steht. Sie würden ja gerne mehr tun. Es bleibt jedoch keine Zeit für ein Gespräch, eine Ausfahrt in den Garten oder sonst eine Kleinigkeit, die Freude ins Leben bringt. Gerade dann, wenn sie noch jung und frisch im Beruf sind, haben sie oft eine ziemlich rosige und engagierte Vorstellung. Manche ecken bei der Pflegeleitung böse an, wenn sie den Mund aufmachen. Aber wer seinen Job behalten will, verstummt in der Regel recht schnell. Und ich sage dir, Tochterle, viele leiden entsetzlich darunter! Glück haben nur diejenigen Heimbewohner, deren Angehörige sich regelmäßig kümmern. Da ja aber deine Mutter mich letztlich loswerden wollte, war sie ganz froh darüber, dass dieses Heim so weit entfernt liegt, dass man kaum von ihr erwarten kann, ständig zu Besuch zu kommen. Ich habe die Dummheit besessen, mich nicht ins gnadenvolle Land des Vergessens schicken zu lassen, und die Pilleneinnahme verweigert. Erst heimlich, als ich begriff, was mit mir geschah, wie ich immer mehr abbaute. Dann ganz offen. Ganz besonders fiel es mir beim Lesen auf. Ich musste plötzlich ständig zurückblättern, weil ich einfach nicht mehr wusste, was ich drei Seiten zuvor gelesen hatte. Da musste etwas faul sein, also habe ich die Pillen anfangs in der Toilette hinuntergespült, und als ich merkte, dass das Weglassen tatsächlich all meine Lebensgeister wieder weckte, habe ich offiziell beim zuständigen Arzt Bescheid gesagt. Allerdings bringt das die bittere Einsicht mit sich, dass ich sehr bewusst wahrnehme, was um mich herum geschieht.«

Nicola begehrte empört auf. Was ihr Elisabeth da in völliger Gelassenheit erzählte, ging vehement gegen ihr Rechtsbewusstsein. »Großmutter, ich bin fassungslos! Man bekommt ja den Eindruck, es mit mafiösen Strukturen zu tun zu haben.«

Elisabeth nickte nur. »Wie weit diese Fremdbestimmung im Rahmen der festgelegten Pflegepläne sogar gehen kann, habe ich bei einer Mitbewohnerin erlebt, mit der ich mich ein bisschen angefreundet hatte. Constanze war ein paar Jahre älter als ich und kam aus Königsberg. Ich war so froh, jemanden gefunden zu haben, der viele Erinnerungen teilen konnte und ein ganz ähnliches Schicksal erlitten hatte wie ich. Sie kam hier nach einer schweren Lungenentzündung an, die sie sich infolge einer Operation zugezogen hatte. So etwas passiert häufig bei alten Menschen, wenn sie in den Kliniken nicht schnell genug wieder mobilisiert werden. Auch sie hatte keine Angehörigen, die sich um sie gekümmert haben, und du konntest zusehen, wie sie in sich zusammenschmurgelte. Eine kleine Renitente war sie ...« Elisabeth lächelte bei dem Gedanken verschmitzt. »Sie hat die Belegschaft ganz schön gescheucht. Zumindest anfangs ...«

»Aha! Und dann wurde sie ruhiger?«

»Sie wurde *sehr* ruhig. Ich war entsetzt, wie sie mir entglitt, wie sie buchstäblich dem Leben entglitt! Ich musste mir das Plätzchen neben ihrem Bett erkämpfen, wo ich wochenlang saß und ihr vorlas, während sie mehr und mehr davondämmerte. Sie wurde immer dünner, mochte und konnte nicht mehr essen. Ich wusste, dass es zu Ende geht! Die Pflegerin, die immer wieder versuchte, ihr Brei zwischen die Zähne zu schieben, jammerte die ganze Zeit, sie habe ihre Vorschriften, das Pflegeprotokoll dürfe keine so starke Gewichtsabnahme aufweisen, sie bekäme Ärger mit der Heimleitung. Du hättest das sehen müssen, Nicola! Sie war schon halb tot, da ging das immer so weiter, hastig, hastig, rein mit dem Brei. Sie konnte gar nicht mehr schlucken, atmete das Zeug ein, hustete zum Erbarmen und röchelte. Aber man wollte sie nicht einfach in Ruhe sterben lassen! Ich bin dazwischengegangen. Bin richtig handgreiflich geworden, habe verboten, dass diese Schwester mit einem Menschen so umgeht. Und als sie mich rausgeworfen hat, habe ich mich bei den Ärzten beschwert.«

Nicola regte sich mindestens genauso auf wie Elisabeth. »Da kommt einem ja die Galle hoch! Sag mal, hatte es Folgen für dich?«

»Ja, du siehst ja, dass es welche hatte. Mein Stand hier ist nicht der beste. Insbesondere bei der Pflegekraft, die du ja nun auch schon kennengelernt hast. Sie hat mich seither auf dem Kieker.«

»Meine Güte«, stöhnte Nicola, »da bekommt man ja Angst vor dem Altwerden!«

Elisabeth legte besänftigend eine Hand auf ihre. »Nein, Tochterle! Es ist nicht überall so! Es gibt großartige Heime. Ich frage mich immer, wie andere das mit denselben finanziellen Mitteln so gut hinbekommen, was hier offenbar nicht geht. Aber ganz ehrlich: Ich habe aufgegeben. Aus eigener Kraft komme ich hier nicht weg. Und deine Eltern sind der Meinung, dass ich mir das alles nur einbilde.«

Elisabeth stand auf und nahm Nicola bei der Hand. »Aber lass uns jetzt nicht den schönen Sonntag vertrödeln! Komm, wir gehen ein bisschen in den Park. Endlich scheint mal die Sonne, und weitersprechen können wir auch draußen. Halt ein wenig die Augen offen und sieh dir unterwegs meine Mitgefangenen genauer an«, sagte sie in einem Ton, der verflixt an Galgenhumor erinnerte.

* * *

Verstohlen schaute sich Nicola auf dem Weg durch die Flure nach Beweisen um. Glaswände ließen einen Blick in die Gesellschaftsräume zu. Elisabeth wies sie auf mehrere Heimbewohner hin, die dort saßen. Teils im Rollstuhl zusammengesunken und völlig in sich gekehrt, teils stier geradeaus blickend, die Ellenbogen auf den Tisch gestützt oder die Hände im Schoß gefaltet. Es war kaum ein Mucks zu hören. Als uninformierter Besucher wäre ihr wahrscheinlich nur eines aufgefallen: Alles blitzte vor Sauberkeit! Welche Hintergründe dieser beinahe sterilen Atmosphäre zugrunde lagen, hätte sie zuvor nie und nimmer vermutet.

Die gläserne Eingangstür schwang leise hinter ihnen zu. Frische Luft war genau das, was Nicola jetzt dringend brauchte. Geräuschvoll sog sie den Sauerstoff in die Lungen. Elisabeth tat es ihr gleich. Und marschierte los. In einem derart strammen Tempo, dass Nicola ihre Großmutter mehrmals bewundernd von der Seite ansah und sich anstrengen musste, Schritt zu halten. Eine Weile gingen sie schweigend nebeneinander her, umrundeten einen Teich, an dessen Ufern alte Trauerweiden ihre Zweige bis nah an die Wasseroberfläche streckten. Ein Schwanenpaar glitt träge dahin. Ab und zu verhielten die Vögel, schlangen ihre Hälse umeinander, putzten sich gegenseitig das Gefieder. Gleichzeitig wandten Nicola und Elisabeth sich einander zu, tauschten vertraut lächelnd einen Blick, der jeder bewies, was die andere dachte.

»Du weißt, woran ich denken muss, nicht wahr, Nicola?«

»Natürlich! Dein kleiner Bruder, das Segelboot, der Retter in letzter Sekunde!«

»Und alles, was danach geschah ...«, flüsterte Elisabeth und wandte sich, offenbar völlig in Erinnerung versunken, ab.

Wie hübsch sie doch noch immer ist! Die Luft tut ihr gut. Ganz rosige Wangen hat sie bekommen. Soll ich sie jetzt fragen, was aus ihm geworden ist, ob sie ihn tatsächlich getroffen hat, wie es geplant war? Oder sollte ich sie von sich aus kommen lassen, nicht drängeln, nicht wieder einmal ungeduldig sein?

Nicola entschloss sich zu warten. Es war ein guter Entschluss, stellte sie Sekunden später fest.

Elisabeth straffte sich. »Ist noch alles so, wie ich es beschrieben habe?«, fragte sie, und obwohl sie sich noch immer nicht wieder zu ihr umgedreht hatte und Nicola Tränen erwartete, klang es nicht traurig, sondern neugierig.

»Ja, ich glaube schon. Nun habe ich es natürlich nur tief verschneit erlebt, aber ich habe am Fenster der Bibliothek gestanden und auf den Teich hinuntergesehen, bevor ich deine Briefe fand. Gelesen habe ich sie dann in einem Zimmer des Gästehauses. Das Zimmer mit den altrosa Tapeten und Vorhängen, weißt du?«

Elisabeth fuhr herum. »Du hast im Damenzimmer gewohnt?«

Nicola zuckte kurz zusammen. Auch Marcin hatte es »Damenzimmer« genannt. Zufall?

Ihr fiel ein, dass sie dort einen Schnappschuss gemacht hatte. Sie zog ihr Handy heraus und suchte nach dem Foto des Meisenpärchens, auf dem auch ein kleiner Teil des Raumes erkennbar war. »Schau mal, das habe ich an einem sehr schönen Morgen gemacht.«

»Ach, wie entzückend! Sag mal, hängt da womöglich ...«

»Da hängt eine Frühlingslandschaft über dem Bett. Die hat mich schon am ersten Abend begeistert. Du hast sie gemalt, stimmt's?«

»Nicht alleine!« Elisabeth wiegte ganz leicht den Kopf und lächelte wie ein frisch verliebtes junges Mädchen.

Nicola war so gerührt, dass sie sie fest in die Arme nahm und leise sagte: »Ja, Großmutter. Aleksander hat sie vollendet. Willst du mir nicht erzählen, wie es weiterging?«

»Ja hast du denn überhaupt so viel Zeit für mich?«

»Zeit für *uns*! Es wird Zeit, dass wir uns Zeit für uns nehmen!«

Eine seltsame Wandlung ging mit Elisabeth vor. So energisch, wie ihr Schritt gewesen war, so fordernd wirkte plötzlich ihr Gesichtsausdruck. Nicola war irritiert.

»Ich erzähle dir alles, Nicola. Aber weißt du, was ich gerade festgestellt habe?«

Kopfschütteln.

»Du kennst meine intimsten Gedanken und Gefühle. Und ich weiß beinahe nichts über dich. Es interessiert mich nicht, wie viel du verdienst, was deine Wohnung im Monat kostet oder welches Auto du fährst. Was mich interessiert, ist der Mann, der dir im Kopf herumspukt. Erzähl mir etwas von dir und ich gebe dir den ganzen Rest meiner Geschichte. Ist das eine faire Abmachung?«

Nicola lachte. »Mein lieber Schwan, du feilschst ja wie auf einem orientalischen Kamelmarkt! Und gib's zu – du bist neugierig.«

Elisabeth hielt ihr die ausgestreckte Handfläche hin und sagte mit ausgesprochen spitzbübischer Miene: »Komm, schlag ein! Ich möchte wissen, was für ein Kamel ich für meine Geschichte bekomme. Es scheint ein blödes Kamel zu sein, denn es ist nicht bei dir. Ich werde ihm die Löffel langziehen, wenn ich es erwische!«

»Oder mir. Aber das entscheide selbst, wenn ich dir alles erzählt habe«, lachte Nicola und schlug ein.

* * *

Es wurde ein Nachmittag unter Freundinnen. Es gab keinen trennenden Altersunterschied, keine Vorbehalte, kein Zieren. Es gab Kuchen, ziemlich dünnen Kaffee, Lachen und Weinen, Fragen, Antworten und Verstehen.

Als Nicola ihren Teil der Abmachung beinahe ganz erfüllt hatte, sah Elisabeth sie forschend an. »Ist dir eigentlich ganz richtig bewusst, dass du unsterblich verliebt bist, Nicola?«

Verlegene Röte überzog Nicolas Wangen. »Ich ... ähm, glaubst du wirklich?«

Elisabeth prustete so, dass sie der bisweilen unglaublich albernen Silvia Konkurrenz hätte machen können. »Du merkst es nicht, du Schäfchen? Das habe ich mir beinahe gedacht. Du bist so verkopft, du erzählst mir deine wunderhübsche Liebesgeschichte in so einem sachlichen Ton, dass es einfach lächerlich ist! Aber es ist wirklich niedlich, und, meine Süße, es entlarvt dich, wie du zwischendrin immer abwechselnd rot und blass wirst und wie du leuchtest, wenn du die netten Dinge erzählst. Ich habe dich ertappt! Leugne nicht.«

»Da glaubst du aber mehr zu wissen als ich!«, entgegnete Nicola in leicht beleidigtem Tonfall. »Das müsste ich doch wohl selbst zuerst merken.«

»Du?« Elisabeth schüttelte heftig den Kopf. »Du bist doch viel zu eingefahren in deiner Rolle der kühlen, geschäftstüchtigen, zielstrebigen Karrierefrau. Das passt doch gar nicht in das Bild, das du von dir selbst erstellt hast, einfach mal verliebt zu sein. Erzähl mir nichts! Ich habe genug Lebenserfahrung. Mich kannst du nicht hinters Licht führen!«

Diese Diagnose ihrer Großmutter löste äußerst zwiespältige Gefühle in Nicola aus. Einerseits gefiel es ihr überhaupt nicht, entlarvt worden zu sein, denn es bewies eindeutig, dass ihre sachliche Fassade bröckelte.

Andererseits war sie im Grunde heilfroh, einen so wohlgesinnten Menschen gefunden zu haben, mit dem sie endlich frei und offen über das reden konnte, was sie noch immer ein wenig erschreckte.

»Verliebtsein ist etwas sehr Schönes, Großmutter. Und ja ... wahrscheinlich hast du die richtige Analyse getroffen ...«

»Ach komm!«, fiel Elisabeth ihr ins Wort. »Das ist doch schon wieder typisch. ›Analyse‹! Was ist denn das für ein dämliches Wort dafür? Ich sage dir auf den Kopf zu, du bist bis über beide Ohren verliebt und weißt nicht, wie du damit umgehen sollst. Analyse ... Analyse. Du spinnst! Ich möchte wetten, dein Herz schlägt schneller, wenn du an ihn denkst. Stimmt's?«

Nicola nickte.

»Und du hast ständig sein Gesicht vor Augen, wenn du – wie ich mal vermute – schlecht einschlafen kannst, stimmt auch?«

»Jahaaa!«, maulte Nicola trotzig.

»Und es zieht dich zu ihm zurück. Am liebsten gleich und sofort. Richtig?«

»Das ist doch das Problem«, fuhr Nicola auf, »weggeschickt hat er mich! ›Leb wohl!‹, hat er geschrieben. ›Nicht mehr wiedersehen wollen‹ bedeutet das!«

Elisabeth überlegte. »Wie hast du das genannt? Einen ›Deal‹? Einen Deal für eine Nacht? Pah!«

»Allerdings!«, trumpfte Nicola auf, die sich immer noch nicht recht wohl und beinahe nackt in ihrem Ertapptsein fühlte. »Er hat mir eindeutig gesagt, dass ich ihn nicht in meine Rentenplanung einbeziehen soll. Ist das nicht verdammt eindeutig?«

»Das *klingt* eindeutig. Aber ist da nichts, wirklich gar nichts gewesen, das dir bewiesen hat, dass er ähnlich fühlt wie du?«

Offenbar wollte sie nicht aufgeben; man konnte den Eindruck gewinnen, diese Liebesgeschichte machte ihr mindestens genauso viel Spaß, sie fieberte genauso mit, wie es Nicola beim Lesen der großmütterlichen Bekenntnisse gegangen war. Sie sah Nicola durchdringend an.

»Na ja. Es gibt vielleicht eine winzige Kleinigkeit. Du willst ja anscheinend unbedingt recht haben. Also hätte ich da noch etwas ...«

»Raus damit!«

»Kannst du eigentlich Polnisch?«

»Für den Hausgebrauch sollte es reichen, ja.«

»Dann übersetz mir bitte diese Worte! Hör zu, ich weiß nicht genau, ob ich es richtig ausspreche, aber es klang ungefähr so: Bedziesz ja widziala, moj aniele.«

Ein Leuchten ging über Elisabeths Züge. »Ich weiß zwar nicht, worauf er geantwortet hat, aber er scheint sehr verliebt und ungeheuer romantisch veranlagt zu sein, denn das bedeutet so viel wie: Du wirst sie sehen, mein Engel.« Sie schlug sich begeistert mit der flachen Hand aufs Knie. »Was wirst du sehen, Nicola?«

»Oh, Großmutter, du hast keine Ahnung, wie wichtig es für mich ist, das endlich zu wissen! Es geht um die Veilchen auf den Frühlingswiesen vor dem Haus. Er hatte zuvor gesagt, dass er wünschte, ich würde sie blühen sehen. Das klang für mich so wunderbar nach Zukunft und Gemeinsamkeit, und ich habe ihm geantwortet, dass ich sie so gern sehen würde.«

»Na also, da haben wir es doch! Und ich sage dir, das ist wirklich etwas Besonderes. Es sind Zigtausende, Nicola! Es wird ein Duft in der warmen Luft liegen, den findest du noch nicht einmal im französischen Grasse, wo die Parfumeure ihre Blumen züchten. Du musst es sehen. Und du musst es riechen. Ganz unter uns Pfarrerstöchtern: Dieser Mann liebt dich! Und ich kann mir nicht vorstellen, dass er so eiskalt ist, wie du glaubst, und dich wegjagt, weil er einen ... ha, einen ›Deal‹ mit dir hatte. Da muss etwas passiert sein, Tochterle. Und du hast keine blasse Ahnung, was es sein könnte?«

»Absolut keine! Ich war völlig fassungslos. Und du hast ja recht! Ich bin unglücklich. Am Morgen nach dieser wunderschönen Nacht lag das Handy auf dem Tisch. Und die Unterlagen für das Grundstück, die er aus dem Gutshaus für mich geholt hat. Und dieser Scheißzettel, den ich nicht mitgenommen habe. Aber damit hat er mir deutlich gesagt, dass ich nicht auf ihn warten soll, dass er mir alles Gute für die Zukunft wünscht. Also bitte, auf die Gefahr hin, dass ich mich wiederhole: ›Alles Gute für die Zukunft!‹ Und nicht etwa ›Auf Wiedersehen‹, nein, ›Leb wohl‹ stand da. Das ist ein entscheidender Unterschied, oder? Ich werde einfach nicht schlau aus dem Ganzen. Du?«

Elisabeth wiegte den Kopf hin und her, hatte einen Zeigefinger unters Kinn gelegt und dachte nach. Dann hatte sie eine Idee. »Zeig doch bitte noch mal die Fotos vom Haus. Gib's mal her, dein Telefon.«

Sie hatte schnell gelernt und klickte lässig die Fotos hin und her. Dann stoppte sie bei dem Bild, das Nicola als Fehlschuss in den Schnee deklariert hatte.

»Kann man das vielleicht größer machen?«, fragte Elisabeth.

Nicola zeigte ihr, wie sie vorgehen musste.

Es waren gar keine kleinen Schmutzflecken im Schnee, wie sie vermutet hatte!

Wie Schuppen fiel es ihr von den Augen. »Großmutter! Weißt du, was er hier fotografiert hat? Das ist die Zeichnung, die mir der Makler gegeben hat. Darauf ist das gesamte zum Verkauf stehende Areal eingezeichnet. Inklusive Gästehaus! Marcin weiß doch nicht, dass mit dem Erwerb durch meine Firma seine ganze Existenz auf dem Spiel steht. Er glaubt doch, es gehe nur um das Gutshaus und das Grundstück dahinter. Ich wollte das unbedingt klammheimlich alleine klären und ihn damit nicht verrückt machen. Und wie gerade erzählt: ich habe es für ihn ganz wunderbar geregelt!«

Mit einem überlegenen Lächeln, das alle Erläuterungen Nicolas in den Schatten der bloßen Vermutung stellte, antwortete Elisabeth: »Du täuschst dich. Er hat es gewusst! Und er hat dir hier den Grund für sein Verhalten geknipst. Ich bin sicher, er wollte, dass du sein Handeln nachvollziehen kannst. Kind, ihr hättet miteinander reden müssen!«

Nicola sprang vom Sofa auf, begann unablässig in dem Zimmerchen hin und her zu tigern, knetete nervös ihre Hände. Ihre Stimme klang gequält und hoffnungslos. »Ich weiß das längst, das musst du mir nicht noch mal aufs Butterbrot schmieren. Ich weiß auch längst, dass ich einen verdammten Fehler damit gemacht habe zu glauben, dass es ein tolle Idee wäre, mit ihm ins Bett zu gehen. Ich hätte mit ihm reden müssen, ihm klarmachen, dass ich mich für ihn einsetzen werde, und geduldig sein müssen. War ich aber nicht!« Sie blieb stehen, baute sich vor Elisabeth auf und setzte trotzig hinzu: »Und jetzt geht der Idiot nicht mehr ans Telefon, wenn ich anrufe. Ich kann es nicht wiedergutmachen. Seinen besten Freund erreiche ich nicht, der ist derzeit nicht im Büro. Was mache ich bloß? Selbst wenn er mich im Grunde gar nicht will und ich überhaupt nicht weiß, wie es beruflich bei mir weitergehen würde, selbst wenn er mich wollen würde, ich kann es nicht ertragen, dass er mich für eine so blöde Kuh hält!«

»Es geht dir doch nicht nur darum, dass dein Ruf bei ihm wiederhergestellt wird, mein Schätzchen! Früher, weißt du, ganz früher haben wir in solch einer Situation einen Brief geschrieben. Das könnt ihr ja heute nicht mehr. Wer nicht ans Telefon geht, ist für euch unerreichbar. Er könnte genauso gut tot sein. Und jetzt, mein Liebes, werde ich dir mal erzählen, was ich getan habe, um zu dem Mann zu kommen, den ich liebte. Danach kannst du selbst entscheiden, wie groß die Hindernisse wirklich sind, die zwischen dir und ihm stehen.«

Und drehte sich nicht mehr um

Pünktlich um acht Uhr hatte man Nicola wieder gebeten zu gehen. Die Trennung von Elisabeth war ihr heute unendlich schwergefallen, und sie hatte noch am Nachmittag dafür gesorgt, dass ihre Großmutter endlich einen eigenen Telefonanschluss im Zimmer bekam, um fortan ständig in Kontakt bleiben zu können. Es war ein winziger Luxus, den sie sich selbst nie geleistet hatte.

Nun sank sie überwältigt und emotional tief erschüttert auf den Fahrersitz ihres Wagens, um die Heimfahrt anzutreten. Zwei Stunden durch die Dunkelheit, zwei Stunden Zeit, um die Geschichte Revue passieren zu lassen, die Elisabeth erzählt hatte.

* * *

»Ich brach auf, als der Morgen graute. Die junge Stute zappelte schon beim Satteln so herum, dass ich wusste, ich würde alle Kräfte brauchen, um sie während der ersten Kilometer meines langen Weges unter Kontrolle zu halten. Immerhin hatte sie tagelang bei gutem Futter nur im Stall gestanden und war unausgelastet. Das Fohlchen, nun etwas über ein halbes Jahr alt, tobte um die Mutter herum, knabberte ständig am Sattelzeug, stieg der Mama auf die Kruppe und war äußerst vergnügt. Nur mit List und Tücke gelang es mir, den kräftigen Burschen mit einem passenden Halfter und einem langen Führstrick zu versehen. Was ich da vorhatte, das war mir vollkommen bewusst, hätte normalerweise einer langen Gewöhnungsphase bedurft. Aber ich konnte es nicht übers Herz bringen, den kleinen Kerl, der immerhin der letzte Sohn meines wundervollen Hengstes Sandor war, allein zurückzulassen. Es hätte seinen sicheren Tod bedeutet. So bekam er wenigstens eine Chance!

Du wirst dir denken können, dass ich noch nicht vollständig bei Kräften war. Es war zwar nur eine Fehlgeburt in der zwölften Schwangerschaftswoche gewesen, die ich durch den Sturz erlitten hatte, aber ganz sicher hätte mich kein vernünftiger Arzt schon nach drei Tagen wieder auf ein Pferd gelassen.

Aber du weißt: Es waren keine ›normalen Umstände‹!

Die russischen Panzer mochten vielleicht noch zwanzig, dreißig Kilometer entfernt sein. Hitler hatte es ja seines erfahrenen Generalstabschefs Guderian nicht für richtig befunden, die dreihunderttausend Mann starke Truppe, die im Kurland darauf wartete, zum Sturm auf Russland eingesetzt zu werden, zur Sicherung der Grenzen Ostpreußens abzukommandieren. Hätten wir sie dagehabt, Tochterle, dann wäre es wenigstens möglich gewesen, die Zivilbevölkerung geordnet zu evakuieren. Aber nein, stattdessen gab es Durchhalteparolen. Und jede Planung oder Vorbereitung einer Flucht wurde als Defätismus geahndet, war bei Todesstrafe verboten. Als ich meine Familie verabschiedet hatte, war bei vielen Nachbarn noch immer keine Einsicht eingetreten. Erfolglos war mein Ansinnen verlaufen, die Friedrichsteiner zum Trecken zu bewegen, bevor ich beim Heimreiten ... na, du weißt es ja.

Zurück zu jenem Morgen.

Ich bepackte die Stute mit dem Nötigsten an Decken, warmen Kleidungsstücken und Proviant. So vieles, woran mein Herz hing, musste ich zurücklassen ... all die Bücher, die wir vor dem Verbrennen gerettet hatten, all die Fotos, Bilder, Erinnerungsstücke!

Es müssen um fünfundzwanzig Grad unter null gewesen sein. Ich war dick eingepackt und erinnere mich genau, dass ich tatsächlich trotz der Kälte furchtbar geschwitzt habe. Mutter und Sohn verlangten mir alles ab, was ich schon geben konnte, und waren unvernünftig genug, auch die eigenen Kräfte zu verpulvern. Natürlich! Sie konnten ja nicht wissen, wie weit sie würden laufen müssen.

Ein furchtbarer Moment war es, das Gut über die Brücke zu verlassen! Wir mussten unweigerlich an den Überresten Sandors vorbei. Noch immer saßen dort die schwarzen Krähen und taten sich an seinem Kadaver gütlich. Mir war es ein entsetzlicher Anblick, natürlich voller Emotionen, aber doch nach drei vergangenen Tagen der Trauer etwas, das ich nun wenigstens kraft meines Intellekts inzwischen hatte einordnen können. Aber die beiden Pferde scheuten instinktiv, wollten nicht vorbei, taten es dann letztlich doch mit einem Riesensatz, als ich der Stute entschlossen die Sporen gab, und waren beide gut und gern für einen Kilometer nicht mehr zu bremsen. Hätte ich nicht die dicken Lammfellhandschuhe angehabt, wären meine Finger sicher bis aufs Blut durchgescheuert gewesen, so fest musste ich Leine und Zügel halten. Immerhin ersparte mir das Durchgehen der Pferde den letzten Blick auf mein Elternhaus. Ich glaube, ich hätte es kaum ertragen können!

Es hat schon einen besonderen Beigeschmack, ausgerechnet mit einem Pferd namens ›Patria‹ die Heimat zu verlassen. Und sie machte dem Namen wahrhaftig Ehre. Sie wollte hier nicht weiter, da nicht über ein Brücklein, tanzte übers Eis, dass mir angst und bange wurde, wollte ständig umkehren. Sie jedenfalls war absolut dagegen, dass wir unser Vaterland verließen.

Nach einer langen Weile hatte ich endlich die Chaussee erreicht, auf der sich im Schneckentempo ein grausiger Treck sammelte, der über die endlosen Alleen von allen Seiten heranflutete. Wagen an Wagen, Tausende zu Fuß, Militärfahrzeuge, Traktoren, Sanitätswagen mit verwundeten Soldaten. Patria beruhigte sich ein wenig, als sie wieder in Gesellschaft anderer Pferde gehen durfte. Und das Hengstchen passagierte so schick neben der Mutter her, dass ich bewundernde Bemerkungen aus einem Wagen erntete, den ein alter Pferdemann weiter aus dem Osten lenkte. Wir kannten uns flüchtig, waren uns auf den jährlich stattfindenden Trakehnerpräsentationen begegnet, jeder wusste zumindest um den Pferdebestand des anderen. Der Mann fragte mich allen Ernstes, ob er denn seine Stute im Frühjahr zum Decken beim Vater des Hengstchens bringen könne. Stell dir das bitte mal vor, Nicola! So dachten die Menschen immer noch. Sie machten Pläne für den Frühling! Ich habe ihn nicht aufgeklärt. Weder über den Tod seines Wunschvererbers noch über meine Bedenken, den Frühling wieder dort verbringen zu dürfen.

Wir kamen so mühsam voran, dass wir für die Strecke nach Paslek, also damals ›Preußisch Holland‹, die normalerweise in einer Stunde zu bewältigen gewesen wäre, geschlagene fünf Stunden brauchten. Immer wieder stand irgendein Gefährt quer, rutschte halb in den Straßengraben, musste mit vielen Händen wieder auf Kurs gebracht werden. All die Reifen, die Tausende von Füßen und Hufen hatten den Schnee zu purem Eis verdichtet. Ich hatte gut vorgesorgt und die Stute mit neuen Eisen inklusive scharfer Stollen beschlagen. Ja, schau nicht so, Nicola. So etwas musste man damals als passionierte Reiterin notfalls auch selbst können.

Als wir die Stadt erreichten, die von fliehenden Menschen nur so wimmelte, wollte ich versuchen, in der Kommandatur zu telefonieren, um ein Quartier für die erste Nacht bei Freunden meiner Eltern klarzumachen. Da habe ich feststellen müssen, dass keiner der Parteigenossen mehr anwesend war. Ihre Papiere hatten sie an Ort und Stelle verbrannt, nur ein verkohltes

Häufchen Asche zeugte noch von ihren glorreichen Plänen. Längst hatten die Ratten das sinkende Schiff verlassen und sich in Sicherheit gebracht, ohne Anweisung, gar Anleitung für die Bevölkerung oder die auf dem Rückzug befindlichen Truppen aus dem Osten. Wir waren alle völlig auf uns allein gestellt.

Die Telefonleitung war genauso tot, wie sie es daheim gewesen war. Du weißt, ich war drei Tage im Verzug. Zu gerne hätte ich das endlich dort, wo ich Aleksander treffen wollte, mitgeteilt. Aber ich musste einsehen, dass ich von nun an nur noch auf mein Glück würde vertrauen können.

Draußen vor dem Gebäude hielt mir ein junger Mann, höchstens zwanzig Jahre alt, die Pferde. Er war zu Fuß unterwegs, trug den linken Arm in einer blutverkrusteten Schlinge und war in Uniform. Sofern man die Lumpen, die er am Leib hatte, noch als solche bezeichnen konnte. Schlecht ausgestattet war er für diese Temperaturen. Wir hatten dasselbe Ziel: gen Westen! Also schlug ich ihm vor, mich ein Stück zu begleiten und mir das Fohlen abzunehmen, dafür bot ich zum Ausgleich meinen Ersatzmantel an. So heruntergekommen und mager, wie der arme Kerl war, sollte er wohl vorzüglich passen.

Ich hatte beschlossen, mich von den verstopften Wegen abseits zu halten und es auf Nebenpfaden zu versuchen, um tunlichst schneller voranzukommen. Er akzeptierte meinen Vorschlag (vielleicht sogar, weil er desertiert war? Ich habe es nicht erfahren) und so bekam ich zumindest für das nächste Wegstück Gesellschaft. Dass ich ihm mit meiner Entscheidung keinen Gefallen getan hatte, merkte ich bereits nach wenigen Kilometern. Hier war der Schnee so tief, dass er Mühe hatte, Schritt zu halten.

Bei Sonnenuntergang erreichten wir endlich das Gehöft, wo ich hoffte, von der dort lebenden Familie, mit der wir seit Jahrzehnten befreundet waren, erwartet zu werden. Einen Zwischenhalt hatte ich bereits Wochen zuvor mit ihnen ausgemacht, kaum dass meine Pläne Gestalt angenommen hatten. Schon bei der Ankunft musste ich mir um meinen Begleiter ernsthafte Sorgen machen. Er war vollkommen erschöpft, totenbleich, und man konnte ihm ansehen, wie krampfhaft er sich bemühte, seinen elenden Zustand zu verbergen.

Der Hof war verlassen. Aber immerhin fand ich dort einen Stall für die Pferde, konnte Wasser aus dem Brunnen heraufziehen, tränken und von meinen Vorräten füttern. Selbst Heu gab es noch. Das Haus aber war offensichtlich ausgeplündert worden. Die Russen konnten noch gar nicht dort gewesen sein! Wer hatte sich wohl bedient? Die Antwort wirst du dir denken können, Nicola. In diesen chaotischen Tagen nahm auch die Wehrmacht alles, was sie noch finden konnte. Es ging den kopflos flüchtenden Truppen nicht anders als uns. Wir alle wollten nichts als überleben!

Am folgenden Morgen waren die Pferde ausgeruht. Nicht aber mein Begleiter. Offensichtlich fieberte er und war nicht zu bewegen weiterzugehen. Ich sah mich in der Verantwortung, wollte ihn in dem Zustand nicht alleinlassen, denn ich fühlte mich schuldig, ihn in diese Lage gebracht zu haben. Er aber drang tapfer darauf, dass ich reiten sollte. Ich musste ihn zurücklassen, legte noch etwas von meinem spärlichen Proviant neben ihn. Ich glaube, er registrierte mein Geschenk gar nicht mehr. Seine Augen waren schon glasig und der Blick wirkte ganz weit weg. Ich fürchte, dass er von der luftgetrockneten Wurst gar nicht mehr hat essen können, die mir nachher so schmerzhaft fehlte. Was aus ihm geworden ist, kann ich dir nicht sagen. Aber ich habe mich jahrelang mit dem Vorwurf an mich selbst geplagt, den Sterbenden sich selbst überlassen zu haben.

Ich will dich nun nicht mit Beschreibungen über jeden einzelnen Kilometer meines beschwerlichen Weges langweilen. Aber du kannst mir glauben, dass ich noch heute jeden Tritt meines Stutchens durch tiefen Schnee und unwegsames Gelände im Allerwertesten nachspüren kann. Es waren noch knapp fünfzig Kilometer bis zu meinem Ziel, ganz kurz hinter Marienburg. Aber ich benötigte dafür tatsächlich zwei weitere Tage. Ständig hatte ich die Angst im Nacken, beim Ankommen nicht auf Aleksander zu treffen. Immerhin hatte ich drei volle Tage verloren. Was in drei Tagen zur damaligen Zeit alles geschehen konnte, kannst du dir nicht vorstellen. Wie weit er wohl allein gekommen war, ohne den Schutz meiner Familie, die letztlich ja auch er beschützen sollte? Was, wenn er alle heil ans Schiff gebracht hatte und man ihn danach irgendwo festgenommen hatte? Ausgeschlossen war das nicht. Denkbar war genauso, dass jemand kurzen Prozess mit ihm gemacht hatte. Letztlich war er ein Gefangener. Jedem Militär, dem auch nur eine Laus über die Leber gelaufen war, auf Leben oder Tod ausgeliefert!

Vor lauter Angst, mein Ziel nicht oder nicht rechtzeitig zu erreichen, bin ich ganz gewiss rücksichtslos mit meiner eigenen und auch mit der Gesundheit der Pferde umgegangen. Das Fohlen wurde von Tag zu Tag müder. Die Stute produzierte nicht mehr genug Milch, um ihm Kraft zu geben. Sie musste viel leisten auf unserem Weg, und ich ging sehr sparsam mit den geringen Futtervorräten um, denn es war nicht abzusehen, wann und wo ich das nächste Mal wieder eine Schaufel Hafer für sie würde ergattern können. Es kam immer häufiger vor, dass ich anhalten und das Hengstchen ausruhen lassen musste. Die Beinchen schwollen trotz der Eiseskälte dick an, er lahmte zunehmend, ließ das Köpfchen hängen, stolperte häufig, war völlig erschöpft.

Am Nachmittag des dritten Tages, als ich eine schmale Holzbrücke über die Alte Nogat queren musste, trottete er am langen Strick hinterher. Ich hatte nur noch den Knoten am Ende der Leine in der Hand, als es plötzlich einen Ruck gab. Schon im Umdrehen sah ich, wie das letzte Erbe meines wundervollen Hengstes in den Fluten versank. Nicola, er hat sich keine Sekunde lang gewehrt! Ich sah kein Strampeln, keine Regung mehr. Das Wasser nahm ihn einfach mit, und seine Mutter stand mit aufgerissenen Augen und bebenden Nüstern am Ufer und sah dem leblosen Körperchen wiehernd nach. Dann trieb der Fluss ihn außer Sichtweite und wir waren beide still.

Du wirst dir das nicht vorstellen können, Tochterle, denn du bist es nicht gewohnt, mit Tieren zu leben. Aber diese junge Stute und ich, wir hatten beide dasselbe Schicksal erlitten. Beide hatten wir unsere Kinder verloren. Und beide waren wir auf demselben Weg, der uns retten sollte. Ich habe Abbitte bei ihr geleistet. Habe stundenlang unter Tränen auf sie eingeredet, versucht, sie zu trösten. Und ich glaube noch heute, dass sie mir verziehen hat. Von diesem Moment an war sie nie wieder aufsässig, hörte mir zu, reagierte auf die feinste Hilfengebung. Wir waren einander fortan verbunden im gemeinsam Erlittenen und ich lernte sie genauso zu schätzen, wie ich meinen Hengst jahrelang mit beinahe abgöttischer Liebe verehrt hatte.

Am Abend des 22. Januar erreichte ich Marienburg. Schon aus der Ferne waren die trutzigen Türme und Festungsmauern der gotischen Ordensburg zu erkennen gewesen. Hier hatten bereits im dreizehnten Jahrhundert die Hochmeister des Deutschen Ordens residiert und den bestens organisierten Ordensstaat von dort aus geleitet. Der Anblick der gewaltigen Backsteinanlage im letzten Tageslicht gab mir das Gefühl von Sicherheit. Dies musste doch ein uneinnehmbarer Posten sein. Was so lange zwar immer wieder angegriffen, aber nie zerstört werden konnte, musste doch der Inbegriff von Schutz und Sicherheit sein!

Wie sehr ich mich getäuscht hatte, wurde mir bitter bewusst, als ich über die Planken der Nogatbrücke ritt und am Brückenkopf auf zwei Männer eines Marinebataillons traf, die dort allein abgestellt waren. Die russischen Panzer seien von Elbing auf dem Weg hierher, berichteten sie. Fünfzehntausend Mann habe der Führer zur Verteidigung der Stadt schicken wollen. Und nun seien sie bei nicht einmal zweieinhalbtausend. Zum Ersatz-Infanterieregiment habe man Genesende, Männer aus der Verwaltung, Halbwüchsige, Unteroffiziersschüler und Marinesoldaten hinzugenommen, um überhaupt etwas entgegensetzen zu können. ›Kleine Jungen auf Fahrrädern sollen sich russischen Panzern entgegenstellen‹, sagte einer der Männer hilflos und entmutigt. Und er riet mir, schnellstens die Stadt zu verlassen und weiterzureiten.

Ich hatte nicht geplant, lange zu bleiben. Nur etwas Hafer für die Stute, vielleicht eine warme Suppe hatte ich mir natürlich erhofft, ehe ich die letzten Kilometer zum Treffpunkt in Angriff nehmen wollte. Dieses eine Mal hatte ich Glück. Du machst dir keinen Begriff, wie glücklich ein Stück Brot, ein Teller Brühe für mich und zwei Pfund Hafer und ein Eimer frisches Wasser für mein tapferes Pferd machen können!

Gestärkt und mit den freundlichsten Wünschen der Menschen versehen, die uns für eine Stunde beherbergt hatten, machte ich mich auf den Weg. Es war ein Vabanquespiel, bei Nacht zu reiten. Patria erwies sich als scheufrei und mutig, aber ich war natürlich nicht allzu gut mit den Nebenwegen dieser Gegend vertraut. Einige Male habe ich mich verritten und letztlich für die verbleibenden fünf Kilometer noch einmal zwei volle Stunden benötigt.

Auf einer Wegkreuzung sah ich plötzlich Militärfahrzeuge herannahen. Ich hielt sie zwar im ersten Augenblick für deutschen Ursprungs, aber vorsichtshalber verbarg ich mich doch rasch im Unterholz. Mir ist beinahe das Herz stehen geblieben, als die Scheinwerfer uns streiften. Aber wir wurden nicht entdeckt. Meine Entdeckung in diesem Moment war allerdings eine andere und sie ließ mir das Blut in den Adern gefrieren: Es waren nicht die üblichen Kübelwagen der Wehrmacht, Nicola! Sie waren runder, hatten längere Motorhauben, und ich wusste, solche Autos hatte ich noch nie gesehen. Es mussten Russen sein!

Wahrscheinlich ist es eine Vorhut mit leichten Fahrzeugen gewesen. Vor einem Fakt konnte man jedenfalls von diesem Moment an nicht mehr die Augen verschließen: Sie waren da!

Ich ließ eine ganze Weile verstreichen, ehe ich wagte, mein Versteck wieder zu verlassen, und erreichte ohne neuen Feindkontakt den Hof der Familie Leutner. Alle Gebäude finster. Keine Menschenseele zu sehen. Nun war das damals nichts Ungewöhnliches, denn man trachtete immer danach, nicht durch Festbeleuchtung aufzufallen, und verdunkelte nach Möglichkeit die Fenster so, dass kein Lichtstrahl nach draußen drang. Ich überlegte, dass Aleksander, auch wenn die Bewohner längst geflohen sein sollten, ganz gewiss keine Aufmerksamkeit erregen wollte und sicher keine Laterne angemacht haben würde. Er musste doch da sein! Musste er? Würde er da sein? Ich hatte ein Gefühl beängstigender Verlassenheit.

Ich stieg ab und versuchte, die Haustür zu öffnen. Sie war fest verschlossen. Ich klopfte leise, erhielt keine Antwort. Mir schoss durch den Kopf, wie skurril es doch eigentlich war, angesichts der nahenden Truppen die Haustür zu verschließen, wenn man seinen Hof verließ. Wen hätte es hindern können, dennoch einzudringen? Ganz sicher keine Eroberer!

Es war vollkommen ruhig und bitterkalt. Wenn ich schon allein zu sein schien – und ich muss zugeben, dass ich in jenem Moment alle Hoffnung, jetzt meinen Geliebten in die Arme schließen zu können, beinahe aufgegeben hatte –, wollte ich wenigstens das Pferd versorgen. Ich ging zu den Stallgebäuden hinüber und öffnete das große Scheunentor.

Dann ging alles ganz schnell. Was ich jetzt erzähle, dauerte nur einige Sekunden. So viel Zeit, wie ich jetzt brauche, um die ganze Geschichte in Worte zu fassen, war nicht, verstehst du?

Gleißend helles Scheinwerferlicht flammte auf, blendete mich, als ich den Torflügel aufzog; und ehe ich recht begriff, was geschah, riss mir jemand Patrias Zügel aus der Hand, ein anderer ergriff mich, warf mich auf den Boden. Ich habe mich gewehrt, habe um mich geschlagen, getreten. Aber ich hatte keine Chance gegen den Baum von einem Kerl, der nichts anderes vorhatte, als mich zu vergewaltigen. Er lachte, Tochterle! Lachte, als hätten wir uns einträchtig zu einem Schäferstündchen verabredet! Meine Hände hielt er fest, versuchte, meine Breeches zu öffnen, kniete schon mit heruntergelassener Hose zwischen meinen Beinen, während der andere mit der sich verzweifelt und mit weit aufgerissenem Maul gegen die harte Hand wehrenden Stute danebenstand und grinste. Wahrscheinlich wartete er darauf, als Nächster dran zu sein.

Bestimmt kannst du dir vorstellen, dass ich nicht so schnell aufgegeben habe. Nein, leicht habe ich es dem Mann bestimmt nicht gemacht. Aber ich fühlte, dass ich verlieren würde, spürte schon, wie er begann einzudringen.

Da fiel ein Schuss!

Der Mann brach über mir zusammen, der andere schrie. Überall Blut. Es musste ein Schuss in den Kopf gewesen sein, ich schmeckte Metall, wischte hastig das Blut aus meinen Augen. Es brannte, nahm mir fast die Sicht. Ich stieß den schweren leblosen Körper von mir, rappelte mich auf.

Die Verwirrung war groß genug, dass es mir gelang, dem zweiten Kerl die Zügel aus der Hand zu reißen. Patria war in Panik. Der Schuss hatte sie völlig verrückt gemacht. Ein paar Schritte lief ich neben ihr her, nur fort, dann setzte ich zu dem Sprung an, der mir wahrscheinlich das Leben gerettet hat. Ich hörte Geschrei hinter mir. Russische Flüche, dann eine Stimme, die ich kannte.

Aleksander!

Er rief nur zwei Worte: ›Lauf, Elisabeth!‹

Dann fiel ein zweiter Schuss.

Ich gab der Stute die Zügel. Sie schnellte voran, hetzte vom Hof, hinaus in den Wald, nur fort! Ich ritt, als sei der Teufel hinter mir her.

Und drehte mich nicht mehr um!«

* * *

Nicola spürte, wie Tränen über ihre Wangen liefen, sah das dunkle Asphaltband der Autobahn verschwimmen. Ihre Gedanken rasten wirr durch den Kopf, wollten sich nicht sortieren lassen, ordneten sich nur den aufgewühlten Emotionen unter. Dieser Moment hatte also »ihr« Liebespaar für immer getrennt! War es da eigentlich noch verwunderlich, dass Elisabeth sich so offensichtlich ein neues Paar in der heutigen Zeit wünschte, das am selben Ort zueinandergefunden hatte? Hatte nicht auch Nicola selbst eine gewisse Vision von der Fortführung der Liebesgeschichte zwischen Aleksander und Elisabeth gehabt, deren Ausgang sie beim Lesen nicht hatte erahnen können? Und diese Fortsetzung – mit ausgetauschten Protagonisten, Jahrzehnte später – durch ihr eigenes Handeln beinahe *erzwingen* wollen? Nur weil sie die Endgültigkeit, die sie sich zusammengereimt hatte, nicht akzeptieren konnte?

Nur deshalb? Nein – nicht nur deshalb! Allein diese tragische und doch so romantische Geschichte ist es ganz sicher nicht gewesen. Aber sie hatte ihren Anteil, hatte ein Gefühl von Wiedergutmachen-Wollen beigesteuert ... und das Entsetzlichste an der Sache ist ja, dass Großmutter nun seit sechzig Jahren hadert, ob sie einen Fehler gemacht hat, indem sie seinen Worten »Lauf, Elisabeth!« Folge leistete. Wen hat der zweite Schuss getötet? Aleksander oder den anderen Russen? Wurde ihr diese quälende Frage etwa nie beantwortet? Nicola konnte gut nachvollziehen, wie schwer ihr das noch immer auf der Seele liegen musste. Und sie spürte, wie unerträglich es ihr selbst sein würde, nicht schleunigst Ordnung in ihre eigene Liebesgeschichte zu bringen.

Sie dachte an ihre hilflosen Trostversuche. Natürlich hatte es wenig genützt, dass sie mehrmals bekräftigte, dass sie selbst genauso gehandelt hätte. »Du warst in Todesangst, Großmutter! Welche Frau auf dieser Welt hätte anders entschieden? Dortbleiben, nur weil du Aleksander nicht hast fallen sehen? Dich einem hormongesteuerten Feind ausliefern? Nein! Du hast alles richtig gemacht. Da bin ich sicher!«

Sprach's und wusste selbst, dass gar nichts sicher war.

Elisabeth hatte die Hände gerungen, immer wieder gesagt: »Aber was, wenn Aleksander auch den anderen Mann getötet hat?«

Nicola hatte energisch den Kopf geschüttelt. Sie sah, was die letzten Stunden der Erinnerung angerichtet hatten, versuchte es mit wenig überzeugter Vernunft, wollte Öl auf die schäumenden Wogen gießen. »Gegenfrage, Großmutter: Und was, wenn der andere Mann *ihn* getötet hat? Hast du jemals wieder von ihm gehört?«

»Ich habe ihn nie wiedergesehen«, hatte sie geantwortet, »und du kannst mir glauben, ich habe jahrelang nichts unversucht gelassen, sogar noch heimlich, als ich längst verheiratet war. Jeder Versuch, etwas über sein Schicksal herauszufinden, endete mit einer Enttäuschung. Aber das heißt gar nichts! Ich weiß ja auch nicht, was mit meinen Eltern und meinen Geschwistern geschehen ist. Also ist, ganz pragmatisch betrachtet, auch der Umkehrschluss möglich. Ich weiß von niemandem, dass er umgekommen ist. Ich weiß aber auch von keinem, dass er lebt. Bis heute frage ich mich jeden Tag, den Gott werden lässt, ob ich damals nicht feige meine große Liebe verraten habe, indem ich floh.«

Noch jetzt, im ruhigen abendlichen Verkehrsfluss zwischen Hannover und Berlin, sah Nicola das ernste Gesicht ihrer Großmutter vor Augen. Die eindringlichen Worte, die sie sprach, als sie ihre Hände ganz fest gehalten hatte, kreisten in ihrem Kopf und suchten nach der passenden Gedankenschublade. Nirgends wollten sie recht hineingehören, bis Nicola beschloss, sie Marcins letzten Worten in der Liebesnacht zuzuordnen.

»Du hast immer eine Wahl, Nicola! Viele Fehler, die du in deinem Leben machst, sind reversibel. Aber für die wirklich wichtigen Dinge gibt es manchmal nur den einen, einzigen Moment. Ich glaube, du hast verstanden, wie viel leichter du es jetzt hast! Und ich möchte nicht erleben, dass die nächste Frauengeneration unserer Familie unglücklich wird.«

Nicola hatte mit gesenktem Kopf genickt.

»Sieh mich an und versprich mir, dass du deinen Gefühlen folgen wirst, Tochterle!«, hatte Elisabeth mit fester Stimme gefordert.

Wie leicht war es ihr doch in diesem Augenblick gefallen, die Antwort zu geben, die unter dem Eindruck des Gehörten unzweifelhaft richtig erschien: »Ja.« Schlicht, einfach und selbstverständlich ... ja!

Sie nahm eine Hand vom Steuer und fühlte nach, ob es noch da war. Lächelnd ließ sie die Linke ans Lenkrad zurückgleiten. Sie wusste, sie würde es von nun an immer tragen, nie wieder ablegen, denn es war das einzige sichtbare, fühlbare Stück, das Vergangenheit und Gegenwart verband. Elisabeth hatte es leichten Herzens und in der Überzeugung hergeschenkt, dass sie, Nicola, nunmehr die einzig rechtmäßige Trägerin sei.

Elisabeths Worte hatten bedeutungsvoll geklungen: »Einer unserer Urahnen hat die Ohrringe vor mehr als zweihundert Jahren von einem berühmten Goldschmied anfertigen lassen, um seine geliebte Frau zu gewinnen. Früher sind sie von Generation zu Generation der ältesten Tochter zu ihrem einundzwanzigsten Geburtstag weitergegeben worden. Immer schon waren sie ein sichtbares Symbol für eine Sonderstellung. Sie sollten Einst und

Jetzt verbinden, erhoben die Trägerin zur Mittlerin. Es tut mir so leid, dass ich dir nun nur noch einen Teil des Paares weitergeben kann. Den anderen habe ich auf der Flucht verloren.«

Sie hatte die dreieckige Kerbe – brutal ausgerissen – in Elisabeths Ohrläppchen gesehen, die immer eine Narbe geblieben war. Wie ein unschätzbar wertvolles Kleinod hatte die Großmutter das zum Anhänger umgearbeitete Schmuckstück vor ihr auf den Tisch gelegt. An einem zarten, kurzen Goldkettchen schimmerte der goldgefasste und kunstvoll geschliffene Tropfen. Er fing das Licht in Farben von Blutrot bis zu allen Gelbnuancen in kristallklarer Durchsichtigkeit. Schwebend eingeschlossen war das filigrane Flügelchen eines winzigen Insekts. Es war ein ausgesprochen feierlicher Moment gewesen, hatte sich ein bisschen wie ein Ritterschlag angefühlt, als sie die Kette in Nicolas Nacken verschloss.

Nun lag es dicht unter Nicolas Kehlgrube. Sie war sich der Bedeutung bewusst. Nun war sie die Mittlerin zwischen den Zeiten.

Und sie wollte sich würdig erweisen, denn sie trug eine der Bernsteintränen!

Gute Gründe

Da saß sie nun mit einer ganzen Reihe hervorragender, äußerst vernünftiger bis vollkommen vager Denkansätze in ihrer schicken Wohnung und zermarterte sich den Kopf.

Kürzlich hatte sie sich für ihre Spontaneität selbst ohrfeigen wollen. Hatte sich geschworen, künftig mindestens zweimal nachzudenken, ehe sie Entscheidungen treffen würde. Dem gegenüber stand Elisabeths eindringlicher Rat, dem zu folgen, was das Herz ihr befahl.

Als da wäre ... was? Was befiehlt es denn? Da ist Marcin, der mich fortgeschickt hat. Offenbar ja eher nicht deshalb, weil er sich an einen dämlichen Deal gebunden fühlte, sondern vielmehr, weil er – vermutlich völlig zufällig – herausbekommen hat, dass mein Erscheinen in seiner Welt nichts anderes zu bedeuten hat als eine neue »deutsche Landnahme«. Das ist in der Geschichte schon mehr als ein Mal für Polen böse ausgegangen. Gerade mal fünf Jahre hat dieser Nichtangriffspakt damals zwischen Polen und dem Deutschen Reich gehalten, bis Hitler die Grenzen stürmte! Dass es da gewisse fest verankerte Vorbehalte gibt, ist wohl nicht verwunderlich. Zumal dann, wenn schon wieder jemand nett und niedlich mit einer Abmachung daherkommt, sich auch noch buchstäblich mit Leibeskräften ins Zeug legt und der vermeintliche Schmu so schnell aufgedeckt werden kann. Wie im Großen, so auch im Kleinen! Wäre ich ehrlich mit ihm gewesen, hätte ich ihn einbezogen, wäre das alles nie so gelaufen. Ich könnte jetzt natürlich einfach alles hinter mir lassen und abzwitschern! In eine glorreiche berufliche Zukunft. Hey, Japan, ich komme! ... Komme ich?

Nicola ertappte sich dabei, dass sie an ihrem Daumennagel kaute. Das war ihr seit dem Teeniealter nicht mehr passiert. Sie stand auf, holte sich eine Flasche Rotwein aus der Küche, entkorkte sie und schenkte ein. Rioja! *Och, nö, ausgerechnet!* Den letzten hatte sie mit Marcin zusammen getrunken. Jeder Moment dieses Abends kam in der Erinnerung wieder hoch. So auch der Rioja. Nachdem sie das erste Glas in einem Zug hinuntergekippt hatte – na zdrowie! –, musste sie husten und prustete eine rote Fontäne quer über den Couchtisch. Fluchend lief sie in die Küche, um einen Lappen zu holen, wischte, schenkte nach und ließ sich frustriert aufs Sofa fallen.

Ich werde mich jetzt ausgiebig besaufen!

Gedacht, getan. Nicola vertrug nicht viel. Nach den nächsten zwei hastig getrunkenen Gläsern wurde ihr schemenhaft bewusst, dass sie außer dem Stück Kuchen bei ihrer Großmutter und einem Cheeseburger auf der Heimfahrt nichts zu sich genommen hatte. Keine gute Grundlage! Immer benebelter wurde ihr Blick und schon die kleinste Kopfdrehung verursachte einen seltsamen Schwindel. Nach und nach wurde ihr Kopf schwerer. Sie streckte sich auf der Couch aus und griff nach dem Handy. Jetzt würde sie es tun! War ja sowieso langsam alles egal, bloß für eine blöde Kuh sollte er sie unter gar keinen Umständen halten. Er musste wenigstens wissen, dass er ihr unrecht tat. So!

Nicola wählte Marcins Nummer. Eigentlich rechnete sie damit, wieder einmal nur die automatische Bandansage präsentiert zu bekommen, war darauf eingestellt, erneut enttäuscht zu werden. Aber er nahm ab. Er kannte ihre Nummer und meldete sich mit einem schlichten »Ja?«.

Nicola steckte ein Kloß im Hals. Seine Stimme! Sie bekam keinen Ton heraus, aber sie hörte ihn atmen. Kostbare Sekunden verstrichen, und ehe er tun würde, was sie in diesem Augenblick mehr als alles andere fürchtete, ehe er nämlich wieder auflegte – weg, vertane Chance –, jammerte sie wenigstens in den Hörer: »Marcin! Bidde nich auflegn!«

»Nicola, wie geht es dir?«

Es klang höflich und auf grauenvolle Weise distanziert. Sie wollte nichts erklären, wollte keinen Small Talk, wollte ihm sagen, was sie fühlte, was sie für ihn empfand, und konnte die richtigen Worte nicht finden.

»Bschisn, Marcin, es is nich, is nich, wie du denks, glaub mir, bidde, du fehls mir so, bidde nich auflegn ...«, lallte sie.

Er räusperte sich. »Bist du betrunken?«

»Nein, ja ... ach, nich auflegn, bidde!«

»Das sagtest du schon. Was gibt's? Rufst du an, um mir deine Hilfe beim Umzug anzubieten?«

Scharf. Und bitter. Nicolas Herz zog sich schmerzhaft zusammen.

»Marcin! Du ßiehß um? ... Warrrum? ... Wassis bassierd?«, brabbelte sie undeutlich.

»Tu nicht so ahnungslos, Nicola! Wer sollte das wohl besser wissen als du?«

»Ich habe alless geregld ... alles inner Hand! ... Du muss nich ... nich, wennu nich willß ... Ich habe so gekämpft ...«

»Wofür du gekämpft hast, das habe ich gemerkt, Nicola! Und seit ein paar Tagen habe ich das sogar schwarz auf weiß. Vielleicht hätte ich dich da unten im Keller verschimmeln lassen sollen.«

Er machte eine kleine Pause. Nicola presste fassungslos die Hand auf den Mund. Ihr war übel. Hatte Zebrowski also keinen Tag mit der Kündigung gewartet, dieser miese Schleimer. Sie konnte nicht sprechen. Marcin konnte – und er war noch nicht fertig.

»Aber was hätte es schon genutzt, dich da hocken zu lassen? Dann wäre ein anderer deiner Art erschienen. Der Effekt wäre derselbe gewesen. Also, danke für dein freundliches Interesse an mir. Mach es gut und lass mich in Zukunft in Ruhe mein Leben leben!«

* * *

Am nächsten Morgen erwachte sie erst, als es schon längst hell geworden war. Mit der leeren Weinflasche neben sich lag sie vollständig angezogen auf dem Sofa. Das Kreuz tat ihr weh, und der Kopf dröhnte. Unter heftigem Stöhnen richtete sie sich auf und entdeckte die Sauerei. Sie hatte nicht nur den Teppich, sondern auch den sandfarbenen Sofabezug und ihr T-Shirt vollgekotzt. Nicola konnte sich nicht daran erinnern. Aber etwas anderes schob sich mit brutaler Gewalt sofort in den Vordergrund. Heiß und kalt überlief sie das Entsetzen.

O mein Gott! Was habe ich bloß getan? Jetzt habe ich die letzte Tür zugeschlagen. Er hat keinen Zweifel daran gelassen, dass er nie wieder etwas mit mir zu tun haben will!

Mit dem schmerzenden Kopf konnte sie nicht denken. Schlapp und noch immer torkelnd, wankte Nicola unter die Dusche, musste sich an der Trennwand festhalten, um nicht umzukippen. Eiskalt! Sie reckte das Gesicht unter den Wasserstrahl, schloss die Augen und ließ sich, nach Luft japsend, wach prasseln. Der Körper funktionierte nach ein paar Minuten wieder. Aber in ihrem Inneren herrschte Chaos. Wirre Gedanken schossen ihr durch den Kopf:

Alles vorbei ... doch nach Japan ... Heute früh Termine im Büro ... Krankfeiern ... geht nicht ... Alles wieder in Ordnung bringen ... geht auch nicht ... Was geht denn überhaupt noch? ... Großmutter anrufen? ... Arschkalt ... Dusche heiß drehen ... Aua! ... Wieder kalt ... Sekretärin anrufen!

Eingewickelt in ein riesiges Saunatuch, stieg sie aus der Duschkabine und wischte den beschlagenen Spiegel ab. Der

Blick hinein war wieder einmal kein Vergnügen. Wie konnten so blaue Augen derart stumpf und dunkel wirken? Nicola knipste die indirekte Beleuchtung über dem Spiegel an. Auch nicht schöner! Seufzend ließ sie es zu, dass sich neuer Dunst auf dem Glas absetzte und das dürre, blasse Schreckgespenst mit den kaninchenrot verweinten Augen gnädig ausblendete.

Nicola tappte mit nassen Füßen ins Wohnzimmer, nahm ihr Handy vom Schreibtisch und regelte mit halbwegs sicher klingender Stimme die notwendigen Terminverschiebungen.

»Ich erledige das alles, Frau Dr. Berger! Erholen Sie sich noch ein bisschen. Es genügt völlig, wenn Sie nach der Mittagspause hier sind.«

»Danke, Frau Schurig, Sie sind großartig!«

Sie legte auf und stand versonnen mit dem Telefon in der Hand da. Wann sie es auf dem Schreibtisch abgelegt hatte, konnte sie absolut nicht mehr nachvollziehen. Eine Idee blitzte in ihrem Kopf auf. Sie suchte die Liste der zuletzt gewählten Nummern heraus. Und quietschte im nächsten Moment so durchdringend, dass die Kristallgläser in der Vitrine leise klingelten.

Marcins Nummer befand sich *nicht* ganz oben auf der Liste. Der letzte Versuch war ewig her. Sie musste dieses entsetzliche Gespräch im Alkoholnebel geträumt haben!

* * *

Im Handumdrehen war der Zustand des Heulens und Zähneklapperns vorbei. Nun setzte das ein, was ihr Chef so besonders an ihr schätzte: ihr zielgerichtetes Denken und die Fähigkeit, in kritischen Situationen schnell pragmatische Lösungen finden zu können.

Punkt eins: Frühstücken und Aspirin. Punkt zwei: Taxi rufen. Bei Restalkohol im Blut wird nicht gefahren. Punkt drei: Gesprächstermin mit Festner, ähm, Joachim ausmachen. Sehen, was sich jetzt schon festtackern lässt. Punkt vier: Tomasz anrufen. Ob der nun will oder nicht, er wird sich einmischen müssen. Den werde ich schon überzeugen! So gewaltig unwahrscheinlich ist es nicht, dass Zebrowski, der Mistkäfer, genau das tut, was ich geträumt habe. Der hat es ja dermaßen eilig, dem trau ich jede Schweinerei zu. Punkt fünf: Mit Silvia verabreden! Wenn mir, mal abgesehen von meiner Großmutter, jemand wirklich ohne Wenn und Aber freundschaftlich gesinnt ist, dann sie.

Der Dunstschleier auf dem Spiegel hatte sich verzogen, als sie ins Bad zurückkehrte. Nichts mehr mit matten Augen und blasser Haut!

Auf in den Kampf! Es gibt viel zu tun, packen wir's an!

Als Nicola ein paar Minuten später am Frühstückstisch saß, hörte sie, wie sich ein Schlüssel in der Wohnungstür drehte. Natürlich, es war Montag! Sandra, ihre wunderbar zuverlässige Haushaltshilfe.

Oje, wie peinlich, ich habe ja noch gar nicht sauber gemacht!

»Jesus, was ist denn hier passiert? Sind Sie krank? Soll ich einen Arzt verständigen?«

Zu spät. Sie hatte das Malheur bereits entdeckt. Nicola sprang auf, die schönsten Erklärungen auf den Lippen. Aber Sandra stand schon im Wohnzimmer, die leere Rioja-Flasche in der Hand. »Die Sorte taugt nix, Frau Doktor. Soll ich Ihnen mal einen besseren besorgen?«

»Sandra, es tut mir so leid! Lassen Sie einfach alles, wie es ist, ich mach das heute Abend, ja?«

»Sehen Sie zu, dass Sie ins Büro kommen, und stören Sie mich nicht bei der Arbeit«, grinste Sandra und streifte sich grüne Viledas über. »Glauben Sie, das schockt mich? Ich habe drei kleine Kinder zu Hause. Von Milchrülpser über Gummibärchenwürfelhusten bis Hähnchen mit Karotte rückwärts hab ich solche kleinen Bescherungen jeden Tag. Also stellen Sie sich nicht so an, das kann doch jedem mal passieren.«

Nicola wusste, dass sie sich weitere Bemühungen schenken konnte. Der Taxifahrer klingelte, sie schnappte Handtasche, Handy und Mantel und verließ den Raum mit einem gemurmelten »Danke! Ich weiß nicht, was ich hier ohne Sie hätte!«.

Sandra hatte gute Ohren und rief ihr vergnügt hinterher: »Einen Saustall!«

Klammheimlich versenkte Nicola noch einen Extraschein in Sandras Manteltasche. Sie wusste, dass sie alleinerziehend war und sich darüber freuen würde. Dennoch hatte sie ein verdammt schlechtes Gewissen, die peinlichen Spuren ihres Besäufnisses nicht selbst beseitigt zu haben.

* * *

Einen Termin mit Dr. Festner konnte sie erst für den späten Nachmittag vereinbaren. Im Grunde wusste sie, dass sie keine Basis hatte, auf der sie ihm irgendwelche spruchreifen Zugeständnisse abverlangen konnte. Der Vertrag war noch nicht einmal in der Firma eingetroffen, geschweige denn durchs Prüfungsprozedere gegangen. Dafür war allein sie zuständig, und auf ihrem Schreibtisch war bislang nichts angekommen. Solange jedoch keine Unterschriften geleistet waren, hatte sie in puncto Angebot für Marcin gebundene Hände. Sie konnte ihm ja schlecht eines unterbreiten, solange das Unternehmen nicht als neuer Eigentümer eingetragen war. Aber sie hatte beschlossen, mit offenen Karten zu spielen, und allein deshalb ein äußerst flaues Gefühl im Magen, das definitiv nicht mehr vom Rioja herrührte.

Die erste Amtshandlung war also ein Gespräch mit Tomasz. Er war im Büro und sie hatte ihn sofort nach dem ersten Klingeln an der Strippe.

»Hallo, Tomasz. Ich bin sehr froh, dich endlich zu erreichen, denn ich habe gute Nachrichten, die ich dir gern schon vor zwei Wochen mitgeteilt hätte. Leider warst du nicht im Amt.«

»Nicola! Schön, deine Stimme zu hören! Ja, ich war dienstlich verreist. Erzähl! Welche Neuigkeiten hast du?«

Präzise fasste sie den Stand der Entwicklungen zusammen. Sie tat es sachlich und ohne Emotionen durchscheinen zu lassen. Tomasz unterbrach sie nicht, bis sie geendet hatte. Dann hörte sie, wie er tief durchatmete.

»Du wusstest das schon vor zwei Wochen?«

»Ja, und ich habe natürlich sofort den Makler informiert, damit er sich darum kümmert, die Vertragsentwürfe herzuschicken. Mein zweiter Anruf galt dann dir.«

»Scheiße!«, sagte Tomasz.

»Wieso Scheiße?«

»Ich habe gestern auf der Heimfahrt einen kleinen Abstecher gemacht und bei Marcin reingeschaut. Der ist am Boden zerstört, weil er am Mittwoch die Kündigung zum ersten Mai bekommen hat.«

»O nein! Zebrowski! Dieses Arschloch! Der hat noch überhaupt nichts zu kündigen, ehe die Verträge nicht unterzeichnet sind! Aber ich habe es geahnt! Ich hab's heute Nacht sogar geträumt, Tomasz. Ich träumte, dass ich mit Marcin telefoniert habe und er mir genau das mitteilte. Mit mir wollte er nichts mehr zu tun haben.«

Tomasz räusperte sich. »Ich will es mal vorsichtig ausdrücken: Besonders gut ist er nicht auf dich zu sprechen.«

»Verdammt noch mal, konntest du ihn nicht beruhigen? Du weißt doch selbst, dass solche Dinge ihre Zeit brauchen!«, sagte Nicola vorwurfsvoll.

»Meine liebe Nicola, ich habe dir gesagt, dass ich mich nicht einmischen werde. Marcins Zukunft als Familienarzt hier und euer Verhältnis haben nämlich nicht unbedingt miteinander zu tun. Wenn dir an ihm als Menschen und nicht nur als neuem Firmendoktor gelegen ist, müsstest du schon selbst tätig werden. Ich habe dir unlängst schon einmal geraten, nicht zu viel

Zeit verstreichen zu lassen. Und ich habe den Eindruck, du fokussierst ausschließlich darauf, ob du ihm den Job hier erhalten kannst. Als wäre dieser Job die unabdingbare Voraussetzung dafür, dass ihr beide zusammenkommen könnt. Du machst einen großen Fehler!«

Nicola war baff. »Aber Tomasz! Marcin hat mir die ganze Zeit erzählt, dass er beziehungsunfähig sei, weil er nicht in der Lage wäre, eine Familie zu ernähren. Außerdem weiß ich doch, wie sehr er an der Praxis hängt. Ich kann dir nicht sagen, was oder ob er überhaupt etwas für mich empfindet, aber ich wollte zunächst alles aus dem Weg räumen, was als faktischer Hinderungsgrund zwischen uns steht. Ich habe seine Bedenken sehr ernst genommen und wollte erst vernünftige Positionen schaffen, damit er sich überhaupt Gedanken über uns machen kann.«

Tomasz lachte. Nicola war konsterniert.

»Seit wann macht man sich über Liebe Gedanken? Kommt die nicht einfach, egal, welche ›Positionen‹ zwei Menschen haben? Komische Vorstellungen hast du! Ist nicht eher Vertrauen eine Grundlage? Das jedenfalls hast du schwer enttäuscht. Marcin hat mir nämlich erzählt, dass ihm die Mappe mit den Unterlagen für das Grundstück aus der Hand gerutscht ist und er schon einen Blick auf dein tatsächliches Vorhaben werfen konnte, bevor du wieder abgereist bist.«

»Es ist doch zum Haareraufen! Da hat er mir ein Foto von der Zeichnung gemacht, verstehst du? Dass er da keinen Fehlauslöser auf mein Handy geknipst hat und die kleinen Flecken auf dem undefinierbaren Weiß keine Mäusekacke im Schnee waren, das habe ich erst gestern rausgefunden. Hätte er nicht genauso gut mit mir reden können?«

»Hätte er. Hat er aber nicht. Das hat ihm sein Stolz untersagt, denke ich mal. Aber derweil ihr beide so dämlich und so offenkundig auf dem falschen Dampfer unterwegs seid, habe ich euch auch gesagt, dass ich mich nicht dazwischenstecken werde.

Ihr seid erwachsen. Und wenn euch etwas aneinander liegt, ob nun mit Job und Geld oder demnächst arm, aber zusammen unter irgendeiner Weichselbrücke, dann seht zu, dass ihr zueinanderkommt. Hast du eigentlich nicht begriffen, dass seine Geschichte von der finanzklamm bedingten Beziehungsunfähigkeit nichts als vorgeschobener Quark ist, weil er eine Heidenangst hat, wieder enttäuscht zu werden? Seine Argumentation passt so schön zu deiner eigenen Auffassung davon, was im Leben wichtig ist, nicht wahr? Ich habe euch ein einziges Mal zusammen erlebt und für mich war die Sache klar. Glasklar. Und ihr kapiert nichts! Schütteln müsste man euch, ihr seid wirklich solche Idioten! Alle beide!«

»Danke schön, Herr Bürgermeister!«, erwiderte Nicola säuerlich. »Ich versuche hier die ganze Zeit, vernünftig zu sein, reiße mir die Beine aus, weil ich ihn natürlich nur allzu gut verstehen kann, und du nennst mich eine Idiotin? Hast du ihm das wenigstens auch an den Kopf geknallt?«

»Allerdings! Und zwar genau *so*! Alleine kommt ihr ja nicht drauf. Ihr braucht offenbar ein Drehbuch fürs Glück. Inklusive Regisseur. Aber jetzt halte ich mich raus und überlasse den Rest euch allein. Nicht, dass ihr nachher noch ständig jemanden braucht, der euch das Händchen hält und euch noch dabei anleiten muss, wie das mit der Familienplanung geht.«

»Das wüssten wir notfalls sogar noch selbst«, fauchte Nicola. Sie war stocksauer, aber ganz hinten im Kopf hörte sie dennoch eine leise Stimme, die flüsterte: »Frag ihn doch mal, was er genau weiß! Frag ihn, was Marcin für dich empfindet!« Sie lauschte in sich hinein. Und dann fragte sie Tomasz: »Du glaubst, es liegt ihm wirklich was an mir?«

»Heilige Maria! Erzähl mir bitte nicht, dass du *das* nicht gemerkt hast!«

»Wenn ihr die Gottesmutter anruft, wird's immer ernst.«

Komisch. Ist die Heizung so weit aufgedreht? Wird plötzlich so warm hier.

»Nicola?« Seine Stimme klang auf einmal sehr sanft. »Nicola, was ist nur los mit dir? Hast du denn so gar keine Übung mit der Liebe?«

»Nein, Tomasz«, seufzte sie, »das ist etwas, das mich ziemlich unvorbereitet getroffen hat. Auf meiner Lebensagenda stand immer nur beruflicher Erfolg. Damit kenne ich mich aus, da weiß ich, wie man's macht. Aber ich habe viel gelernt in den letzten Wochen. Fühlen gelernt! Das ist so neu, dass ich noch nicht richtig damit umgehen kann.«

»Dann gebe ich dir noch einmal denselben sehr gut gemeinten Rat: Lass keine Zeit mehr verstreichen. Komm nach Polen!«

Es waren die Worte, die sie sich nicht von ihm, sondern von Marcin gewünscht hätte. Tomasz hatte so viel Wärme in den letzten Satz gelegt, dass es nicht weit hin war, sich einzubilden, es wären Marcins Worte gewesen, und sie fühlte, wie sich ihre Augen vor Rührung mit Tränen füllten. Aber Nicola wäre nicht Nicola gewesen, wenn nicht schon im nächsten Moment wieder diese Unsicherheit in ihr aufgekommen wäre. Sie wollte eine Rückversicherung von ihm.

»Tomasz? Wenn er mich wieder wegschickt, kann ich dann vielleicht kurz bei dir vorbeischauen, um wieder zu mir zu kommen?«

Sie hörte ihn leise lachen. »Nur allzu gern, Nicola. Aber ich denke, wir beide sehen uns erst ein bisschen später.«

Endlich konnte sie mitlachen und warf noch ihren kleinen Trumpf ins Spiel. »Ich muss dir noch etwas erzählen. Du wirst staunen. Ich weiß mittlerweile, wem das Gut mal gehört hat!«

»Weiß ich selber! Das ist ja nun nicht so spannend, denn es steht schließlich im Grundbuchauszug.«

»Schon. Aber ich habe inzwischen erfahren, dass dieses Gut bis 1945 im Besitz meiner Familie war. Ich gehöre da hin!«

»Das ist ja ein Ding! Was es nicht alles für Zufälle gibt!«

Nicola musste grinsen. »Es gibt keine Zufälle, Tomasz. Der Mann, den ich gerade dabei bin, lieben zu lernen, hat gesagt, das ist Bestimmung!«

* * *

Am späten Nachmittag klopfte Nicola an Dr. Festners Bürotür. Sie redete nicht lange um den heißen Brei herum und trug ihr Anliegen vor, sobald sie Platz genommen hatte.

»Joachim, ich möchte gerne die ausgefallenen Urlaubstage nachholen und für ein langes Wochenende verreisen. Würdest du mir bitte meinen Urlaubsschein abzeichnen?«

Sie legte das Formular auf den Schreibtisch und schob es zu ihm hinüber. Er warf nur einen kurzen Blick auf die Daten und unterschrieb sofort.

»Die Tage stehen dir selbstverständlich zu, mal abgesehen davon, dass ich dich ganz schön blass finde und du dir nach diesem scheußlichen Einsatz wirklich eine Auszeit verdient hast. Außerdem denke ich, die Prüfung der Polenverträge wirst du im Lauf dieser Woche erledigt haben. Danach steht meines Wissens momentan nichts Unaufschiebbares an.« Mit diesen Worten reichte er ihr einen Aktenordner. »Die Vertragsentwürfe waren heute früh in der Post. Die Polen haben zügig gearbeitet.«

Ein derartiges Strahlen hatte Festner offenbar nicht erwartet. »Du freust dich ja richtig! Einen Mitarbeiter, der so in seiner Arbeit aufgeht, habe ich wirklich noch nie erlebt«, staunte er. »Komm, erzähl mal, hast du schon gebucht? Ein tolles Wellnesshotel könnte ich dir empfehlen. Teuer, aber bestimmt bekommst du dort auch noch kurzfristig ein Zimmer. Superluxuriös, nicht so weit weg, direkt am Gardasee gelegen. Wirklich traumhaft!«

Er sah Nicola fragend an, und als sie, in Gedanken schon halb auf dem Weg, nicht sofort antwortete, hielt er es anscheinend für Unentschlossenheit und suchte ihr das Hotel im Netz heraus. Voller Begeisterung für seine geniale Idee drehte er ihr den Monitor hin. »Schau mal, ist das nicht fantastisch?«

Nicola schüttelte geistesabwesend den Kopf. »Jaja, ganz toll, danke. Aber ich habe schon ein Ziel.«

»Wunderbar! Wohin geht's denn? Hauptsache, in die Sonne, du könntest etwas Farbe vertragen und deinen Melatoninspiegel senken, damit du etwas fröhlicher wirst.«

Nicola erwachte aus ihrem Tagtraum. »Ich glaube, ich brauche kein gesenktes Melatonin, um fröhlich zu sein, Joachim. Alles, was ich jetzt brauche, ist ein Flugticket nach Warschau und ein Leihwagen.«

»Du willst wieder nach Polen? Da brat mir einen 'nen Storch! Was willst du denn da, um Himmels willen?«

Einen Atemzug lang überlegte Nicola, wie viel sie ihm verraten sollte. Sie entschloss sich blitzschnell. »Joachim, ich habe etwas herausgefunden. Das Gutshaus, welches auf dem Gewerbegrundstück steht, ist über viele Generationen die Heimat meiner Familie gewesen. Mein Ururgroßvater hat es erbaut. Verstehst du? Ich bin völlig fasziniert auf Spurensuche in meiner eigenen Vergangenheit.«

Nicolas Chef bekam auf einmal einen Ausdruck, wie sie ihn noch nie bei ihm gesehen hatte. Ganz weich wurden seine Züge. »Mädchen, bist du jetzt auch schon in dem Alter, in dem man sich mit Ahnenforschung beschäftigt? Mir ist das kürzlich auch so ergangen. Als meine Großmutter mit annähernd hundert Jahren so krank wurde, habe ich nächtelang an ihrem Bett gesessen und mir von Schlesien erzählen lassen. Früher hat mich das ja überhaupt nicht interessiert, aber plötzlich hatte ich das Gefühl, ich müsste noch alles erfahren, ehe es zu spät ist und die Vergangenheit im Vergessen versinkt.«

»Du auch? Ist das nicht komisch? Ich habe den gestrigen Tag bei meiner Oma verbracht und so viel Neues erfahren.

Oder Altes, besser gesagt. Es nimmt mich total mit! Willst du dir auch mit eigenen Augen ansehen, woher du stammst?«

»Wenn ich meine Frau dazu kriege mitzufahren, würde ich das gerne tun. Aber sie ist eine alteingesessene Berliner Pflanze. Ich weiß nicht recht, ob sie Lust hat, oberschlesische Kohlereviere zu besichtigen«, sagte er zweifelnd.

»Dann fahr alleine! Ich habe begriffen, dass es wichtig für mich ist. Wenn du das Gefühl hast, es drängt dich, dann nimm es in Angriff und zögere nicht zu lange!«

Nicola stand auf. Es war ein sehr persönliches Gespräch geworden, und sie hatte den Eindruck, dass ein Faden mehr zwischen ihnen geknüpft war. Aber sie hatte es jetzt eilig, sich um ihre Reisebuchung zu kümmern und mit den Verträgen zu beschäftigen. Mit einem sehr gewinnenden Lächeln reichte sie ihm die Hand über den Schreibtisch und griff nach der Akte. »Ich fange sofort an, die Sache zu bearbeiten.«

»Wenn du sowieso wieder dort hinfährst, dann sei doch so gut, diesen Arzt anzusprechen. Wir rechnen mit gut zweitausend Mitarbeiter in der letzten Ausbaustufe. Da müssen wir einen Betriebsarzt zumindest auf Pauschalhonorarbasis verpflichten. Regel das mal mit dem Mann. Die Daten schicke ich dir in einem Memo, okay?«

Nicolas Herz hüpfte und sie legte ihre Hand auf die Brust, um es einzufangen. Festners Blick fiel auf die Bernsteinträne. »Sehr hübsch, Nicola, hast du das schon lange? Es sieht antik aus.«

Sie schüttelte den Kopf. »Von meiner Großmutter! Sie hat es mir gestern geschenkt. Es ist das Einzige, was ihr geblieben ist. Insofern ist mir dieses Familienerbstück sehr wichtig.«

»Was für ein Stein ist das? Ein Granat?«

»Nein, es ist Bernstein.«

»Stimmt ja, das Gold der Ostsee! Ostpreußen! Na, dann sieh zu, Mariellchen, dass du deinen Flug buchst. Wir sprechen uns noch vor deiner Abreise.«

Aufatmend verließ sie das Büro und hängte sich, kaum zurück an ihrem Schreibtisch, an die Strippe, um eine Verabredung mit Silvia zu vereinbaren. Sie fühlte sich nicht etwa unsicher mit ihren Entscheidungen. Aber so, wie sie sich bei Tomasz rückversichert hatte, wollte sie jetzt endlich auch die Meinung ihrer Freundin einholen. Ihre Meinung einholen? Nein, wenn sie ganz ehrlich mit sich selbst war, wollte sie nichts anderes hören als eine Bestätigung der Richtigkeit ihrer bereits gefassten Beschlüsse. Ein wenig Muffensausen hatte sie schon vor der manchmal geradezu harschen Sachlichkeit ihrer Freundin. Insofern hatte sie vielmehr vor, es als Test unter den denkbar härtesten Bedingungen zu werten. Wenn sie Silvia wirklich überzeugen konnte, dann setzte das einen noch fehlenden Stein in ihr selbst erdachtes Gemäuer, der zweifellos ein erhöhtes Maß an Haltbarkeit garantieren würde.

* * *

Nicola wartete pünktlich am vereinbarten Treffpunkt in einem netten Bistro. Sie hatte einen Tisch in einer der durch schwarzrote Paravents abgetrennten Nischen gewählt, wo man sich einer gewissen Privatheit im After-Work-Getümmel der Großstadt relativ sicher sein konnte, und behielt den Eingang im Auge.

Silvia verspätete sich. Aber seit sie Kinder hatte, war Nicola daran gewöhnt, dass ihre ehemals so hervorragend organisierte Freundin ab und zu mit Unwägbarkeiten zu kämpfen hatte. Früher, als Teilhaberin der stark frequentierten väterlichen Anwaltskanzlei, war sie mit derselben karriereorientierten Einstellung unterwegs gewesen wie Nicola, und es hätte eine absolute Unverzeihlichkeit für sie bedeutet, einen Termin nicht auf die Minute pünktlich einzuhalten. Allerdings hatte sie schnell verinnerlicht, dass sie sich nur völlig fertigmachte, wenn sie jetzt noch weiter an diesen Forderungen an sich selbst festgehalten hätte, und hatte mit ihrer neuen Rolle Frieden geschlossen. Mittlerweile war sie dazu übergegangen, jede Zusage mit einem »Wenn nichts dazwischenkommt« zu versehen, war aber zumindest immer so fair, wenigstens eine Kurznachricht zu schreiben, wenn es mal wirklich nicht klappte. Eine SMS war nicht eingetroffen, also würde Silvia auch über kurz oder lang erscheinen, überlegte Nicola und bestellte sich schon mal einen Espresso.

Als die Freundin eine Viertelstunde später das Lokal betrat, machte sie einen völlig entspannten Eindruck, obwohl die Info, die sie nach dem Begrüßungskuss erst mal loswerden musste, nicht gerade stressfrei klang. Ihre kleine Tochter hatte sich beim Schulausflug in der Eishalle den Knöchel böse verstaucht und musste von Mama abgeholt und zum Arzt transportiert werden. In der Zwischenzeit hatte ihr fünfjähriger Sohn – der Stein und Bein geschworen hatte, ganz sicher keinen Blödsinn anzustellen – die komplette Nachzucht Wüstenrennmäuse in seinem Kinderzimmer laufen lassen, weil er unbedingt herausfinden wollte, wie schnell diese Nager außerhalb ihres Käfigs tatsächlich werden konnten.

Silvia erzählte Nicola, die sich vor Lachen krümmte, in den schillerndsten Farben von der Jagd nach anderthalb Dutzend Mäusen quer durchs ganze Haus. »Sie können übrigens *sehr* schnell werden«, erklärte sie und wischte sich ein paar Lachtränen aus den Augen, »ganz besonders, wenn du versuchst, sie mit dem Küchensieb zu kaschen. Außerdem schießen sie blitzschnell rum und beißen, wenn man sie am Schwanz zu fassen kriegt. Zu allem Übel haben sie auch noch jedes Mal den Turbo angeschaltet, wenn Leonie, die totalen Schiss vor den Mäusen hat und sich auf den Küchentisch geflüchtet hatte, mit ihrem Gequieke anfing.«

»Und? Habt ihr sie alle wieder?«

»Na logisch! Alles paletti, die Biester sicher eingesperrt, die beiden Kids auf dem Sofa vor dem Disney-Channel, Babysitter eingewiesen ... ein Kinderspiel!«, erklärte Silvia und lehnte sich zufrieden zurück. »Aber jetzt will ich Cappuccino und ein leckeres Baguette. Das habe ich mir verdient!«

Sie rief die Kellnerin, bestellte gleich einen zweiten Espresso für Nicola mit und wandte sich dann mit ihrem gespannten Verschwörungsgesicht an sie. »So, und jetzt erzähl du, was deine Welt ins Rotieren bringt!«

»Ich will's kurz machen: ein Mann! Ich habe mich un-sterblich verliebt, Silvi!«

»*Du* hast dich verliebt? Dass ich das noch mal erleben darf … Ich hatte ja befürchtet, du würdest dein Leben damit beschließen, einsam und allein in deinem Geldspeicher zu baden wie Dagobert Duck. Hat es dich also endlich mal richtig erwischt, ja? Und passt er denn in deinen schönen vorgefertig-ten Goldrahmen?«

»Hey, höre ich da etwa Spott?«, empörte sich Nicola »Hast du wirklich geglaubt, ich sei so ab von dieser Welt, dass mir das nicht passieren kann?«

»Um ehrlich zu sein, ich hatte dich in dieser Hinsicht längst abgeschrieben. Aber ich freu mich, dass ich mich getäuscht habe. Los, erzähl, wie ist er, was ist er, wie bist du an ihn geraten?«

Nicola grinste. »Wie lange ist dein Babysitter da? Es könnte etwas dauern, dir das alles zu berichten.«

»Ich habe Zeit. Leg los!«

Sie erzählte. Von Anfang bis Ende. Ließ nichts aus und brei-tete die ganze Geschichte auf dem runden Tischchen zwischen ihnen aus, wie einen bunten Bilderbogen. Silvia hörte gebannt zu, knabberte mechanisch an ihrem Baguette, offenkundig ohne überhaupt wahrzunehmen, was sie da aß, und unterbrach sie nicht, bis Nicola mit den Worten endete: »Du siehst, er passt absolut nicht in meinen vorgefertigten Goldrahmen, und ich will ihn trotzdem!«

»Mit allen Konsequenzen? Demnächst in irgendeinem polnischen Kaff Rosen züchten? Ohne Theater, Kino, Konzert, volles Brett Kulturprogramm zu jeder Tages- und Nachtzeit, ohne pulsierendes Großstadtleben, ohne aufreibenden, verantwortungsvollen Job? Du?«

Nicola nickte ernst. »All das habe ich jahrelang genossen, Silvi. Und findest du, es hat mich glücklich gemacht?«

Die Freundin schaute sie lange überlegend an. »Nein, so richtig glücklich habe ich dich eigentlich noch nie erlebt. Und sagte nicht Leonardo da Vinci, die Einfachheit sei die höchste Stufe der Vollendung? Versuch es halt mal mit Einfachheit. Wenn es in die Hose geht, wird man dich überall gerne wieder in Lohn und Brot nehmen. Ich denke nicht, dass du dir da Sorgen machen musst, das Risiko ist überschaubar. Außerdem kann ich dir aus eigener Erfahrung bestätigen, dass man auch anders leben kann, als wir uns das während des Studiums mal ausgemalt haben. Guck mich an! Mir geht's gut. Richtig gut! Also, wenn es das ist, was du jetzt brauchst: Meinen Segen hast du!«

Nicola bestellte Prosecco.

Ganz oder gar nicht

Der nächstgelegene Flughafen wäre Danzig gewesen – gut fünf Stunden mit Zwischenlandung in Stockholm. Wegen ihrer ausgeprägten Flugangst entschied sich Nicola jedoch für die Anreise über Warschau, auch wenn die Autofahrt nach Smolajny so deutlich länger ausfiel.

Im Gepäck hatte sie nicht nur ein Angebot für Marcin, sondern auch einen ganzen Sack voll guter Wünsche ihres Chefs, Silvias und ganz speziell Elisabeths.

Als sie ihren Wagen auf dem Dauerparkplatz des Berliner Flughafens abstellte, spürte sie, wie mild es schon war. In den Hecken saßen Spatzen und tschilpten laut um die Wette. Ein kleiner Hauch von Frühling lag an diesem frühen Märzmorgen in der Luft. Seit fünf Tagen schwebte sie mit einem Hochgefühl durch die Welt, wie sie es noch nie erlebt hatte. Was konnte jetzt noch schiefgehen? Tomasz hatte ihre Ankündigung hocherfreut aufgenommen, seine private Telefonnummer – für alle Fälle – herausgerückt, aber keinen Zweifel daran gelassen, dass sie die sicher nicht brauchen würde. Nur die Tatsache, dass er schon ein paar Tage lang nichts mehr von Marcin gehört hatte, machte Nicola ein bisschen Sorgen. Tomasz hatte abgewunken, sie müsse sich nicht verrückt machen. Letztlich hatte sie jede Befürchtung beiseitegeschoben und war voll der schönsten Erwartungen gestartet.

Silvia, die ihre kaum zu besänftigende Angst vorm Fliegen kannte, hatte ihr fürsorglich ein kleines Fläschchen mit

Aconitum-Globuli in die Handtasche gesteckt und sie genau instruiert, wann sie wie viele unter der Zunge zergehen lassen müsse. Die Wirkung, hatte sie behauptet, könne sie garantieren. Was bei ihren Kindern funktioniere, müsse auch bei ihr klappen. Nicola traute der Sache nicht so ganz, wollte es aber auf einen Versuch ankommen lassen und lutschte schon am Abfertigungsschalter die ersten schwach süßlichen Kügelchen.

»Haben Sie Flugangst?«, fragte die freundliche Dame, die ihr Ticket checkte. »Sie wirken so nervös. Versuchen Sie es mal mit Aconitum, das hilft immer!«

Grinsend hielt Nicola das Fläschchen hoch und bekam dafür ein »Daumen hoch«.

Irgendwie beruhigt schon allein die Tatsache, dass so viele Leute sagen, es beruhigt, dachte sie.

Es beruhigte! Der Himmel war wolkenlos und es ging kein Lüftchen. Wie ein Bus auf nagelneuem Asphalt lag die Maschine in der Luft. Dank Globuli konnte sie zunehmend angstfrei aus dem Fenster linsen und interessierte sich sogar dafür, welche Orte da unter ihr vorbeihuschten. Als die Landebahn des Chopin-Flughafens auftauchte, hatte sie das Gefühl, einen bösen Dämon, der sie jahrelang geärgert hatte, endgültig besiegt zu haben.

Am Sixt-Schalter war schon alles für sie vorbereitet. Eingedenk der schlechten Erfahrungen mit dem Phaeton hatte sie sich für einen Q7 entschieden und bekam die Schlüssel überreicht. Lächelnd steckte sie ihre Kreditkarte wieder ein. Dieses Mal würde sie nicht als Eiskratzer herhalten müssen! Die Temperaturen lagen heute auch hier im niedrigen zweistelligen Bereich.

Nur noch eine Richtung. Nur noch eine Straße. Nur noch drei Stunden trennten sie von Marcin. Die Europastraße war bestens ausgebaut, die Verkehrsdichte hielt sich in Grenzen, der Wagen machte Spaß und Nicola war allerbester Laune. Nach zwei Dritteln der Strecke das Schild am Straßenrand: »Warmia i Mazury«! Weiß auf blau.

Ermland, Masuren. Ostpreußen! Wie kann es sein, dass dieses Blechschild Heimatgefühle in mir erzeugt?

Lächelnd schüttelte sie den Kopf. Wunderte sich ein bisschen, griff in ihre Handtasche, ohne die Augen von der Fahrbahn zu nehmen, holte eine CD heraus und schob sie in das Laufwerk. Sanft schlichen sich die ersten Töne von Chopins »Regentropfen-Prélude« ins Ohr. Der Sound der Musikanlage war phänomenal und Nicola schwelgte in der großartigen Eschenbach-Interpretation. Sie hatte Chopin wiederentdeckt, der ihr zwar schon in jungen Jahren begegnet war, mit dessen überwältigender Emotionalität sie jedoch früher nicht viel hatte anfangen können. Jetzt liebte sie ihn. Und war sich vollkommen darüber im Klaren, dass das niemals passiert wäre, wenn nicht all die wundervollen Erinnerungen mit der Musik verbunden gewesen wären.

Sie unterbot die vom Navigationssystem errechnete Fahrzeit deutlich, obwohl sie sich strikt an die Geschwindigkeitsbegrenzungen hielt. Als sie den kleinen Ort erreichte, war ihr Hochgefühl so aufgepeitscht, dass sie die Playlist bis zur »Revolutionsetüde« durchklickte und das letzte Stückchen Weg bei voller Lautstärke zurücklegte.

Den Triumph im rauschenden Blut, die Wangen gerötet, das Kinn selbstbewusst vorgereckt, die veilchenblauen Augen strahlend.

Das Gutshaus lag im hellen Schein der Mittagssonne und sie drosselte das Tempo ein wenig. Der Blick war jetzt ein anderer. Sie sah es neu, sah es mit ganz anderen Augen. Nichts war mehr fremd, es war fast, als käme sie nach Hause. Noch waren alle Eichen kahl, aber nein, sie bildete sich das nicht ein, die Knospen würden nicht mehr lange auf sich warten lassen und bald, sehr bald würden die ersten zarten Blättchen die Alleen in schattige grüne Tunnel verwandeln. Nur noch ein Mal abbiegen, nur noch den schmalen Weg durch das Wäldchen. Schon tauchte das Gästehaus vor Nicola auf.

Sie schaute auf ihre Uhr.

Oh, Mittagspause! Kein wartendes Auto. Wunderbar, dann habe ich ihn erst mal ganz für mich alleine.

Sie klappte die Sonnenblende herunter, warf einen letzten Blick in den Spiegel, war hochzufrieden mit dem, was sie da anlächelte, und stieg aus.

Dann hatte sie ein Déjà-vu. Genauso wie beim ersten Besuch, als sie geglaubt hatte, endlich ihr Ziel, das alte Gasthaus im Dorf, erreicht zu haben, fand sie die Tür verschlossen vor und entdeckte einen handgeschriebenen Zettel auf Augenhöhe. Festgepinnt mit einer einzigen Reißzwecke, verdrießlich baumelnd und selbstverständlich in polnischer Sprache.

Vom dritten bis zum fünften März. Na großartig! Heute ist der dritte, für den sechsten ist mein Rückflug gebucht. Und was mache ich jetzt hier drei Tage alleine?

Nicht nur Nicola fühlte sich verlassen. Auf der Fensterbank neben der Eingangstür bewegte sich die Halbgardine und Sowka erschien hinter der Scheibe. Anklagend sah sie Nicola aus ihren gelben Augen an, stellte sich auf die Hinterbeine und kratzte mit den Vorderpfoten am Glas. Nicola legte die flache Hand ans Fenster. »Ach, Sowka, du Arme, hat er dich ganz allein gelassen?« Die Katze legte ihr Köpfchen gegen die Scheibe, als schmiege sie sich in die Handfläche. Dann sprang sie hinunter und war wieder verschwunden. Ratlos ließ sich Nicola auf den warmen Steinstufen vor dem Haus nieder und zog ihr Handy aus der Jackentasche, um Tomasz anzurufen.

»Ich bin da und er ist weg, Tomasz! Hier hängt ein Zettel an der Tür. Offenbar ist er übers Wochenende verreist.«

»Ach du liebe Güte! Willst du zu mir kommen? Du bist herzlich willkommen, ich erkläre dir den Weg, pass auf …«

»Tomasz!«, unterbrach sie ihn. »Ich komme dich gerne besuchen und bedanke mich sehr für die Einladung, aber eigentlich bin ich wegen Marcin hier. Könntest du nicht herausfinden, wo er steckt?«

»Entschuldige, Nicola! Natürlich. Ich versuche, ihn zu erreichen, und melde mich wieder.«

Er klang zerknirscht und Nicola musste lächeln, denn sie wusste ja, dass er nichts dagegen gehabt hätte, wenn sie mehr Interesse an ihm als an Marcin gezeigt hätte. Aber er war ein anständiger Freund und hatte überdies zweifellos akzeptiert, dass er nun mal nicht das Objekt ihrer Sehnsüchte war.

»Danke schön, Tomasz ... wenn ich dich nicht hätte!«

Sie blieb einfach auf den Stufen sitzen und ließ sich die warme Sonne, die schon hoch im Zenit stand, auf die Nase scheinen. Frieden. Ruhe! Nur das Zwitschern der Vögel war zu hören, die das herrliche Wetter zur ersten Balz nutzten. Das Futterhäuschen war verwaist. Sie brauchten niemanden mehr, der für sie sorgte. Der Winter war vorüber.

Es dauerte eine gute halbe Stunde, bis Tomasz zurückrief.

»Nicola, ich hab keine guten Nachrichten«, begann er in einem derart um Vergebung heischenden Ton, als sei er schuld, sie umsonst hergelockt zu haben. »Er ist in Zoppot bei einem Studienfreund. Nicht um ihn einfach so zu besuchen, sondern weil er heute ein Bewerbungsgespräch in einer Danziger Klinik hatte. Der Kollege arbeitet wohl dort und hat ihm das Angebot besorgt.«

»Scheiße, nein!«

»Doch, Nicola! Aber wie ich dich kenne, wirst du jetzt nicht gleich aufgeben. Also schreib dir die Adresse auf und sieh zu, dass du deinem Auto Feuer unter der Haube machst!«

»Warte, ich geh zum Wagen und gebe die Anschrift ins Navi ein ... Moment ... so, jetzt bitte! Buchstabieren, wenn's geht.«

Nicola tippte ein: »Mariana Mokwy 8«. Das Navi reagierte sofort und bekundete, die Route sei berechnet.

»Ich danke dir, Tomasz. Und melde mich, wenn ich irgendetwas in Erfahrung gebracht habe. Hast du ihm gesagt, dass ich auf der Jagd nach ihm bin?«

»Glaubst du, ich bin blöd? Damit er nachher noch türmt? Nein, den wiegen wir jetzt schön in Sicherheit und dann erlegst du das edle Wild aus dem Hinterhalt. Ich wünsche dir Glück, Nicola!«

»Halali, Tomasz. Ich sattle den Achtzylinderdrachen und fliege!«

Zwei Stunden und achtzehn Minuten Fahrzeit hatte das Navigationsgerät errechnet. Zunächst ging es langsam über die kurvenreichen, aber landschaftlich reizvollen Landstraßen, die allesamt baumbestandene, noch kahle Alleen waren. Der Asphalt wies teils einen abenteuerlich löcherigen Zustand auf, und sie war froh, nicht mit einem tiefergelegten Fahrwerk unterwegs zu sein, sondern einen gewissen Abstand zwischen Bodenblech und Straßenbelag zu wissen. Durch verschlafene Nester fuhr sie, in denen die Zeit stehen geblieben zu sein schien. In manchen Dörfern gab es auf jedem zweiten Strommast ein Storchennest. Ab und zu entdeckte Nicola einen Rohbau am Straßenrand. Abseits der Ansiedlungen, mitten im Nirgendwo.

Wie hier jemand Baugenehmigungen bekommen kann, ist mir schleierhaft, überlegte sie kopfschüttelnd. Man konnte den Eindruck gewinnen, die Bauherren hätten beschlossen, dass es ihnen an diesem oder jenem Fleckchen besonders gut gefiele, einfach einen Grundstein gelegt und angefangen. Auffallend war, dass diese Neubauten allesamt an Stellen standen, die einen besonders grandiosen Blick über die Landschaft gewährten.

Kaum auf der Schnellstraße, kam sie viel zügiger voran. Nach knapp zwei Stunden hatte Nicola Danzig erreicht und konnte einen Blick auf das schiffbare Flüsschen Motlau werfen. Alles war hier im Aufbruch. Überall wurde gebaut und renoviert, und als sie die Ausfallstraße in Richtung Zoppot nahm, die von Glaspalästen aller möglichen Firmen flankiert wurde, hatte sie den deutlichen Eindruck, dass zumindest dieser Teil Polens wirklich begann, sich den Standards der Europäischen Union zügig anzunähern. Bereits in Warschau war ihr aufgefallen, wie gut man mit den Modernisierungen vorankam. Nur die ländlichen Gegenden, durch die sie eben gefahren war, schienen noch weitgehend im Dornröschenschlaf zu liegen.

Zoppot machte seinem Ruf als schicker Kurort alle Ehre. Immerhin blickte das Städtchen auf eine glanzvolle Geschichte als mondänes Seebad zurück, und daran hatte sich offenbar nichts geändert. Das Navi leitete Nicola durch verkehrsberuhigte, baumbestandene Nebensträßchen, und es war ein Vergnügen, die zum großen Teil schön herausgeputzten kleinen Villen in gepflegten Gärten schlummern zu sehen.

»Sie haben Ihr Ziel erreicht«, flötete die freundliche Automatikstimme und Nicola stellte den Wagen unweit der Nummer acht ab. Marcins Wagen konnte sie nirgends entdecken. So unternehmungslustig und zielstrebig sie auch bisher gewesen war – jetzt bekam sie ein bisschen Angst vor der eigenen Courage. Für einen Mann durchs halbe Land zu geigen? Wäre ihr bisher nie im Leben eingefallen! Zumal für einen, der zickte wie eine Diva. Alles, was sie bislang an gesicherter Grundlage für diesen Trip hatte, war die Einschätzung seines besten Freundes. Und der war zu allem Übel auch noch selbst an ihr interessiert.

Super Aussichten! Aber egal. Jetzt aufzugeben wäre schwachsinnig. Also los, Nicola, trau dich, steig aus und frag nach ihm!

Sie klingelte also Familie Malinowski – Pjotr, Julia und Michail, wie dem Namensschild an der Tür zu entnehmen war – aus dem Abendfrieden. Ein kleiner Junge von vielleicht acht Jahren riss die Tür auf, sah sie unverwandt an und rief ins Haus hinein: »Mama!« Universal verständlich und absolut eindeutig! Kurz darauf erschien eine ausgesprochen attraktive junge Frau und sprach sie sehr freundlich auf Polnisch an.

»Do you speak English?«, versuchte Nicola ihr Glück.

Ein bestätigendes Nicken.

Sie stellte sich vor und fragte nach Marcin.

»Hello, Nicola, you are welcome!«, antwortete die junge Frau so herzlich, als begrüße sie eine alte Freundin.

Das Angebot, doch hereinzukommen und zu warten, die Männer seien nur auf einen Sprung an den Strand gegangen und müssten bald zurück sein, lehnte Nicola nach kurzem Überlegen ab und ließ sich nur den Weg erklären.

»Only five minutes to the beach«, erklärte Julia Malinowski lebhaft und wies die Straße hinunter. »Please tell them, we will have dinner at eight. You will stay with us, Nicola?«

Es war beinahe ein bisschen zu viel Gastfreundschaft. Nicola war überwältigt, bedankte sich vielmals, ließ die Frage aber vorsichtshalber lieber offen und setzte sich in Marsch. Als sie das Gartentörchen hinter sich schloss, stand Julia noch immer an der Tür und winkte ihr fröhlich hinterher.

Sie genoss den Fußweg durch die abendlich stillen Gassen. Minuten später sah sie die überwältigende Fassade des Grandhotels vor sich auftauchen. Ein Riesending, schneeweiß, im neobarocken Stil erbaut. Durch einen kleinen Park gelangte sie an den breiten, feinsandigen Strand. Sie blieb einen Moment stehen. Der Blick war umwerfend. Direkt vor dem Hotel zerstoben Wasserschleier aus unzähligen Fontänen in der leichten Abendbrise. Über der spiegelblanken See begann sich gerade der Himmel in den schönsten Farben des Sonnenunterganges zu verfärben. Nicola schmeckte einen Hauch von Salz auf den Lippen.

Sie lief ein Stückchen durch den Sand bis ans Ufer, sah einen Augenblick den träge schwappenden Wellen zu, war so eingenommen von der Abendstimmung, dass sie sogar für einen winzigen Moment den Grund ihres Hierseins vergaß. Allein für diesen Anblick hatte sich die ganze Reise schon gelohnt! Dann fing sie an, sich suchend umzusehen. Auf dem imposanten hölzernen Seesteg, der weit ins Wasser hineingebaut war, konnte sie noch eine ganze Menge Menschen erkennen. Ein altertümlich wirkender Dreimaster lag dort vor Anker. Sie hielt die Hand über die Augen, um nicht so sehr von der tief stehenden Sonne geblendet zu werden, und versuchte, irgendwo zwei Männer auszumachen, deren einer – bitte, bitte! – Marcin sein sollte.

Etliche Jogger waren unterwegs. Dicht am Rand des Wassers liefen sie, da, wo der Boden nicht so kräftezehrend tief war. Ein paar Kinder bauten eine Sandburg, hatten eimerweise Muscheln gesammelt, die sie sicher zum Verzieren brauchen würden. Paare standen Hand in Hand, vertieft in den Anblick des Meeres, oder eng umschlungen, ineinander versunken.

Nicola seufzte leise, entschied sich, dorthin zu gehen, wo am meisten los war, und stapfte auf den Steg zu. Sie stieg die hölzernen Stufen hinauf, wanderte auf den Bohlen der Spitze der traditionsreichen Konstruktion entgegen und schaute sich – möglichst unbeteiligt und unauffällig – die Leute an, die überall am Geländer standen.

Dann sah sie ihn!

In Jeans und Lederjacke lehnte er mit aufgestützten Ellenbogen an der Brüstung und war offenbar ins Gespräch mit seinem Freund vertieft. Nicola suchte sich einen günstigen Standort, um die beiden zu beobachten. Vielleicht zehn, fünfzehn Meter trennten sie, Pjotr stand zwischen ihr und Marcin.

Nicola schlug das Herz bis zum Hals. *Was nun? Hingehen? »Hallo, Marcin, hier bin ich, ich liebe dich und möchte von nun an immer bei dir bleiben«? Oooh, Scheiße! Entweder mir fällt jetzt sofort was ein oder ich brauche sowieso einen Arzt, weil ich ’nen Herzinfarkt kriege!*

Sie atmete tief durch. Jede seiner Bewegungen registrierte sie. Die beiden machten nicht den Eindruck, als wollten sie bald aufbrechen. Nicola hörte ihn lachen. Dieses umwerfende, dunkle Marcin-Lachen! Alles in ihr zog sie zu ihm hin. Wäre da nur nicht diese verdammte Angst vor der Blamage gewesen! Und auch noch im Beisein des Freundes? Nein! Wer weiß, womöglich würde er sie abblitzen lassen, höflich, distanziert, uninteressiert, verletzt, wie in dem unsäglichen geträumten Telefongespräch? Irgendwie wollte sie ihn auf sich aufmerksam machen. Am besten nur ihn allein. Aber wie?

Plötzlich kam ihr eine Idee und ein Lächeln huschte über ihr Gesicht.

Nicola zog ihr Handy heraus und tippte seine Nummer an. Im nächsten Moment hörte sie sein Telefon. Chopin! Natürlich, was sonst? Er griff in die Innentasche seiner Jacke, schaute aufs Display und drückte sie weg. Sie sah den fragenden Ausdruck in Pjotrs Miene. Nicola konnte sich ein kleines Grinsen nicht verkneifen und tat es noch mal. Marcin schüttelte den Kopf und wollte gerade das Handy wieder wegstecken, als sie einen dritten Versuch startete. Der Freund sagte etwas. Vielleicht sagte er ja »Nun geh doch endlich ran«?

Noch immer hörte sie die Musik und ein Teufelchen flüsterte ihr ins Ohr: »Sag genau das, Nicola!«

»Nun geh doch endlich ran!«, rief sie mit sehr lauter, deutlicher Stimme, das Telefon am Ohr, und sah, wie zwei Männerköpfe herumschossen. Marcins Gesichtsausdruck war bemerkenswert. Erstaunen, Überraschung, Ärger. Und dann plötzlich ein Schmunzeln. Er sprach mit dem Freund. Der lachte, klopfte ihm auf die Schulter und kam auf Nicola zu. Er schaute ihr direkt ins Gesicht, als er an ihr vorbeiging. »Viel Glück«, flüsterte er, zwinkerte ihr zu und tippte mit dem Finger grüßend an die nicht vorhandene Mütze.

Dann war da niemand mehr zwischen ihnen.

Nocturne

Sie sprachen kein Wort. Langsam, ganz langsam, wie um jeden Sekundenbruchteil auszukosten, sicher, dass nichts und niemand sie noch aufhalten konnte, gingen sie aufeinander zu. Nun standen sie so dicht voreinander, dass nicht einmal mehr der kühle Hauch der Abendbrise zwischen ihnen Platz gehabt hätte. Marcin sah zu ihr herunter, Nicola musste den Kopf ein wenig in den Nacken legen und verlor sich in seinen samtbraunen Augen. Die Bernsteinsprenkel funkelten, sprühten pure Lebenslust; um seine Lippen lag ein Ausdruck, der viel mehr sagte, als tausend beredte Silben hätten ausdrücken können.

Mit einer einzigen entschlossenen Bewegung zog er sie fest in die Arme. So fest, dass Nicola nach Luft rang. Sie vergrub ihr Gesicht im warmen Dunkel zwischen grober Wolle und dem weichen Leder seiner Jacke, schlang die Arme um seine Taille und wollte nichts mehr sehen, nichts mehr ändern, nichts mehr wissen, nur diesen Augenblick nie enden lassen. Marcins Kopf ruhte reglos an ihrer Halsgrube. Sie fühlte seinen warmen Atem und war glücklich.

Minutenlang standen sie so da, während die Sonne begann, die Wölkchen am azurblauen Abendhimmel mit orangefarbenen, roten, rosa, violetten Lichteffekten zu verzieren. Im Zeitlupentempo näherte sie sich der Kimm, spielte kurz Verstecken hinter einem dicken Kumulus, strahlte neues Licht über die See, ließ es durchs glitzernde Wasser bis an den Steg herangleiten. Noch ein Mal schaute sie blendend hell über den Rand des Horizonts. Neugierig. Und war dann doch viel zu müde, um noch länger zu verweilen. Sie war nicht mehr zu sehen, ließ nur das Farbenspiel am Himmel da, als zauberhaften Gruß zur Nacht.

Marcin hob den Kopf und flüsterte nah an ihrem Ohr: »Wie schade, jetzt ist sie untergegangen.«

Nicola sah auf, ließ den Blick über den Himmel schweifen, wies mit einer Kopfbewegung nach Osten, lächelte. »Ja, aber sieh mal, sie hat den Mond geschickt!«

Eine Frage schien in seinen Augen auf und er sprach sie aus: »Und wer hat dich dieses Mal geschickt?«

Mehr will er gar nicht wissen? Nicola fiel ein schwerer Stein vom Herzen. Lautlos versank er im Meer. Sie löste den rechten Arm von Marcin, legte die Hand auf ihre Brust und sah ihn geradeheraus an. »Niemand. Nichts sonst als die Sehnsucht nach dir!«

Entdeckte sie eine Spur von Zweifel? *Beginnt er schon wieder nachzudenken?* Leise deutete sie ein Kopfschütteln an. »Schick mich nie wieder weg, Marcin! Was auch immer war oder kommen mag: Ich liebe dich!«

Sie musste nicht mehr bitten, nichts erklären, musste, nein, konnte nicht mehr sprechen, als er jetzt, endlich, ihre Lippen mit einem Kuss verschloss. Erst zart und vorsichtig, als taste er sich an einen gefährlichen Abgrund heran. Dann riss er sie mit leidenschaftlicher Heftigkeit in einen Strudel, der nur noch Fühlen erlaubte, jedes Denken ausschaltete, wegfegte, hohnlachend verspottete als nichtig, unbedeutend und klein.

Ein Atemholen und sein: »Kocham cię, mój aniele!«

Nicht wie im Verglühen des Neujahrsfeuerwerks! Nicht vorbei, nein, nur ein kurzes Unterbrechen waren diese Worte, deren Bedeutung Nicola nicht erraten musste, weil sie, egal in welcher Sprache, immer erst Bedeutung gewinnen, wenn der richtige, der ebenso sanfte wie aufrichtige Ton Musik aus ihnen werden lässt.

»Kocham cię«, wiederholte Nicola und gab sich der Glut seines nächsten Kusses hin.

Der Mond hatte seine silbrigen Finger schon längst nach ihnen ausgestreckt, zeichnete unscharf einen einzigen Scherenschnitt aus ihren beiden Körpern auf die alten Planken. Der Steg leerte sich, und noch immer standen sie eng umschlungen an die Balustrade gelehnt und konnten – wollten! – nicht mehr aufhören. Ein Zittern durchlief Nicola. Unbedeutend, ob sie zu frieren begann! Sie wärmte sich die Hände an ihm, drängte sich ihm entgegen. Selbst wenn jetzt sofort die nächste Eiszeit angebrochen wäre, es hätte sie nicht gestört. Solange er nur da war.

Marcin entging ihr Frösteln nicht. »Es wird kühl, mein Engel. Du musst ins Warme und am besten in ein sehr kuscheliges Bett. Wohin gehen wir?«

Wie auf ein Stichwort aus dem Souffleurkasten flammten unter den plätschernden Wasserfontänen vor dem schönen alten Hotel alle Lichter auf. Nicola sagte mit einem Lächeln: »Guck mal, wir sind eingeladen! Ich glaube, die haben da so viele leere kuschelige Betten, dass sie uns gern eins geben.«

»Das tun sie bestimmt mit Begeisterung. Aber du solltest wissen, dass das da eines der kostspieligsten Hotels im ganzen Land ist«, warf Marcin skeptisch ein. »Wir könnten genauso gut zu Pjotr gehen. Ich logiere dort ganz komfortabel im Gästezimmer und habe sicher kein Verbot in puncto Damenbesuch.«

Nicola überlegte einen Moment. Dann entschied sie: »Marcin, ich würde gern einen Abend unter Freunden verbringen. Aber nicht jetzt und nicht diesen. Wenn du also heute die Frage stellst: Gehen wir zu mir oder zu dir, dann bin ich dafür, dass wir zu mir gehen! Außerdem ertrage ich jetzt keine anderen Menschen, will niemandem mehr vorgestellt werden, nichts erklären müssen, sondern auf dem schnellsten Weg mit dir ganz alleine ins nächste Bett. Komm!«

Nicola hatte mehr Widerstand befürchtet. Der Hinweis auf die gehobene Preisklasse hatte ihr ganz kurz einen Schreck in die Glieder fahren lassen. Aber offenbar war es ihm jetzt völlig egal. Sie eilten Hand in Hand über den Strand, lachend, ausgelassen. Immer wieder blieb einer von beiden stehen, zog den anderen an sich. Ein Kuss, eine zärtliche Geste, ein Streicheln, dann weiter ...

In Blitzgeschwindigkeit erledigte Nicola die Anmeldung – ja, ja, das Gepäck würde sie später holen, zunächst müsse sie sich aufwärmen –, der Lift brachte sie in den zweiten Stock (»mit Seeblick und Balkon, ja, natürlich!«), und die Tür fiel leise hinter ihnen ins Schloss.

Es hatte nichts von der vorsichtigen, beinahe andächtigen Annäherung der ersten Nacht! Nicola musste sich nichts einbilden: Marcins Sehnsucht war nicht geringer gewesen als ihre. Und beide wollten in diesem Augenblick nichts als Erfüllung. Sie fielen übereinander her, vergaßen Etikette und gute Erziehung, ließen der flammenden Gier ihren ungebremsten Lauf, setzten einander in Brand, legten Feuer in jedem Nerv, jedem Muskel, krallten sich aneinander fest, verzehrten sich gegenseitig.

* * *

Lange noch fühlten sie dem Rausch nach. Keiner mochte sich rühren, schon gar nicht vom anderen lösen. Jedes Wort wäre unnötig gewesen. Mehr noch: das reinste Sakrileg! Nicola war nicht einmal in der Lage zu denken. Schlaff, warm und wohlig lag ihr Körper in seiner Umarmung, während der Aufruhr der Erregung in jeder Faser langsam abebbte und nichts als müde, süße Seligkeit zurückließ.

Sie musste geschlafen haben, denn sie hatte keine Erinnerung an die Zeit, bis Marcin ihre Nase mit einer Strähne ihres Haares kitzelte. Er lag dicht neben ihr ausgestreckt, sein Kopf ruhte in der aufgestützten Hand. »Bist du wach, mein Herz? Ich habe Hunger wie ein Wolf!«

Sie schlug die Augen auf und lächelte ihn an. Dann reckte sie zufrieden seufzend die Arme über den Kopf, dehnte und streckte sich und ließ noch einmal die Wange an seine Brust sinken. Tief atmete sie den Duft seiner nackten Haut, spürte die paar wenigen Härchen, die dort eine kleine Insel bildeten.

»Ehe du mich frisst, muss ich mich anscheinend wohl oder übel aus dieser gemütlichen Höhle wälzen, was?«

Marcin biss ihr sanft in den Nacken und schickte damit eine Gänsehaut über ihren ganzen Körper.

»Uh, mach das nicht! Du ahnst nicht, was du damit anrichtest«, giggelte Nicola und setzte sich auf. »Ich werde mal die Rezeption anrufen. Die sollen meinen Leihwagen holen und den Koffer raufbringen. Ich würde vor dem Abendessen gern duschen und mich umziehen. Bedenke bitte, ich habe einen langen Tag durch das halbe Land hinter mir.«

Marcin grinste. »Meinetwegen.«

»Ja, genau. Ausschließlich *deinetwegen*!« Plötzlich fiel ihr etwas ein, was sie auf gar keinen Fall vergessen wollte. »Meine Güte, ich muss Tomasz benachrichtigen, dass ich dich gefunden habe. Es wäre unfair, das nicht zu tun. Er war sehr hilfreich, dein bester Freund!«

»Ach, daher weht der Wind! Verräter!«, murrte Marcin, aber den empörten Tonfall glaubte er sich höchstwahrscheinlich selber nicht.

»Wie hätte ich dich sonst finden sollen? Weißt du, wie frustrierend das war, als nur die arme eingesperrte Sowka mich begrüßt hat?«

»Du warst zuerst bei mir zu Hause? Bist gar nicht direkt hierhergekommen?«

»Genau. Ich konnte ja nicht ahnen, dass du gar nicht daheim bist. Ich bin bis Warschau geflogen, habe mir dort einen

Mietwagen genommen und mich die ganze Fahrt über wie ein Schneekönig gefreut. Dann saß ich da allein und verlassen vorm Haus und habe Tomasz um Hilfe gebeten. Weißt du ...«, sie unterbrach sich, legte das Kinn in beide Hände und schaute ihn frech an, »weißt du, Tomasz hätte mir auch ausgesprochen gern Asyl gewährt ...«

»Dem werd ich helfen!«, schimpfte Marcin und sprang auf, um sein Handy aus der Jacke zu holen. »Warte, ich ruf ihn an.«

Während Nicola die Abholung des Wagens organisierte, thronte Marcin im Schneidersitz auf dem Riesenbett und telefonierte erst mit Pjotr, danach mit Tomasz. Er wirkte absolut nicht so, als wolle er jemandem »helfen«. Im Gegenteil! Er ließ keinen Zweifel daran, seinem alten Freund verdammt dankbar zu sein.

Nicola schickte Silvia eine SMS: »Alles gut«, und bekam ein Herzchen-Smiley zurück. Ihre Großmutter beschloss sie noch ein wenig warten zu lassen, denn dieses Gespräch würde länger dauern. Die alte Dame hatte es wahrhaftig verdient, dass sie sich Zeit nahm.

* * *

Eine Dreiviertelstunde später kam Nicola frisch geduscht und umgezogen aus dem Bad. Sie hatte ein schlichtes schwarzes Etuikleid mit dreiviertellangen Ärmeln gewählt und reichte Marcin in ihren hohen Pumps jetzt beinahe mit dem Scheitel bis unters Kinn.

Er hatte den dicken Wollpullover weggelassen und sie fand ihn in dem blütenweißen Hemd mit blauer Krawatte *(Sicher noch vom Vorstellungsgespräch, grrr ...)* zu der edlen Lederjacke einfach umwerfend.

Nicola stand vor ihm, einen Zeigefinger unters Kinn gelegt, und betrachtete ihn von oben bis unten. »Es ist mir ja vor ein paar Wochen schon aufgefallen, aber ich muss schon sagen, ich habe einen bemerkenswert guten Männergeschmack! Herr Doktor, ich möchte dich jetzt zu einem ausgiebigen Wolfsfraß einladen, denn ich habe deine Gastfreundschaft verflixt lange genossen und fühle mich tief in deiner Schuld. Angenommen?«

»Angenommen! Lass uns sehen, ob die uns da unten ein zartes Zicklein braten können. Wäre ja wirklich schade, wenn ich dich zartes Zicklein fressen müsste. Weg ist weg, und eigentlich hätte ich später durchaus noch andere Pläne mit dir.«

Welche das waren, ließ sich unschwer schon in der stillen Abgeschiedenheit des Aufzuges erkennen. Nicola musste losprusten, weil zwei ältere Hotelgäste etwas indigniert guckten, als die Lifttüren sich öffneten und den Blick auf das eng umschlungene Paar freigaben.

Marcin räusperte sich und wünschte einen guten Abend. Die beiden antworteten steif und pikiert.

»Die tun mir leid«, meinte Nicola im Flüsterton, »sie sehen so aus, als wären nur noch Wein und Essen die letzten verbliebenen Freuden.«

»Wärest du nicht so ungemein zäh gewesen, hätte ich wahrscheinlich mein Leben ähnlich freudlos verbracht«, erwiderte Marcin ernst, nachdem sie an einem der stilvoll gedeckten Tische Platz genommen hatten.

»Ach was«, winkte Nicola ab, »du hättest in null Komma nichts Ersatz gefunden.«

Er schüttelte heftig den Kopf, was den just herannahenden Kellner veranlasste, höflich auf dem Absatz umzudrehen und sich wartend im Hintergrund zu positionieren.

»Es kann schon sein, dass es Männer gibt, die das so lässig sehen würden. Ich gehöre ganz sicher nicht zu dieser Sorte! Für mich brach eine Welt zusammen, als ich dir die Unterlagen aus dem Gutshaus geholt habe und erkannte, dass ich Teil des Abverkaufs werden sollte. Du kannst dir nicht vorstellen, wie enttäuscht ich war. Immerhin bin ich ein gebranntes Kind, und es fällt mir schwer,

Vertrauensvorschüsse zu gewähren, ohne groß nachzudenken. Bei dir war ich kurz davor. Ich dachte nach dieser Nacht, du wärest ehrlich, es ginge dir wirklich nur um mich. Und dann das!«

Die Erinnerung überzog Nicolas Gesicht mit einem schmerzhaften Ausdruck. »Und ich habe geglaubt, du wärest – ganz anders, als es sich eigentlich angefühlt hat – doch ein totales Machoarschloch, das mich halt eben mal so mitgenommen hat, um mich dann am nächsten Morgen wie eine heiße Kartoffel wieder fallen zu lassen. Das ist kein schönes Gefühl für eine Frau, das kann ich dir sagen! Wir hätten einfach offen miteinander reden müssen! Aber du bist ja nie wieder ans Telefon gegangen, wenn ich es versucht habe.«

»Weißt du, wie schwer mir das gefallen ist? Jedes Mal habe ich das Handy angestarrt und war hin- und hergerissen. Meine Exfrau hat mich während der Trennungsphase mit ihren Anrufen geradezu terrorisiert. Jedes Mal hatte ich die Hoffnung, sie hätte sich vielleicht am Ende doch umentschieden. Ich habe sie geliebt, Nicola, und wollte sie ganz bestimmt nicht gehen lassen. Aber immer wenn sie anrief, war es nur noch ein Stückchen mehr, das sie mir abschnitt. Eine enttäuschte Hoffnung mehr, eine Scheibe meines Selbstbewusstseins weniger. Das wollte ich nicht wieder erleben! Mein Bild von dir war an jenem Morgen fertig. Und es hatte fast nur düstere Farben. Da hielt ich mich am Ende doch lieber an dem kleinen Lichtstreif fest, den die Tage vorher zurückgelassen hatten. Den wollte ich nicht auch noch vergrauen lassen, verstehst du?«

»O Mann, wie bescheuert waren wir bloß ...«, seufzte Nicola. »Ich bin nach Hause gefahren mit dem Gefühl, alles falsch gemacht zu haben, dich so schnell wie möglich vergessen zu müssen, und mit dem festen Vorsatz, mich auf mein sicheres Terrain im Beruf retten zu wollen. Da gab es noch nie Enttäuschungen. Aber es ist mir einfach nicht gelungen, dich zu vergessen. Ich war noch nicht mal wieder in Berlin angekommen, da hatte ich schon nur noch den einen Gedanken: Wie kann ich ihn zurückgewinnen?«

Marcin wirkte zerknirscht, als er antwortete. »Dann warst du erheblich schneller mit deinen Erkenntnissen als ich. Mich musste erst Tomasz ein paar Tage später auf den Pott setzen, nachdem er mich abends reichlich besoffen vorgefunden …«

»Ach«, fiel Nicola ihm ins Wort, »das muss der Abend gewesen sein, bevor ich mit ihm telefoniert habe. Da hat er mich gefragt, was ich mit dir gemacht habe. Er war ziemlich unzufrieden mit mir, um es mal vorsichtig auszudrücken.«

»Man könnte den Eindruck haben, er wollte ein bisschen Schicksal spielen.«

»Mir gegenüber hat er jedenfalls immer betont, dass er sich auf gar keinen Fall einmischen will«, wehrte Nicola ab. »Aber seine Hinweise waren dennoch deutlich. Ohne seine Ermutigung hätte ich mich nie im Leben heute auf den Weg gemacht. Da war zwar noch jemand, doch das ist eine längere Geschichte, die erzähle ich dir später. Aber sag mal: Wenn ich nicht gekommen wäre, dann hättest du von dir aus nie wieder etwas von dir hören lassen? Dann kann es ja mit der Überzeugungskraft deines Freundes nicht weit her gewesen sein.«

Sie hatte ihn am wundesten Punkt erwischt. Marcin seufzte tief und senkte den Kopf. »Ich war noch nicht so weit, es zu wagen. Und das, obwohl auch ich mir noch einen anderen Ratgeber gesucht habe. Das liegt aber nur daran, dass sich dann die Ereignisse plötzlich überschlugen. Wie du ja offenbar von Tomasz erfahren hast, ist meine Position nach der Kündigung nicht gerade besser geworden. Was sollte ich daraus machen? Ich musste doch handeln, konnte nicht einfach nur abwarten, bis ich auf die Straße gesetzt werde! Mein Vorstellungsgespräch heute verlief gut. Ich kann davon ausgehen, dass sie mich nehmen. Aber obwohl sie etwas besser zahlen, bin ich mit dem Wechsel wirklich nicht glücklich«, erklärte er.

Nicola strahlte ihn an. *Der richtige Moment, die Bombe platzen zu lassen!* Er schaute irritiert auf, wusste offenkundig mit ihrer Heiterkeit angesichts dieses ernsten Themas überhaupt nichts anzufangen.

»Ich habe dir nicht nur mich mitgebracht, Marcin! Sondern erstens ein Angebot meiner Firma, dir sowohl das Gästehaus weiterhin zu vermieten. Und zweitens eines, dich als Betriebsarzt mit einem recht ordentlichen Pauschalhonorar für die arbeitsmedizinische Betreuung der Mitarbeiter zu beauftragen. Was sagst du?«

Er sah sie verständnislos an. »Und ... die Kündigung?«

»Dass dieser widerwärtige Makler so schnell sein würde, hätte ich nicht für möglich gehalten. Aber du musst mir glauben, dass all meine Bemühungen von dem Moment an, als er mir vor meinem Sturz in den Keller mitteilte, er müsse das Grundstück entmietet übergeben, sich nur noch darum gedreht haben, wie ich diese Kuh klammheimlich für dich vom Eis kriege. Ich weiß mittlerweile, dass ich einen Fehler gemacht habe. Ich hätte sofort mit dir reden und meine Überlegungen mit dir teilen müssen. Dann wäre dieses Drama gar nicht erst passiert. Aber ich bin lernfähig, Marcin. Wie sehr, ahnst du noch gar nicht!«

Er hatte ihr aufmerksam zugehört. »Ich sehe schon, wir haben viel zu besprechen, Nicola. Aber ich habe Zeit. Du auch?«

»Bis inklusive Montag, ja«, erwiderte sie. »Das muss fürs Erste reichen, leider! Aber sag mal, wollen wir den armen Ober nicht endlich erlösen? Der Mann steht jetzt seit einer halben Stunde da und wartet auf seinen Einsatz.«

Es war unübersehbar, wie sehr ihr Mitbringsel seine Anspannung gelöst hatte. Ganz ohne in eine halbwegs gesicherte Zukunft blicken zu können, wäre garantiert noch eine Ewigkeit vergangen, bis er es gewagt hätte, wieder mit ihr in Kontakt zu treten. Und wer weiß, wo sie dann gewesen wäre? Vielleicht längst im Land der aufgehenden Sonne ...

Marcin winkte den Kellner heran. »Frischen Ostseefisch, Nicola?«

»Unbedingt! Wenn ich schon mal an der See bin ...«, stimmte sie begeistert zu und er bestellte.

»Aber bitte keinen Rotwein dazu«, murmelte sie, »ich habe schlechte Erfahrungen gemacht ...«

»Weißen! Den Fisch lassen wir in Weißwein schwimmen«, zwinkerte Marcin und wählte aus der umfangreichen Weinkarte.

Der Ober zog sich diskret zurück. Sie redeten, und Nicola merkte, wie sich der Ton zwischen ihnen verändert hatte. Was vorhin noch ein vorsichtiges Belauern gewesen war, hatte sich nun zu völliger gegenseitiger Offenheit gewandelt. Nichts von dem, was sie beide belastet hatte, ließen sie aus. Keiner versuchte mehr, dem anderen seine Gefühle, Ängste und Hoffnungen vorzuenthalten. Und als Nicola die Sache mit dem geträumten Telefongespräch erzählte, war er ehrlich genug zuzugeben, dass er beim Erhalt seiner Kündigung schwer versucht gewesen war, ein Gespräch annähernd gleichen Inhalts mit ihr zu führen. Aber er hatte es nicht getan und war jetzt heilfroh darüber, denn er konnte sehr gut einschätzen, dass es höchstwahrscheinlich alles Porzellan zwischen ihnen zerschlagen hätte und es so viel Kitt vermutlich nirgends gegeben hätte, diesen Schaden wiedergutzumachen.

Nicola fiel auf, dass er immer wieder die Bernsteinträne betrachtete, die auf dem dunklen Stoff ihres Kleides funkelte. Sie griff danach, rieb das Schmuckstück vorsichtig zwischen Daumen und Zeigefinger. »Weißt du, wer mir das kürzlich geschenkt hat?«

Er schüttelte den Kopf.

»Der Brief, den ich im Keller gefunden habe, Marcin, stammte aus der Feder meiner Großmutter.«

»Sag bloß!«, entfuhr es ihm. »Zufall?«

»Nein«, lächelte sie, »es gibt doch gar keine Zufälle, sagt mein Liebster. Es gibt nur Bestimmung. Das Gut hat bis 1945 meiner

Familie gehört. Viele Generationen haben dort gelebt. Weißt du, ich fand es die ganze Zeit merkwürdig, dass ich mich in dieser Umgebung niemals fremd gefühlt habe. Im Grunde ist es ja fürchterlich albern, aber mir kommt es fast so vor, als hätte ich so etwas wie ein Heimatgefühl verspürt. Kann nicht sein, ist aber so.« Der letzte Satz hatte beinahe ein wenig trotzig geklungen.

Marcin griff über den Tisch hinweg nach ihrer Hand. »Das ist nicht albern, Nicola. Nimm es einfach so, wie du es fühlst. Meine ganz frische Erfahrung sagt mir sowieso, dass es keinen Zweck hat, sich gegen Gefühle zu wehren. Du kannst mir glauben, ich wäre todunglücklich geworden ohne dich. Und habe dennoch nicht gewagt, den ersten Schritt auf dich zu zu machen. Du bist viel mutiger, viel sicherer in dir selbst und viel weniger kopfgesteuert, als ich anfangs angenommen habe. Ich bewundere dich! Du hast alles richtig gemacht. Ich bin hier der Depp. Predige Wein und saufe Wasser. Aber das werden wir jetzt ändern!«

Er erhob das Glas, das der Kellner inzwischen gefüllt hatte. Blank poliertes Kristall klirrte. »Auf die Liebe und auf die Zukunft, die es ohne Vergangenheit genauso wenig gäbe wie die Gegenwart, mein Engel!«

»Junge, Junge, was für ein Trinkspruch!«, lachte Nicola und trank, ohne den Blick aus seinen Augen zu lösen.

Jetzt nagele ich ihn fest. Jetzt oder nie! Für die Gegenwart und für die Zukunft gleich mit!

»Ich muss gestehen, ich habe noch keine Ahnung, wie es bei mir beruflich weitergehen wird. Jedenfalls entscheide ich mich ganz gewiss nicht für Japan.«

Marcin wirkte irritiert. »Was willst du ausgerechnet in Japan? Ich glaube, da fehlt mir ein gehöriges Stück Information. Will deine Firma dich versetzen?«

Nicola klärte ihn auf. Nicht ohne ihre Bedenken in aller Offenheit darzulegen. »Ich kann davon ausgehen, dass ich ein für alle Mal unten durch bin, wenn ich dieses sensationelle Angebot aus privaten Gründen ablehne. Bei meinem Chef habe ich zwar einen Riesenstein im Brett, aber ich weiß genau, wie sehr ich gerade ihn, der mich so protegiert hat, enttäusche. Diese Chance lässt man sich nicht entgehen. Es ist ein unverzeihlicher Affront. Mir bleibt also nur die Kündigung, der endgültige Schlussstrich unter mein ganzes bisheriges Leben.«

Er unterbrach sie. »Das geht doch nicht, Nicola! Das alles willst du wirklich nur für mich aufgeben? Was habe ich dir schon groß zu bieten?«

Nervös spielte er mit der Damastserviette, schaute sie nicht mehr an. Nicola spürte, wie er ihr zu entgleiten drohte. Nur Sekundenbruchteile überlegte sie, ob sie auf den drohenden höflichen Rückzug eingehen sollte. Dann wischte sie seine Bedenken entschlossen mit purem Pragmatismus beiseite: »Schluss mit solchen Überlegungen, Marcin, Schluss mit Wenn und Aber! Ich brauche einen Polnisch-Crashkurs. Und wenn du mich anlernst, könnte ich dir notfalls erst mal in der Praxis die Buchführung und den Termindienst machen. Was ich zurückgelegt habe, wird für einige Zeit reichen. Ich bin jung und gut ausgebildet. Alles andere wird sich finden. Essen tu ich kaum mehr als deine Katze, du musst also keine Angst haben, ich werde nicht zum großen Kostenfaktor, denn ich bin leichtfuttrig und anspruchslos. Also, was ist? Butter bei die Fische! Magst du meine Angebote beide annehmen? Oder ganz deutlich: Willst du mich?«

»Guten Appetit!«, wünschte der Ober und servierte köstlich duftenden Fisch auf kunstvoll garnierten Platten.

Marcin senkte den Kopf über seinen Teller und Nicola hielt den Atem an. Gefühlte unendliche Minuten lang. Dann sah er mit einem befreiten Lachen hoch. »Es *ist* Butter bei die Fische, Nicola! Na klar nehme ich beide Angebote an! Und ja, ich will dich! Mehr als alles andere auf dieser Welt. Ich glaube, ich muss endlich aufhören, mir ständig Sorgen zu machen. Wir beide werden schon irgendwie durchkommen.«

Erst jetzt wagte Nicola wieder auszuatmen. Sein offenes Lachen steckte an, ließ die unsicheren Minuten vergessen, brach sich Bahn in unbekümmerter Albernheit. »Notfalls komplett verarmt, aber in tiefer Liebe vereint unter irgendeiner Weichselbrücke? Hat uns Tomasz prophezeit!«

»Der spinnt! Der wollte dich doch bloß in seiner verstaubten Amtsstube auf dem Schoß sitzen haben. Von wegen Staatsdiener, sichere Rente und so …«

»Ach, nein, lass mal«, verteidigte sie ihn, »er ist schon ein Guter!«

»Wenn man nicht genau hinguckt, ist er das. Aber ich sage dir, er hat mehr als nur ein Auge auf dich geworfen. So gut kann auch der beste Freund nicht sein. Bei der Liebe hört die unverbrüchliche Treue manchmal auch auf. Immerhin ist er fair genug, mir den Vortritt zu lassen. Und eins ist sicher: Ich werde ihm ganz gewiss keine Chance lassen. Und jetzt iss, sonst wird es noch kalt! Du weißt ja, ich finde dich zu dünn. Ein bisschen mehr Nicola nehme ich gerne.«

Nein, es gab keine Unsicherheiten mehr! Nicola verlor alle Angst, jegliche Sorge, irgendetwas verstecken zu müssen. Die nebulöse Befangenheit, die sie so gequält hatte – immer achtgeben, ja kein falsches Wort sagen, ihn bloß nicht daran erinnern, dass er finanziell bei Weitem nicht so gut dastand wie sie –, war weggeblasen, hatte sich in nichts aufgelöst. Noch nicht einmal dem leichten Weißwein gelang es, ihren klaren Blick zu trüben. Sie saßen hier, um ohne Zweifel und Vorbehalte Pläne für eine gemeinsame Zukunft zu schmieden.

Die Unbefangenheit der ersten Tage war zurück und tilgte all die verzweifelte Melancholie, die beiden die Herzen so schwer gemacht hatte, und am Ende des Gelages, das sie sich mit Wonne gönnten, war auch der letzte Schatten einer neuen

Heiterkeit gewichen. Es war die Art von Heiterkeit, wie man sie nur nach gemeinsam überstandenen Stürmen empfinden kann. Weit entfernt von Oberflächlichkeit, sondern vielmehr in dem tiefen Bewusstsein, Felsen bewegt zu haben, etwas geschafft und geschaffen zu haben, das übermenschliche innere Kräfte und den vollkommenen Einsatz der ganzen Persönlichkeit gefordert hatte.

Nach Hause

Träge, satt und zufrieden hatten sie sich in dieser Nacht geliebt. Sich in einer aufreizenden, alle Sinne betörenden Langsamkeit aneinander betrunken, bis der Morgen graute, der Schlaf sie endlich gefangen nahm und erst zur Mittagsstunde wieder hergeben wollte.

Nicola erwachte als Erste, rollte vorsichtig aus seinem Arm, um ihn in aller Ruhe zu betrachten. Mit den Augen zeichnete sie den Schwung seiner Schultern nach, entdeckte eine winzige Impfnarbe auf dem Oberarm, bewunderte die Zartheit der Haut auf seinem nackten Rücken, lächelte über die Feststellung, dass auch der offenbar frische Haarschnitt es nicht zu verhindern vermochte, dass sich das dunkle Haar im Nacken ein wenig lockte. Wie schön sein Gesicht doch war! Vollkommen entspannte gleichmäßige Züge, nur verschattet von einem offenbar schwer zu zähmenden Bartwuchs.

Sie hauchte ihm einen zärtlichen Kuss aufs Ohr. Sofort war er wach und nahm sie in die Arme. »Was habe ich doch für ein Glück! Ein Engel am Morgen!«, raunte er und ließ ihr keine Zeit zum Antworten. Der erste Kuss war mindestens so süß, wie es der letzte in der Nacht gewesen war.

»Diese Marcin-Standardqualität wird mich für alle Zukunft unfähig machen, einer geregelten Tätigkeit nachzugehen«, seufzte sie, als sich seine Lippen von ihrem Mund getrennt hatten, »ich gebe zu, ich bin süchtig danach!«

Er grinste. »Alles in Maßen, nicht in Massen! Belladonna ist beispielsweise ein prima Fiebermittel, aber zu viel davon ist tödlich. Wenn ich jetzt mit dir frühstücken möchte, muss ich dir folglich die nächste Dosis später geben, stimmt's?«

»Unbedingt! Wenigstens einer von uns muss vernünftig bleiben.«

Nicola löste sich aus seinen Armen. Mit halb geschlossenen Lidern und wirr ins Gesicht hängendem Haar kniete sie neben ihm, zog die Decke weg, küsste ihn mitten auf den Bauch, nahm mit beiden Händen seinen Arm und zog. »Los, aufstehen, ich will nach Hause!«

* * *

Dennoch ließen sie sich Zeit, ihr Ziel zu erreichen. Nach dem Frühstück machten sie zunächst einen ausgedehnten Strandspaziergang, genossen die Sonne, die offenbar ein so großes Vergnügen an ihnen fand, dass sie alle Wolken beiseitegeschoben hatte und vom tiefblauen Himmel ungehindert auf sie herabstrahlte. Der kleine Abstecher zu Familie Malinowski geriet zum vergnüglichen Intermezzo bei Freunden. Während Marcin sich umzog und seine Sachen packte, hatte Nicola ein paar Minuten für sich, um Elisabeth anzurufen.

»Ich freu mich so für dich, Tochterle, ach, ist das schön, halt es bloß fest!«, sagte Elisabeth mindestens so atemlos, wie Nicola ihr gerade Bericht erstattet hatte. »Macht euch noch ein paar schöne Tage und fotografier ihn mal für mich, ja? Ich muss schließlich wissen, wie er aussieht!«

Nicola versprach's und hatte nach dem Auflegen das sichere Gefühl, ihr mit dem eigenen Glück, an dem sie so tatkräftig mitgesponnen hatte, den Tag erhellt zu haben.

Marcin schlug einen kleinen Abstecher nach Danzig vor und Nicola willigte begeistert ein. Unangenehm fand sie eigentlich jetzt nur die Tatsache, dass sie mit zwei Autos unterwegs waren und sich während der Fahrt trennen mussten. Wie viel lieber hätte sie doch neben ihm gesessen! Er fuhr voraus und achtete akribisch darauf, dass sie ihm problemlos folgen konnte. Den ersten freien Parkplatz am Rande der Altstadt überließ er ihr, fand aber anscheinend selbst prompt eine Lücke und stand schon vor ihrer Tür, als sie ausstieg.

Die frisch restaurierte Innenstadt rief pure Bewunderung bei Nicola hervor. Am Ende des Krieges schwer getroffen und zerstört, hatte man die alten hanseatischen Patrizierhäuser mit ihren charakteristischen reich verzierten rundlichen Giebeln wunderschön instand gesetzt. In den traumhaften Gassen zwischen den großen Stadttoren herrschte eine Atmosphäre fröhlicher Gelassenheit, die ansteckend wirkte. Alle paar Meter hatten sich Straßenmusikanten aufgestellt, die mal Pop, mal Klassik spielten und bei jedem Schritt neue Klangerlebnisse schufen.

Einen besonderen Höhepunkt boten die Bogengänge des Grünen Tores, unter dessen einem ein kleines Kammerorchester Mozart spielte, während unter dem anderen, nur durch die meterdicke Mauer getrennt, eine junge Geigerin Beethoven zum Besten gab. Die Akustik war fantastisch und man konnte mit einem einzigen Schritt nach rechts oder links eine ganz andere Darbietung hören.

Nicola schwebte an Marcins Hand durch ein goldverziertes Märchenland und konnte es einfach nicht lassen, immer wieder anzuhalten, um Schnappschüsse in ihr Handy zu bannen: das Krantor im Spiegel der Motlau, das Zeughaus, das Goldene Tor, das Rathaus und schließlich den Neptunbrunnen vor dem schneeweißen, reich verzierten Artushof. Hier endlich erinnerte sie sich an das Versprechen, das sie ihrer Großmutter gegeben hatte, und bat Marcin, ins Bild zu rücken.

Sie alberten wie Teenager, fotografierten sich von jetzt an ständig gegenseitig und gaben sich alle Mühe, die unmöglichsten

Grimassen zu schneiden. In einem Moment aber, als er am allerwenigsten damit gerechnet hatte, schoss Nicola das Bild, das sie fortan immer bei sich behielt. Ein etwas verträumt wirkendes Halbprofil bei der Betrachtung eines Schaufensters voller Bernsteinschmuck, in dessen blank polierten Scheiben sich die andere Gesichtshälfte spiegelte.

»Was machst du da?«, fragte Marcin, als sie das Foto per Mail an Silvia sandte.

»Ich zeige meiner besten Freundin meinen Mann«, erwiderte sie geistesabwesend, ins Tippen vertieft, und als sie aufschaute, sah sie, wie Marcin breit grinste. *Zufrieden*, fand Nicola. *Reichlich zufrieden!* Eine Minute später kam Silvias Antwort und sie musste schallend lachen.

»Na, was schreibt sie?«, wollte er neugierig wissen.

»Sie schreibt: ›Seit wann stehst du auf Schönlinge?‹«

»Und was antwortest du?«

Nicola tippte und las vor: »Du bist ja nur neidisch!«

Prompt kam Silvias Antwort: »Ja!«, und als sie die auch noch vorlas, bekam er das selbstgefällige Grinsen gar nicht mehr aus dem Gesicht.

»Hey, du bist ja richtig eingebildet!«, frotzelte sie.

»Immerhin ist das nicht mein prominentester Charakterzug«, gab er mit einem schelmischen Lächeln zu bedenken. »Sollte dir das jetzt erst auffallen, kann's ja nicht an bloßen Äußerlichkeiten gelegen haben, dass du mich unbedingt haben wolltest. Das beruhigt mich übrigens ungemein, denn ich will vordringlich meiner inneren Werte wegen geliebt werden. Wenn du mich aber außerdem noch gern anguckst, habe ich natürlich nichts dagegen.«

So, wie er jetzt die Augen gen Himmel wandte, ganz unbeteiligt und harmlos tat, mit diesem Ausdruck von Genugtuung und dem geradezu unverschämt spöttischen Zug um die Mundwinkel, musste sie ihn einfach mal wieder boxen.

Im nächsten Augenblick hatte er sie fest umschlungen und sie schloss die Augen unter seinem Zauberkuss in dieser sonnendurchfluteten Zauberstadt.

* * *

Der Himmel hatte sich auf den letzten Kilometern der Heimfahrt zugezogen und es regnete dicke Tropfen. Nach den für die Jahreszeit ungewöhnlich trockenen, warmen Tagen eine Wohltat für die Natur. Nicola öffnete das Wagenfenster ein Stückchen und roch den Duft der frisch gewaschenen Luft. Kurz vor einem ausgeschilderten Waldparkplatz setzte sie den Blinker. Marcin hatte es bemerkt, sie hielten beide und stiegen aus.

»Was ist? Musst du kurz hinter einen Busch?«, fragte er.

»Nein. Ich wollte nur mal richtig hinschnuppern, wie die Luft im Regen riecht, und ein Stückchen auf diesem Boden laufen.« Sie wies auf einen ausgetretenen geschlängelten Wanderpfad, der sich zwischen alten Buchen im Unterholz verlor.

»Ich habe einen Regenschirm im Auto ...«, sagte Marcin und wollte schon losgehen, als Nicola ihn festhielt.

»Ich brauche keine Überdachung. Ich will wissen, wie es sich anfühlt! So richtig, verstehst du?«

Er nickte, schlug den Kragen hoch und nahm sie bei der Hand. Nicola war froh, festes Schuhwerk anzuhaben. Der von grünen Moosflechten durchzogene Waldboden war zwar fest und elastisch, aber regenfeucht. Auf altem Laub vieler vergangener Jahre wanderten sie ein Stück durch den lichten Wald, bis Nicola von Weitem etwas schimmern sah. Der Pfad wurde immer schmaler und sie mussten hintereinander gehen. Immer mehr beschleunigte sie ihre Schritte, denn was sie erahnte, zog sie magisch an. Minuten später standen sie am Ufer eines riesigen Sees. Kleine, baumbestandene Inseln zeichneten sich in der Ferne ab.

»Der Schertingsee liegt unweit der Stadt Morag in der Woiwodschaft Ermland-Masuren. Der Deutsche Ritterorden übernahm Ende des dreizehnten Jahrhunderts eine von drei Seiten durch Wasser geschützte hölzerne Prußenburg, die auf einer Halbinsel errichtet war. Genau da drüben, guck!«, dozierte Marcin.

Nicola stieß ihn amüsiert in die Seite, strich sich eine nasse Locke aus der Stirn. »Mensch, du bist ja ein wandelndes Lexikon!«

Marcin stellte sich lachend dicht hinter sie und umschlang mit beiden Armen ihre Hüften. Dann waren beide still. Nicola lehnte sich an und ließ den Blick über den weiten See schweifen. Die Sonne tat ihr den Gefallen, sich kurz durch die Wolken zu zwängen und diamantene Lichtpunkte auf jedes Kräuseln der Wasseroberfläche zu setzen.

»Ich glaube, ich habe noch nie etwas so Schönes gesehen«, sagte sie leise.

Eine kleine Armada Reiher stieg aus dem Schilf auf und strich mit gemessenem Flügelschlag über das Wasser. Der Regen hatte nachgelassen. Leise fielen letzte Tropfen auf das feuchte Laub am Boden. Nicola wollte nur so dastehen, seine Wärme spüren, tief die klare Luft atmen. Eigentlich ein Moment, in dem sie überwältigt die Augen hätte schließen sollen. Aber das Bild verzauberte sie so sehr, dass sie das Gefühl hatte, jede Winzigkeit wahrnehmen, alles in sich aufsaugen zu müssen, ja nichts versäumen, übersehen zu dürfen.

Wieder stellte sich dieses ganz bestimmte Glücksgefühl ein, das sie zum letzten Mal genossen hatte, als sie am Tag vor ihrer Abreise aus Polen bis zu den Knien im Schnee gestanden und fotografiert hatte. Mit allen Sinnen hatte sie diesen grandiosen Wintermoment genossen. Nun potenzierte sich die Vollkommenheit des Augenblicks um ein Vielfaches. Denn sie war nicht mehr allein. Er war da!

Marcin ließ sie in Ruhe, bis sie sich wieder rührte. Erst als er merkte, dass sie bereit war, aus ihrer Verzauberung zurückzukehren, sagte er: »Unser Haus steht drüben auf der anderen Seite des Sees, Nicola. Ich habe im Sommer ein Ruderboot dort liegen. Das Wasser ist zwar kalt, weil der See sehr tief ist, aber an heißen Tagen können wir hinausfahren und schwimmen gehen. Niemand stört einen, man hat den ganzen See für sich allein. Du wirst sehen, es ist wunderschön!«

Nicola spürte, wie Tränen in ihren Augen aufstiegen. *Er hat vom Sommer gesprochen. Von »unserem« Haus!* Sie drehte sich zu ihm um, verbarg aber das Gesicht an seiner Brust. *Er muss das jetzt nicht mitkriegen!*

Auch wenn er ihre Tränen des Glücks noch nicht gesehen hatte: Offenbar hatte er sehr wohl gespürt, wie sehr sie seine Worte berührten. Sacht streichelte er ihren Rücken.

»Zeit, um glücklich zu sein, mój aniele!«

Vorsichtig hob er ihr Gesicht zu sich hoch und küsste lächelnd die Tränen weg.

* * *

Nicolas Herz war übervoll mit den märchenhaftesten Eindrücken.

Wie soll ich es bloß schaffen, mich am Montag schon wieder von ihm zu trennen?, fragte sie sich immer wieder.

Der Gedanke beschlich sie, als Marcin die Tür des Gästehauses aufsperrte und Sowka ihr zur Begrüßung begeistert um die Beine strich. Er drängte sich auf, während sie mit ihm in der gemütlichen Küche das Abendessen zubereitete und als sie später aneinandergekuschelt am warmen Kachelofen saßen. Jedes Schlagen der Standuhr erinnerte sie unbarmherzig, wie die Zeit verrann. Selbst dann noch, als die Nacht sie gemeinsam in einen Schmetterlingskokon einspann, glücklich gefangen in einem neuen Taumel betörender Liebesspiele.

Wie nur?

Marcin ließ keinen Zweifel daran, dass er sie in seine Zukunft einbezog. Er erklärte, zeigte ihr ganz alltägliche Dinge, die sie nicht hätte wissen müssen, wenn sie weiterhin nur ein Gast hätte bleiben sollen. Das bewies ihr zwar mehr und mehr, dass auch auf seiner Seite absolute Klarheit herrschte, aber das machte es alles andere als leichter.

Am Sonntagmorgen verkündete er, dass er heute seinen Elterntag habe und sie selbstverständlich mitkäme.

»Du hast viel Kontakt zu deiner Familie, scheint mir. Siehst du sie häufig?«, fragte Nicola, nachdem sie mit Marcins Subaru gestartet waren.

»Mindestens einmal im Monat. Manchmal öfter, sofern es mein Dienstplan zulässt«, erklärte er. »Meine Mutter kocht vorzüglich, du wirst sehen. Ich lasse mich ganz gerne ab und zu von ihr bekochen und ein paar Stunden lang verwöhnen. Sie sind glücklich, wenn ich komme, und ich genieße es sehr. Mein Vater hat, genau wie ich, eine Landarztpraxis und meine Mutter ist seine rechte Hand. Die beiden haben's gut, sie arbeiten den ganzen Tag zusammen und müssen sich nie trennen.«

Nicola hatte seinen Seitenblick bemerkt. Er sprach von dem, was er sich höchstwahrscheinlich mit seiner Frau Marina hatte aufbauen wollen und was er sich vielleicht sogar jetzt mit ihr ersehnte.

»Den ganzen Tag zusammenzuarbeiten bedeutet, dass man extrem gut harmonieren muss«, warf sie ein.

»Das tun die beiden! Sie haben dieselben Leidenschaften und vertragen sich ausgezeichnet. Womit ich nicht behaupten will, dass es nicht ab und zu auch mal kracht. Aber anscheinend kriegen sie das immer wieder gut in den Griff.«

»Beneidenswert! Bisher hatte ich nie das Gefühl, einen meiner Verflossenen länger als einen halben Tag um mich haben zu wollen. Ich war immer ganz froh, nicht mit irgendjemandem zusammengezogen zu sein und meine Rückzugsmöglichkeit behalten zu können.«

Er warf ihr einen skeptischen Blick zu. »Und du glaubst, mit mir kannst du es aushalten? Auch wenn der Alltag uns eines Tages einholt?«

Nicola wiegte nachdenklich den Kopf. »Ich weiß es nicht, Marcin. Damit habe ich, wie gesagt, keine Erfahrung. Aber wenn wir es nicht probieren, werden wir es nicht herausfinden. Außerdem steht es uns schließlich weitgehend frei, selbst zu bestimmen, wie unser Alltag aussehen soll, beziehungsweise ob unser Alltag überhaupt grau und langweilig werden muss.«

»Sehr wahr«, nickte er und fügte grinsend hinzu: »Lass uns in zwei, drei Jahrzehnten ein Resümee ziehen, dann können wir es vielleicht beurteilen.«

Zwei, drei Jahrzehnte! Er denkt weit!

Der Weg war nicht lang und nach kaum einer Stunde Fahrzeit erreichten sie ihr Ziel. Der Wind, der sich in der Nacht aufgemacht hatte, trieb dunkle Wolken über den Himmel. Immer wieder gingen kräftige Schauer nieder und den frühlingshaften Temperaturen der vergangenen Tage war eine unangenehme Kälte gefolgt. Nur selten hatte die Sonne eine Chance, durch das bleierne Grau zu blinzeln.

Das gewaltige Fachwerkhaus stand mitten im Ort am Marktplatz, direkt neben der alten Holzkirche. Nicola fiel auf, wie ausgiebig geschmückt die zahlreichen Gräber auf dem danebenliegenden Friedhof waren und wie viele Menschen sich trotz der widerwärtigen Witterung dort versammelt hatten.

»Meinst du, es ist gerade eine Beerdigung im Gange?«, fragte sie.

»O nein! Dann wäre das ganze Dorf auf den Beinen. Die Polen ehren ihre Toten sehr. Du wirst kaum ein Grab finden, auf dem nicht mindestens ein halbes Dutzend Lichter stehen und neben den grässlichen Kunstblumen immer ein frischer

Strauß zu finden ist. Das ist hier normal. Selbst nach dem Tod hast du vor deinen Lieben keine Ruhe. Die trampeln dir täglich auf dem Kopf herum.«

Nicola lachte. »Bei uns *hast* du deine Ruhe. Da kommt eine pflegeleichte Steinplatte drauf, Deckel zu, Ruhe im Karton!«

»Ich glaube, das ist eine Mentalitätsfrage«, erwiderte er ernst. »Bei euch werden ja sogar die Alten schon abgeschoben und dürfen nicht mehr mitreden, sobald sie verrentet sind. Vergeudete Ressourcen an Kenntnissen und Erfahrungen, finde ich.«

»Da sagst du was! Wenn ich mir ansehe, wie es in diesem Altenheim zugeht, in dem meine Großmutter lebt …«

»Du wirst gleich meinen wunderbaren Großvater kennenlernen, den Vater meiner Mutter. Er ist jetzt fünfundachtzig. Geistig total fit. Bis vor zehn Jahren hat er noch als Lehrer gearbeitet. Jetzt, sagt er, hat er genug von lärmenden Schulklassen und nimmt sich endlich Zeit für sich selbst. Er ärgert sich fürchterlich, dass es hier noch keinen Internetanschluss im Dorf gibt und er immer in dieses Café fahren muss, um seine Recherchen zu betreiben. Wenn ich ihn richtig verstanden habe, arbeitet er gerade an seinem ersten Buch. Und ich sage dir: Ich müsste ihn völlig falsch einschätzen, wenn er dafür nicht noch einen Verleger fände! Er ist ein zäher Hund, und wenn er sich mal was in den Kopf gesetzt hat, zieht er das auch durch.«

»Worüber schreibt er denn?«, fragte Nicola.

»Daraus macht er ein großes Geheimnis. Ich würde mich nicht wundern, wenn er es am Ende unter einem Pseudonym veröffentlicht und die ganze Familie nie erfährt, was er da erdacht hat.«

Marcin parkte den Wagen vor dem Gartentor, und als der Wind ihr beim Aussteigen die Autotür mit einem heftigen Stoß aus der Hand riss, wickelte Nicola sich ihren Kaschmirschal um den Hals. »Verdammtes Mistwetter«, schimpfte sie.

»Hoffentlich legt sich der Sturm bis morgen. Ich glaube, ich komme sonst um vor Angst im Flugzeug.«

»Versuch's mal mit Aconitum«, schlug Marcin vor.

Nicola konnte sich ein Schmunzeln nicht verkneifen, kam aber nicht dazu, dem erstaunten Marcin zu erklären, warum sein Vorschlag sie so amüsierte, denn unter dem mit kunstvollen Schnitzereien verzierten Vorbau des Hauses ging die Tür auf und eine rundliche Frau in den späten Fünfzigern erschien. Nicola wurde Zeugin einer so innigen Begrüßung zwischen Mutter und Sohn, dass ihr beim bloßen Gedanken an das eisige Verhältnis zur eigenen Mutter ein scharfer Schmerz in die Brust fuhr. Für einen kleinen Augenblick stand sie hilflos daneben und fühlte sich ausgeschlossen.

Nicht lange ließ Marcin sie in diesem unangenehmen Schwebezustand und stellte sie auf eine höchst familiäre Art vor. Er tat das in polnischer Sprache – offenbar war seine Mutter des Deutschen nicht mächtig – und indem er ihr Nicola ohne Umstände in den Arm drückte. Was auch immer er ihr erklärt haben mochte, es schien ihr gefallen zu haben. Nicola fand sich unverzüglich in derselben warmen mütterlichen Umarmung, wie sie es gerade gesehen und insgeheim ersehnt hatte. *So fremd und doch schon beim ersten Kennenlernen so vorbehaltlos herzlich!*, dachte sie und freute sich über das »Willkommen, Nicola!«.

Würziger Bratenduft zog durch das ganze Haus, ein liebevoll gedeckter Tisch erwartete die Familie und Nicola lernte nun auch Marcins Vater kennen, der *Gott sei Dank* englisch mit ihr sprach.

Zu einer Vorstellung bei versammelter Familie war es in ihren bisherigen Beziehungen nie gekommen. Nicola fühlte sich auf dem Prüfstand und etwas verunsichert. Die Sprachbarriere tat ein Übriges, um trotz der herzlichen Aufnahme ein gewisses Unbehagen bei ihr aufkommen zu lassen. Dieser Zustand steigerte sich noch einmal, als kurz nach dem Auftragen der

Speisen die Esszimmertür aufging und ein beeindruckender Herr den Raum betrat.

Hochgewachsen, schlank, beinahe sehnig, in einem höchst korrekten Tweedanzug, das schlohweiße Haar exakt geschnitten und frisiert, ließ er ein Bild Marcins in vielleicht einem halben Jahrhundert vor ihrem geistigen Auge entstehen. Noch nie war sie einem derart gut aussehenden alten Mann begegnet. Marcin war aufgesprungen. Der Alte und der Junge umarmten sich, ein Schulterklopfen, dann wandten beide sich ihr zu. Marcin stellte sie vor: »Großvater, dies ist Nicola, genauer gesagt Dr. Nicola Berger, die Frau, die in Zukunft mein Leben teilen wird.«

Nicola spürte aufsteigende Hitze, fühlte, dass ihre Wangen sich röteten, wie bei einem schüchternen Schulmädchen, das an die Tafel zitiert wurde, und zog mit einer ungewöhnlich linkischen Bewegung den dünnen Kaschmirschal vom Hals. Er sah sie an, neigte ein wenig den Kopf zur Seite, und sie meinte, einen Hauch von Erstaunen in seinen Augen, ein winziges Stocken in seiner Bewegung zu bemerken, als er ihr die Hand reichte. Sein Händedruck war kräftig und warm. Ebenso die ersten Worte, welche er an sie richtete: »Woher auch immer Sie kommen, seien Sie willkommen, ein Stück des Weges mit uns zu gehen, Nicola! Möge er eben, schön und lang sein.«

Seine Wortwahl wirkte vielleicht ein wenig antiquiert, aber seine Aussprache war makellos.

Sie registrierte den aufmerksamen Blick Marcins, wunderte sich ein wenig über das kaum merkliche, kurze Nicken des Großvaters an den Enkel.

»Erzählen Sie doch ein bisschen, liebe Frau Dr. Berger, woher kommen Sie, was hat Sie zu uns geführt? Und bitte verzeihen Sie meinem ungezogenen Großsohn, mich nicht richtig vorgestellt zu haben. Mazur ist mein Name.«

Im leichten, lockeren Plauderton hatte er gefragt, während die ganze Familie zu speisen begann. Freundlich schaute er sie an. Mit denselben samtbraunen, bernsteingesprenkelten Augen, die Marcin offenbar erst in zweiter Generation geerbt hatte. Seine Präsenz schüchterte Nicola ein. Und es geschah höchst selten, dass sie die Contenance verlor. Sie hatte das Gefühl, alles um sie herum würde ausgeblendet, niemanden außer ihm nahm sie mehr wahr, versuchte sich zu konzentrieren und fand sich hilflos treibend. Es war ein magischer Moment.

Mehr schlecht als recht gelang es ihr, zusammenzufassen, was sie für mitteilenswert hielt. Und immer wieder diese merkwürdigen Seitenblicke Marcins, der mehr als einmal helfend einspringen musste, wenn sie ins Stocken geriet. Als sie bei ihren jüngsten Entdeckungen bezüglich des alten Gutes und ihrer Familiengeschichte angelangt war, kam sie zunehmend vom sachlichen Weg ab, verlor sich in Erklärungen über die Liebe, die sie dabei war, für das Land und – natürlich, natürlich! – für Marcin zu entdecken, geriet in eine wirre Schilderung euphorischer Gefühlsregungen, fand sich am Ende irgendwo zwischen dem Empfinden tiefer, peinlicher Blamage und höchster, ehrlicher Emotionalität wieder. Er unterbrach sie nicht, hörte ihr höflich und mit einem Lächeln zu, das von einem zum nächsten Satz heller wurde, bis sie atemlos geendet hatte.

Dann wandte er sich an Marcin und sagte: »Es ist selten, dass eine moderne junge Frau es wagt, ein derart leidenschaftliches Plädoyer für die Liebe zu halten. Halt sie gut fest und lass sie nicht mehr entkommen!«

Marcin griff nach ihrer flatternden Hand und streichelte sie beruhigend.

»Das tue ich, Großvater. Aber schau, du hältst sie ja vom Essen ab.«

»Ich bitte um Entschuldigung!«, erwiderte der alte Herr und zwinkerte ihr zu. »Lassen Sie es sich schmecken, liebe Nicola!«

Kein Mensch hatte es bisher geschafft, sie dermaßen aus der Fassung zu bringen. Sie musste sich zusammenreißen, wieder ganz zu sich zu kommen, um nicht unhöflich zu wirken. Nach Kräften lobte sie das ausgezeichnete Essen und versuchte einen kleinen Small Talk mit Marcins Vater, der leidlich elegant gelang. Als die Frau des Hauses endlich die Tafel aufhob, empfahl sich Herr Mazur in seine, wie er es nannte, »Schreibstube«. Nicht ohne liebenswürdig darum zu bitten, die beiden mögen sich doch später noch einmal bei ihm blicken lassen (leise klopfen, sonst würde es ihn allzu rüde aus seiner Arbeit reißen).

Jetzt brauchte Nicola dringend ein paar Minuten mit Marcin allein. Er begriff sofort und bugsierte sie geschickt an seinen Eltern vorbei in den stillen Wintergarten. Kaum hatte er die Tür hinter ihnen zugezogen, platzte er heraus: »Was war das denn jetzt gerade, Nicola? Ich weiß ja, dass mein Großvater Eindruck macht, aber so habe ich noch niemanden auf ihn reagieren sehen.«

Nicola starrte hinaus in den vorfrühlingshaften, noch kahlen Garten, in dem lediglich ein Strauch männlicher Weidenkätzchen schon zur Blüte angesetzt hatte. Marcin legte einen Arm um sie und zog sie dicht zu sich heran.

»Ich weiß es nicht«, seufzte sie schulterzuckend, »es ist etwas … Ich bilde mir ein, dass es eine Verbindung zwischen mir und ihm gibt … Das hat mich total wuschig gemacht.« Ihre Stimme klang ratlos, sie suchte nach einer Erklärung. »Weißt du, ich bin es gewohnt, vor großem Publikum Präsentationen zu halten. Das gelingt mir immer. Völlig selbstverständlich und ohne die leiseste Spur von Unsicherheit. Ich habe mich selbst noch nie so durch den Wind erlebt … Es ist mir furchtbar unangenehm.«

Sacht rieb Marcin seine Wange an ihrem Ohr. »Das muss dir nicht peinlich sein! Ich fand dich wunderbar authentisch, als du so wirr von Liebe geredet hast, dass ich gar nichts mehr von meiner kühlen, beherrschten Frau Doktor erkennen konnte. Und du kannst sicher sein, ihm hat es genauso gefallen«, flüsterte er mit zärtlichem Spott in der Stimme.

Nicola fuhr auf: »Jetzt mach dich auch noch über mich lustig! Zum ersten Mal im Leben werde ich einer Familie hochoffiziell als ›Zukünftige‹ vorgestellt, benehme mich wie eine gerade aus dem Irrenhaus Entlaufene und du veralberst mich auch noch! Authentisch! Ha!« Sie streckte ihm die Zunge raus und wollte sich schon losmachen.

Aber Marcin hielt sie fest. »Pssst ... alles gut, reg dich nicht auf. Ich find's gut, dass du mal locker lässt.«

Nicola ließ die Stirn an seine Brust sinken. »Du magst mich auch noch völlig durchgeknallt, ja?«, flüsterte sie leise.

»Ich liebe dich, Nicola! Ob nun beherrscht oder von Emotionen überrumpelt, wach oder schlafend, mit kalten oder warmen Füßen, frisch gewaschen oder kellerdreckig. Ganz egal.«

Vollkommen ruhig wurde sie in seinem Arm. Fühlte sich beschützt, angenommen und geborgen und murmelte mit einem tiefen Seufzer: »Ich liebe dich auch, Marcin! Es fühlt sich so wundervoll an ...«, und entschied, es einfach gut sein zu lassen. Langsam kam auch das klare Denken zurück und eine Frage drängte sich in den Vordergrund: »Sag mal, Marcin, warum spricht dein Großvater eigentlich so perfekt Deutsch?«

Er lockerte seine Umarmung, hatte offenbar gespürt, dass sie sich gefangen hatte. »Er ist halt Lehrer. Und ein sehr belesener, kluger Mann. Aber warum fragst du ihn nicht einfach selber? Er beißt nicht.«

Nicola runzelte die Stirn. »Er ist mir noch so fremd. Erzähl du mir doch etwas!«

»Die Fremdheit wird sich bald legen. Aber ehrlich gestanden, weiß ich auch fast nichts von seinem Leben, bevor er meine Großmutter heiratete, die ja leider so furchtbar früh gestorben ist. Drüben auf dem Friedhof liegt sie schon, seit meine Mutter ein kleines Mädchen war. Für mich ist er immer da gewesen. Er hat mir das Klavierspielen beigebracht, hat mich unterstützt und unterrichtet, als ich noch zur Schule ging, war mein Ratgeber während der Scheidungsphase, hat mich unzählige Male in meinem Leben wieder aufgerichtet, wenn ich down war, zuletzt als …«

»Du gibst viel auf seinen Rat?«, fuhr sie ihm dazwischen.

Marcin drehte sie zu sich herum. »Sehr viel, Nicola!«

»Dann hör auf ihn, halt mich fest und lass mich nicht entkommen!«, flüsterte sie, schloss die Augen und bot ihm die Lippen auffordernd zum Kuss. Eine gefährliche Aufforderung für ihre kaum wiedergewonnene Balance!

Er erschütterte ihr tönernes Gleichgewicht. Ließ sie abheben, schweben, fliegen. Und nur langsam, sehr behutsam wieder auf den blauen Fliesenboden zurückgleiten. Gerade zeitig genug, um ihr noch Gelegenheit zu geben, sich lächelnd zu schütteln – »Du küsst mich schwindelig!« –, ehe seine Mutter erschien und zum Kaffee bat.

Nicola gewann ihre Sicherheit zurück und sie verbrachten einen reizenden Nachmittag in der gut geheizten Stube. Als es dunkel wurde, drängte Marcin zum Aufbruch. Nur dieser Abend blieb ihnen noch, ehe sie wieder fortmusste. Und den wollte er unzweifelhaft mit ihr allein auskosten.

»Komm, lass uns hinaufgehen und von Großvater verabschieden«, schlug er vor.

Marcin klopfte tatsächlich sehr leise an, musste es wiederholen. Dann erst hörten sie eine Aufforderung einzutreten. Der Raum war vollgestopft mit Bücherregalen, die bis an die Decke reichten. Ein großer alter Schreibtisch stand vor dem Fenster. Dort saß Herr Mazur, eine runde Lesebrille auf der Nase, den Füllfederhalter in der Hand, um sich herum zig Bögen teils zerknüllten, teils sorgfältig aufgestapelten, beschriebenen Papiers. Er bat die beiden, in zwei tiefen alten Ledersesseln Platz zu nehmen, und wandte sich an Nicola.

»Ihre Großmutter, erzählten Sie, hat auf dem Schmolainer Gut gelebt …«

»Ja, bis sie im Januar 1945 ganz allein von dort zu Pferd in den Westen geflohen ist. Mit nicht mehr als dem nackten Leben und …« Sie griff nach der Bernsteinträne an ihrem Hals.

Marcins Großvater nickte. »Ein schönes, sehr seltenes Stück!«

»Es ist ein umgearbeiteter Ohrring. Den zweiten hat sie auf der Flucht verloren.«

Wieder nickte er, als wisse er genau, wovon sie sprach. »Viele mussten damals gehen, ohne auch nur eine Kleinigkeit mitgenommen zu haben. Nichts war organisiert, die Machthaber flohen selbst Hals über Kopf, die Zivilbevölkerung war sich selbst überlassen. Ich habe auf dem Schmolainer Gut eine Weile gearbeitet. Und habe hier …«

Er stand auf, kam um den Schreibtisch herum und reichte Nicola einen zugeklebten Umschlag aus braunem Pappmaschee, der gewiss schon bessere Tage gesehen hatte. »Ich habe hier ein paar alte Fotos. Wollen Sie so freundlich sein, sie Ihrer Großmutter zu überbringen? Es ist ein kleiner Gruß aus der alten Heimat. Vielleicht freut sie sich darüber.«

Ein unglaublicher Verdacht beschlich sie.

»Jetzt wünsche ich Ihnen eine gute Heimreise. Kommen Sie recht bald wieder, Nicola!«

Er hatte sie entlassen. Ein Dank, ein Händedruck, ein Blick, eine Umarmung des Enkels und sie standen wieder vor der Tür.

* * *

Die Wagentür fiel ins Schloss, ein letztes Winken noch an die Eltern, dann platzte Nicola heraus: »Dein Großvater heißt Aleksander, stimmt's?«

»Stimmt!«

»Dann schließe ich haarscharf, dass er der Mann ist, den meine Großmutter bis heute liebt! Dann gibt es nicht eine

Verbindung zwischen ihm und mir, sondern ich bin nur das Bindeglied zwischen den beiden.«

»Was heißt hier *nur*?«

Nicolas Hand fuhr an ihren Hals. Die Bernsteinträne lag fest und sicher dort.

»Meine Großmutter hat mir erzählt, welche Bedeutung man in der Familie diesen Schmuckstücken zuschrieb. Sie sollten Einst und Jetzt verbinden, erhoben die Trägerin zur Mittlerin zwischen Zeiten und Generationen. Langsam beginne ich zu glauben, dass du recht hast. Zufall ist das alles nicht mehr zu nennen, Marcin.«

»Sag ich doch«, kam es aus dem Dunkel.

Er war merkwürdig gelassen, fand sie.

»Du ... Marcin ...«

»Ja?«

»Warum bist du nicht überrascht? Es kommt mir verdammt so vor, als wüsstest du das schon länger. Woher? Du hast gesagt, du weißt nichts von seinem Leben.«

»Ich sagte nicht *nichts*. Ich sagte: *fast* nichts.«

»Aha, und was wusstest du?«

»Nur, dass er mal vor sehr langer Zeit eine Frau mit veilchenblauen Augen geliebt hat. Eine ausgesprochen seltene Farbe! Niemand außer mir weiß etwas davon. Er hat mir seine unglückliche Liebesgeschichte erzählt, als mir Marina davonlief. Weißt du, es war eine wirklich komische Situation. Damals lebte ich noch nicht lange im Gästehaus. Die Trennung passierte ja sehr bald, nachdem wir gemeinsam dort eingezogen waren. Er kam mich besuchen, um mir beizustehen. Und es war unübersehbar, wie ihn das Wiedersehen mit diesem Ort mitnahm. Offenbar hatte er Schmolainen jahrzehntelang gemieden und es war ihm sehr schwergefallen, zu kommen. Dass er trotzdem kam, rechne ich ihm hoch an. Mir fiel sein merkwürdiges Verhalten natürlich auf und ich sprach ihn darauf an. Dann sprudelte es nur so aus ihm heraus. Er bat mich, niemals darüber zu reden, denn er wollte die Familie um keinen Preis mit dieser alten und doch nie vergessenen Geschichte kränken.«

Nicola unterbrach ihn. »Du hast mit keiner Silbe erwähnt, dass …«

Marcin hüstelte. »Doch, aber du lässt mich eben manchmal einfach nicht ausreden und hörst mir nicht richtig zu. Ich habe dir schon beim Essen in Zoppot erzählt, dass ich mir einen zweiten Ratgeber gesucht habe. Was glaubst du, wen?«

Nicola war kurz davor zu explodieren. Einerseits ärgerte sie sich wegen seines nicht unberechtigten Vorwurfs, schon wieder einmal nicht aufmerksam hingehört zu haben, über sich selbst. Andererseits fühlte sie sich betrogen, verschaukelt, hatte das Gefühl, er sei nicht aufrichtig mit ihr umgegangen. »Seit wann hast du es gewusst? Schon am ersten Abend, als ich bei dir ankam, durchgefroren und verloren?«

»Nein, als du anfingst, mir von den Briefen zu erzählen, überkam mich eine erste Ahnung. Zunächst schien es mir völlig unglaublich und ich verwarf die verrückte Idee. Aber dann habe ich begonnen, jedes Puzzleteil zu sammeln, und nach und nach entstand ein Bild, das nur allzu wahrscheinlich schien. Wie du vorhin auf meinen Großvater reagiert hast und insbesondere, wie mitgenommen er von deinem Erscheinen war, hat dann die letzten Zweifel zerstreut.»

»Und warum, zum Teufel, hast du nichts gesagt?«, platzte sie heraus.

»Es hatte doch Zeit, Nicola. Und vor allem hätte es zwischen uns nichts geändert, denn du und ich, wir spielen nicht anderleuts Geschichte nach. Wir haben unsere eigene! Du musstest erst ganz für dich allein durch diese Wandlung gehen. Musstest deinen Weg zu dir selbst finden. Zu deiner Großmutter, von der ich ja nicht ahnen konnte, dass sie noch am Leben ist, und dann zurück zu mir … Da bist du ja nun ganz zufällig wieder gelandet …«

»Ganz zufällig! Ha!«

Marcin lachte sein warmes, dunkles Lachen, griff nach ihrer Hand, führte sie an die Lippen und küsste sie. »Ich liebe dich, Nicola!«

Sie fragte sich einen Moment, wie er das nur immer schaffte, sie mit wenigen Worten oder einer liebevollen Geste so schnell zu besänftigen. Sie betrachtete sein Profil im matten Schein der Instrumentenbeleuchtung und stellte lächelnd fest: Ihr Ärger war verraucht. Er hatte ja recht.

Bernsteintränen

Erst am Donnerstag gelang es Nicola, sich früh genug aus der Firma abzusetzen, um sich auf den langen Weg zu ihrer Großmutter zu machen. Sie wusste, sie würden nicht viel Zeit haben, bis man zur festgelegten Schlafenszeit wieder versuchen würde, sie zu verscheuchen. Aber sie war wild entschlossen, sich das dieses Mal nicht bieten zu lassen. Ihre Pläne waren gefasst. Und sie gingen auch Elisabeth an. Mit dem sicheren Vorsatz, weder sich noch der Großmutter in dieser Institution jemals wieder die Butter vom Brot nehmen zu lassen, stieg sie vor dem Altenheim aus.

Erwartungsgemäß geriet sie bereits auf dem Gang wieder an Elisabeths »Lieblingspflegerin«, die sie zwar höflich, aber bestimmt darauf hinwies, dass die Besuchszeit in einer Dreiviertelstunde enden würde.

»Hören Sie mir mal gut zu, Frau …«, Nicola peilte auf das Namensschildchen, »Frau Schmidthüsen! Meine Großmutter ist eine mündige alte Dame, die sehr gut selbst entscheiden kann, wann sie sich zur Ruhe begeben möchte. *Und* wann sie ihren Besuch loswerden will. Das werden weder Sie noch Ihre Pflegedienstleitung zukünftig bestimmen. Ich denke, Sie wissen nicht, mit wem Sie es zu tun haben! Den Ärger, den ich Ihnen mit dem größten Vergnügen machen werde, wenn Sie noch ein einziges Mal wider die Wünsche meiner Großmutter handeln, den wollen weder Sie noch Ihre Heimleitung. Haben Sie mich verstanden, Frau Schmidthüsen?«

Nicola drückte der perplexen Pflegekraft ihre Karte in die Hand. Die starrte darauf, öffnete den Mund, schloss ihn nickend wieder und drehte, leise Entschuldigungen murmelnd, auf dem Absatz um. Mit einem höchst selbstzufriedenen Grinsen im Gesicht klopfte Nicola an Elisabeths Tür.

»Tochterle!« Die Großmutter sprang aus ihrem Sessel auf und ließ das Buch, welches sie gerade gelesen hatte, achtlos zu Boden rutschen. Erschreckt über den harten Aufprall, zog es beleidigt einige Seiten ein und blieb in höchst unbequemer Haltung liegen.

»Tochterle, wie schade, dass es so spät geworden ist! Bald werden sie dich wieder hinauswerfen.«

Nicola umarmte sie und erwiderte mit einem verschwörerischen Lächeln: »Mich schmeißt hier keiner mehr raus außer dir! Ich habe der Dame da draußen gerade mal ordentlich die Meinung gegeigt. Und sollte hier jemals wieder etwas gegen deine Wünsche laufen, reicht ein Anruf und ich mache denen die Hölle heiß, dass sie sich danach sehnen werden, lieber ein Stündchen auf einer glühenden Herdplatte hocken zu dürfen.«

»Liebe Güte, Kind! Du bist aber heute aber auf Krawall gebürstet. Ob das gutgehen wird?«

»Keine Sorge! Es *wird* gutgehen. Du bist nicht mehr allein, Großmutter!«

Elisabeth zog sie neben sich auf das kleine Sofa. »Jetzt erzähl mir! Wie war es zu Hause, wie war es mit ihm, was sind deine Pläne, hast du mir das versprochene Foto gemacht?«

Nicola lachte. »So viele Fragen auf einmal! Was zuerst? Das Foto?«

»Ja, ich bin doch so neugierig«, strahlte Elisabeth mit roten Wangen.

Als sie das Handy in die Hand bekam, geschah genau das, was Nicola befürchtet hatte. Jede Farbe wich aus ihren Zügen. Sie betrachtete minutenlang Marcins Bild vor dem Bernsteingeschäft und schüttelte ein ums andere Mal fassungslos den Kopf.

»Nicola, er ist ihm so ähnlich! Wie kann das sein?«

»Das kann deshalb sein, weil er der Enkel Aleksanders ist, Großmutter.«

Elisabeth schlug die Hand vor den Mund und sah sie an. In ihren Augen spiegelten sich Überraschung, Erschrecken, Freude, Ungläubigkeit. Nicola hatte ihr am Telefon vorsichtshalber nichts verraten. Sie hatte geahnt, dass alles, was sie zu berichten hatte, eine Flut von Gefühlen auslösen würde, in der sie die Großmutter nicht allein treiben lassen wollte.

»Geht es dir gut? Bist du bereit für noch ein bisschen mehr Wunder?«

Elisabeth nickte und Nicola zog den braunen Umschlag aus der Tasche. »Ich soll dir dies persönlich übergeben. Ich weiß nicht, was drin ist, aber es ist ein Gruß aus deiner Heimat von einem Menschen, den du sehr geliebt und niemals vergessen hast. Aleksander Mazur hat es mir mitgegeben.«

»Er lebt?« Ihre Stimme überschlug sich.

»Ja, er lebt. Und er ist genauso fit wie du. Der beeindruckendste Mann, der mir je begegnet ist! Ich konnte dich sofort verstehen.«

Elisabeth zitterte am ganzen Körper. Tränen rannen in hellen Bächen über ihre Wangen und Nicola musste sie eine lange Weile halten, bis sie sich wieder halbwegs gefangen hatte. Zwischen ihnen klemmte der braune Pappkarton, hörte ihrer beider Herzen schlagen, bereit, die längst versunken und verloren geglaubte alte Welt mit der neuen zu verbinden.

Wie einen kostbaren Schatz hielt Elisabeth den Umschlag auf dem Schoß, streichelte wieder und wieder mit fliegenden Händen darüber, bis sie schließlich bereit war, ihn zu öffnen. Andächtig nahm sie zerknitterte, von sicherlich bemühten Händen wieder und wieder glatt gestrichene Fotos heraus. Das Haus! Die ganze Familie auf der Treppe aufgereiht im Sonntagsstaat. Der kleine Bruder im Matrosenanzug. Dahinter ein paar

Dienstmädchen mit steif gestärkten Schürzen, kecken Häubchen. Elisabeth! Elisabeth in weißer Bluse und grauen Breeches mit strahlendem Lachen auf ihrem stolzen Sandor.

Und ein kleines, verblichenes Porträt im Sepiaton. Ein Stempelchen vom Königsberger Fotoatelier auf der Rückseite. Dieses Bildchen schien unendlich viel mitgemacht zu haben.

Elisabeth hob überwältigt die Hände, ließ sie wieder sinken, wand eine um die andere, knetete jeden einzelnen Finger, hielt sich beide Schläfen, wiegte den Kopf hin und her. »Wie wunderschön, wie wunderschön, Nicola ...«

»Was ist noch drin, Großmutter? Schau doch mal nach.«

»Ich wage es gar nicht, Tochterle. Sieh du nach, bitte ...«

Sie reichte ihr den Umschlag. Es war etwas Kleines, Festes, eingewickelt in dünnes Seidenpapier.

»Meine Hände zittern so, mach du es auf, Nicola!«

Vorsichtig entfernte sie das Papierchen und hielt die zweite Bernsteinträne in der Hand.

»Mein Gott! Wo hat er sie her? Ich weiß nicht einmal, wo und wann ich sie verloren habe. Das kann nicht sein, Tochterle, das kann alles gar nicht sein ...«

»Hier ist noch viel mehr. Schau mal, ein Kuvert. Und eine ganze Menge handgeschriebener Bögen.«

Nicola reichte ihr den unverschlossenen schmalen, langen Umschlag. Eine schwungvolle, kräftige Männerhandschrift hatte in dunkelblauer Tinte nur ein Wort darauf geschrieben: »Elisabeth«.

»Ich kann nicht! Sei so lieb und lies mir vor, ja?«

»Aber, Großmutter … das ist doch ganz persönlich, nur an dich!«

Elisabeth versuchte ein Lachen, aber ihre Stimme zitterte. Fragil wie der Flügel einer Libelle. »Du kennst meine intimsten Geheimnisse, Kind. Dann kannst du auch das noch mit mir teilen. Bitte!«

Nicola faltete den Briefbogen auseinander. Datiert war er vom vergangenen Sonntag.

»Oh, er hat den Nachmittag genutzt, alles zusammenzustellen, und dir noch ein paar Zeilen geschrieben.« Nicola räusperte sich. Sie hatte wieder einmal das Gefühl, in einen Raum einzudringen, in dem sie überhaupt nichts zu suchen hatte. Aber Elisabeth sah sie aus so flehenden, tränenfeuchten Augen an, dass sie sich zusammenriss und vorlas:

»Liebste Elisabeth,

nach so vielen Jahren hält das Leben noch ein Wunder für uns bereit!

Deine Enkelin, schön wie Du, mit den gleichen veilchenblauen Augen wie Du, mutig und kämpferisch wie Du, wird Dir etwas von mir überbringen, das ich vor vielen Jahren an Dich schrieb. Und niemals absenden konnte, denn ich wusste nicht, wohin. Alles, was mir außer meiner Erinnerung noch geblieben ist, hältst Du nun in den Händen. Die Bernsteinträne fand ich im Schnee, nachdem Du fort warst. Ich habe sie zusammen mit den wenigen Fotografien aufbewahrt, die Deine Mutter mir für Dich gab, bevor sich unsere Wege trennten. Sie war eine kluge Frau und hatte unsere Pläne längst durchschaut.

Die Welt hat sich verändert seit damals. Kaum ein Stein ist auf dem anderen geblieben. Nicht in Deinem Leben, nicht in meinem. Aber es gibt eine Kostbarkeit, die sich nicht geändert hat und sich nie ändern wird, denn sie währt ewig.

Auch wenn wir Jahrzehnte versäumt haben, wünsche ich noch immer von Herzen, zusammenfügen zu können, was immer schon zusammengehörte.

Ich bin hier. Und warte geduldig auf Deine Antwort!

In Liebe

Aleksander«

Ostern 2006

Das Wetter war in den ersten Aprilwochen sehr stürmisch gewesen. Ebenso stürmisch wie Nicolas fieberhafte Vorbereitungen auf das komplette Umkrempeln ihres Lebens. Alle Zeichen standen auf Veränderung.

Sofort nach der Rückkehr hatte sie einen von Silvia wärmstens empfohlenen Makler beauftragt, ihre großzügige Dachwohnung zu verkaufen. Die Leute rissen sich um die Besichtigungstermine, und mit jedem neuen Interessenten, den sie gemeinsam mit dem Immobilienmakler durch ihre Räume führte, wuchs Nicolas Abstand zu der Wohnung.

Obwohl sie selbst für die Umbauarbeiten nach ganz eigenen Vorstellungen verantwortlich gezeichnet hatte, obwohl sie nun bereits fünf Jahre in ihren eigenen vier Wänden gelebt und dem ganzen Viertel bei seiner Entwicklung vom geschmähten Stadtbezirk zum angesagtesten Wohngebiet Berlins zugesehen hatte, fehlte ihrem Zuhause ein wichtiges Moment: Es barg keine Erinnerungen. Keine, die wichtig, keine, die entscheidend gewesen wären!

Genau das war es, was ihr den Verkauf überhaupt nicht schwer machte, und so unterzeichnete sie schließlich leichten Herzens den Vertrag, der ihr einen Kaufpreis in so schwindelnder Höhe einbrachte, dass es ihr nachgerade peinlich war. Das Käuferpaar allerdings benahm sich, als hätte es einen Hauptgewinn gezogen.

Auf ihrer Seele lastete der unvermeidliche Termin mit ihrem Chef Joachim Festner. Die Kündigung hatte sie bereits geschrieben, es bisher aber nicht gewagt, ihn in Kenntnis zu setzen. Es fiel ihr unendlich schwer, ihren Mentor zu enttäuschen. So hatte sie sich – in der bangen Hoffnung, doch auf Verständnis zu stoßen – vorgenommen, ihn erst nach Ostern vor vollendete Tatsachen zu stellen. Sie sah der Sache mit großem Unbehagen entgegen, aber egal, wie er reagieren würde – auch das wollte sie durchstehen und keine Macht der Welt sollte sie von ihrem Entschluss abbringen!

* * *

Die Flugtickets in der Tasche, die Vorfreude auf die kommenden Tage kribbelnd spürbar bis in die Fingerspitzen, fuhr Nicola am frühen Mittwochmorgen los, um Elisabeth abzuholen.

Als sie die Tür zum Zimmer ihrer Großmutter öffnete, blieb ihr die Luft weg. Elisabeth stand fertig angekleidet vor dem kleinen Sofa. Sie trug einen cremeweißen Hosenanzug aus feinem Wollstoff, darüber ein weich fallendes Cape in demselben Ton. Aus dem Kragen blitzte ein lavendelblauer Rollkragen hervor, und ein langer veilchenfarbener Schal lag um ihre Schultern. Offenbar war sie beim Friseur gewesen. Der akkurat frisierte schneeweiße Pagenkopf stand ihr ausgezeichnet. Nicola fiel ihr um den Hals und schnupperte den sachten Teerosenduft. Dann hielt sie Elisabeth um Armeslänge von sich weg und entdeckte den zarten Hauch von Rosé auf ihren Lippen und die dezente Andeutung von Mascara.

»Großmutter, wie schön du bist!«

»Danke, Tochterle«, sagte Elisabeth etwas verlegen und fügte erklärend hinzu: »Aleksander ist ein ausgesprochen attraktiver Mann. Man muss sich schon ein bisschen Mühe geben.«

»Dann komm, lass uns fahren, damit unsere beiden Herren nicht länger als unbedingt nötig auf uns warten müssen.«

Nicola griff nach den zwei Köfferchen, die Elisabeth gepackt hatte, und sie schwebten bestens gelaunt und unter dem heftigen Getuschel des neugierig hinterherschauenden Pflegepersonals über die gebohnerten Linoleumflure hinaus. Nicola wurde das Gefühl nicht los, dass Elisabeth ihr »Gefängnis« nie wieder betreten würde.

* * *

»Willst du auch?«, fragte Nicola, als sie sich beide auf ihren Plätzen im Flieger niedergelassen hatten. Sie hielt Elisabeth das Fläschchen mit den Aconitum-Globuli entgegen.

»Was ist das denn? Wozu brauchst du das?«

»Gegen die Flugangst«, erklärte Nicola und schob sich ihre erste Panikverhinderungsration unter die Zunge. »Hast du denn Flugerfahrung? Und gar keine Angst?«

Elisabeth lachte, dass ihr die Tränen kamen. Vorsichtig, um ja nicht die Wimperntusche zu verschmieren, tupfte sie mit einem Taschentuch die Augenwinkel trocken und zwinkerte. »Ü-ber-haupt nicht, Tochterle! Ich freu mich drauf wie ein kleines Kind. Ich wollte schon immer mal so durch die Lüfte schweben. Und guck mal, es wird bestimmt richtig spaßig …« Sie wies hinaus auf die Rollbahn, wo kleine Staubwirbel wild im ruppigen Wind tanzten.

Nicola stöhnte. »Ja, ich sehe schon. Es ist zu allem Übel auch noch reichlich stürmisch. Spaßig kann ich das wirklich nicht finden.«

»Ach, hab doch keine Angst! Ich bin bei dir. Und ich bin ganz sicher, dass uns beide nichts mehr davon abhalten kann, sicher zu unseren Liebsten zu kommen.«

Sanft legte sie ihre Hand auf Nicolas und drückte sie immer wieder, wenn sie bemerkte, dass deren Finger sich ängstlich um die Armlehne krampften. Es tat gut. Und Nicola fand es erstaunlich, mit welcher Begeisterung Elisabeth die anderthalb Flugstunden genoss. Bei all der Ruckelei, den Absackern, die ihren Magen jedes Mal beinahe umgestülpt hätten, dem Schaukeln und dem Flattern der Tragflächen im Sturm.

»Ach, ist das herrlich!«, rief Elisabeth ein ums andere Mal und mehr als nur ein amüsiertes Gesicht wandte sich immer wieder der alten Dame zu.

Nicola atmete erleichtert auf, als die Maschine endlich auf der Warschauer Rollbahn aufsetzte. Wieder hatte sie sich den großen Audi reservieren lassen und stellte erfreut fest, dass es tatsächlich dasselbe Fahrzeug war, das sie vor wenigen Wochen schon zu Marcin gebracht hatte. Kaum hatte sie die ersten Buchstaben ins Navi eingetippt, vervollständigte das Gerät auch schon die Adresse und erklärte die Route für berechnet.

»Tolle Technik«, rief Elisabeth fasziniert aus. »Wie lange müssen wir fahren?«

»Ungefähr drei Stunden. Bist du aufgeregt?«

»Wie sollte ich wohl nicht aufgeregt sein, wenn ich mit einer Verspätung von sechzig Jahren an mein Ziel komme, Tochterle?«

»Ich werde uns jetzt ankündigen«, erklärte Nicola und tippte Marcins Nummer auf dem Handy an. Er nahm sofort ab.

»Seid ihr gelandet? Sogar pünktlich, scheint mir.«

»Ja, Marcin. Rechne in gut drei Stunden mit uns. Ist alles vorbereitet?«

»Natürlich, mój aniele!«

»Kocham cię, Marcin! Ich beeile mich«, sprach sie leise ins Handy und registrierte den vergnügten Gesichtsausdruck ihrer Großmutter.

Je näher sie ihrem Ziel kamen, desto stiller wurde Elisabeth. Seit Nicola die Europastraße verlassen hatte und auf die Nebenstrecke abgebogen war, hatten beide kein Wort mehr gesprochen.

Nicola sah aus dem Augenwinkel, wie sie beide Hände so ineinandergekrampft hatte, dass die Knöchel weiß hervortraten. Das Gesicht hielt sie abgewandt und schaute hinaus auf die blühende Frühlingslandschaft. Die Kirschbäume standen schon in voller Pracht, die Alleen zeigten zartes, helles Grün. Nicola meinte Tränen auf Elisabeths Wangen schimmern zu sehen und fand diese Vermutung bestätigt, als ihre Großmutter verstohlen ein Taschentuch aus ihrer Handtasche zog und sich leise schnäuzte. Es hatte jetzt keinen Sinn mehr, mit ihr zu plaudern, und Nicola entschied, sie ganz in Ruhe nach Hause kommen zu lassen.

Was muss jetzt alles in ihrem Kopf vorgehen? Wie würde ich mich an ihrer Stelle fühlen? Nicht nur in die Heimat zurückzukehren, die sie offenbar so tief in ihrem Herzen trägt, sondern auch noch die Aussicht, den Mann wiederzusehen, nach dem sich so lange ohne jede Hoffnung gesehnt hat. O mein Gott!

Nicola war sich sicher, dass sie nicht so gefasst sein könnte. Sie empfand tiefe Bewunderung für die imponierende Haltung, die ihre Großmutter an den Tag legte.

»Da, da ist es ja!«, rief Elisabeth plötzlich und riss Nicola aus ihren Gedanken.

Kurz entschlossen bremste sie und bog in die Eichenallee zum Gutshaus ein, obwohl sie jetzt nichts lieber getan hätte, als ohne Umwege auf schnellstem Weg zum Gästehaus zu fahren. Sie riss sich zusammen. Natürlich! Das Herrenhaus hatte für die Großmutter eine ganz andere Bedeutung als für sie.

Majestätisch lag es in der Nachmittagssonne. Es hatte auf sie gewartet, all die vielen Jahre. Jetzt blinzelten die halb blinden Fensterscheiben ein vertrautes Willkommen, das nur ihr galt. Elisabeth bat kurz vor der Brücke mit tränenerstickter Stimme, Nicola möge anhalten. Beide stiegen aus. Mit zitternden Händen strich Elisabeth über die glatten Steine der Brückenpfeiler, sah hinauf zu den beiden Adlern hoch oben auf den Säulen. Suchend glitt ihr Blick über die Mauer, fand die beschädigte Stelle.

Sie bückte sich, verharrte überwältigt und sprach mit beinahe tonloser Stimme: »Hier, schau mal, hier sind sie mir gestorben … mein erstes Kind ... mein Pferd! Und hier hat sich unser aller Schicksal entschieden. Hier hat der Zufall über mich und die folgenden Generationen entschieden.«

Nicola entging nicht, wie ein Schauer schmerzhafter Erinnerungen Elisabeths schmalen Körper überlief. Das Mitleid schnürte ihr förmlich die Kehle zu und sie legte mit liebevoller Geste tröstend eine Hand auf ihre Schulter.

»Du hast gesagt, es gibt keine Zufälle, Großmutter«, sagte sie sanft, »es ist deine Bestimmung gewesen. Unser aller Bestimmung!«

Langsam richtete sich Elisabeth auf und wandte sich ihrer Enkelin zu. In ihren tränenfeuchten Augen blitzte ein Licht auf und sie bemühte sich, ein Lächeln zustande zu bringen. »Ich sollte mir nicht selbst widersprechen, nicht wahr, Tochterle? Du hast ja recht, und alles im Leben, alles auf der Welt hat seine Licht- und Schattenseiten. Wäre nicht geschehen, was geschehen ist, dann gäbe es dich nicht. Und das wäre unendlich schade ...«

Zärtlich streichelte sie Nicolas Wange. Dann wandte sie sich abrupt ab und lief. Lief auf das Portal zu, wusste genau, wo der Schlüssel hing, steckte ihn völlig selbstverständlich ins Schloss, tat sich nicht so schwer wie der ungeschickte Makler, kannte den Trick, wie sie die Klinke nur leicht anheben musste, damit die Tür sich widerstandslos öffnete, und stand in der Halle.

Nicola blieb in der gleißenden Sonne zurück und blickte ihr gedankenverloren nach.

Es gibt Momente, da muss man ganz für sich sein.

Tief atmete sie die laue Luft. Da plötzlich roch sie es. Und endlich sah sie es. Die ganze Wiese, bis hinüber zum Gästehaus, war ein Meer blühender Veilchen. Eine leichte Brise strich darüber hinweg, ließ die Abertausend winzigen Blüten sich wiegen. Magisch angezogen trat sie an den Rand des blauen Ozeans, den ein schmaler Fußweg durchschnitt. Sie zog die Schuhe aus, setzte den ersten nackten Fuß in die blaue Flut. Bienen summten. Trunken vom reichlichen Nektar. Zitronenfalter, Admirale und Bläulinge taumelten durch das Licht.

Das Licht! Nirgends auf der Welt gibt es solch ein Licht!

Ganz von allein setzten sich Nicolas Beine in Bewegung. Schnell. Immer schneller lief sie auf das Gästehaus zu.

Dann war er da! Marcin! Er kam ihr auf halbem Weg entgegen. Breitete die Arme aus.

Fing sie auf.

Fing ihr Lachen, ihre Seele, ihr Herz auf.

Atemlos schlang sie ihm die Arme um den Hals, ließ sich durch die Luft wirbeln, dass ihr schwindelig wurde, bis sie sich zusammen auf dem veilchenblauen Teppich wiederfanden.

»Siehst du, was habe ich dir gesagt?«, fragte er sie lachend.

»›Będziesz ją widziała, mój aniele!‹, hast du gesagt. Ja, ich sehe sie und es ist überwältigend schön!« Von unten herauf strahlte sie ihn an, verfiel wieder einmal der Magie seiner bernsteingesprenkelten Augen und gab dem kleinen Schalk nach, der ihr ins Ohr quengelte: »Und jetzt küss mich, Marcin. Es soll endlich aufhören, dass ich dich darum bitten muss!«

Besitzergreifend! Anders konnte sie es nicht nennen, wie er sie jetzt fest an sich zog, ihren Körper unter sich begrub, auf diesem veilchenblauen, weichen Laken. Nicola ergab sich mit Wonne in seine so ersehnte Herrschaft zwischen Lust und Duft und Duft und Glück. Geschlossene Augen, nur dem eigenen Herzen, dem Atem lauschen, der sich mischte mit seinem.

Ein Räuspern, ein Schatten, ein Blinzeln. Eine Wolke? Nein, keine Wolke!

Über sich entdeckte sie das lächelnde Gesicht Elisabeths. »Ich will euch ja nicht stören ...«

Marcin fuhr herum, sprang auf, klopfte sich etwas verlegen Blütenstaub von den Knien. Nicola blieb im Gras sitzen, pflückte lachend ein paar Veilchen aus ihrem wirren Haar. Er reichte ihr die Hand und half ihr hoch.

»Großmutter, darf ich dir Marcin vorstellen?«

Was sie am Silvesterabend bei Tomasz gesehen hatte, wiederholte sich. Marcin hatte blitzschnell seine Fassung wiedergewonnen und begrüßte Elisabeth mit einem formvollendeten Handkuss. »Herzlich willkommen zu Hause, gnädige Frau!«

Nicola sah, wie sie ihn genau musterte. Ganz bestimmt gingen ihr Vergleiche zum jungen Aleksander durch den Kopf, ganz sicher war sie innerlich bei Weitem nicht so ruhig, wie sie wirkte.

»Es freut mich, Sie kennenzulernen, Marcin. Nicola hat mir schon so viel von Ihnen erzählt. Und ich muss sagen, Sie sehen Ihrem Großvater verblüffend ähnlich!«

Ihre Frage – »Wo ist er?« – blieb unausgesprochen. Sie beherrschte sich. Aber Nicola wusste ganz genau, was sie jetzt am allermeisten drängte. Denn schließlich war sie nicht nur hier, um nach all den Jahren ihr Elternhaus wiederzusehen, sondern vor allem, um ihrer großen Liebe wiederzubegegnen.

Aber Marcin und Nicola hatten eine Inszenierung ausgeheckt. Beinahe tat es ihr jetzt ein bisschen leid, sie so auf die Folter zu spannen.

»Sollten wir nicht den Wagen holen?«, fragte Elisabeth, offensichtlich um Sachlichkeit bemüht.

»Später«, zwinkerte Nicola und sie gingen zu dritt das letzte Stück zum Gästehaus hinüber. Der heimliche Austausch einvernehmlicher Blicke zwischen den Jungen entging der alten Dame.

Mit einem flüchtigen Streicheln über Nicolas Wange entließ Marcin die beiden nach oben. »Ich kümmere mich um den Kaffee«, bekundete er.

Nicola griff nach Elisabeths Hand. »Komm, wir haben beschlossen, dass du im Damenzimmer einziehst.«

Spannung und Wiedererkennen lagen in Elisabeths Zügen. »Wie schön, dass hier noch alles beim Alten zu sein scheint! Nur ein wenig verblichener als damals …«

»O ja, Marcin hat in diesem Flügel fast nichts verändert. Du wirst sehen.«

Das ist es doch gar nicht, was sie umtreibt!, dachte Nicola und freute sich diebisch auf das, was jetzt kommen sollte.

Weit offen standen die Fenster und ließen die laue, würzige Luft herein. Sofort trat Elisabeth an den Sims, lehnte sich hinaus und bemerkte anscheinend gar nicht, dass ihre Enkelin sich still und leise entfernte. Nicola zog die Tür hinter sich bis auf einen schmalen Spalt zu und ging auf Zehenspitzen eilig die Treppe hinunter.

* * *

Elisabeth ließ ihren Blick über die sonnendurchflutete Landschaft schweifen. Die Eichen vor dem Haus zeigten ihr zartes Frühlingsgrün, von Weitem konnte sie das Dach des Gutshauses erkennen. Tief atmete sie durch, spürte dem Frieden des hellen Nachmittages nach, bemüht, all die zauberhaften Bilder aus alten Tagen, die ihr durch den Kopf schossen, festzuhalten.

Dann hörte sie es. Erst leise, dann immer deutlicher.

Da spielt jemand Chopins Barcarolle! Ob Nicolas Marcin Aleksanders Musikalität geerbt hat?

Nur einen Moment lang blitzte ihre Frage auf. Dann kannte sie die Antwort.

Elisabeth wandte sich vom Fenster ab, traf in dem alten, angelaufenen Spiegel über der Kommode ihr Gesicht, nickte dem strahlenden Abbild im Vorbeihuschen zu und wusste, wer spielte. Hier spielte, wie vor längst vergangener Zeit, ein Mann für eine Frau. Wie von unsichtbaren Fäden gezogen folgte sie den schmeichelnden Tönen, setzte ihre Füße immer schneller, nur noch ein Wimpernschlag, dann stand sie vor der halb offenen Tür. Das Herz klopfte ihr bis zum Hals.

Er saß mit dem Rücken zu ihr am Flügel und spielte völlig selbstvergessen. Ein, zwei Schritte auf Zehenspitzen näherte sie sich, blieb stehen, lauschte und wartete. Wartete, bis er geendet hatte, seine Schultern sich senkten, er die Hände von den Tasten nahm. Eine heiße Welle der Liebe schlug über ihr zusammen. Ohne Zögern, ohne jeden Vorbehalt trat sie hinter ihn, legte die Arme um seine Schultern, barg die Wange an seiner Halsgrube und schloss die Augen. Sie spürte, wie sich Tränen unaufhaltsam ihren Weg unter den Lidern hervor bahnten. Er erschreckte sich nicht, erwiderte ganz leicht ihre sanfte Berührung, legte seine Hand auf ihre.

»Spielst du mir den ›Liebestraum‹?«, flüsterte sie nach einer Weile des stummen Ineinanderversinkens.

»Habt ihr Deutschen noch immer Angst vor unserem Chopin?«, fragte er leise und sie hörte das Lächeln in dem kleinen Vorwurf.

»Nein, Aleksander, ich mag ihn nur so gern«, flüsterte sie und spürte, dass ihr Herz vor überschäumender Seligkeit so aufgeregt flatterte wie der eingesperrte Vogel, der um seine Erlösung aus der Gefangenschaft weiß.

Sie ließ ihn nicht mehr los, stand dicht hinter ihm, die Hände auf seine Schultern gelegt, und spürte mit allen Sinnen der Vollkommenheit des Glücksgefühls nach.

Als er die letzten Noten gespielt hatte, drehte er sich zu ihr um und zog sie, wie damals, neben sich auf die Klavierbank. Ihre Hände nahm er in seine und sah sie mit einem schelmischen Lächeln an.

»Elisabeth, meine liebste Elisabeth, du kommst ein bisschen spät. Versprich mir, mich nie wieder so lange warten zu lassen!«

Bestimmung

Nicola stand am Fenster ihres Büros. Versonnen sah sie den Wintervögeln zu, die sich um die gut befüllte Futterstelle versammelt hatten. Mindestens zwanzig Zentimeter Neuschnee waren in den letzten Tagen gefallen. Milchig blass und kraftlos versuchte die Abendsonne, durch bleigraue, vom Wind getriebene Wolken zu dringen.

Ein Spatzenpärchen löste sich vom Gewimmel der Artgenossen, flog auf und setzte sich völlig arglos direkt vor Nicola auf den steinernen Sims. Offenbar satt und zufrieden drängten sie sich eng in die Laibung, plusterten sich auf, um der Kälte zu widerstehen. Wäre nicht die Scheibe dazwischen gewesen, hätte sie die beiden greifen können. Selbst als sie sich bewegte, schauten die Vögel sich nur kurz ohne Furcht zu ihr um, sahen sie mit dunklen Knopfaugen zutraulich an und steckten gleich darauf ihre Köpfe ins Gefieder. Nicola murmelte lächelnd: »Euch geht's gut!«, und ließ ihre Gedanken in die vergangenen Monate zurückreisen.

* * *

Der Sommer war heiß und trocken gewesen. Über Wochen hatte in der ganzen Region die Angst geherrscht, dass die ausgedursteten Wälder Bränden zum Opfer fallen könnten.

An den flirrend heißen Tagen hatten sie jede Gelegenheit genutzt, mit dem Ruderboot auf den See hinauszufahren. Mit kräftigen, gleichmäßigen Schlägen trieb Marcin das Boot voran, während Nicola ihm faul und träge von der Hitze dabei zusah. Das Gesicht geschützt, verborgen unter der breiten Krempe ihres Strohhutes, eine Hand im kristallklaren Wasser.

Irgendwo im glitzernden Nass holte er die Ruder ein, ließ das Boot treiben, wusch sich den Schweiß vom Oberkörper, dass die glitzernden Tropfen nur so flogen, und stürzte sich dann splitterfasernackt in die Fluten.

»Komm, es ist herrlich!«

Nicola zierte sich jedes Mal, verfolgte lieber noch eine Weile, wie er sie mit kraftvollen, eleganten Zügen umkreiste, aufforderte, neckte, »feige« schimpfte. Dann unter dem Rumpf hindurchtauchte, sich schüttelnd wie ein junger Hund wieder zum Vorschein kam. Sein Lachen, seine verführerische, ermutigende Stimme würde sie immer im Ohr behalten! Stets erlag sie irgendwann seinem Locken, ließ sich vorsichtig, ganz vorsichtig in das eiskalte Wasser gleiten und fand sich gleich darauf in seiner Umarmung wieder. Seine Küsse brannten heißer als die unbarmherzige Sonne. Sie liebten sich. Wieder und wieder. Unter sich zig Meter gläserner, smaragdgrüner Fluten, die sich im tiefen Dunkel des Grundes verloren, über sich den wolkenlos blauen Himmel in seiner unglaublichen Transparenz.

Nicola und Marcin. Schwebend. Selig zwischen Erde und Firmament.

Was für ein Gefühl! Von ihm gehalten, getragen, fröstelnde Gänsehaut und leidenschaftliche Glut. Wie ein Fisch in seinem nassen Element und doch nur erdgebundener Mensch. Geborgte Schwerelosigkeit für unvergessliche Augenblicke! Und in diesen kostbaren Momenten, die sie der Zeit stahlen, nichts als liebende Frau und heiß begehrender Mann!

»Unser Sommer der glücklichen Zufälle«, hatte sie es getauft, sich Marcins Rüffel zum Thema »Zufall« lachend gefallen lassen, frei und losgelöst das Leben durch die Adern pulsieren gefühlt und jeden neuen Tag geliebt.

* * *

Es klopfte leise. Nicola schreckte aus ihren Erinnerungen auf, antwortete: »Herein!«

»Wir sind die Letzten, Nicola, außer uns ist niemand mehr hier. Schau mal, die Unterschriftenmappe. Ich möchte gern alles noch mit zur Post nehmen«, sagte ihre junge Sekretärin Anna und legte die Akte aufgeklappt auf den Schreibtisch. »Wenn sonst nichts mehr zu erledigen ist, würde ich jetzt gerne Feierabend machen.«

Nicola überflog die vorbereiteten Schriftstücke, setzte ihren Namen darunter, noch mal, noch mal, und reichte die Mappe zurück. »Von mir aus spricht nichts dagegen. Ich wünsche dir schöne Feiertage! Erhol dich gut ... aber warte, ich habe noch etwas für dich!« Sie sprang auf, holte ein liebevoll verpacktes Geschenk von einem Sideboard und überreichte es ihr. »Frohe Weihnachten! Für meine weltbeste Anna.«

»Oh, Nicola!« Mit leuchtenden Augen nahm sie das Paket entgegen. »Es fühlt sich an wie ... du hast doch nicht etwa ...?«

»Mach's auf! Noch ist zwar nicht Heiligabend, aber ich will doch dabei sein und sehen, ob du dich freust.«

Mit fahrigen Fingern pulte Anna die Klebestreifen vom Papier und wickelte ihr Präsent aus. Es war genau der Mantel, den sie sich so sehr gewünscht hatte. In einem Modemagazin hatte sie ihn entdeckt. Aufgeschlagen hatte die Zeitung vor ein paar Wochen neben ihrem Computer auf dem Schreibtisch gelegen. Nicola war ins Vorzimmer gekommen, hatte gerade noch verhindern können, dass Anna, die sich ertappt fühlte, das Journal blitzschnell verschwinden ließ, und gesagt: »Zeig mal. Wow, der ist schick!« Klammheimlich hatte Nicola ihn dann bestellt und sich wie ein Kind auf die anstehende Überraschung gefreut.

Die war gelungen. Anna jubelte entzückt, zog das schöne Stück über und stand, die Wange in den weichen Kunstpelzkragen gekuschelt, mit glänzenden Augen da. »Ist der schön! Danke, danke, danke! Ich freu mich so, Nicola!«

»Den hast du dir wahrlich verdient, Anna. Ohne dich wäre ich in den letzten Monaten aufgeschmissen gewesen! Komm, lass dich mal in den Arm nehmen.«

Ein Weilchen standen sie so da. Vertraute waren sie geworden. Eine auf die andere angewiesen, aber sich gegenseitig auch über die berufliche Zusammenarbeit hinaus – von Woche zu Woche mehr – zugetan. Irgendwann löste Nicola die Umarmung, sah sie lächelnd an. »Und jetzt schmeiß ich dich raus. Sieh zu, dass du zu deiner Familie kommst. Rutsch gut ins neue Jahr! Ich freue mich schon aufs nächste mit dir.«

Anna ließ noch ein strahlendes Lächeln da, dann war sie fort und Nicola allein. Nun endlich würde sie auch in den wohlverdienten Weihnachtsurlaub gehen dürfen. Das Jahr war weiß Gott turbulent gewesen.

* * *

Sie ging zum Fenster hinüber, drehte die Heizung runter, schaute in die hereinbrechende Winternacht hinaus und ließ ihre Gedanken zu jenem Tag Ende April zurückschweifen, als sie Joachim Festner ihre Kündigung überreicht hatte. Es war genau so gekommen, wie sie es befürchtet hatte. Seine Enttäuschung darüber, Nicola für immer als Mitarbeiterin zu verlieren, schien grenzenlos. Dennoch hatte er es zähneknirschend akzeptiert, ihr Glück gewünscht. Nur um zwei Tage später, als sie bereits dabei gewesen war, ihr Hab und Gut in der verkauften Wohnung in Kisten zu packen, plötzlich mit Blumen in ihrem Chaos aufzutauchen.

»Nicola, ich lasse dich nicht gehen!«, erklärte er und erstickte sofort ihren empörten Widerspruch im Keim, indem er ihr einen Vorschlag unterbreitete, den sie nicht nur nicht ablehnen konnte, sondern mit einem markerschütternden Freudenschrei quittierte. Er bot ihr die Position der kaufmännischen Leitung im neuen polnischen Standort an. Nur eine einzige Bitte äußerte er, die ihm Nicola sofort leichten Herzens zu erfüllen bereit war: Sie möge doch bitte, wirklich ganz dringend bitte, nicht mit der Familienplanung beginnen, ehe der Laden laufen würde. Nicola konnte nicht anders: Sie fiel ihm um den Hals und weinte Tränen glücklicher Dankbarkeit.

Noch heute sah sie sich mit ihm auf halb gepackten Geschirrkisten sitzen und Whisky aus Zahnputzbechern trinken, bis sie so betrunken war, dass er sie auf die bereits in Plastikfolie gehüllte Couch betten musste, weil ihr Bett schon auseinandergebaut war.

»Ischliebedisch, Joachim«, hatte sie gelallt.

Und er hatte ihr mit väterlicher Miene schon mal vorsichtshalber den großen Übertopf der Palme gereicht, weil sie ja wieder einmal keinen Alkohol vertrug.

Nicola hatte geahnt, dass Elisabeth nie wieder in ihr Pflegeheim zurückkehren würde. Und so hatte sie es auch übernommen, ihren winzigen Hausstand dort aufzulösen und nach Polen überführen zu lassen.

Die ersten Monate zu viert im Gästehaus waren ein wenig beengt gewesen. Aber da die Firma in unglaublicher Geschwindigkeit sowohl die Fertigungsgebäude hochzog als auch das Herrenhaus renovierte, ergab sich bald die erleichternde Möglichkeit, dass Marcin und Nicola das Obergeschoss des frisch restaurierten Ostflügels beziehen konnten. »Dienstwohnung inklusive«, hatte Joachim damals mit triumphierendem Gesichtsausdruck verkündet. Während Marcin nur noch die Praxisräume im Gästehaus nutzte, richteten sich Elisabeth und Aleksander behaglich in seiner alten Wohnung ein.

Später, das hatte Nicola sich fest vorgenommen, würde sie versuchen, der Firma das Haus abzukaufen. Es schien ihr die einzig richtige, geradezu unausweichlich richtige Zukunftsinvestition, und sie hatte sich bei Tomasz schon sehr bald nach ihrem Umzug erkundigt, unter welchen Voraussetzungen das möglich wäre. Seine Auskunft war allerdings ernüchternd gewesen: »Polen fordert von privaten Immobilienkäufern eine lange Verlobungszeit mit dem Land. Erst wenn du vier Jahre hier gearbeitet hast, bist du würdig, ein Stück davon zu erwerben«, hatte er erklärt und Nicola antwortete amüsiert: »Ihr seid aber auch katholisch!«

»O nein, das ist nicht der springende Punkt!«, entgegnete Tomasz. »Die Regierung hat sich seit dem EU-Beitritt aus ganz anderen Gründen vorbehalten, für zwölf Jahre jeden Verkauf an Ausländer zu unterbinden, die nicht die eben erwähnten Voraussetzungen erfüllen. Es geht darum, Flächenausverkauf zu verhindern und die Anpassung der Preise polnischer Grundstücke an das europäische Preisniveau zu ermöglichen. Lediglich zur Aufnahme gewerblicher Nutzung, wie es ja auch deine Firma gemacht hat, ist der Kauf ohne Frist möglich.«

»Wie schade! Aber es gehört doch mittlerweile alles dem Unternehmen. Gibt es dann keine Ausnahmen?«, wollte Nicola enttäuscht wissen.

Tomasz grinste süffisant und breitete auffordernd die Arme aus. »Doch, wenn du ein Kind des Landes ehelichst, darfst du schon in zwei Jahren kaufen. Also, sieh zu!«

»Das haben wir sowieso vor«, erklärte sie lachend und Tomasz tat, was sie auf diese Erwiderung von ihm erwartet hatte. Er seufzte tief und murmelte: »Ich hab's befürchtet!«

Die Idee, diese Sperrfrist zu umgehen und Marcin einfach das Geld zum Kauf zu geben, verwarf sie sehr schnell. Das würde er nicht nur ablehnen, sondern allein der Gedanke daran, ihm die Sache vorzutragen, bereitete ihr Magenschmerzen, weil sie wusste, dass er sich gedemütigt fühlen würde. Und nichts fürchtete sie mehr, als ihn zu verletzen. Also übte sie sich in Geduld, schob das Vorhaben auf und schwebte stattdessen seit dem Herbst wie auf Wolken durch die lichten Räume ihres »Märchenschlosses«, wie sie das alte Gutshaus insgeheim nannte.

Nur einen einzigen Zoff gab es ganz am Anfang. Als Marcin ihr vorschlug, sie solle Polnischstunden bei der schönen Elena nehmen, war sie ausgerastet. O nein! Jede, aber nicht diese Exfreundin, diese Sexbombe, die es klar erkennbar noch immer auf ihn abgesehen hatte!

Marcin reagierte, wie Männer eben in solchen Situationen zu reagieren pflegen. Mit beinahe kindlich naivem Gesichtsausdruck beteuerte er, dass Elena doch Schnee von gestern sei, garantiert längst kein Interesse mehr an ihm habe und er schon gar nicht an ihr und dass Nicola sich bloß nicht so anstellen solle, es wäre schließlich äußerst praktisch und Elena würde es ganz bestimmt sehr gerne tun.

»Nein!«, hatte sie so energisch gebrüllt, dass Sowka erschreckt von ihrem Schoß gesprungen war, und Marcin hatte sie angesehen wie ein Mondkalb, wenn's donnert.

Letztlich hatte er leicht beleidigt eingelenkt, und Nicola hatte mit Tomasz' Hilfe (»Natürlich, wieder mal mein bester Freund, der ja bereit ist, alles für dich zu tun«, hatte Marcin schwer eifersüchtig, wie er noch immer war, gemeckert) *ihre* Anna gefunden. Dolmetscherin, ausgebildete Bürokauffrau und eine unschätzbar geduldige Lehrerin. Immer hatte sie Nicola zur Seite gestanden. Bei jeder Verhandlung mit Handwerkern, mit der Bauleitung, mit Behörden. Und bei den Personalgesprächen. Am ersten Dezember war die Produktion angelaufen, die Zusammenarbeit mit der technischen Leitung gestaltete sich harmonisch und Nicola war stolz auf ihr Werk. Auf *ihren* Betrieb.

* * *

Auf dem schmalen Weg, der Gästehaus und Gutshaus miteinander verband, gingen nach und nach die frisch installierten, über Bewegungsmelder gesteuerten Laternen an. Mild beleuchteten sie den unberührten Schnee, reflektierten glitzernd die Kristalle der leise rieselnden Flocken. Nicolas Herz machte einen Hüpfer. Marcin kam nach Hause! Hinter ihm huschte der geschmeidige Schatten Sowkas, die sich noch immer als Wandlerin zwischen den Welten zu betrachten schien. Die Tage verbrachte sie im Gästehaus und hatte erst nach und nach Gefallen daran gefunden, sich am Abend vor dem gewaltigen offenen Kamin in der Bibliothek zusammenzurollen.

Nicola beobachtete, wie Marcin sie ermunterte, sich ab und zu ans Hosenbein klopfte, als wolle er einen Hund zu sich rufen. Nun lief sie sogar ein Stückchen voraus, blieb im Aufglimmen der nächsten Lichtquelle stehen, sah sich nach ihrem Herrn um, der nie versucht hatte, ihr Herr zu sein, und nur deshalb das Vertrauen der Ungebundenen erworben hatte.

So, wie er der Katze zwar seine Wünsche mitteilte, jedoch nicht erwartete, gar drängte, dass sie folgen müsste, und ihr immer alle Freiheit ließ, hatte er auch niemals versucht, Nicola seine Ideen, seine Weltsicht, gar seinen Willen zu oktroyieren. Dieser Tatsache war sie sich im Laufe der Zeit immer bewusster geworden. Wichtige Entscheidungen trafen sie stets gemeinsam. In aller Offenheit pflegte er ihr seine Auffassung mitzuteilen, hielt weder mit Sachlichkeit noch mit Gefühlen hinterm Berg, war aber immer in der Lage, auch konträre Betrachtungen ernst zu nehmen, und sogar fähig, anscheinend festgefügte Meinungen zu revidieren. Nicola genoss diesen Umstand. Das Zusammenleben stärkte sie, ließ sie wachsen. Immer in dem klaren Bewusstsein, einen loyalen Rückhalt in ihm zu haben.

Nur in einem Punkt war er stur. Noch immer beharrte er auf seinem alten Standpunkt, Liebe sei grundsätzlich völlig unabhängig von sozialer Stellung. Dabei beglückwünschte

Nicola sich immer wieder, so vehement für Marcins berufliche Position gekämpft zu haben. Sie wusste einfach, wie viel leichter sie es dem gemeinsamen Glück durch ihr Zutun gemacht hatte. Allerdings vermied sie es, ihm seine selbst gestrickten Diskrepanzen zwischen Überzeugung und eigenem Handeln jemals unter die Nase zu reiben, und freute sich ganz still daran zu beobachten, wie sein Selbstbewusstsein gestiegen war, wie er aufblühte.

Marcin entdeckte Nicola am Fenster. Er winkte herauf und sie grüßte zurück. Sie zog die Gardinen zu, löschte das Licht, schloss die Bürotür hinter sich und ging den Flur entlang, hinüber zur gemeinsamen Wohnung. Als sie die Galerie erreicht hatte, fiel die schwere Eingangstür ins Schloss. Sie schaute zu ihm hinunter in die Halle, wo der riesige lichtergeschmückte Weihnachtsbaum stand.

Vor einer Woche hatte sich die gesamte Belegschaft hier und im ehemaligen Ballsaal – der jetzt das Zentrum der Firmenverwaltung geworden war – versammelt und eine Weihnachtsfeier erlebt, wie sie in der ganzen Gegend ihresgleichen gesucht hatte. Es war ihr so vorgekommen, als würde sich das alte Haus buchstäblich freuen, dass endlich wieder Leben eingekehrt war.

»Wie früher«, hatte Elisabeth ein ums andere Mal ausgerufen, »wie damals, lange bevor der Krieg ausbrach! Ach, Tochterle, wie schön du alles hergerichtet hast!« Ganz sanft hatte sie ihr über die Wange gestreichelt und lächelnd die Bernsteintränen berührt, die – endlich wieder als Paar vereint – Nicolas Ohren zierten. »Niemand hätte mehr Anrecht auf die Tränen gehabt als du!«

Keinen Moment lang war Nicola die enorme Verantwortung, die auf ihren Schultern lag, zu viel geworden. Sie trug sie hocherhobenen Hauptes mit einer Selbstverständlichkeit, die ihr nur möglich war, weil sie um sich herum ein tragfähiges Netz zuverlässiger Verbindungen wusste. Überdies weil sie das

Gefühl hatte, von Tag zu Tag würden neue, feine Wurzelspitzen sprießen, die sie fester und fester an die Erde banden, ohne sie so einzuengen, wie sie es früher immer befürchtet hatte.

Luftwurzler? War einmal. Wie recht sie doch hatten!, schoss es jetzt durch ihren Kopf, als Marcin in großen Sätzen die Treppe heraufkam und sie in die Arme schloss. Er roch nach Schnee, brachte ein paar Flocken mit.

»Tee? Gemütlicher Kaminabend?«, fragte er gut gelaunt und küsste sie auf die Wange.

»Nichts lieber als das!«

Sowka strich ihr maunzend um die Beine. Zeit für einen gefüllten Napf in der Küche. Sie bekam, was ihr zustand, und fraß schnurrend. Nicola richtete ein Tablett mit Teegeschirr und kleinen Küchlein her. Anna hatte sie mitgebracht. Dann trug sie alles in die Bibliothek. Längst waren Marcins Bücher hierher umgezogen, standen mit Nicolas Schätzen vereint in hohen Regalen. Sie stellte das Tablett ab, schenkte ein, steckte die vier dicken roten Lichter auf dem sattgrünen Tannenkranz an, atmete den harzigen Duft, den die Kerzenwärme den Nadeln entlockte. Dann hockte sie sich im Schneidersitz auf das breite Ledersofa vor dem lodernden Feuer, das Marcin entzündet hatte.

»Komm zu mir!«, sagte sie und streckte ihm eine Hand entgegen. Er ließ sich nicht bitten, setzte sich mit behaglichem Seufzen neben sie und legte einen Arm um ihre Schultern.

Eine ganze Weile saßen sie stumm da, ließen den Tag ausklingen, hingen ihren Gedanken nach. Plötzlich räusperte er sich. Seine Stimme klang alarmierend rau, fand sie.

»Kennst du das Gefühl ... ich weiß nicht recht, wie ich es nennen soll«, er zögerte einen Moment, »es ist vielleicht am besten mit ›Beklemmung‹ zu umschreiben. Eine unbestimmte Angst, dass irgendetwas Furchtbares passieren könnte. Einfach nur, weil alles so vollkommen scheint, beschleicht mich immer wieder diese Sorge.«

Hatte sie eben noch den Kopf an seine Schulter gelehnt, mit halb geschlossenen Lidern dem zuckenden Tanz der Flammen zugesehen, so richtete sie sich jetzt abrupt auf und sah ihn erschreckt an. Ein vages Entsetzen kroch über ihren Nacken, machte sie unruhig, riss sie aus ihrem Wohlbehagen. Sie dachte über seine Worte nach. So vieles fiel ihr ein, um ihm zu widersprechen, denn sie wollte jetzt nicht sehen, was er heraufbeschwor. Seine Züge waren ernst. Und sie begriff, dass sie gute Argumente brauchte.

Langsam begann sie ihre Worte zu setzen, bemühte sich um eindringliche Überzeugungskraft in der Stimme: »Ich glaube nicht, dass wir uns vor Perfektion fürchten müssen, Marcin. Die kleinen Sorgen und Schwierigkeiten werden sich in unserem Leben aneinanderreihen wie Perlen auf einer Schnur. Sie werden kommen, wie die Jahreszeiten. Ganz gewiss! Und es muss nicht immer gleich eine Katastrophe sein, die dafür sorgt, dass die Bäume nicht in den Himmel wachsen ...«

Gespannt schaute sie ihn an. Es hatte nicht gereicht. Sie sah, dass er noch immer die Stirn runzelte, nicht beruhigt war. Da fiel ihr ein, was sie eigentlich sagen musste.

»Wir werden unser Schicksal, unsere Zukunft nicht allein schmieden können. Du warst es, der mich gelehrt hat, an etwas zu glauben, das ich früher weit von mir gewiesen habe. Du hast mir gesagt, dass es eine Bestimmung gibt, der wir nicht ausweichen können, die uns auf den Weg führt, den wir unweigerlich gehen müssen. Oder gehen dürfen ... je nachdem ...«

Ein Lächeln glitt über sein Gesicht. Golden blitzten die Bernsteinsprenkel auf.

»Daneben setze ich die von dir apostrophierte ›Menschenpflicht, glücklich zu sein‹! Was auch immer die Zukunft bringen wird: Versuchen wir es, solange wir Zeit dazu haben!«

Mai 2015

Der Frühling war mit einer solchen Süße gekommen, wie es nur in einer Gegend möglich ist, in der die Winter lang und hart und stürmisch sind. Überall standen die Obstbäume in ihren weißen oder rosigen Wolken später Blüte, das Gras hatte lichtes Grün angezogen, die alten Alleebäume spendeten tiefen Schatten an den warmen, hellen Tagen.

Misstönig knarrte das alte Tor beim Öffnen. Marcin hielt es auf, schloss es leise wieder. Auf seinen Schultern saß der dreijährige Alexander, krallte sich mit beiden Händchen an Vaters Kinn fest und juchzte vergnügt über sein zuverlässiges Reittier. Er war noch zu jung, um den regelmäßigen Besuchen an diesem Ort mit Ernsthaftigkeit zu begegnen. Ganz anders seine große Schwester Susann, die bereits größten Wert darauf legte, insbesondere anlässlich dieser Familienausflüge mit ihrem zweiten Vornamen gerufen zu werden. Sie trug andächtig den dicken Strauß weißer und roter Pfingstrosen vor sich her und ging – für eine Erstklässlerin – außerordentlich gemessenen Schrittes über die frisch bestreuten Kieswege vorweg.

Langsam näherte sich die kleine Prozession dem frischen Grab.

Noch war keiner der vielen Kränze welk. Marcin setzte Alexander ab, ordnete hier und da eine der Schleifen, zündete ein Licht mehr an, stellte es zu den anderen auf den Hügel, half Susann, den Blumenstrauß in einer Steckvase zu arrangieren.

Dann standen sie eine Weile still, Hand in Hand, versunken in Erinnerung. Selbst der Kleine hatte aufgehört zu plappern, schien zu begreifen.

Neun Jahre puren Glücks! Wie war das doch? Solange wir Zeit dazu haben! Neun Jahre können endlos lang werden, wenn man unglücklich ist. Aber sie vergehen wie im Fluge, viel zu schnell, wenn jeder Tag von Licht und Liebe geflutet ist. Wohl dem, der sich seines Glückes bewusst ist, es nicht einfach als gegeben hinnimmt, sondern es zu schätzen weiß.

Mit einem liebevollen Lächeln sah Marcin auf die Köpfe seiner Kinder hinunter. Susann hatte das dunkelbraune, seidige Haar und die veilchenblauen Augen ihrer Mutter geerbt. Sie gewährte ihm das, was er sich damals so gewünscht hatte: Die »kleine Nicola« wollte er noch einmal aufwachsen sehen, sie beschützen und all das gutmachen, was ihre Mutter in der Kindheit so schmerzlich vermisst hatte.

Alexander hingegen hatte viel von ihm mitbekommen. Honigblond war er nur im ersten Jahr gewesen, dann immer dunkler geworden. »Dein Abbild!«, hatte Nicola immer wieder beim Vergleichen der Kinderbilder behauptet. Und ja, in der Tat, selbst bei der Augenfarbe hatte er sich durchgesetzt. Er war ein bisschen stolz auf seinen Sohn. Vielleicht auch mehr als nur ein bisschen.

Marcin spürte das zärtliche Streicheln Susanns. Alexander wurde unruhig.

»Komm, Alexander, hopp, auf die Schulter«, ermunterte er den Kleinen und streckte ihm die Arme hin. Mit Schwung hob er ihn zurück in seinen angestammten Sattel und nahm Susann bei der Hand.

Kaum hatte er das eiserne Törchen hinter sich geschlossen, fiel die Traurigkeit von den Kindern ab. Sie konnten so schnell umschalten!

Susann hatte sie zuerst entdeckt und rief mit vorwurfsvoller Stimme: »Schon wieder hat sie so lange gearbeitet und kommt zu spät. Mama ist doch schon groß! Kann sie sich nie an unsere Verabredungen halten, wenn wir die Urgroßeltern hier besuchen? Ich muss jetzt wirklich mal mit ihr schimpfen gehen!«

Marcin merkte, wie sich die kleine Hand aus seiner löste. Er lachte. »Na, dann los, lauf, Elisabeth!«

ENDE

Liebe Leserinnen, liebe Leser,

vielen Dank, dass Sie mir bis hierhin gefolgt sind!

Der direkte Kontakt zu meinen Lesern ist mir sehr wichtig, denn sie sind es, denen ich ein paar schöne Lesestunden bescheren möchte. Ist mir das gelungen, freue ich mich über faire Rezensionen. Sie sind nicht nur Highlights für uns Autoren, sondern auch große Hilfen für andere Leser, die auf meine Bücher stoßen.

Genauso gern bekomme ich E-Mails mit Feedbacks meiner Leser, die ich ganz sicher und mit Vergnügen beantworte:
izabelle.jardin@gmx.de

Nun bleibt mir nur noch, auf eine neue Begegnung mit Ihnen als Leser zu hoffen.

Herzliche Grüße
Izabelle Jardin

Danksagung

Es wird wieder einmal Zeit, Danke zu sagen!

Mein Dank gilt, wie könnte es auch anders sein, meiner geduldigen Familie, die mir Freiräume zum Schreiben lässt, mich mit Nervennahrung und Unmengen Tee versorgt, mir viel Technisches abnimmt und wirklich nur ganz selten kurz vor dem »Durchdrehen« ist.

In diesem ganz besonderen Fall der »Bernsteintränen« gebührt mein größter Dank meinem Mann, der mich Tausende Kilometer durch dieses Land chauffiert hat, das einmal Ostpreußen hieß. Mir Zeit zum Sehen, Fühlen und Begreifen ließ. Zeit, erstmals im Kopf und im Herzen aufzunehmen, wovon ich jahrzehntelang nur immer wieder von den »Alten« meiner Familie gehört hatte. Und irgendwann nicht mehr, weil niemand mehr da war, der hätte erzählen können.

Mein Dank gilt meinem akribischen, hochprofessionellen Lektor Stefan Wendel, der beginnend mit »schwerem Gerät«, dann mit feiner werdendem Werkzeug Ordnung in meinen Manuskripten schafft, sich niemals aus der Ruhe bringen lässt und sich als »Fels in der Brandung« für alle Belange rund um meine Bücher erwiesen hat! Ich schicke einen ganz herzlichen Gruß nach Stuttgart.

Mein Dank gilt Johannes Zum Winkel, der mir seit Jahren als geduldig beratender Freund zur Seite steht.

Mein Dank gilt den kunstfertigen Cover-Designern, die es immer wieder fertigbringen, meinen Büchern so wunderschöne Kleider zu schneidern.

Und mein Dank gilt natürlich dem gesamten Verlagsteam, das in so vielen sorgsamen – für mich unsichtbaren – Schritten meine Bücher zu den Lesern bringt.

27995261R00228

Printed in Poland
by Amazon Fulfillment
Poland Sp. z o.o., Wrocła